太岁

Priest 著

劫钟一响为示警，二响唤有悔，三响再无回转余地，神魔也要形神俱灭。

翻云覆雨的恶蛟张开獠牙，一口咬在了自己尾巴尖上。

目录

卷一 · 夜半歌　001

卷二 · 龙咬尾　089

卷三 · 琼芳瘴　249

番外 · 路遥可有知己，世间谁人识君　301

大火不走，蝉声无尽，宁死霜头不违心。

卷一

夜半歌

（一）

南宛，太明二十八年，暮春。

帝都金平的花都要败了，雾却还没有散。

打从炼器一道的大宗师——点金手林炽仙尊促成"仿金术"下凡后，人间这雾就一年比一年浓，一年比一年呛人。

仿金术造的"镀月金"，那是天赐的神物。用镀月金打的蒸汽火机力大无穷，能吹起百丈长的大船，远征东海不在话下，催动的尖角大车可以开山填海。金平南城墙外，大小厂房不知凡几，机器终日轰鸣不息，将上好的布匹棉纱流水似的往外送——沿大运河往北卖给北历，或是走陆运往西运到西楚。倘使找到海运的门路，那更了不得了，那南蜀国群山群岛一年到头酷热绵绵，宛国的薄纱与丝绸供不应求。

金平城西三十里外，"迷津驻"前年才落成，眼下已经是人来货往了。吞吐着雪白蒸汽的火机车在民间又叫"腾云蛟"，每天在铁轨上奔忙，早晚各一列。早拉货、晚运人，好不繁忙。

这岂不是仙人泽被苍生吗？金平城上的雾不能叫雾，得叫祥云。

今年，金平城尤其热闹，因为又是十年一度的"大选年"了：仙门要择徒。

大宛有且只有一个地方配叫"仙门"，就是国教"玄隐"，乃是当今四大仙门之一。

每到"大选年"，玄隐山都会算好良辰吉时，派仙使到金平来，择凡间英才，引入仙道。金平城从过年就开始热闹，各路英雄豪杰都跟着起哄架秧子——备选仙徒的要烧香拜神、修身养性；举人老爷们要入京会试；镖局武馆们以拳脚升擂；连花街柳巷都不甘寂寞，要跟着选出个"花魁状元"来助兴。

人多，事就多，城里招工的地方自然也多，有把子力气的都愿意过来碰个运气，总能找个饭碗端。过了年，大批的青壮劳力潮水似的往京城涌，迷津驻天天人满为患。想在城里找房子住可太贵了，哪怕是菱阳河东岸的狗窝，每月没有半吊大子儿也租不下来，够得上买一个壮劳力的口粮了。外地来的劳工只好都拥进南城外厂区的窝棚，城外几乎聚出了个像模像样的镇子。

虽然国教只在公卿世家子弟里挑人，没有平民老百姓什么事，人们还是都盼着大选年。仙使下山，这一年必能风调雨顺，五谷丰登。

五谷没那么丰也行，能进京看一眼菱阳河上的画舫，也算长了见识，要是再能远远听上两声弦歌，回去就能说自己听过花魁开嗓，够吹小半辈子了。

四月初一，花事将了。
金平城中最负盛名的风月之地醉流华的"鉴花会"，也到了终场。
那可真是艳光逼走春色，胭脂碎扬了满城的红尘，一张雅座万金也难求。

这天后晌，永宁侯爷也被一伙"骚人名流"死乞白赖地拖去了醉流华，见证新一任花魁夺桂。

花魁是名妓将离，侯爷嗑着瓜子，有一搭没一搭地瞟了两眼，感觉这"名花"乏善可陈，眉眼往下走，长得不甚喜庆。

不过醉流华里群魔乱舞了半宿，人人脸上刮着三层大白泥，也分不清谁是谁。侯爷让他们闹得眼疼，见这将离只带了一个乐师上台，素衣，脸也素，甭管唱得怎么样，不吵闹，就先让人有了三分好感。

将离唱的是首新曲，乐师不知哪儿找来的，颇有一手，一个人弹琴居然托得住台面，琴与歌都还不坏。众宾客也觉得耳目一新，一曲终了，金银珠花雪片似的往下砸，将升降舞台砸得蒸汽乱滋，小楼里一时仿佛

上了气的笼屉。

这么着，花魁状元的山茶冠砸到了将离姑娘头上。

将离戴了山茶冠下台谢座，大恩客们叫她敬酒、清唱，她都得一一应承。好在人多，座中都是有身份的，不至于闹得太不像话。应付完一圈，将离松了口气，正要行礼退场，忽然有那不知哪儿来的闲人起哄："状元娘子，你今日夺魁，有一半功劳当记在那乐人身上。我看她必是新来的，比你们楼里原来养的都高明，何不叫出来见见，日后大伙也好多关照？"

将离的乐师一直蒙着脸，躲在纱帐后面，只下台的时候露了长裙一角，神秘得让人心里痒痒。

将离听了先一愣，随后赔笑回说，她原先用惯的乐师不巧伤了手，今天这搭曲子的是临时从外面请的，不便在醉流华抛头露面，请诸位老爷原谅则个。

老爷们哄将起来：什么"里面外面"的？座中这么多贵人，春闱的状元郎来了也得下马作揖，你个半夜的"状元娘"拿什么乔？

将离正僵在那儿不知怎么办好，就听有人说道："来了！见呗——只要您敢看。"

那嗓音质地低沉，却刻意高高捏起，吊到高处又上不去，遂走调劈了嗓子，让人听着直起鸡皮疙瘩。

众人一抬头，见那被将离藏藏掖掖的乐师倒是个爽快人，就这么大方地扛着……抱着琴下了楼。

此人画着时兴的仕女妆面，浓妆艳抹，一脸白泥上还蒙了块半遮半露的纱。按说，抹成这熊样还能看出鼻子是鼻子眼是眼，本人应该不寒碜……就是过于人高马大了些。姑娘们大多只到她肩膀，那大白脑袋一枝独秀地压在群芳脑瓜顶上，有点骇人。人高，骨架自然也大，她那"香肩"上大马金刀的锁骨扎得两膀子肩袖随时要崩，大脚丫子将绣鞋撑成了一对船，扭将起来更是地动山摇……还顺拐。

这位出来团团一拜，咧嘴朝四面八方展现了一口白森森的牙：嘴上胭脂抹得仓促，不小心蹭到了牙上，红口白牙沾点"血"，活像刚啃完死孩子，多看一眼能中邪，把座中一干贵客的酒都给吓醒了！

而永宁侯爷这会儿已经低调地离了座。

侯爷少年时掷果盈车，号称"金平第一美男子"，他感觉这帮"名妓"长得也一般，所谓"技艺"更是稀松二五眼，没什么好看的，还不如回家揽镜自照。他来醉流华就是敷衍应酬，该打的招呼打了，也懒得看这些人散德行起哄，遂整衣冠下楼，要家去了。这一下楼，正好跟那退场的大脚乐人走了个对脸。

侯爷本不肯正眼看风尘女子，奈何这位个头实在太魁梧，不正眼看就得翻白眼了。他老人家被那张撞眼里的鬼脸吓了一跳，正纳闷这是何方妖孽……怎的隐约还有点面熟？就见那应对起流氓们游刃有余的乐师脸色骤变，脸上半寸厚的白泥差点裂开，掉头就跑。

"她"是琴也不要了，绣鞋也上了天，奔将起来动静非同小可，活像匹装了蒸汽火机的大野马，尾巴骨上快喷白烟了！

侯爷没料到香雾盈盈的醉流华里还饲养了这等"神兽"，茫然片刻后，他蓦地捂住前胸，脸色铁青。

左右家丁不明所以，以为老爷犯了心口疼，忙上前搀扶，就听"弱柳扶风"的侯爷从鼻子里哼出一嗓子变调的颤音："拿……给我拿下……"

家丁们莫名其妙："拿谁啊？"

侯爷深吸口气，气沉丹田："给我拿下那孽障！"

整个醉流华都让侯爷这一嗓子吼得没了声，片刻后，所有人都听说了——列位兄台你们猜怎么着？刚才那吓死人不偿命的"乐女"啊，不是别人，正是永宁侯世子乔装改扮的！

男扮女装，在花街柳巷，还兜头撞上了亲爹，热不热闹！

要说这永宁侯世子，那可是大大地有名。

此人大名奚平，字士庸，偌大金平城，万千败家子，未有能出其右者。

世子爷这回荒唐出了新花样，众纨绔还在为醉流华一张雅座的鉴花束抢破头，人家已经登台自己当花去了，谁听了不得称道一声"会玩"？据说当时，醉流华里纨绔们集体醒了酒，脖子人均长了两寸，只恨不会"飞颅功"，不能将脑袋抛出去围观永宁侯世子女装夜奔。

世子爷水袖飘摇，被他爹的人搿成了一只大蛾子。他将紧得叉不开

腿的裙子撕到膝盖上,光着两只大脚丫子从醉流华飞出来,一路奔西北流窜。

刚跑过画舫渡口,迎面碰上了兵部侍郎之子王保常。奚平不由得暗道一声晦气,这可真是冤家路窄。

这位王公子也是个不学好的玩意儿,还老觉得自己怪不赖,算个英才。"英才"武举落了榜,让老子娘花钱在禁军里给谋了个差,常到风月之地来吹牛皮,吹高兴了就喝酒,喝多了轻则对侍奉的姑娘们咆哮呵斥,上了头动手打人也是常事,他一来姑娘们就犯怵,人送雅号"王大狗"。

世子爷和王英才臭味不相投,没事就互别苗头。

此时,王保常正好站在四尺来宽的小路口,这位兄台身形孔武不凡,将那路口堵了大半。可能是喝多了,他手里拎着盏惨白的风灯,一双死鱼眼直勾勾地盯着奚平,也不知道让路。好巧不巧,就在这时,一阵邪风扫过来,路口的一排蒸汽路灯不知怎的灭了,"扑哧"一声放出细细的烟。灯下挂的翠鸟木雕给煤烟熏黑了大半,不阴不阳地随风乱摆。

奚平心说自己这脸都上了"包浆"了,亲爹一照面尚且没认出来,何况王大狗?遂也不慌,将水葱绿的长袖一甩,他香喷喷地糊了王保常一脸,吊起眼鬼叫了一嗓子:"负心汉,还我命来——"

大狗兄深夜被女鬼索命,可能是吓傻了,一时间竟无反应,奚平趁机撞开他,头也不回地冲了过去,直奔庄王府。

庄王爷乃是当今第三皇子,皇贵妃奚氏所出。

贵妃是永宁侯的亲妹,奚平亲姑。

表兄弟俩都是独生子,从小一起长大,便如亲手足一般。庄王年长奚平几岁,奚平小时候还被他扣在宫里念了几年书,跟表兄很不见外,一挨打就逃去王府避难。反正侯爷不能半夜砸王府的门要人。

他一口气钻过窄巷,发现追在身后的脚步声不知什么时候没了,便回头张望了片刻,见他爹那帮狗腿子没追上来。看来侯爷也知道他要往哪儿跑,追不上,索性放弃了。

胜利脱逃,奚平得意地将跑散的长发往身后一甩,哼起小调,美滋滋地拖着扯烂的裙摆去了庄王府。

初一夜里不见月色，尘埃和水汽掺在了一起，难舍难分。灰蒙蒙的水雾爬过奚平沾了金粉的脚印，从菱阳河往外漫延，与火机喷出的蒸汽混在一起，密不透风地盖住了整个金平。

且说永宁侯府的家丁们，老远就听见了自家世子那嗓子鬼叫，追到近前就看见了王保常。

王保常一张脸被手里的风灯照得面无人色，侯府领头的家丁经验丰富，忙上前赔礼："对不住，王公子，刚才那是我家少爷……他喝多了，要有什么得罪的，明天侯爷必令他登门致歉。"

王保常木呆呆的，一声不吭。

家丁心说可别真给人家吓出好歹来，便又小心地上前一步："王公……"

这时，王保常忽然僵硬地转过了方才被奚平撞歪的身子，像台生了锈的机器，他那直勾勾的眼珠转了半圈，把黑眼仁翻到了上面。

永宁侯府的家丁们面面相觑，不知道这位小爷冲他们做鬼脸是几个意思。紧接着，只见王保常张开嘴，前不着村后不着店地号起丧来："起棺椁，两棚经，停灵七天整——"

"号丧"不是贬损王保常唱歌难听，他嘴里的词，确实是金平宁安一带乡下人办丧事用的《还魂调》。

王保常声音嘶哑凄厉，好似老鸦夜啼，一时间听得人毛骨悚然。

一边唱着，他一边迈着僵硬的脚步往前走。

"……大道通天……送归……程……昂……喀！"

他唱一个字，往前走一步，到了"程"字，声音与脚步一同戛然而止。直挺挺地"卡"了片刻，他像一块没支撑的门板，整个人平拍在了地上。

一块青玉牌从他身上掉下来，顺着石板路滴溜溜地滚出两尺远，发出一串清脆的撞击声，人不动了。

好半晌，才有个胆大的家丁过去查看，伸手推了推王保常的肩膀，举起了手中风灯。

"王公子？这是怎么了，王……啊！"

那家丁短促地惊叫一声，一屁股坐在地上，琉璃风灯摔了个稀碎。

他顾不上心疼东西,腋下如生脚,慌慌张张地在地上蹭了数尺出去——

他摸到的是个冰凉的死人,死得透透的,人都挺了,朝天的颈后还有一块大尸斑!

(二)

大选年,皇城根,众目睽睽下,朝廷大员之子就这么一声不响地见了阎王……阎王还半夜把他放回来,让他当众唱了支小调,给帝都的选美之夜添了一抹别样颜色!

恰好有支城防军小队巡逻至此,一见王保常这死相就知道出了大事,立刻挡开围观的人群,通报了天机阁。

所谓"天机阁",属于国教玄隐的"外门"。

玄隐山分"内外",内门的仙尊们专注修行,平时不会随意下凡,一干凡俗琐事,都由外门代办。天机阁就是玄隐三大外门之一,阁中修士叫"人间行走"。

"人间行走"都是一只脚跨入仙门的"开窍期"修士,据说他们能引灵气入体,使用诸多仙家手段,但还不算真正筑基入道,凡间一般叫他们"半仙",因其公干时穿蓝衣,又有"蓝衣半仙"的叫法。

人间行走们的寿数可长达两百多岁,上承仙门,除魔卫道,是国教派驻大宛凡间保社稷平安的。他们见君王不下拜,也不受朝廷辖制,便宜时,甚至可以调动千人以内的地方驻军。

这晚,人间行走来得很快——在金平城里,除了天机阁总署,还有七个驻地,对应天上苍龙七宿,据说是镇金平龙脉的,叫作"青龙七塔"。青龙七塔每夜都有人镇守,其中"心宿塔"离画舫渡口最近,当夜值守心宿塔的卫长姓赵名誉。僵尸王保常刚一扯开破锣嗓子,心宿塔檐上的青铜铃就齐刷刷地乱震起来,惊动了正在打坐入定的赵卫长。

赵誉带着两个手下到渡口时,城防军老远就看见了夺目的宝蓝色长袍,纷纷让路,恭敬地称"尊长"。

008

赵誉目不斜视，大步来到尸体跟前，没等细看，就听见百米外一声撕心裂肺的哭喊。

旁边看守尸体的城防军校尉见蓝衣大人皱眉，忙回禀道："尊长，我们已经将闲杂人等轰走了，这想必是死者家人来了。"

"邪祟手段多，尸体没查清楚前，别让凡人凑过来添乱。"赵誉轻描淡写地吩咐了一声，又问道，"死的是什么人？"

校尉回："兵部侍郎王大人之子。"

赵誉闻言一顿，语气客气了几分："跟其家人说明原委，请他们先到一边稍坐……过会儿我亲自去跟王大人道个恼。"

校尉应了一声，转头嘱咐手下去办了，他自己提着马灯，亦步亦趋地跟上去，将一块绢布裹的青玉牌递了上去："尊长，这是死者身上掉下来的，上面还有字。"

青玉牌磕碎了一角，上面只剩一行没头没尾的生辰八字。

赵誉刚接过去，就有个城防官兵小跑过来。

"过来回话，"赵誉一掀眼皮，"什么事？"

"回……回尊长，"那小兵被领到人间行走面前，紧张得语无伦次，道，"我们问了苦主家人……小厮说，我家公……不是，他家公子半个时辰前还在醉流华跟人喝酒，也没见有什么异常。醉流华那边现在还没散场呢，好多人都看见了……方才这王公子也只说是喝多了，要出去散散酒气，谁知道这一出去就没回来。"

校尉板起脸道："胡扯，还不将那小厮拿来严审。尸身僵成这样，少说也死了五六个时辰！当人是傻子？"

小兵哆嗦一下，讷讷应声。

"也不一定。"赵誉让人将王保常的尸体翻了过来，端详了片刻，他从怀中摸出个扳指扣在拇指上，扳指上镶了颗黄豆大小的水玉。赵卫长在尸体关元、气海、膻中轻叩一圈，最后手指猛地用力刺入尸体天突穴，同时将扳指上的水玉抵在尸体口鼻间。

王保常的尸体"噗"地响了一声，像烧了劣炭的煤炉漏气，七窍都喷出黑烟来，一股脑地，都涌进了扳指上的水玉里。

周围的城防官兵集体往后缩，打灯的校尉也不由自主地一仰脖，拼命屏住呼吸。

只见原本清透如冰的水玉吸饱了烟气，黑成了煤球珠子，仔细看，那上面还泛起一点铁锈似的暗红。

"血气未散，"赵誉断言道，"人是刚咽的气，还新鲜。"

周围的城防军们不敢出气，只能交换眼神，一致认为这位从品相上看，不像很新鲜的样子。

赵誉又吩咐："把他头发剃了。"

城防校尉献媚献过了头，正巧这会儿就在旁边，闻言不敢推托，只好硬着头皮亲自动手。

尸体的头发剃了一小半，那校尉骇然"嚯"了一声，从地上蹦了起来——只见尸体从头顶开始，皮肉变成了鲜红色，像紧贴头皮粘了张胭脂纸，红边已经靠近发际线，眼看就要到脸上。

赵誉掂了掂手中写着生辰八字的青玉牌，脸色微沉："'冥盖头'，有人抢了他的阴亲。"

奚平是第二天一早才听说这件事的。

头天晚上，他翩翩"飞"进了庄王府。庄王殿下天生不足，有"目暗不明"之症，半夜被惊动，披衣出来一看，差点直接瞎了，连骂了三声"不像话"，叫人将奚大蛾子捉下来拖去洗涮。世子爷心有天地宽，洗干净就干脆赖在庄王府住下了，打算照例睡到日上三竿。

谁知天刚亮，他就被庄王从被子里薅出来见客。

奚平五迷三道地被人收拾干净，撺到了南书房，在南书房里见到了一位长得像菩萨的人间行走。

听完"菩萨"的来意，奚平一时忘了将打开的折扇收回去，扇面上"国色天香"四个大字横陈胸前，庄王只得在旁边轻轻咳嗽了一声。

奚平习惯性地端起茶杯，用手背试了下水温才递给他，回过神来。接着，他也不管什么半仙真仙，反客为主地追问了一串："这么说是我们府上的人发现了尸体？那我爹呢？他当时也在？也看见死人了？"

侯爷年轻时，人称"大宛卫玠"，是个男中西施，闲得没事自己还要闹心口疼，大半夜撞见个号丧的尸体，不得给他吓出毛病来？

人间行走说道："那倒不曾，世子放心，侯爷当时落后一步，没和贵府的人在一起。"

"哦，"奚平用"国色天香"扇扇了两下风，一颗心落回肚子里，这才道，"你刚说什么？什么叫'抢阴亲'？"

"是一种邪祟的杀人禁术，"人间行走耐心地解释道，"作法的邪佞会设法让被害人接过一个死人的庚帖，再取走其鲜血一钱、头发三根，混以尸油、香灰、朱砂等物，做成颜料，在一张完整剥落的人皮上写'婚书'，那庚帖上写的就是人皮原主生前的八字。'婚书'上写的'吉时'，就是被害人的死期，死前言行都如婚书所写。哪怕让他切下自己的肉吞进肚子，他也会照做。被抢了阴亲的人，人未死、体先僵，死后会从头顶开始变红，三个时辰内，红痕会一直蔓延到下巴上，像新娘子的盖头，所以这种死相又叫'冥盖头'。"

奚平吃了一惊："那个……尊长，您是说，有鬼捉了王大狗去当女婿……不，媳妇？什么鬼口味这么惊世骇俗……哒！"

庄王在桌子底下给了他一脚，打断了他这通没心没肺的见解。

到庄王府拜会的人间行走，正是赵誉赵卫长本人。

头天晚上，天机阁在画舫渡口搜了一宿，一无所获，这才找上了奚平——永宁侯世子是最后一个见到活着的王保常的人。因听说他夜宿三殿下府上，赵卫长才亲自来走访。

赵誉颇有涵养，没跟奚平一般见识，只问道："请问世子，昨天在画舫渡口，有没有注意到什么异状？"

奚平想了一会儿："没有，我就是整条渡口最异的状。"

赵誉又问："那世子可知，死者可曾与谁有过恩怨？"

奚平"嚯"了一声，说到这个他来了劲，把扇子一合："那可多了，就王大……大官人那人缘，您上菱阳河两岸打听去吧，十个人有九个想咒死他……"

眼瞅着他越说越不像话，庄王只好再一次打断他："家教不严，把他惯得没人样，尊长见笑了。"

永宁侯世子"美名"远播，赵誉早有耳闻，来之前也没抱什么期望，见问不出什么有用的，便转头对庄王说道："大选年有邪祟混入金平，以尸为媒，谋害朝廷大员之子，所图必定不小。天机阁自然会全力追查这些邪魔外道，也请诸位贵人多保重——另外，死于抢阴亲的人身上往往会

带尸毒，听说世子昨夜与死者接触过，我这儿有张安神辟邪的符咒，世子记得泡水服下。"

庄王挥手令正要上前的家仆退下，亲自上前接过，又转头命人将自己收藏的一幅古画取来，对赵誉道："前一阵机缘巧合，得了这么个宝贝，我这俗人也不知道怎么保管才算不辱没名画。早听说天机阁有位赵尊长是行家，今日可巧碰上您来，少不得厚颜托付了。"

赵誉微微一抬眉："殿下认得我？"

庄王笑道："我少时曾跟着宁安赵氏的棠华先生学过画，先生不止一次提起过尊长。"

赵誉一听，笑了，顶着张青年面孔，他不由自主地端出了长辈姿态，颔首道："棠华是我三弟之子。"

奚平早起还没吃饭，庄王不让他说话，他一张贱嘴闲着也是闲着，正偷偷从旁边桌上摸点心吃。听到这里，他差点让荷花酥噎住，不由得对眼前的蓝衣尊长肃然起敬——那棠华先生老得都糊涂了，他的亲伯父，可得有多大年纪了？

这也太能活了！

因有了这层关系，赵誉态度便亲切了几分，提点道："仙使快入京了，乱也就这一阵子，这几天记得少出门，写了八字、类似庚帖的东西不要接。诛邪除魔都是我们分内事，殿下不必客气，画就不……"

他话没说完，下人已经捧了个木盒来，盒子一打开，赵誉推拒的话卡在了喉咙里。

奚平探头看了一眼，见木盒里放的是一角残卷，只有半尺，破破烂烂的，心说：这是什么玩意儿，染缸里腌过的烂抹布？

可是人间行走赵卫长见了这"抹布"，却用了吃奶的力气，才没让心里的惊涛骇浪露出端倪来。半晌，他才轻轻呼出口气，声音有点发紧："《浮山海市图》。"

庄王好整以暇地笑道："书画一道，我只知皮毛，画也只得了这么一角，实在看不出真假，听说尊长有一枚'观澜'，可以去假还真，还请尊长品鉴。"

赵誉眼皮微跳，沉默地伸手一捻，戴上了他那枚水玉扳指。水玉珠才刚靠近画布一臂远，就发起柔和的白光，迫不及待地宣布，这画再真也没有了。

"看来没上当，好悬，要是假的，今天可算在尊长面前丢人现眼了。"庄王说完，又吩咐下人包好，"尊长千万不要客气，棠华先生是我师长，您又是棠华先生的长辈，孝敬长辈是应该的。"

《浮山海市图》因战祸四分五裂，赵誉苦心搜罗了五十多年，至今也只得了两角残卷，如果是在别处遇到，他能欣喜若狂，付出什么代价都得弄到手。

可是庄王……

且不论庄王是怎么弄到的，赵誉之所以惊骇，是因为这幅古画是他能否再进一步、成功筑基的关窍。每个修行中的半仙都有这么一个"关窍"，那是绝密。

庄王怎么会送他这幅画？是巧合，还是……

那病病歪歪的青年笑容很干净，似乎对那古画的价值一无所知。

赵誉心里惊疑不定，又实在无法拒绝收那古画残卷。沉吟良久，他才将微微发烫的"观澜"水玉扣进掌中，拱手低声道："如此，便多谢殿下了。不知殿下有什么可以差遣……"

"哎，"庄王打断了他，"岂敢，不过是想和尊长结个善缘。我等能安安稳稳地住在这金平城里，全靠仙门庇佑与诸位尊长护持呢。"

赵誉深深地看了他一眼，收了画，起身告辞。庄王亲自送到了门口。

奚平懒得琢磨这二位打的什么哑谜，赵尊长一走，他就癞皮狗似的猴到了庄王背后，要给庄王捶背。

"一边去，我禁不住你擂。"外人一走，庄王就变了脸，把笑容往下一扒，随后又皱着眉将奚平往远推，"一身什么怪味？昨天不是让你好好洗过吗？"

奚平低头嗅了嗅，没闻出什么脂粉味，就嬉皮笑脸地缩回爪子给庄王倒茶："谢谢三哥收留，三哥喝茶。"

庄王沉下脸色瞪他。

大宛国姓"周"，三殿下庄王名楹，生得温润如玉，再加上三分病气，怎么瞪眼也严厉不起来。

反正奚平一点也不怕他。

庄王板着脸："昨天晚上到底怎么回事？"

"命犯太岁，流年不利呗。"奚平捏了颗冰镇的荔枝，剥开往嘴里一扔，"昨儿醉流华一个姑娘临上台，乐师出了点岔子。她要唱的那曲子是我写的，我看她为难……那什么，也是技痒，就乔装打扮给她搭了一出，谁知道那么倒霉正好碰上我爹。就我们家那老爷子，自己也没正经到哪儿去，好，只许州官放火不许百姓点灯，派人一路追杀了我八条街，脚皮都给我磨破了……"

庄王怒道："成何体统！"

"谁说不是呢，"奚平一拍大腿，"撞上就撞上了，这么尴尬，咱爷儿俩互相装不熟不就完事了吗？就他，非得叫那么大声，弄得满城风雨，不嫌丢人！"

庄王："……"

母舅家一言难尽，三殿下太阳穴疼。他敲了敲木椅扶手，让人上了温水，将赵卫长给的纸符化入水中，按着奚平喝了。

"呜呜呜我自己来……好家伙，这什么味啊？这符可别是撕草纸画的。"

庄王："再胡说八道，我就拿草纸塞你的嘴。"

奚平忙摸了把蜜饯，先塞住自己的嘴，让草纸无孔可入。

庄王瞪了他一会儿，眼眶都酸了，目光也没射穿那小子三尺厚的脸皮，只得无奈道："刚没听说仙使将至吗？你可消停几天吧。这几天给我好好在家待着，不想念书就睡觉，不许再去那些乱七八糟的地方。"

奚平把果核一吐："大选跟我有什么关系？"

"你也是侯门之子，又适龄，怎么和你没关系？"庄王正色下来，喊了他的字，"士庸，不小了，自己的前途也该上上心了！"

"侯门也有金门槛和木门槛，咱家那不是打龙王庙租来的'水门槛'嘛。"奚平满不在乎道，"三哥你快别寒碜我爹了，他也那么大岁数了，给他留点脸面。"

永宁侯的门槛"水"，这事也不是什么秘密——先帝年间，大宛世家勾连，外戚成灾，一度闹得朝中乌烟瘴气。当今天子是个铁腕人物，继位后隐忍数年，一朝拨乱反正，将几大外戚削了个祖坟开花，差点连亲

014

皇后也废了。

宫里不少贵人出身高贵，多少吃了娘家的挂落，就这么着阴错阳差，让奚氏脱颖而出了。奚氏小门小户出身，有个芝麻官父亲，死得还早，娘家就剩个不成器的兄长顶门立户。她像根牡丹芍药园中不小心混进来的狗尾巴草，意外入了君王的眼，后来还生了三皇子，一路得宠，升到了皇贵妃。

奚家上下三代，男女老少都算上，没有不漂亮的，也没有不草包的。

不过草包虽然没用，倒也无害。这家人不惹事不争权，专心致志败自己的家，又不祸国殃民，往朝堂上一摆还怪赏心悦目。陛下当年为了恶心旧政敌，大笔一挥，封了贵妃她哥一个混吃等死的虚衔"永宁侯"——希望他们不忘初心，永远消消停停的。

他们这种"摆设"侯门，唬一唬平头百姓就算了，想骗玄隐山的"征选帖"可差点意思，毕竟庄王还年轻，没把他太子大哥取而代之呢。除非家中子弟格外出挑，令名在外。

就奚少爷那"令名"……不提也罢。

玄隐山的征选帖可着金平城满街撒，也撒不到他怀里，这两年他娘都惦记着给他议亲了。

庄王："你自己没出息，别捎着舅舅。"

奚平："犬父无虎子，养出个我来，侯爷还能有什么脸？"

庄王竟无言以对。

奚平擦了手，拽过小瓷碟，剥了两颗荔枝放在庄王面前。

他琴技高超，手指很灵，剥过的果子皮肉一点不黏，干干净净的："这玩意儿吃多了上火，三哥，我就给你剥俩放这儿了，甜甜嘴，可别吃多了。"

说完又讨好地笑。这小子犯浑的时候真不是东西，好的时候也是真好，庄王横起来的眉软了下去……然后就听奚平又冒出了新的厥词："再说我可不想去，玄隐山讲究那么多，什么'三修三戒'、这不许那也不许的……那是人过的日子吗？这样的长生不老还不如英年早逝呢。"

说着，他可能是荔枝吃多了，打了个饱嗝。

庄王刚要拿荔枝的手缩了回去，又窝心又窝火："放屁，说话没个忌

讳！我……你……滚滚，滚出去！"

奚平麻利站起来："好嘞。"

"等等，奚士庸，"庄王又喊住他，"就算不为别的，最近京中也是多事，都出了人命了，你少出去鬼混，听见没有？"

奚平嘴里叫着"遵命"，脚丫子已经溜出了南书房——只要他跑得够快，三哥的耳提面命就追不上他。

（三）

奚平人是王八蛋，心硬如王八壳，缺肺少肝的，还胆大如锅，反正王保常之死一点也没触动他。就王大狗那个品行，让人当街打死一点都不新鲜。就是居然有人会用这么离奇的手段杀他，挺奇怪的，跟专门为了给金平城添个节目似的。

至于人间行走赵卫长和庄王的叮嘱，他更是都当成了耳旁风。

回客房高卧到金乌西沉，这夜猫子醒了。

他伸了个张牙舞爪的大懒腰，爬起来就着燕窝粳米粥吃了三屉水晶饺，没饱——他那表哥年纪轻轻，一天到晚跟个老头似的，王府的饭净是汤汤水水，吃着不痛快——于是奚平打算上别的地方觅点食去。

他在花园里折了朵开得正艳的蔷薇，毛手毛脚地踩了庄王养的黑猫的尾巴，大黑猫暴起反击。这二位徒手干了一仗，奚平胜。他得意地将花往胸口一别，散发着芬芳从王府溜了出去，又跑到醉流华玩去了。

庄王周楹听见下人来报时，正跟自己的幕僚王俭手谈，闻言毫不意外："又跑了？"

他接过受了委屈的黑猫，在猫头上轻轻一弹："你也是，老挨欺负，还不知道躲他远点，傻啊？"

猫欺软怕硬，斗不过姓奚的，就冲主人撒气，一爪子扇了回去。幸亏庄王躲习惯了，没伤到手，只被猫爪钩开了长袖上的丝。小太监吓得"扑通"一声跪了下去。黑猫却不惧，飞起后爪蹍了主人一脚，骂骂咧咧地跑了。

"不碍事，下去吧。"庄王摆摆手，也不知是骂人还是骂猫，"自己惯出来的小畜生，还能跟它一般见识？"

王俭笑道："殿下待世子可真是，比亲生兄长不差什么。"

庄王端起瓷杯："我觉得我像他爹。"

他用热水压下了几声咳嗽，手指尖被烫出了一点稀薄的血色，像一个疲倦的雪人。

等小太监掩门出去，庄王才看了王俭一眼。王俭会意，从袖中摸出张纸，低声道："这是咱们目前拿到的入选弟子名单，总共三十人。玄隐仙使还没到，要是仙使临时看中了谁，或许会当场加一两个人进名单，一般不会大改，我看大差不差，今年大选就是这样了。"

庄王接过去扫了一眼，拈起笔勾掉了几个名字："这几人，在仙使到金平前，或德行有亏，或身体抱恙。"

他语气平平淡淡的，好像说的就是板上钉钉的事。

"是。"王俭应道，等着庄王说把谁推上去——大选虽说是仙门择徒，最后选谁不选谁，其实也看朝中博弈。

庄王却没提这茬，别过脸咳了几声，他轻描淡写地说道："透出点风去给太子岳家，我记得我大哥有个内弟，今年也适龄。"

王俭一顿，忍不住看了庄王一眼。

悬在书房的夜明珠皎如明月，光洒在庄王身上，好似明月映雪，折出了霜意。

名门望族在玄隐山都有人，能"上达天听"，纵然是皇帝，也不能想削就削、想贬就贬。当年太明皇帝平外戚之祸，其实也是借了玄隐仙门内乱的东风。此事过后，玄隐中几个大姓重新洗牌，太子的母家张氏就是被"洗"掉的，从此仙缘断绝——张家后代子孙再不能入大选名单。

这位占全了"嫡"与"长"的皇太子素有博仁恭孝之名，这些年被母族连累，一直如履薄冰。要是有机会把岳家栽进玄隐山，他动不动心呢？他会不会在春秋鼎盛的帝王眼皮底下，朝玄隐大选伸手呢？

王俭心道这才是手段，恭敬地应了，又略带讨好地说道："要是太子真的按捺不住先动手，咱们操作得当，或许能将世子也送进去。"

庄王头也不抬道："我问过了，他说不想去。"

王俭笑道："年轻人不知前途轻重，又或许是世子不好意思向您开这个口……"

庄王"啪"地掷了棋子,撩起眼皮瞟了王俭一眼。

王俭激灵一下,忙把大牙囫囵个地收回嘴里。

庄王又一笑:"手滑了,子谦别紧张——那混账跟我讨东西,什么时候要过脸?他说不想去就是不想去。再说玄门又不是什么干净地方,我也还不至于窝囊到指望他替我探路的地步。"

王俭低声道:"学生想岔了。"

"乏了。"庄王道,"棋盘不要收,改日续,你忙去吧。"

王俭眼观鼻鼻观心地倒退出门,额角微见了汗,走到院里一抬头,见星河晦暗,夜色压人。他不由得暗叹口气:朝中江流暗涌,天上人间两不消停啊。

就连奚平一出门,都觉出了金平气氛不对。

菱阳河纵贯金平,将城区一分为二:西边有九门的皇城围着广韵宫,达官贵人扎堆;东边则是贩夫走卒聚居地。贵贱之间隔着一条河,河上花酒笙歌,总是漂满了画舫游船。

可是这天后晌,往日要热闹到天明的菱阳河上静悄悄的,蒸汽船都静静地泊在岸边。没了那些画舫排的云与雾,河上视野一下清晰了不少,能一眼望到东岸,只见往来的城防官兵明显比平日里密集了不少,那些为了省钱露宿街头的外乡力夫怕惹麻烦,一个也看不见了。

连醉流华也一下冷清了。头天才办的鉴花会,这会儿奚平在大堂逛了一圈,听人聊的却全是王保常,仿佛王大狗才是新科花魁。还有自称消息灵通人士在那儿唾沫横飞地描述王保常的死相,什么"面生獠牙""脸发红毛"……跟亲眼瞧见了似的,说到激动处手舞足蹈,不小心碰洒了奚少爷手里的半杯酒。

奚平正要发作,忽听楼梯处一阵喧闹。

"是花魁娘子!"

"看看看,将离!将离出来了!"

将离松松地绾着长发,众星捧月地下了楼来,懒洋洋地往大堂里扫了一眼,就知道今日不同昨日,没有能让她开张的贵人,神色立刻冷淡——她一向只接贵客,不贵的连个眼神也欠奉。

按说开门挂牌做生意,大伙都是只跟有钱的玩,但谁也没跟她一样,直白地把"老娘就是势利"写脸上。可人性本贱，得不到的最高贵，还真有不少人吃她那套。

奚平老远瞧着有趣——将离平时爱穿素色衣裳，今天戴了山茶冠，却特意挑了条红裙，嘴唇上的胭脂也浓了，气焰乍起，像朵欺了春风的血杜鹃。其他那些没事就争奇斗艳的大小鲜花倒都商量好了似的，个个穿得活像家里有丧事，又把她一枝独秀地衬托了出来。

直到看见奚平，将离那张冷脸上才露出点笑模样："我还说你今天不来了，袖子上溅的什么？"

说着，她也不看别人，上前拉了奚平就走："你昨儿晚上换下来的衣裳我洗净熏过了，没经旁人的手，走，换了去吧。"

扔在醉流华的衣服，奚平本来不打算要了，但感觉一堆酸气冲天的视线落在他身上，不由得犯起了人来疯。他得意扬扬地将"国色天香"扇面一展，欣然跟着花魁去了闺房。

"拿了山茶冠就是不一样，姑娘这是今非昔比了。"奚平一进将离屋，险些被闪瞎眼，只见头天恩客打赏的钗镯环佩在角柜上摊了一堆没收拾，墙角的旧屏风也换了，一对花间孔雀绣工精湛，屏风上面还不甚爱惜地搭了条坠满了珠翠的孔雀蓝斗篷，不知是哪个冤大头私下送的。

将离在外间洗杯泡茶，翻了个白眼："你也来寒碜我？"

奚平听她又阴阳怪气的，奇道："冤枉，美人，这从何说起啊？"

将离说话带宁安口音，宁安离金平百五十里，口音却很不同，那里人说话尾音会拖长一些，软绵绵的，女声听来尤其悦耳。据说宁安有三绝——"烟笼弯钩桥，叫卖马莲娇，藕花深处胖菱角"，其中"叫卖马莲娇"，说的就是卖花姑娘沿街叫卖，声与色皆动人，是当地一盛景。

将离说话声音好听极了，就是嘴里总没好话："人家都说了，昨夜'余甘公'亲自弹琴，就是牵头驴上去叫唤两声也能夺魁。"

"余甘公"是奚平混在歌女伶人堆里写小曲的花名，一开始是他花钱求美人唱他的曲，后来许是那些小曲与现有曲牌不同，听着新鲜，不知怎的倒受起了追捧，变成一帮美人求他的曲。这没溜儿的玩意儿听了将离这话，一点也不管姑娘高不高兴，心花怒放地接了一句："哈哈，不敢当。"

将离"砰"一下,把茶壶摔在桌上,脸气红了:"奚士庸!"

"哎,"奚平换上衣服,从屏风后转出来,美滋滋地整理外袍,敷衍地劝道,"别气啦,都谁说你了?回头告诉我,往后这帮碎嘴子再求我的曲,不先学三声驴叫不给……嗯,这是什么?"

他从新换上的衣服内袋里摸出个绣工精良的锦囊,便要拆开。

"先别拆,"将离叫住他,"回去再看。"

"什么东西?"

"给你的谢礼,"将离绷着脸,重重地把茶杯往他面前一放,"怕余甘公下次也让我学驴叫。"

"得。"奚平把锦囊揣了回去,端起茶杯啜了一口,皱了皱眉又放下了——茶沏得太酽了,隐约还有股怪味,"跟我你倒瞎讲究起来了,但凡你平时笼着点身边的人,也不至于临上台乐师出岔子,连个提醒一声的都没有。"

"要你教?"将离一压眼皮,像只骄纵的猫,"犯不上!我这人,命又不好,运道又背,还是离人家远点好,省得把霉运传给别人。"

"胡说,"世子爷相当不赞同这话,反驳道,"命不好你能遇上我?"

将离被他堵得气短,一时没接上话。她忽然觉得自己也贱,多少人捧着哄着她,她只觉厌,唯独这比她还骄纵任性的少爷成了她的念想……这"念想"没心,在脂粉堆里集万千宠爱于一身,从来不拿她当回事。

好一会儿,她才叹了口气:"我说真的——昨儿夜里画舫渡口出了人命,人又是刚从醉流华出去的……你没见今天就没多少人敢来了吗?我才摘了山茶冠,就出了这等晦气事,也许是老天爷也看不惯我得到自己配不上的东西呢。"

奚平随口丢给她一句甜言蜜语:"笑话,世上哪儿有我们花魁状元配不上的……"

将离眼波一转:"你啊。"

奚平面不改色地接上了后半句:"那倒确实。"

将离表情空白地盯住了他,一时疑心自己听岔了:世上哪儿有这么浑蛋的男人?

奚平坦荡回视,浑得不加掩饰、表里如一。他皮薄、骨薄,下颌锋利,五官生得浓烈逼人,夺目得几乎带了戾气,是张负心薄幸的脸。

将离气得说不出话,抬起手指着门口,哆嗦着示意他滚。

奚平觉得她三句话两句无理取闹,只当是月事将近,也懒得哄她。站起来把折扇往腰间一插,他说:"你也该想开点,什么都瞎琢磨——你那烧水壶该扔了,浓茶都遮不住铁锈味,喝了也不怕闹肚子,赶紧换个镀月金的吧。我走了。"

"世子爷,"他正要推门出去,听见将离在身后压抑地问道,"你连逢场作戏都不肯吗?"

奚平莫名其妙地回头看了她一眼。

将离大半个身子浸在昏黄汽灯的阴影里,神色带着点说不清道不明的幽暗:"像别的男人那样哄我,让我镜花水月地高兴一场,往后我可以不见别人,只为你一个人梳妆,不好吗?"

"哦,嗐!"奚平"恍然大悟","说半天你就是想让我出钱帮你赎身,对吧?"

将离:"……"

"不早说!这有什么不行的?不过我平时有一个花俩,手头没个数,你也知道。这么着,你等俩月,我攒攒零花钱。"说着,他又抱怨道,"你可真行,想赎身还争什么山茶冠?拿了花魁身价高一倍不知道啊?"

将离能活活让他气炸了肺:"我自己赎自己,不劳世子爷破费!"

奚平奇道:"你图个什么?"

"图我乐意跟你!我这些年攒的身家……"

"可拉倒吧,就你那仨瓜俩枣,还'身家',"奚平一摆手,劝她道,"我要是你,就趁着红好好赚几年钱,将来傍身养老用。天天没事自己钻牛角尖玩,闲的。"

"你肯好好骗我,肝肠都剖给你,身家性命算什么!"

话说到这种地步,奚平终于撂下了脸。

他不是真棒槌,也不是不明白将离的意思。但风月场上的缘分还没有蒸汽厚,收钱卖笑、花钱买乐,大伙出门两清。永宁侯府门槛再水,也不会让他娶风尘女子,他们家又不许纳妾,要他把她摆哪儿呢?再说围着他转的美人太多了,将离也就仗着嗓子好,多得了他几首曲子,要说多稀罕,那真说不上。他既不能、又不爱,何苦耽误她?他拿她当个

知音好友,怕伤她颜面,这才耐着性子,装傻充愣陪她打了半天马虎眼。可这丫头今天不知受了什么刺激,就跟吃错了药似的,还没完了!

"上赶着要上当,"奚平收起了笑脸,"对你有什么好处?"

将离凄然反问:"对你又有什么害处呢?"

"也没什么好处啊,我要你肝肠干吗?"奚平一摊手,"我自己又不是没长……"

他自以为良言相劝,好心好意的,谁知话还没说完,就让将离给推出去了。

奚平一时败兴,干脆从醉流华里出来了。

转到楼下时,将离房里有零星的曲声飘了下来,奚平驻足听了一会儿,听出她在唱一首古怪的南方小调——唱的是百乱之地的女邪祟求爱不得,把情郎活活缝成了人偶,一边缝,一边幽怨暗生地自白。

"百乱之地"原先是古南阆国,南阆灭国两百年,那处便成了邪祟横行的魍魉乡,好多小曲都鬼气森森的。将离将琴音调低了,三分鬼气被她唱出了七八分,听得人浑身不舒服。

奚平心说:我算白废话了。

遂抬头冲将离窗根吼了一嗓子:"你吃饱了撑的吧?"

诡异的琴歌戛然而止,片刻后,窗户里飞出个花盆,把世子爷砸跑了。

"他走了。"

扔花盆的并不是将离,那是个干瘪瘦小的老人,背几乎驼成个钩,不知什么时候出现在花魁闺房里,像个阴影里长出来的精怪。

将离按住弦,神思不属地"嗯"了一声。

"姑娘,"驼子声音像把受了潮的破弦子,"他不是咱们同路人,没什么好留恋的。"

"我知道,"将离苦笑道,"我也不配留恋。您看见了,人家对我连敷衍都懒得,哪儿有半点情谊?只是……"

"嗯?"

将离犹豫了一下:"只是想起来,他虽性情顽劣,但确实没有欺负过我,这么害他我有点过意不去。"

"君子不忍见禽兽死，是以远庖厨，可也没见他们吃素啊。"驼子冷冷地说道，"菱阳河西没好人，姑娘，想想你父母满门，想想你吃的那么多苦！"

将离一抿嘴，默然不语。

驼背老者压低声音："大火不走，蝉声无尽。"

好半晌，将离才几不可闻道："宁死霜头不违心……四叔，我知道的。"

（四）

庄王是个药罐子，睡得早，这会儿天色已晚，奚平不想连着两天搅他三哥的觉，料想侯爷气也该消了，就回了自己家。刚拐进丹桂坊南口，他碰上一辆马车，奚平看见车上挂的马灯上写了个"董"字，就知道这是鸿胪寺卿董大人家的。

董家是书香门第，看不上永宁侯这种"佞幸"，于是两家虽同住丹桂坊，平时也不怎么来往。奚平犯不上凑过去讨人嫌，路上遭遇，敷衍地一拱手就错过去了，步履匆匆，也没回头。他一阵风似的经过，马车里的人想是听见了动静，轻轻地敲了敲车门，似乎是问遭遇者何人。

老车夫抬头，见奚平已经一溜烟拐进了小巷，从角门进了侯府，就慢悠悠地回道："回少爷，刚过去的是……"

没说完，就听一声咆哮从那关了门的侯府后院里飞了出来——奚平刚溜进角门，迎面撞见他爹中气十足的吼声："关门！按住！别让他跑了！"

左右应声蹦出十来个彪形大汉，有拿绳扑他的、有锁门的，围追堵截。奚平经验丰富地左躲右闪，瞄准个空，硬是在重围中插空钻了出去，宛如一条矫健的黄鼠狼。

一边往内院跑，他一边干打雷不下雨地开号："侯爷饶命！饶命！儿子知错了！"

永宁侯正上头，一不小心上了当："你错哪儿了？"

奚平抓住话茬，挥起屎盆子就往他爹头上扣："我要早知道您老捧的是情客姑娘，那天无论如何也不能亲自上台，帮着将离跟您打对台啊！"

侯爷昨天晚上刚因为去醉流华给夫人跪了半宿，差点没跪出老寒腿，被这赃栽得眼前一黑——倒霉孩子坏出花来了！

"给我将这逆子抓进马厩里,打劈了他!"

一墙之隔的小路上,董府的马车辘辘地走过,听见了"侯府家丑"的老车夫失笑道:"嘿,是永宁侯家的世子爷。"

但马车里的"少爷"毫无反应,仍一下一下地敲着车门。敲击声均匀而机械,打在微潮的木头上,发出阴森的闷响。

咚——咚咚——

"少爷?"

咚——咚咚——

车夫觉出不对劲,停了车:"少爷还有什么吩咐啊?咱们就快到家了。"

咚!

敲门声戛然而止,周遭一片寂静,只有不远处永宁侯府院里还隐约地响着喧嚣声。

车夫慢腾腾地转过身,似乎犹豫了一下,将手放在车门上,然而还不等他拉门,那车门便猛地被人从里面推开了。车夫一下没坐稳,掉了下去,紧接着,一大堆白纸钱从马车里飞了出来,见活物就扑,劈头盖脸地糊到了车夫一身。

纸钱上满是血字,写的是一行生辰八字。

扑鼻的血腥气冲天而起,车里传来一声嘶哑的号叫:"起棺椁,两棚经——"

诡异的纸钱不住地往老车夫皮肉里钻,沾哪儿哪儿烂。

车夫身上仿佛长满了白癣,惨叫着满地打滚,却又把更多的纸钱滚到身上,溃烂的皮肉上很快爆开一朵一朵暗红的花,老车夫整个人像烂桃子一样,往外流起汤来!

丹桂坊宁静的夜色被这哀号声劈碎,南街的风灯成片地亮了起来,惨白的蒸汽染了血色。

奚平刚要翻墙进内院,听见这动静,他骑在墙上,下意识地回头看了一眼。

一开始,他没看清街上滚的那团白的是什么,只看见纸钱仍不断地从马车里往外飞，无风自动，快将整条街都占满了，心里还纳闷：哪儿来这么多蛾子，看着怪恶心人的。

然后他就看见那些白纸钱互相纠缠着，聚拢成有头有脚的人形，迈开"脚"，往有门的地方"走"。"纸钱人"碰到门，就轻轻拍打门扉，一边拍，身上的纸钱一边簌簌地往下掉，悄无声息地贴附在门板、门缝里。

咚——咚咚——

大半夜的惨叫声惊动的不止一家，很快就有守角门的门房拉大门缝，自以为隐蔽地往外张望。

可是哪怕是一条瞳孔宽的缝，也足够让纸钱钻进去了。

第一个拉大门缝的门房看见外面白茫茫的一片，还以为是路灯炸了喷出来的浓烟，正要喊人，一张纸钱就从拉大的门缝外掉了进来。门房低头看清那玩意儿，骂了声"晦气"，打算用脚将它踢开。纸钱却猛地从地面飞起来，迅雷不及掩耳地扑向了他的脸！

门房顿时像被迎面泼了一碗滚油，大叫一声仰面倒去。门一下从外面被撞开，更多的纸钱一拥而上，将那门房整个人吞了下去！

目睹了纸钱骗开门到"吃人"全过程的奚平惊呆了。

这时，马车里的纸钱终于飞空了，写着"董"字的马灯昏昏地晕开，照亮了半开的车门。奚平循光往里瞄了一眼，脑子里刹那间涌起了他这辈子听过的所有污言秽语。

只见一个男人……男尸端坐在马车里，脸上大片的溃烂和尸斑面具似的扣在五官上，让人一时看不出这位生前是谁，那张斑斑驳驳的脸此时正对着奚平！

男尸似乎感觉到了他的注视，死鱼般的眼珠朝他转去，似乎是想冲他笑，嘴角往上哆嗦了一下，又挤掉了脸上一块皮，嘴里还荒腔走板地唱道："停灵……七天整，大道通天送归程……莫徘徊，一世……悲喜似泡影……往西行……往西行喽……"

此情此景断然不是阳间风物，奚平脑浆都凝固了。

而这时，侯府的角门也响了！

他看见那些飞蛾似的纸钱在他家门口堆了三尺来高，垂涎着院里新鲜的血肉与活人，正在敲他们家的门！

"别开门！外面……娘的！"奚平情急之下喊劈了嗓子，忘了自己还

挂在墙头上，大头朝下就栽了下来。

"少爷！"

奚平摔蒙了，等他回过神来的时候，已经被一帮人围住了，方才还要"打劈了"他的侯爷捋着他的后背，连声问道："摔着没有？磕哪儿了？磕着头了吗？看见什么了……爹在这儿呢，不怕不怕——乐泰，快叫人看看外面出什么事了，什么人大半夜瞎嚷嚷还敲门？"

管家吴乐泰刚应一声"是"，奚平就一跃而起。他顾不上解释，挣开侯爷，一条腿还有点瘸，跛着就往墙头上爬："不许开门！都都都……给我起开，别站门边上！别往外看！谁有火？给我！"

他说着已经上了墙头，撸袖子就准备跟那些妖魔鬼怪干："小爷烧不死你们！"

"你要干什么，刚才没把你摔老实是吧？你给我……"侯爷一头雾水，正要喝令他那倒霉儿子下来，忽然听见一阵急促的铃声。

永宁侯循声望去，吃了一惊。

铃声是从天机阁的青龙角宿塔上传来的！

七座青龙塔中，角宿塔就在丹桂坊。

丹桂坊紧贴着皇城根，"恐惊天上人"，此地楼高都不过三层，于是显得东北角那六层的角宿塔格外突兀。夜里，住在丹桂坊的人在自家院里抬头看一眼月亮挂到了塔楼几层，能估摸出时辰。

角宿塔外檐挂满了九寸六分长的青铜铃，但与寻常惊鸟铃不同，这些青铜铃里没有铜舌，从来是只见铃动，不闻铃声。

侯爷在丹桂坊住了小半辈子，还是头一次听见没有舌的铜铃发声！

那铃声有高有低，混在一起，像一阵嘈杂的低语。随后角宿塔顶放出一簇刺眼的白光，比迷津驻的灯塔还亮，刺穿了半空中的雾，笔直地落在惨叫声响起的地方。

角宿塔的反应比头天在画舫渡口的心宿塔还要迅捷。

塔檐上青铜铃才刚一动，三条蓝衣人影就随着白光飞掠而出，几个起落已经到了南街。

此时丹桂坊的南街一片混乱，几乎没有下脚的地方。好几户院子的角门和后门都已经被纸钱撞开，家丁和侍卫们像被饿狼撵着跑的羊。喊人的、念咒的、直接往地上泼火油和扔火把的……不祥的火光腾起，已经有四五个人翻倒在地，周身裹满纸钱，不知是死是活。

几个蓝衣人落在周围院墙和高高的路灯架上，为首一人装束与其他人略有不同：腰间多了一条绣有仙鹤暗纹的银腰带。

因角宿塔紧邻皇城，是京畿重地，守塔人都是天机阁中的大人物——当夜值守角宿塔的，正是坐镇京师的天机阁右副都统庞戡。

庞大人宽肩窄腰，生得浓眉大眼，脸上镀着古铜色的风霜，庄重的宝蓝长袍也压不住他身上那股子野性。

他看着不像是玄门半仙，倒像个浪迹江湖的落拓剑客。

扫了一眼地上的纸钱，庞戡从怀中摸出一枚哨子，寸余的小哨，吹出来的声音却比号角还低沉，隆隆如闷雷。哨声未落，角宿塔中又一队蓝衣人循声而来。

转眼，六个人间行走齐聚丹桂坊南街小巷——据说每座青龙塔中留守值夜的总共才七人。

正准备顺着内院院墙爬过去烧纸的奚平一呆，目不暇接地看着蓝衣人们结阵，眼珠跟不上那些快成虚影的人间行走。

庞戡抽出一面两尺来长的旗，猛地掷向地面。

"铿"一声，也不知他有多大手劲，木头旗杆跟切豆腐似的，直接穿透青石地砖，稳稳当当地立住了。以那旗为中心，六人所在之处为凭，地面上转起了一个巨大的"旋风圈"，一股脑地将周遭纸钱都卷了进来。

那些纸钱一被卷进阵中，立刻自燃，它们挣命似的往远处飞，拉锯了半天，到底纷纷被"旋风圈"吸了回去。一时间，空中飞满了火蝴蝶，狂舞一阵，最后化作灰烬落下。原本无色无形的旋风卷裹了无数纸灰与烟尘，变成了一根通天的大烟筒，将整个丹桂坊弄得像南城外的厂群一样乌烟瘴气。

足足一刻光景，散了满街的纸钱才烧干净，声势浩大的狂风暂止，马车里号丧的尸体也不知什么时候闭了嘴。

"扑通"一声，那尸体掉了出来，脸朝下拍进了满地尘灰里。

货真价实地，他"尘归尘、土归土"了。

南街鸦雀无声，好像集体被拖进了一场光怪陆离的噩梦里，除了侯府院里蹲在墙头的世子爷，没人敢露头，没人敢吭声。

唯有丹桂坊奢侈的风灯亮如白昼，给地上横七竖八的碎尸烂肉镀了银边。

此夜画舫无声，金平沉寂，菱阳河对岸传来遥远而模糊的梆子声。

二更天了。

庞戬瞥了奚平一眼，一拂袖把他从墙头上刮了下去："谁家的缺心眼玩意儿，什么热闹都看。"

他率先从高处跳了下来，掐了个手诀收了阵旗——那原本淡黄色的小旗已经黑成了炭，旗上还粘了一片完整的纸钱。

庞戬像只警醒的兽王，凑近嗅了嗅那纸钱，随后隔空一弹指，最后一片簌簌发抖的纸钱也化成了灰，从旗子上落了下来。

庞戬在手上套了一双蝉翼般的手套，将倒在地上的人一一翻过来检查。片刻后，他摇了摇头：别说活口，这地上保持完整器型的都没几位，稍一翻动就零件乱掉。

"从御林军里叫点人来搭把手，再去心宿塔喊赵誉过来一趟。"庞戬一边吩咐，一边迈过烂肉，走到马车里掉出来的那尸体旁，将那尸体翻了过来，"男的，二十来岁……身上带了私印，刻的是……'董璋'，这是谁，有认识他的吗？"

"是鸿胪寺卿董大人家的嫡长子，宫里贤妃娘娘的内侄。"一个人间行走上前低声说道，"过一条街就到董府了。"

"年纪轻轻的，可惜了，"庞戬点点头，又道，"来个人，去府上报丧……说话讲究点，别刺激人家。"

说完，他站起来，又点了剩下的两个蓝衣："你俩去周围挨户通报一声，就说作乱的邪祟已除，有家人受害的请节哀顺变，但尸骸先不要动，我们来处理。顺便询问一下，有没有注意到什么异状。"

御林军来得很快，将南半个丹桂坊里三层外三层地围了，在庞戬的指挥下清理现场、收尸驱邪，有条不紊。又不到一会儿工夫，青龙心宿塔的赵誉也赶来了。

"都统，我听说又有人被抢了阴亲？这……"赵誉被一地的尸体惊到了，"这是死了多少人？"

"死于抢阴亲的就那一个，"庞戬指了指董璋的尸身，"马车里除了他，还拉了一车浸过尸毒的纸钱，见人就扑，人肉沾上就烂。亏得是夜里，丹桂坊人也少，这要是青天白日在东边闹市区，指不定得出多大乱子。"

说话间，御林军已经小心地将董府的马车拆开了，只见车顶上有一个用鲜血画的东西，看不出是什么，纠缠的纹路毒蛇似的，盯着看一会儿就让人头晕目眩，直犯恶心。

"飞蓬咒，"庞戬负手看了一眼那尚且新鲜的血迹，"我猜就差不多——纸钱是那个死者……董璋临死前驱动的。"

赵誉神色一凛："凡人可不会画恶咒。"

"自然，"庞戬道，"是抢阴亲的邪祟操纵他画的。"

"可是都统，单让人死前开口唱歌，跟操纵他用恶咒杀人，这可不能相提并论啊。"

"嗯，"庞戬若有所思地点点头，"这样看来，抢阴亲的邪祟至少得有筑基中期修为，拿来写'冥婚书'的尸体也不能用新尸，少说得用秘法炼个五十年以上……奇了怪了，这人杀得，也忒破费。"

五十年的陈酿都难得，别说五十年泡的尸体——谁会用这么高的代价杀个文弱公子哥？

就董璋那没有一掌厚的小身板，一刀捅不死怎的？这样大费周章，难不成就为了让他临死时给自己号个丧，再顺手带走几个车夫仆役？

"都统，"这时，一个去周围扫听的蓝衣回来了，禀道，"理国公府上歇得早，老公爷年纪大了，半夜受不了这个，府上人还没敢惊动。礼部孙侍郎、大理寺陆大人府上都有伤亡，尸体已经挪出来了，也给他们布好了驱秽法阵，留了安神符咒。永宁侯府当时倒是没开门，只是他家世子正好回来时跟董府的车走了个碰头，方才又机缘巧合目睹了纸钱杀人……"

庞戬和赵誉几乎同时出声。

庞戬："刚才骑在墙头上的那个二百五？"

赵誉："永宁侯家的？"

庞戬看了赵誉一眼，后者犹豫片刻，随后想这事也不难查，隐瞒无益，便道："昨天画舫渡口那个，死前最后一个遇见的人也是永宁侯世子，我今早刚去见过一次。"

"去，上侯府通报一声，"庞戬道，"兹事体大，劳烦世子爷出来一见。"

（五）

"不喝这个，给我口酒。"奚平推开小厮递上来的安神汤。方才纸钱来敲门，他光想着怎么泼火油跟它们决一死战了，这会儿才发出一身冷汗。

画舫渡口王保常的死相，奚平只是听说，没亲眼瞧见。可那几个大活人被纸钱裹成肉泥的情景他看得真真的，再大的心也没压住肝颤。这会儿身和心一起冷下来，奚平心里也纳闷：怎么又是他？

头天画舫渡口还能说是巧合，毕竟鉴花会热闹，什么香的臭的都跑去玩了。可这鸿胪寺卿家的董公子又是怎么回事？这尸早不诈晚不诈，偏偏在丹桂坊跟他打完照面才亮嗓子……莫非他"余甘公"的美名已经传到了九泉之下，连僵尸都专程在这儿等着唱一出给他品鉴？

这时，一个小厮慌慌张张地进来报："侯爷，天机阁右副都统带人上门了！"

永宁侯一愣，略带犹疑道："请。"

他说完，又伸手一推奚平肩膀："进去看看你娘和老太太。"

奚平还没来得及应声，那小厮又道："尊长特意说了，还要……要见咱家少爷。"

一天之内，两次被人间行走点名召见，奚平简直怀疑有人往他们家祖坟里插了根号炮，不然哪儿冒的这么多青烟？

天机阁第二次上门，味道就有点不对了。

清早态度还很慈祥的赵誉仿佛不认识他，公事公办地将他去了哪儿、见了什么人、跟谁说了几句话都一一盘问过来，让旁边一个御林军事无巨细地记了，一会儿要对照着挨个找人查证。还有那银腰带的庞都统，双眼刀子似的，从他身上刮了几个来回，好像要将他五脏庙门都剖开审视。

奚少爷是个顺毛驴，不舒服准炸毛，尤其这个姓庞的方才还将他从墙头上掀下来过——于是他面无表情地以目光回敬，挑衅似的直视了庞都统的眼。

谁知庞戬被他一瞪，却笑了。

这看起来挺不好惹的男人居然长了一对笑眼，弯起来颇为和颜悦色："世子与那两位死者熟吗？"

奚平道："王思笃倒是抬头不见低头见，董子瑞不熟。"

"董大人府上的郎君生得丰神俊秀，在国子监读书，从不和这些不肖的东西厮混的。"永宁侯适时地插了话，又指着奚平道，"我总说，但凡这孽障能有人家一分，让老朽少活几年都行，谁知……谁知董家竟能遭这种祸事！都说他家大郎今年十拿九稳是要入仙门的……唉，这岂不是要坑死爹娘吗？"

"孽障"奚平把眼皮一耷拉，在眼皮遮盖的地方翻了个白眼。

董氏家风清正，董大公子是正人中的君子，从来不到处鬼混——人家只不过在城外养了个"红颜知己"而已。说来也巧，一看今年要大选，该红颜就在年初吹了场风，"识相"地香消玉殒了。据说董公子为了她，可伤心坏了，足足戴了三天的白玉发簪寄托哀思。

除了日常做作的侯爷，奚平也没见识过什么正经娇花。反正他想不通大活人是怎么让一场风吹凉的，金平冬天又不冷。他倒是觉得另一个版本听着更可信：据说那红颜是被一碗打胎的虎狼药送走的。

不过奚平听出他爹这是把他往外择，便管住了自己的嘴，没贸然拆台。

赵誊不动声色地顺着永宁侯的话叹道："确实可惜。"

庞戬压根没听见似的，仍是盯着奚平，问道："可否探探世子的脉？"

奚平无可无不可地伸出手，心说：随便，还能探出喜脉不成？

两根布满薄茧的手指虚搭在了他脉门上，接着，一股极细的热流顺着经脉流过了他四肢百骸，奚平激灵一下。

永宁侯眼角的笑纹立刻平了，沉声道："尊长，我儿有什么不妥？"

"没什么，"庞戬好整以暇地收回手，"年轻人玩心重，没事老熬夜吧？气血有些虚。"

侯爷神色微松,却听庞戬又说:"不过我也是个半吊子,世子今天毕竟是与一车尸毒擦肩而过,稳妥起见,还是请世子跟我们回天机阁住上一天,彻底检查一遍。"

这算什么意思?是检查还是调查?是请人还是拿人?

侯爷脸色瞬间结了冰:"昨天画舫渡口,不少人都与尸体打了照面,据我看也都没什么事。小儿顽劣,便不去叨……"

奚平:"那行吧,什么时候走?让带小厮吗?"

侯爷:"……"

几道视线一起落在被永宁侯拦在身后的奚平身上。奚平就跟个听不懂好赖话的二百五似的,一点也不明白"去天机阁"是什么意思,还满不在乎地对侯爷说道:"爹,让我去呗,我还没去过天机阁呢。"

"胡闹!"侯爷转头呵斥,"天机阁是玩的地方吗?"

奚平:"住一宿怎么了,我又不尿炕。"

侯爷气得胡子都打了卷。

奚平就说:"我现在一闭眼就想起那僵……那董兄不知道为什么冲我抛媚眼,浑身起鸡皮疙瘩,晚上睡觉非做噩梦不可。您就让尊长们把我领走吧,去天机阁沾点仙气也能壮胆。我带号钟过去,保准不给尊长们添麻烦……铺盖卷用自己带吗,尊长?"

庞戬笑了笑:"总署里有客房。"

奚平听了这话,不等侯爷出声,就擅自一锤定了音:"好嘞,我这就叫人收拾东西去!"

永宁侯府就这么一根独苗,打小就是个浑不论,打不服,劝不住,软硬不吃。平时侯爷拿着棍棒家法捧他,他愿意跑两圈,那纯粹是给他爹面子,顺带帮他老人家活动活动筋骨,真打定什么主意,谁也管不了。

开口答应完,奚平根本不看侯爷阴如锅底的老脸,雷厉风行就叫人收拾了行李,乐颠颠地上了天机阁的车。临走,他还没心没肺地从马车里探出头,冲侯爷挥手:"爹啊,明天晌午我回来吃,给我备点硬货!三殿下那儿除了汤就是粥,我这一天都没吃饱!"

要不是有外人在,永宁侯的骂声大概能响彻菱阳河。

庞戬听他提及庄王,眼神微闪,笑道:"放心,不会饿着世子的。"

人间行走们带着火来，挟着风走，只留下一水儿披甲的御林军，将丹桂坊围了个严严实实，提防再生变故。

南街上，各家都派了胆子大的家仆清扫门前污物，不少人看见天机阁把奚平带走了。只是大户人家的下人，都知道什么时候该装聋作哑，众人扫了一眼就立刻低头，没人吭声。

一个不起眼的中年人扫净自家阶梯，撒好符灰，与同伴一起去管家那儿领了赏钱，自告奋勇要留下当守夜门房。

夜又深了些，南街一片寂静，间或有守夜的御林军身上兵与甲轻轻碰一下，"哐啷"一声传出去老远，又不知惊散了多少人的睡意。

那中年人等到院里彻底没了人声，才从怀中取出一块木头的"平安无事"牌。他用细针蘸着水，在木牌上写道：角宿塔闻丧歌声，眨眼即至，六人。奚已被带走。

他的字歪歪扭扭的，像初学字的小孩子写的。水沾上木牌，却不往里渗，等写完最后一笔，他就咬破了自己的食指，将血珠按在木牌上。刹那间，水字和血迹都被木牌吸了进去，木牌表面光洁如初。

片刻后，木牌上微微一热，随后凭空冒出两个水字，是工整的小楷，明显出于另一人之手，写道：依计。

这下仆手中不起眼的平安无事牌，居然是一件能和别人通信的仙器！

中年人闭上眼，轻轻吐出口气，这才抹去木牌上的水珠，重新写道：三十二兄如愿殉道。

他顿了顿，用血将这句话送出去，才又努力稳住颤抖的手指，一笔一画地在木牌上写道：大火不走，蝉声无尽。

木牌对面沉默片刻，那人回：宁死霜头不违心。

此时，被天机阁带走的奚平还挺自在。

他好像天生不知道什么叫拘谨，在哪儿都自在，在马车上放肆地打量庞戬——据说天机阁的老大闭关去了，这个右副都统现在统领京畿防务，可是个大人物，平时没地方参观去，来都来了，不看白不看。

庞戬端坐时背如钢枪，一双搭在膝头的手骨节突出，缠绕手腕的青筋静静地盘着，指尖与掌心都是茧，手背上还有不少陈年的疤，坑坑洼洼的。旁边赵誉眼观鼻鼻观心地坐着,对他态度很是恭敬,一想起赵誉青年面容后面"赵老太爷"的真身,奚平就忍不住琢磨:这庞副都统多大年纪了?

庞戬:"世子想问什么?"

奚平自来熟地冲他龇牙一笑:"庞都统往地上扔个小旗能插碎南街石板,看着也没比我大几岁,想问尊长怎么练的?"

庞戬道:"就是比你大的那几年练的。"

奚平:"几年啊?"

庞戬慢悠悠地回道:"没几年,也就一甲子再拐个弯吧。"

奚平:"……"

失敬,庞老太爷!

"我倒是好奇,一般人半夜三更被天机阁带走,不说惊惶失措,怎么也得提着点心,"庞戬打量着奚平,"连侯爷都担忧得很,世子一点也不往心里去吗?"

"那是我们家侯爷想不开,尊长别跟他一般见识。"奚平坐没坐相地跷起二郎腿,"连着两天,有人碰见我就诈尸,哪儿有那么巧的事,我要是真沾上什么不干净的东西怎么办?"

庞戬不料他直接就挑明了,眉梢微微往上一挑。

奚平又说:"要是能跟王大……王思笃一样,悄没声地自己嗝屁就算了,大不了赶明儿我变个厉鬼自己报仇去。可万一到时候我跟今天那董兄一样,临死到处拉人垫背怎么办?我们家侯爷腿脚倒是还利索,家里可还有个七十多岁的老祖母呢。保险起见,我宁可上天机阁蹲大狱去。"

这就不像话了,赵誉看在庄王的分上,有心想保他,听到这儿,忍不住在旁边咳嗽了一声。

庞戬含笑道:"那不至于。"

奚平眼珠一转,口无遮拦完,又卖了个乖:"我知道,看在三殿下的分上,尊长也不会为难我的。"

庞戬倒真有点对他刮目相看了。

初见这永宁侯世子,以为是个穿金戴银的二傻子,临走时听他有意拉扯庄王给自己上保险,又仿佛是个会耍小聪明的公子哥,才让人起了点恶感,他又一屁股坐在地上,坦坦荡荡地耍起赖来,将之前的装疯卖傻和小心计都一笔勾销了。

"胆大、放肆,倒也不糊涂,"庞戩在心里给了奚平一个评价,"天赋异禀的大混混。"

天机阁对奚平挺客气,将他领到了一间客房,果然没饿着他,给了消夜和安神汤。

将他领进去的蓝衣和颜悦色地告诉他:"咱们是修行中人,住处清贫了些,比不上侯府,不过在这儿睡一宿能清心安神消百病,世子不用担心会做噩梦。"

奚平龇着小白牙,冲那位尊长傻乐,心里却说道:我要有点什么事,我就是那"百病"。

不过他自信问心无愧,就算真有"病",那也是别人害的。受害人心虚个什么?遂坦荡地叫上小厮号钟,俩大小伙子,将足够喂饱三四个人的消夜一扫而光。

这主仆二人心都挺宽,吃饱喝足,一个住里间一个住外间,不一会儿就都没了动静。

吊在房顶的蒸汽琉璃灯像是知道人都睡了,自动暗了下去。

朦胧间,奚平觉得周围似乎有什么东西在注视着他。可他眼皮太沉了,实在睁不开,干脆翻了个身,让那些东西随便欣赏。

四壁发出幽幽的光,像黄昏时分的夕照,然后那墙上渗出了古怪的"壁画"——画的是几只大眼灯一样的怪兽。"壁画"上的怪兽眼珠竟然会动,几道视线随着骨碌碌的眼,一起滚到了奚平身上。

紧接着,怪兽不但眼睛动,身体也开始在墙壁上来回窜,围着奚平打转。

突然,其中一只像是闻到了什么,猛地从墙上蹿上了床帐,从"壁画"变成了床帐上的"刺绣"。

这团狰狞的"刺绣"很快又顺着床帐爬到被面上,趴上了奚平的胸口!

就在这时,奚平恰好翻了个身。身上什么东西掉下来硌到了他,他不耐烦地拱了拱,把那东西掀到了一边,又往被子里缩去,直接凑到了怪兽的獠牙下,仿佛是要用脸接怪兽的哈喇子。跟他鼻尖对鼻尖的大眼怪兽有点羞涩，往后退了一点，扭捏地闻了半天，脸上怒色渐渐变成疑惑。它呼朋引伴，从被面爬到了床褥上，被它叫来的怪兽们分头在床帐里踅摸，片刻，其中一只"大眼灯"找到了被奚平扒拉到床边的小锦囊。

那"大眼灯"凑过去闻了闻，猛地一仰脖，好像闻到了坨屎，它用力扑棱了几下脑袋，冲奚平"哧"地喷了口气，怀疑是他屙的。

几只眼大如斗的怪兽都凑过来，围着那小锦囊，无声地交流了片刻，最后判断这东西虽臭不可闻，但似乎无害。

将奚平上上下下审察了半个时辰，几只怪兽的身影才逐渐从墙上、被面床褥间淡去，诡异的壁画与刺绣消失，昏黄的光暗下去，屋里恢复了平静。

（六）

破晓前后，两道人影落在了奚平住的客房后院，正是庞戬和赵誉。

"死者董璋昨天自国子监回来就去了城外，名为踏青，实际是去扫墓的。"赵誉将董公子在城外养外室的事简略地报给了庞戬，"御林军的人在他生前坐的马车上发现了一份大红纸做的庚帖，庚帖上的生辰八字与纸钱上的一样，都是那外室的。"

"哦，阴间的桃花债。"庞戬凉飕飕地说，"只怕这位董公子不是去扫墓，是看大选在即，怕自己这一房'世外金屋'被人发现，特意过去打点的吧？"

当今四大仙山，遴选弟子标准各有不同，比如剑修就得从小练剑，以剑修为主的昆仑收的备选弟子都是幼童，然后一批一批往下淘汰。而玄隐山相比根骨，更看重弟子的灵感和悟性，备选弟子不要灵智未开的幼童，要求男弟子年满十六岁、女弟子及笄。仙途漫漫，凡俗牵挂多拖累，有碍道心，因此玄隐仙门还规定，参选人士不得婚配。

可那大选十年才一次，月份还不确定，有那命不好的，生日差几天没赶上上一届，轮到下一届便都有二十五六岁了。这可把金平的世家子弟们坑苦了——每次大选前，无名无姓的私生崽子和他们无名无姓的娘都得死一批，庞戬早见怪不怪了。

"墓……也该是扫了的,"赵誉叹了口气,低声道,"昨天给董璋驾车的车夫,正是那外室女的生父。"

庞戬一皱眉:"你是说那第一个被'飞蓬咒'撞死的车夫?"

"正是,"赵誉道,"要不是那车夫已经死了,我们必得将此人押进镇狱严查。"

"车夫家里还有什么人?"

"没人了。他是个老鳏夫,膝下只那一女,年初没了。他是家生的下人,平时沉默寡言,除了赶车,也不怎么与人来往。住的地方没搜到什么,床底下有不少纸灰,可见能烧的都烧了……都统,我看这确实是那些邪祟惯常的风格。"

身世凄苦,独居,不与人来往。

庞戬不置可否地"嗯"了一声,走近客房,听了听奚平屋里的动静:"睡得挺踏实,这小子沉得住气啊。"

"能在八匹'因果兽'眼皮底下安睡,可能心里确实没鬼吧。"赵誉道,"这么查下来,董璋之死恐怕与他那车夫脱不开关系,倘若因果兽也觉得这永宁侯世子没问题,那可能确实……"

庞戬背着手,淡淡地看了他一眼,脸上喜怒难辨。

赵誉察言观色,话锋立刻又一转:"不过两次都让他遇见,也是太巧了。属下觉得,还是应该查一查这奚世子平日里与什么人有来往,好在都是金平城知根知底的人家,倒不难。"

庞戬听完笑了,心说这姓赵的,不愧是"大姓"出身,说话还真是滴水不漏。这三言两语看似中立,其实一直在不动声色地把那永宁侯世子往外择,话里话外不忘暗示奚平家世清白,即便卷进了这桩事里,也应该是被无辜牵连的。

"行,那你牵头查去吧,我就不管了。哎,我是乡下人出身,比不上你们大户人家,丹桂坊里那些姑姨娘舅关系,我老也捋不明白,"庞戬看了一眼黑灯瞎火的客房,又别有深意道,"这小白脸,还挺带人缘。"

"带人缘的小白脸"奚平一觉睡到了天亮。

他天天晚上不睡早晨不起,好久没睡过这么踏实的觉了,筋骨都舒展了。正要下床喊号钟进来伺候,忽然被什么东西硌了一下。

奚平迷迷糊糊地摸了一会儿，从屁股底下拽出个小锦囊，这才想起来，将离送了他个礼物来着。头天后晌太乱，他都把这茬给忘了。三下五除二地拆开锦囊，奚平从里面摸出块红玉来，成色够不上血玉，一丁点大，也没什么雕工，看着还不如锦囊值钱。只是玉上浸着股幽幽的暗香，润如凝脂，一看就是女子常年贴身温养的。

拿贴身的东西送人是什么意思？正常人都明白。奚平有点腻歪，刚想丢一边，又在玉的另一面摸到了刻痕。

他随手将玉翻过来，见那一面刻了行小字：宁安陈氏白芍，丁丑四月初九卯时。

宁安陈氏？奚平莫名其妙：这谁？

玉上连朵花都没雕，落的什么款？再说落款多是年月，偶尔到日，没有连时辰一起写的，又不是生辰八字……慢着，生辰八字！

奚平激灵一下清醒了。

不……这不是落款，这是籍贯姓名、生辰八字！

大宛有一种旧俗，闺阁小姐从小将一块"生辰玉"挂在身上温养，等到了谈婚论嫁时，走完三媒六聘定下，女方就会把自己的生辰玉送给男方，男方收了玉，回赠一斛珠，取意"珠联璧合"。

也就是说，刻了八字的生辰玉约等于庚帖信物。

据说王保常尸体上掉出来的也是一块生辰玉，而之前那位赵尊长在庄王府叮嘱的话言犹在耳——写了八字、类似庚帖的东西不要接！

奚平猛地把那玉扔到了床脚，蹦起来在身上乱拍乱打一阵，仿佛活血化瘀能预防变成僵尸。

一宿过去，他本来已经把董璋那张死不瞑目的烂脸忘得差不多了，这会儿经这疑似生辰玉的破石头一提醒，他又想了起来。他连人女婿都还没机会当，就要被强抢去做鬼女婿了？死后还得被剃成秃瓢看脑壳！这是红颜应该有的薄命法吗？

不行，奚平心说：本人绝不能同意这桩婚事！

他鞋也顾不上穿就要冲出门去，打算撩开嗓门求蓝衣尊长们出手"棒打鸳鸯"。

小厮号钟正在外间收拾床铺，目瞪口呆地看见自家少爷礼炮似的喷出来，打了一半的哈欠都吓飞了。

"少爷，怎……"

然后就见自家少爷·只手撑在客房门上，神色凝重地抬手打断他。就着这姿势沉思了一会儿，奚平又撒丫挣似的往后转，回里屋了——冲到门口他突然想起来，那玉是将离送给他的。

将离想害他……奚平以为，这说不通。

首先，他认为自己是天底下最可爱的男子，断然不信会有女人舍得害他。

再说他够对得起将离了，大庭广众下，袒胸露背的女装都为她穿了，艳压了全金平死不瞑目的女鬼，还要怎样？退一万步，就算将离对他求而不得因爱生恨，他吃过喝过她多少东西？她随便在哪儿下半勺耗子药也够药死他八回了，倒也没必要包办好他的身后姻缘。

奚平犹豫了一下，隔着汗巾捡回了那红玉，纳了闷：可如果不是将离要害他，那这玩意儿是什么？

这时，赵誉的声音在窗外响起，奚平听见那位尊长问号钟："你家世子起了吗？"

这是天机阁，不是他家，不方便磨蹭到太晚，奚平便匆忙将玉揣好，草草洗漱出来见人。

赵尊长收过庄王的古画，当着人面避嫌，私下里待奚平就和蔼多了，先是好言好语地说了一通瞎话，"将他扣在总署只是例行公事，没有怀疑他的意思"云云，随后又递给他一个小瓷瓶："听说侯爷有心疾，昨天我们深夜惊扰也是万不得已。这几颗护心丹是我家在内门的老祖宗炼的，药性温平，凡人也用得，替我给你父亲带回去，改日必登门赔罪。"

奚平接了道谢，赵誉就又笑道："你年纪轻轻，临大事不乱，心有静气，他日说不定有大前途。"

奚平听完，没把这片汤话当真，问道："尊长，我嫌疑是不是洗得差不多了？"

赵誉嘴角笑纹一僵，这败家子也不知是有心眼还是缺心眼，说话不带拐弯的，便道："你家世清白，本来也没有嫌疑。我们将你留一宿，不过是怕你在不知道的时候着了那些邪祟的道罢了。"

奚平就从善如流地改口道:"那尊长,我清白还在吗,没脏吧?"

赵誉:"……"

用了足有一百年的城府,赵卫长才将自己四平八稳的菩萨面孔端住了,只当没听见他的屁话,柔声关照奚平早点回家,勿使双亲挂念云云。

奚平捏着赵尊长给他的小瓷瓶,心说三哥那天送的咸菜皮似的残卷到底有多稀罕,能让堂堂人间行走上赶着给他卖好?

他拿一肚子贼心烂肺品了品这事,感觉庄王送的那画对赵尊长来说,与其说是件珍贵礼物,不如说更像个甜蜜的把柄。于是奚平眼珠一转,试探着得寸进尺,看对方这"好"能卖到什么程度:"可是尊长,我还是害怕,您这……那什么,有什么能护身保命的东西给我带上吗?"

赵誉意味不明地看了他一眼。

奚平就装模作样地抓耳挠腮:"我一想昨天南街上都是纸钱,都不敢回家了,虽说扫干净了吧,可万一有石头缝砖缝什么犄角旮旯还藏着几片呢?哎,要不我今天还去庄王府蹭饭去得……"

他的话被赵誉递到眼前的一把纸扇打断。

扇骨挺素净,扇面打开,四角有祥云纹和符咒,中间画着一只眼睛占了多半个脑袋的怪兽——正是头天晚上奚平屋里的"刺绣"和"壁画"。

奚平刚一打开那折扇,纸上的怪兽就自己动了。它先是前爪刨地,做了个类似猫狗埋屎的动作,然后一溜烟跑到纸扇另一面去了!

"这是什么?法宝?还是活的?"

"尊重点,它听得懂——这不算法宝,是天机阁供奉的'因果兽',"赵誉说道,"因果兽乃是当年南圣座下圣兽,他老人家飞升后,圣兽也随之而去,只剩兽灵在人间镇守大宛地脉。因果兽疾恶如仇。能在纸、绢、墙壁……除了地面之外,一切有书画的地方穿梭——没画的地方,随便沾点什么写几个字它也能暂时容身。寻常邪物碰到圣兽会如遭火烧。要是再遇到昨夜那种纸钱,大可以用扇子扇开。"

什么"圣兽""地脉"的,奚平也没听明白,就听出这大眼灯能辟邪了。于是他"哎"了一声,将那纸扇揣进怀里:"那我就不客气了,多谢尊长!"

赵誉懒得再理他，就想让这小子快滚蛋："要是再想起什么事来，派人过来说一声就行。"

这么一说，奚平就想起他揣在怀里的那块生辰玉，正要开口说这事，一个蓝衣飞马从前门闯了进来："吁——赵师兄，都统在吗？"

赵誉还没答话，庞戡就应声从院墙里直接穿了出来："慌里慌张的，什么事？"

好家伙，传说中的穿墙术！

奚平眼都直了，盯着庞戡一时忘了词——有这本事，那半夜回家不是想从哪儿钻从哪儿钻，肯定不会被老父亲堵着门削了！

便见那蓝衣翻身下马，从怀中摸出了一张花里胡哨的纸卡："都统，赵师兄，请看这个。"

"什么东西？"

奚平探头瞄了一眼："醉流华的鉴花束？"

"是，就是鉴花会最后一天雅座的票。"蓝衣半仙说着，将那纸卡撕开，纸卡居然是双层的，撕开以后，底下藏着一行歪歪扭扭的暗红血字，写的是生辰八字！

"拿来，我看。"庞戡眯起眼，转头问奚平，"你碰过吗？"

"没有，"奚平摇头，"我不用束，靠脸随便进。"

"呵，失敬。"庞戡不加掩饰地讽刺了他一句，转头冷下神色，喝令道："把醉流华一干管事的，还有写这请束的、采买笔墨纸的，全给我带回来，押镇狱候审！"

奚平一呆。

每个大宛小孩都知道"镇狱"，顽童们小时候都是听着"再不听话让人把你关镇狱里"长大的。据说那是天机阁关邪祟的地方，有十万妖邪在里面夜夜哀鸣，凡人只要进去，就是个有去无回。

奚平想：这……至于吗？

可是除了他，旁人看起来都没有异议。

赵誉问道："要查封醉流华吗？"

"不封还等什么？这种藏污纳垢的腌臢地方，早该封！"庞戡指桑骂槐完，又不耐烦地瞥了奚平一眼，"世子要是没收到过类似的东西，就请先回去吧，还是你有别的事？"

奚平一点事也没有了，足下生风，卷着小厮号钟走了。

直到这时，他才意识到，天机阁的"客房"可不是谁都能住的。没有皇子表兄和贵妃姑姑，不管生意多大、人面多广，沾了邪祟的嫌疑，立刻就得下镇狱等搜魂。

更不用说浮萍野草似的歌伶妓子了。

奚平眨眼间下了决断：玉的事他先不说。

这么敏感的时候，这么敏感的东西，尊长们知道了，准得拿将离下镇狱。就她那小身板，进去一趟还有活路？他还不知道那生辰玉是怎么回事呢，不能这么草率地害死她。

鉴花会上的繁华如一场烹油的火，繁盛灼眼，而后去如疾风。前夜的销金窟，今朝的耗子洞，一朝被端，猢狲尽散，连门口的彩绸都褪了色。

据说大小管事的一个没逃过，全下了镇狱。至于楼里的姑娘们，因为都是贱籍，不太能算人，倒还没跟着一起蹲大狱，只是同醉流华养的猫狗鹦哥一起，关在楼里不准乱走，以备随时调查——这是奚平从天机阁回去以后，号钟出去打听到的。

奚平问："将离呢？也给关楼里了？"

"将离姑娘不在，"号钟回道，"说来也是巧了，她正好一早出南城了。"

"她出南城干什么去了？"

"说是之前在南圣庙里烧过一炷香许愿，果然灵，这不就拿到山茶冠了。所以今天还愿去了。"

奚平听完几乎绝倒——"南圣庙"在金平城南十余里处，相传是国教玄隐一派开山老祖宗南圣仙尊飞升的地方。那玄隐山就差把"男女授受不亲"写进天条了，居然有人拜南圣庙求山茶冠！

奚平："灵个屁！要真是灵，南圣他老人家早作法把她劈熟了！她怎么想的？"

号钟便道："少爷，要不我路上迎她一下去？让将离姑娘找地方避避，先别回来了，你看醉流华这事闹的……"

"也行，"奚平犹豫地点了个头，"这样，见了她你替我问问，昨天她给我的……"

他说到这里就住了嘴，半晌没下文。

号钟等了半天，忍不住问："她昨天给您的什么？"

"算了，你不用管了，我自己走一趟。"奚平瞄了一眼天色，这会儿出城，天黑之前准能回来，就一脚踩进马靴，"替我把窗户门都关上，我爹他问起，就说我在天机阁没睡好，补觉呢。"

"不是，少爷……哎，少爷！"号钟五官皱成了一团乱麻，没来得及抗议，奚平就跑了。

好好的世子爷，真是多余长了双腿。

奚平虽然不信将离要害他，但她这时给了他这么个东西，很难不让人多想：王保常和董璋都是碰见他之后才发作的，出事的鉴花束恰好源自醉流华，无缘无故给了他一块生辰玉做礼物的将离恰好这时出城，躲开了查抄醉流华。如果都是巧合，这巧合也未免太多了。

换了一般人，亲眼见识了董璋的死状，卷进这样诡异的事里，早把生辰玉交给天机阁了。然而世子爷在作死一道上成就非同小可，向来不肯遵循常理。

他决定不声张，自己去找将离，问清楚这块玉的来龙去脉。

就算这玩意儿真有问题，前两次死人都是深夜，只要他能在天黑之前赶回来，也还来得及去天机阁喊救命。万一是个误会，他因为上面多写了生辰八字就屁滚尿流地把个活姑娘填进镇狱去，那是有卵的人干的事吗？

就这么着，揣着八斤的胆和自己的道理，奚平独自出了南城。

从南城门出去是大运河，运河沿岸除了简陋的民工房，就是烟熏火燎的工厂，里面的火机没白天没黑夜地"嗡嗡"响，靠近岸边的水里浮着一层绿油，腥臭腥臭的。沿河有货郎兜售杂合面饼，小贩们半死不活地吃喝着"一文钱俩"，打赤膊的劳工就蹲在岸边，就着污水里返上来的咸淡味啃。

到处都乌烟瘴气的，唯独上南山的"朝圣路"一尘不染。

那条通往南圣庙的山路两侧都是汉白玉的雕栏，一人多高，雕的不是瑞兽祥云，而是除尘驱秽的铭文。栏下嵌着浅绿的碧章灵石，与南城

外稀罕的春色缠绵在一起，像条不小心落到凡尘的仙路。

奚平出了城门就捂住了鼻子，鼓起胸膛憋了口长气，直到他快马奔上朝圣路，才打开鼻孔呼吸。

要到南圣庙去，一来一回都得走朝圣路，算时辰将离这会儿也该往回返了，正好能在半路碰上。将离的车夫老张是个罗锅，特别罗锅，隔着二里地都能看见，这会儿路上人又不密，肯定不会错过。

可是没想到，奚平一路跑到了南圣庙山下，也没看见将离的影。

此时日头已经开始往西沉了。非年非节，也不是初一十五，南圣庙没多少香客，庙外落马亭的马车只有寥寥几驾，奚平打听了一圈，都说没见过张驼子。

他不由得犯起嘀咕：号钟那狗才靠不靠谱？

这时，旁边有人接茬说道："驼子车夫啊？我见了，没在落马亭里待。"

奚平一回头，见茶肆不远处，一个老人正在套牛车，准备收摊。

老人一边干活一边嘟囔道："就是那个背比我还弯的汉子嘛，买完东西就往南走了，没见回来。"

奚平："买什么了？"

"花。"老人双手一拢，朝奚平比画道，"今天带的白花多，我还道卖不出去呢，让人家包圆啦。看来泉下人今日有客喽。"

泉下人……

奚平一愣，顺着老人手指的方向往南望了一眼——他知道了，那是城南"安乐乡"的方向。

"安乐乡"是一片坟，修得挺体面，日常也有人看守打理，但那儿并不是什么正经坟地，墓碑上刻的大多是化名——公子王孙身边失踪的婢女、失节自尽的千金、贵人府上角门里抬出去的侍妾、画舫两边一茬一茬凋谢的"名花"……这些见不得光、留不得名的人，别了阳世三间，都得往这儿落。

所以将离谎称去南圣庙还愿，其实偷偷跑到安乐乡上坟去了？

她看谁？

奚平跟卖花老人打听到他们还没回来，便催马奔安乐乡去了。

他不忌讳死人，况且安乐乡也没什么好怕的。那儿虽然是坟地，却早成了金平一景，每年清明寒衣两节，都有游手好闲的公子哥结伴去安乐乡烧纸，美其名曰"凭吊香魂"。这些人不空手，来了还得留点墨宝，于是古槐古柏上贴满了各种狗屁不通的悼词，牛皮癣似的，就算有阴气也都给恶心散了。

奚平到安乐乡的时候，不知返潮还是怎样，树林里起了雾。他拉住马，马打了个响鼻，一双前蹄不停地在地上打着退堂鼓。

动物总是对埋着尸体的地方格外敏感，奚平也没在意，扬声喊守墓人："六爷在吗？"

六爷是守墓的孤寡老人，住在安乐乡外的小茅屋里，每月领二十斤粟、半贯钱，没事就在自己小院里养鸡种小菜。

这会儿鸡不知道上哪儿去了，只有老人自己猫着腰给他的菜地松土。可能是年纪大了，他刨地的动作格外沉重，像架随时要锈住的机器。

"嘿，老头，歇会儿吧。"奚平随手从兜里摸出颗碎银，伸手一弹，丢进了六爷的小院里，"打听个事，今天有人来吗？"

六爷盯着那落到脚下的银珠子，动作一顿，迟缓地点了下头。

奚平："一个大姑娘，赶车的是个罗锅对吧？走了吗？"

"嗯，"六爷可能是老糊涂了，说话费劲，"嗯"完半天，才又蹦出俩字，"没走。"

"行……哎对了，你知道他们来拜祭谁吗？"

守墓老人耳背，奚平问了两遍，他都没听见，只沉迷刨地。

"啧，老东西。"奚平没了耐心，眼看天晚了，便不再跟老人废话，催马进了树林。

说来也怪，他的马方才还百般不愿意进树林，这会儿却不用主人催，缰绳一松，它就撒了丫子飞奔了进去。

雾越来越浓了，蹿进林中的一人一马很快不见了踪影，像被那雾气吞了。

接着，浓雾从树林里溢出来，环绕过守墓人的小屋。

孤独的守墓人用耙子敲着腥味扑鼻的泥土，"啪"一声，他脸上什么东西掉进了土坑里，落在土里滚了出去……

不是汗珠，是一颗混浊的眼珠。

老人依旧一下一下挥着耙子,浑然未觉。

(七)

"吁——"奚平手忙脚乱地拽住他炸蹶子的马。

马带起的风刮掉了旁边古槐上的"悼亡词",破破烂烂的白纸糊到了奚平脸上。他一只手死拽住马,另一只手将那臭烘烘的纸扯了下来,见上面还有大作一篇,写道是:

"安乐乡是美人堆,玉体横陈随意窥。
来年青苔绿一片,几个王八几个龟。"

奚平:"呸!"

马又往前冲了数丈,险些踩了坟头。高高扬起前蹄,它瞪着一双惊恐的大眼,嘶鸣出了驴叫。可惜主人并非知音,没懂它的意思,还给了它一脚。

"蠢东西,往哪儿瞎跑!"

安乐乡里地形不复杂,围着墓园,有一圈人工修凿的石板路,能过马车,里头都是四通八达的小土路,是那些凭吊香魂的"骚人"踩踏出来的。将离的马车进来只能在外圈的石板路上走,绕着石板路溜一圈准能碰见。奚平这么想着,就连打带骂地逼着马跑了起来。

可是跑着跑着,他觉出了不对:安乐乡……有这么大吗?

他记得墓园拿腿逛一遍也花不了三刻,可他快马跑了半天,却连一圈也没跑完——将离的车没看见,他进来的那个入口也找不到了。

眼看天要黑,雾越来越重,奚平有种错觉,好像眼前的石板路被什么人截断了头尾,围成了个无穷无尽的环。再看周遭,古槐和古柏都像一个模子刻出来的,浓稠的雾充斥在枝杈间,三尺之外就什么都看不清了,树影像幢幢的鬼影。

第三次经过一条小岔路时,奚平勒住了马,嘀咕道:"我总觉得见到这条路好几次了,你觉得呢?"

马拉着张两尺长的脸,尖着嗓子,又回了他一声驴叫。

然而除了这条反复出现的小十路,一成不变的石板路上再没有别的分岔了。

奚平想了想:"走,瞧瞧去……嘿,我说走!"

他勇往直前,他的马玩命往后缩,死活不肯挪。奚平跟它较了会儿劲,支使不动这没出息的大畜生,只好将马拴在路边树上,宣布今年侯府年夜饭桌上必有它"一盘之地"。

然后他把自己袍角一扎,迈开腿走了进去。

"鬼打墙"的传说,奚平是听过的,心说在这儿傻绕,不定绕到猴年马月去。他倒要进去看看是何方艳鬼垂涎少爷英俊,非得把他困在这儿。

奚平没打算夜不归宿,也没带灯,身上只有个两寸长的翡翠"火绒盒"——平时给他老祖母点烟斗用的。他晃了晃火绒盒,感觉快没油了,按下机簧,镀月金的齿轮带着火钢,老驴拉车似的转了半天才有点热度,明火是弹不出来了。他捡了根木棍试了试,没点着,遂丢在一边,摸瞎往树丛深处走去。

奚平不害怕,也没把小路两侧的大小坟堆放在眼里。树丛将墓地遮得终年不见天日,埋着一辈子不见天日的人。她们从生到死,只是从一口棺材挪到了另一口棺材,一直沉默,死后还要在漫天荒谬的意淫里继续沉默。奚平一边走,一边顺手将树上耷拉下来的淫词艳赋撕下来,心想这些鬼要真是作祟的料,早该有冤报冤有仇报仇了,还用在安乐乡里受这等鸟气?

用鬼打墙引他过来,许是有冤情要诉。

不过周围还是安静得让人不舒服,又黑,脚老打磕绊。在芳魂们面前骂骂咧咧不合适,于是他打算吹首小曲静静心。一时不知怎么想的,奚平吹起了王保常和董璋临死时唱的那首《还魂调》。

《还魂调》是民间口口相传的,版本众多,大概有个轮廓,具体细节,还得在号丧的时候自行发挥。"余甘公"版的《还魂调》别的不说,悦耳动听这方面绝对完胜坊间其他版本。

就在奚平自我陶醉的时候,忽然,他发现自己的口哨声起了"回音"。他倏地住了嘴,那"回音"却慢了半拍才停,奚平头皮一炸,一把按住腰间装饰用的剑:有人在树丛中悄悄跟着他,还学他吹口哨!

那学他的也知道自己被发现了，树丛中传出一阵窸窸窣窣的动静，往林深处钻去了！

饶是奚平一颗狗胆能包天，后脊梁骨也有点发麻，本能地想往反方向跑。可就在这时，他发现前面不远处有一缕灯光。灯光扎透了雾气，脚步声随之响起，朝他这边来了！

一头是半夜在坟地树丛里学他吹口哨的……不知道是人还是什么东西，另一头是提着灯沿路慢慢走的人，怎么看都是后者正常一点。那说不定是跟他一样困在墓地里的扫墓人，说不定是将离他们。可电光石火间，奚平却扭头往树丛中钻去了。

他耳聪目明，再加上从小爱玩各种乐器，对声音非常敏感，能从几十个乐工琴师的合奏里听出谁错了个音。方才学他吹口哨的人一动，他就从那动静里听出对方体型很小，被发现以后跑得颇为慌张。

但另一边，从那灯离地面的高度，就大致能看出提灯的人高马大，不是将离，也不是守墓老人，更不可能是那罗锅车夫。要知道这林中小路可不像石板路那么平整，奚平自己都崴了好几次脚，再加上大雾，就算有灯，脚步声能稳成这样吗？

一边不知深浅，一边听起来至少可以用蛮力战胜，奚平飞快地掂量了一下，果断选了软柿子。

他往密林里一钻，本来是躲避提灯人，那学他吹口哨的却以为奚平在追自己，开始疯狂逃窜。人在紧张的情况下，腿往往比脑子快，有人追就会本能地跑，有人跑也会本能地往上撵。奚平反应过来的时候，已经循声追了出去。

他个高腿长，算是非常能跑的了，可追了一会儿，奚平却开始怀疑自己追的是只大马猴……那东西好像只有半个人高，跑得却比狗都快！

这到底是个什么妖怪？

忽然，奚平脚下绊到了一条从地面凸起的古树根，整个人横着飞了出去，正好捕捉到了那逃窜的黑影。他顺势拿自己的佩剑一抡，扫到了一具身体，眼疾手快地一把薅住，两人一起扑倒在地上。

然后奚平看清了自己抓到的"东西"，震惊了——

那居然是个孩子！

只见他抓住的是一个梳着总角的小男孩，人还没他腿长，一双葡萄似的眼溜圆，眼与眉相距甚远，是天生一副惊奇懵懂的表情。

半夜三更，一个小孩子，怎会在野坟地里乱晃？

这时，奚平听见不远处有马蹄刨地的动静，还没来得及张望，手里抓的小孩就深吸一口气，像是要喊。奚平一把按住那小孩，捂住他的嘴，然后从密林缝隙里艰难地射出视线。正巧这时来了一阵风，将那雾气吹薄了些，奚平眯细眼睛，看见一辆眼熟的马车。

车夫身影模糊，后背快要弯成圆环，是个驼子。

老张吗？

车夫在这儿，主人将离呢？她是在车里还是在附近？

老车夫的影子似乎也被雾气打湿了，与林间交错的树影纠缠在一起，像只畸形的魑魅。

奚平没来得及细看，就有灯光落进了他眼睛，他立刻放低呼吸声，往地面伏了伏——方才他追着那诡异的孩子，在密林里转得五迷三道的，不小心又绕回到小路附近。那提灯人也朝这边来了。

沉甸甸的脚步声逼近，提灯人渐渐露出了轮廓。

来人跟奚平估计的差不多，足有八尺高，身上捂着件灰扑扑的大斗篷，不慌不忙地经过奚平藏身的矮树丛，往老车夫的方向走过去。

他刚一靠近，老车夫的马就惊了，前蹄几乎离开地面一尺高，嘶鸣不止。老车夫"吁"了一声，单手攥着缰绳，硬是将马钉在原处。这一拽起码有几百斤的力道，但奚平却没有疑惑那老驼子哪儿来这么大手劲——他根本没顾上往老车夫那儿看。他缩在树丛间，脖子上的血管剧烈地跳着，逼着全身的血往四肢冲，看清了那个提灯人的脸。

那人……没有皮！

提灯人脸上和手上红白一片，血肉裸露，正好身在下风口的奚平还闻见了他身上呛人的血腥气，差点没当场吐了！

眼看这"妖怪"朝将离的马车走过去，奚平后脊陡然绷紧。

将离只是个柔弱的姑娘，她那老车夫更是只能当半个人使……这怎么办？

奚平咬牙单手捏剑，定了定神，盯住了那提灯人的后心。他虽然从小爱偷懒，武艺稀松，好歹是练过点花拳绣腿的世家子弟。再不行，他也是个血气方刚的大小伙子，个头和力气在这儿呢！

他沉住气,盘算起自己暴起一剑有几成把握捅死那"妖怪"。

然而就在他准备扑出去的时候,却见将离的老车夫二步并作两步地迎了上来,唤那提灯人道:"先生,可算来了!"

奚平堪堪刹住自己,一口气差点哽住:什么情况,他俩一伙的?

老车夫带着几分急切,一叠声地问道:"时辰眼看快到了,天机阁还没有人来吗?"

提灯人叹了口气:"还不曾,你放心,林中已经布下迷心阵,一旦有修士闯入,迷心铃会响的,不到最后别灰心。"

这二位一问一答,奚平没太懂,他们好像在等天机阁的人……等天机阁干什么?

将离惹上什么麻烦了?

见老车夫与那提灯人很熟,也不怕他,奚平就有点犹疑,心说:莫非这位只是相貌欠佳,其实是个好人?

老车夫连连唉声叹气,提灯人就又安慰他道:"'十八'传了信来,'三十二'虽殉道,但金平那边一切顺利,咱们的人也都埋伏在青龙塔下了。昨夜那公子哥已经被带到了天机阁,你家'五十'姑娘借他之手带给天机阁的东西必已送达。他们只要没有废物到家,就不会错过你沿路留下的信息。只是那些官老爷向来怕死,现在恐怕还在林外面打转。"

什么"十八""三十二""五十姑娘"的,奚平听得云里雾里,但隐约觉得,那人口中昨夜被带到天机阁的公子哥好像……就是他自己。

"姑娘借他之手带给天机阁的东西"……什么东西?

奚平探手往怀里摸了摸,心说:不会是这块玉吧?

可他没交啊!

奚平不知道自己在里头被安排了一个什么角色,但显然,他没按着人家的台本走。

他一时间有点茫然,不知道自己是好心办了坏事,还是坏心办了好事。

老张惨然道:"多谢先生……唉,其实我们早知道,再万无一失的计划也会出变故。昨夜'三十二'先走一步,我家姑娘她也已经……已经做好准备了,要真抓不到天机阁的狗腿子做祭品,她会用自己的血肉迎神。"

奚平:"……"

等会儿!

这俩"好人"在讨论抓什么?干什么?

"三十二兄烈性,五十姑娘高义,实在让我等苟且偷生之辈无地自容。"提灯人用拳头轻轻敲了敲胸口,沉声道,"大火不走,蝉声无尽。"

老张强忍哽咽,也低低地回了一句黑话:"宁死霜头不违心。"

"时辰快到了,太岁将至,我不可再耽搁,得过去给诸位同袍填阵了。"提灯人说着,抬头往天上看了一眼。

雾浓得好像结成了一块,也不知道他能看见什么……可能是没有眼皮的眼睛视野格外敞亮吧。

"对了,"提灯人往前走了几步,又想起了什么,回头对老张说道,"我那奴儿又不知跑哪儿玩去了,刚才听见他吹着《还魂调》,隐约是往这边跑了,这会儿又不见影子。这小东西炼制时出了岔子,总是调教不好。你要瞧见了就帮我捉住,别让他乱跑误了大事。"

吹……《还魂调》?

"奴儿"……

"炼制"……

这几个一听就不像什么好话的词让奚平意识到了什么,缓缓地,他将目光往下移:只见被他捂住嘴的"孩子"用小手扒着他的胳膊,那双小手触感异常冰冷,上面布满了粗糙的……木纹和木结!

"孩子"直挺挺地从中间打了个对折,折完一次又折一次,木质的手指一根一根缩回掌心,从胳膊肘开始"咯吱咯吱"地往上卷,一直缩回到肩头——转眼,这"孩子"脑袋以下变成了一截方方正正的木桩!

奚平:"……"

这他娘的又是什么玩意儿啊!

小怪物趁这机会猛地一挣,木桩光滑得很,奚平一个没按住,让他从手心里滚了出去。

他咧开了嘴——那嘴可不得了,一张开能塞进颗活人脑袋,嘴里有一口钉床般密密麻麻的尖牙!

"月黑风高,宜尸变。"这时,不远处提灯人的声音顺风飘过来,"今

夜金平城中群鬼夜行，能有多壮观，就全看侯府的那位公子哥了。"

被"寄了厚望"的侯府公子就趴在不远处的树丛里，跟一颗长在木桩上的脑袋大眼瞪小眼。"脑袋"深吸一口气，噘唇作哨，准备出声！

（八）

金平城已经戒了严，唯有天机阁灯火通明。

总署门口停了足有二三十辆带家徽的车。世家公子、朝廷新贵乃至天潢贵胄……膏粱与栋梁齐聚一堂，人心惶惶地挤在院里。庞戢在暗处，冷眼看着这一院的青年才俊。凭这些人的家世，怕是有三四成能上玄隐山的"征选帖"，看这阵仗，不知道的还以为今年大选提前了。

贵人都像贱人一样乱成一团，七嘴八舌，将天机阁的小院吵得活像雨后蛤蟆坑。谁也说不清董璋和王保常是怎么死的，但他们既然都摸过类似的庚帖，谁也不知道下一个死的会不会就是自己。

"都统，"一个蓝衣快步走过来，"宁亲王和世子也到了！"

"叫老赵去接客，别找我，"庞戢头也不回，说道，"我跟这帮贵人不熟，又记不住人脸，回头认错人多尴尬……"

没等他说完，又有个蓝衣过来报："都统，翰林院柴大人、大理寺梁大人、新城长公主驸马、礼部尚书之子、英国公之子……"

庞戢："……"

您这报菜名呢？

那蓝衣低声道："被卷进来的人太多了，咱们总署人手不够。"

"可说呢，"庞戢一转身，翻书似的，他将脸上的讥诮和玩世不恭收得一点没剩，端出一脸正经八百的凝重，说道，"何止人手不够，我看连坐的地方都不够，得叫人上栖凤阁借点椅子去。"

手下人没敢接他这略带尖酸的玩笑，小心翼翼地说道："都统，要不咱把青龙塔的师兄弟们都暂时调到总署来吧？"

庞戢："青龙塔镇的是龙脉，你那意思，这些菜……才俊比龙脉重要？"

手下人一时没接上话。

这时，刚安顿完宁亲王的赵誉走了过来，接话道："人自然比不上龙脉重要，可是都统，龙脉一直都在，眼下当事急从权啊——昨天丹桂坊出事，都统不也将角宿塔值守都调了去？"

庞戬慢吞吞地说道："昨夜事发突然，恶咒控制的纸钱乱飘，若不立刻处置干净，后果难以预料。今天这些潜在受害人不都已经在这儿了吗？城中也戒了严，无论如何都控制得住场面，你放心吧。"

赵誉脱口道："场面固然能控制住，可是这些人不一定能保住啊。"

显然，院里的"才俊"中也有赵家人。

赵誉这话说完，立刻意识到自己急了，忙将语气缓和下来："都统，在场不知多少大选热门人选，此事背后的邪祟必是为了坏我玄隐大选，戕害这些门派幼苗。"

庞戬扫了一眼这些落秧的倒霉"幼苗"，心说：免费除草啊，还有这等好事？

天机阁的人间行走绝大部分都是贵族出身，经大选入的玄门，但庞戬不是。大选门槛太高了，他没有那个投胎神功——他是天机阁里为数不多的"野路子"出身。

大宛只有玄隐山一处正统仙山，除了玄隐以外的修士都算"邪修"，除非他们足够幸运，能在刚开灵窍后不久，得到玄隐内门里有分量的人保荐，成为"记名弟子"，将身份洗白。庞副都统，就是这么一个来自民间的记名弟子。所以他压根不关心这些公子王孙死不死，不关心则不乱。

在他看来，就这帮除了会投胎之外一无是处的废物，根本不值当别人大费周章地"害"。他都替凶手心疼那些几十年保存完好的尸体。董璋和王保常，更像是藏在暗处的凶手在测试城中青龙塔的反应速度，鉴花束上的猫腻提前暴露也未免太刻意。对方想借着这些废物试探什么？

"我知道你担心，"庞戬一边琢磨，一边随口推托敷衍赵誉，"但昨天角宿塔是我值守，丹桂坊又在角宿塔檐下，我们能快去快回，动一塔的布置还说得过去。要调动全城青龙塔，我可做不得主，要请示仙门或者总督——师弟，要么你跑趟腿？"

赵誉："……"

总督停工留职，闭关八年了，还请示仙门……往返一趟玄隐山，回来都不一定赶得上这些人的头七。庞文昌说的这是人话吗！

庞戬又道:"再者,我也不信凶手能一次抢这么多人的阴亲,真有那样的功力,他早就……"

然而,就在他这话还没说完的时候,毫无征兆地,吵吵闹闹的院中突然鸦雀无声。所有人莫名其妙地一起闭了嘴。

几息后,仍没有人出声打破沉默,气氛已经变了。

院里几个护卫的人间行走各自按住了自己的兵器,只见方才还坐立不安的老爷少爷们像是全体被施了定身法,在院中定格成了一群形态各异的蜡像。庞戬脸色一沉,他刚说完凶手不可能一次抢这么多人的阴亲就被打了脸。可这院中几十人,通过抢阴亲一次操纵这么多具干尸,那是什么概念?

凶手怕不得是"升灵"的大能?

玄门将仙品分为几等,入门是"开窍",又叫"开灵窍",天机阁的"人间行走"们都是这一等。灵窍开了,有了气感,才算正式走上仙途,绝大多数通过大选迈入玄门的弟子都止步于此。

开过灵窍,只是"半仙"。道心立,仙台筑成,才算真仙,这叫作"筑基"。筑了基的仙尊可以长生不老、腾云驾雾,王公贵族身上常见的护身仙器都是筑基仙尊所赐的。而"筑基",也几乎是凡人一生或有幸或不幸能见识到的最高仙品。

筑基再往上,那就真是"九霄云上人"了。"升灵"仙尊已经彻底摆脱凡胎,可不进烟火之物。以玄隐为例,升了灵,便可独开一宗,成为一峰之主。出于一些原因,邪修几乎都熬不过开窍期,偶尔有侥幸筑基成功的,也往往会在筑基初期就走火入魔。世上根本不可能有升灵的邪修!

所有蓝衣都紧张地盯着被定住的人,提防这些即将尸变的"新娘"暴动。

然而……一刻过去了,蓝衣腿都快站麻了,"僵尸"们却没有挪动一寸的意思。他们好像"尸变"了一半,因品相不佳,被那头集体退了婚,没了下文。

庞戬忽然意识到了什么,抬头望向檐上——是了,他就觉得少了点什么,屋檐上的辟邪铃没响!

"让开。"庞戬穿墙大步闯进院里，用佩剑在其中一个"僵尸"身上杵了一下。

那"僵尸"应声而倒，胸口起伏均匀……还在喘气！

庞戬半跪下来，扒开那晕过去的人的头发，朝头顶看了一眼，凭空画了一道灵符。灵符一成型即化成白烟，钻进了地上那"僵尸"的鼻孔。那"僵尸"忽然打了个挺，四肢抽搐起来，腹中鸣声如雷！

片刻后，他脸朝地，"哇"一声吐出一大摊绿水，臭气熏天……污物里有一只指甲盖大的小虫，见光就要飞。

庞戬一道指风将那虫打穿，钉在地上。

"这……"赵誉上前一步，难以置信道，"这是'压床小鬼'？'压床小鬼'不是早绝种了吗？"

庞戬捏着鼻子，皱着眉没言语。

一个资历稍浅的蓝衣忍不住问道："赵师兄，什么是'压床小鬼'？"

"是南疆一种奇虫，好多年没见过了。"赵誉说道，"虫卵被人或动物误食后，两天在宿主体内发育完全，虫身会分泌出一种特殊的毒液，有麻痹作用。宿主会全身僵直，呼吸困难，形似僵尸。多发于午夜前后，一般人都在睡梦里，症状同'鬼压床'很像，所以这种虫又叫'压床小鬼'。"

那蓝衣骇然："难道这些人身上都有这种邪物？那咱们的辟邪铃怎么没响？"

"因为这虫不算什么邪物。虫毒消散得很快，对人体没什么损害，宿主顶多觉得自己做了场噩梦，睡得死的都不会醒。'压床小鬼'在人身上寄生十天左右，就会神不知鬼不觉地从口鼻中爬走。几百年前南疆人甚至认为这是宝贝，专门抓这虫制麻药，这才把'压床小鬼'给抓绝了种，奇怪……"

"不奇怪，"庞戬刀刻似的下颌绷紧，打断了赵誉，"'小鬼'是无害，只要别遇到'驱魂香'。"

"嚯，好大一根人形的驱魂香。"奚平被人捏住后颈的时候，听见对方这么说。

奚平一个不慎，让小怪物从他手里溜了出去，眼看那小怪物要出声

引来没有皮的大怪物,他正心说坏菜,耳畔突然"呜"一声轻响,他周围约莫一丈的范围内,好像被一个透明的"壳子"给罩住了。

紧接着,一个小土块飞过来,正中小怪物的太阳穴,那小东西一声不吭地栽倒在地。

这一切发生在瞬息之间,奚平眼都没来得及眨一下,就被来人拎了起来……用一只手。

奚平最后一次被人单手拎起来,虚岁才六岁——那回他爹好不容易想"孔武有力"一回,还玩砸了闪了老腰,从那以后再没抱过他。

他回过神来当场炸了毛,猛地往前一蹿,挣脱了那只手,脑门结结实实地撞在了看不见的罩子上,撞出了一声闷响。奚平恐怕惊动那些怪人,一时都没顾上自己脑袋,忙去往提灯人和老车夫的方向张望,却发现不远处那两位仿佛聋了,这么大动静一点都没听见。

提灯人兀自往浓雾深处去了,老车夫则双手抱拳,弯腰恭送。

"哎,你这小孩,悠着点啊,"方才那将他拎起来的人心疼地说道,"我这芥子可是花两颗'白灵'买的——放心,芥子外的人听不见。"

奚平公子哥习气,看见好东西就脱口问道:"哪儿买的,能卖我一个吗?"

来人诧异道:"一颗'白灵'要黄金百两,约莫九百两纹银,那可就是九百贯制钱!京郊一亩良田不过一两百贯,够一家老小吃上两三年的。我朝骠骑大将军一年俸银还不到五百两银,两年不吃不喝也就攒一颗'白灵'。你这后生是谁家的败家子,说话口气这么大,你爹知道吗?"

奚平脑袋撞得"嗡嗡"的,又灌了这一耳朵经济账,头更疼了——这账还算错了!

奚平:"大哥,一两金是十二两银,百两金怎么就九百两纹银了?再说京郊一亩地,一年没有二十两你租都租不下来,一两百贯买良田……梦里买的吗?"

那人闻听此言,怔了怔,抬头望着夜空掐指一算,才喃喃道:"啊……一两金十二两银了,一贯制钱也从千枚涨成了千五……金平的地租居然高成了这样?"

奚平:"……"

怎么,这种常识还得夜观天象才能知道吗?

借着马车那里漏过来的微光，奚平看清了来人。

那人并不是什么彪形大汉，身量同奚平仿佛，是个有点不修边幅的青年男子，穿一身半旧的青衫，手里拎着个小酒壶。他凤眼、薄嘴唇，鼻梁略带驼峰，本来是偏于清正冷峻的相貌，言行神态却十分温润平和，好像一辈子没生过气，眨眼时，眼角还有一点笑纹若隐若现。

"民生多艰啊。"青衫人叹了口气，又对奚平道，"不说这个了——你是什么时候误食的驱魂香？"

奚平捂着头，哼出一声疑惑的单音："啊？"

"驱魂香是一种罕见的果子，气味很淡，只有南疆的'压床小鬼'能闻见，"天机阁总署，庞戬轻轻地眯起眼，"吸入驱魂香的'小鬼'会钻进宿主血管里，无害的虫毒也会变成剧毒，毒随即流向全身，宿主就会从假尸体变成真尸体。然后血管从头顶开始裂开，头皮会泛红。死时浑身僵直，死状恰似被抢了阴亲。南疆还有种不为人知的秘法，用同一颗驱魂香的果汁在镜子上画驱魂符，就能驱使死者体内的'小鬼'，让死者做出镜前人做的动作——什么生辰八字，根本是幌子，这压根就不是抢阴亲！"

他就说，怎么会有人舍得用年头那么足的陈尸杀这些废物！

"可……为什么要误导我们这是抢阴亲？"一个蓝衣顾不上奇怪"不为人知的秘法"庞都统怎么能张口就来，问道，"就为了让这些人都拥到咱们这儿睡一觉，吓咱们一跳？"

庞戬没理会："青龙塔鸣钟，开诛邪阵，出了错灵石算我的！"

这回他又"做得了主了"。

"去永宁侯府，找奚士庸！"

那永宁侯世子两次撞见僵尸，绝不可能是偶然，如果没猜错，驱魂香很可能就在他身上。哪怕奚平在天机阁总署多留一天，今夜撞上这些"小鬼宿主"，方才"压床小鬼"们成熟的刹那，总署就会得到满院子被人操控的新尸！

到时候群魔乱舞，天机阁不明就里，必会反应过度。镇守京师的人间行走大部分都分散在七座青龙塔里，留在总署的人不多，他们第一反应一定是像头天晚上一样，将七座青龙塔的蓝衣们抽调回援！

凶手的目标很可能就是镇龙脉的青龙塔！

可那永宁侯世子作为全关重要的一环却没出席，导致这出声东击西的人戏穿了帮。

"为什么？"庞戬心里急转，"邪祟算错了日子？没料到天机阁只留了那小子一天就放人？还是这里面出了什么岔子……"

震颤起来的地面打断了他的思绪，庞戬蓦地抬头，只见浓重的黑气自南面升起，冲天而去。

（九）

"那……那个什么'小鬼'，一般下在哪儿？"

"嗯？"青衫人以为他没听明白，"你应该只服食了驱魂香，没碰过虫卵，否则二者叠加早发作了。"

"我知道，"奚平心不在焉地说，"我现在挺硬朗的，那些人呢——那些吃了虫卵的？"

青衫人虽不明就里，还是耐心地答道："据我猜，驱魂香和虫卵很可能都是下在酒里的，驱魂香本身有股酒味，而虫卵很小，会被当成浊酒里的沉渣。"

奚平吊在胸口的气吁了出去：那就好，侯爷因为他那不耽误吃也不耽误跑的"心疾"，在外面向来是滴酒不沾的。

他这才把注意力挪到"驱魂香"上，苦笑道："我在醉流华里喝酒跟喘气差不多，问我哪口气喘得不……"

这时，浓雾密布的林间响起号角般的"呜呜"声，紧接着"哗啦"一声，急雨落下，将浓稠欲滴的雾冲散了，好像有一只手抹去了附在琉璃上的蒸汽。

只见四个……"人"，抬着口棺材，不知刚从哪个坟头里爬出来。

其中一个抬棺人正是方才那提灯人，他居然还算这一伙里比较齐整的。其他三个：有一个脸上没有五官，惨白的面孔中间只开了一条缝，一时判断不出是眼还是嘴；有一个少了半个膀子，头颈摇摇欲坠地戳在三角形的胸口上，像杆旗；还有一个缺了一大块脑壳，凹进去的地方拿破布缠了，脑子上的血管将软塌塌的布撞得一蹦一跳。

这抬棺的四个正与奚平面对面，相距不到百步！

奚平猝不及防直面了这些妖魔鬼怪，一口气差点没上来，感觉自己活活折了十年阳寿。

"邪修容易走火入魔，外形也往往异于常人，不用怕，也都是可怜人。"青衫人叹了口气，见奚平后退时踩了个凸出来的树根，差点坐下，就伸手撑了他一把，冲他一扬酒壶，"有酒，喝吗？"

奚平："喝。"

青衫人："……"

他本来是随便客气一句，想着这小青年刚知道自己酒里被人加过料，肯定不敢再乱喝别人给的东西，没想到还真要。可是话都说出去了，他也不好不给，于是有些肉疼地将酒壶递了过去："没多少了，你省着点。"

少爷长这么大就不认识"省"字，奚平接过酒壶就灌了一大口，差点给人把酒喝干了。

酒极烈，才入口，酒气就割开他的喉咙冲了下去，横扫了奚平的五脏，继而又杀了个回马枪，往上返到眉心。几息过后，火烧火燎的感觉忽然消散，醇厚的酒香涌了上来。

奚平呵出一口热气，胆又壮了，再次放出目光：这一次，他注意到，棺材后面还跟着个人。那人披麻戴孝，一张脸白得没有血色。

是将离。

但……她又不像将离。

奚平一时说不出她哪儿不一样。五官还是那副五官，连梳的头都跟平常一样，可莫名地，她看起来不娇了，也不芬芳了。她本来像一朵餐风饮露的花，这会儿却突然长出了热腾腾、会馊会臭的血肉，发出了粗糙的"人味"。

"认识？"青衫人问道，"红颜知己？"

"她是红颜，"奚平不错眼珠地盯着将离，想起自己为了袒护她，连自家小厮都信不过，亲自跑过来从阳间找到阴间……他觉得自己有点可笑，咬着后槽牙笑了一声。"我不是知己——我可不配。"

话音刚落，就听"咚"一声，妖魔鬼怪们将那口大棺材放了地上。将离和那几个抬棺的踩着某种特殊的节奏，围着棺材转了起来，每一步都齐刷刷地跺在地面上。地面仿佛变成了一面大鼓，那些人跺一次地，

地面就会传来一声闷响，一下重似一下。

奚平过于灵敏的耳朵震得生疼，正要抬手捂住，忽然，他捕捉到了一声轻响……从棺材里传出来的。

他顿时起了一身鸡皮疙瘩：这里头怎么还有一个跟着打拍子的！

紧接着，清亮的女声插入鼓点里，惊艳过菱阳河的歌伶开了嗓，优美得让人战栗。

以前有听将离曲的，听到痴绝处，惶然掷杯而走，说"此子歌声不祥，声有惑人之法，人有妖孽之相"。这事奚平当笑话听了，因为将离的曲子大部分都是他写的，他们家祖传的手艺就是当吉祥物，哪儿有"不祥"的道理？说这话的人准又是个被美色冲昏头脑的傻子。

现在，他可算知道谁是傻子了。

随着歌声，棺材上升起一盏绿油油的灯，浮在半空，像鬼火；围着灯的人都没什么人样，像鬼。

歌声、脚步声、棺材里的敲击声与地面的震颤声交织，越来越响。奚平几乎要站不住，只好艰难地把自己挂在旁边的树上，扭头问旁边的青衫人："尊长，你还不管管吗？"

"尊长？"青衫人本来正在琢磨怎么把酒壶讨回来能显得自己不那么抠门，闻言一挑眉，"你知道我是谁？"

奚平心说：我又不傻。

他都听见那没脸没皮的提灯人说了，这林中有专门给天机阁挖的坑，这位看似穷酸的老兄非但没被坑住，还在旁边津津有味地围观，可见比这些相貌骇人的妖魔鬼怪都厉害。

再说他本人作为人形香炉，没好好在香案上待着，一路顺着人家给天机阁留下的"路引"流窜到这里，妖魔鬼怪们却一点也不知道，这事合理吗？必有高人在背后作祟……不，把控。

这位穿青衫的高人虽然算不过账来，却能脱口说出骠骑大将军的薪俸，显然曾是朝廷的人。说不定是天机阁高官，甚至……

那穿青衫的高人摇摇头："这不过是个仪式，打断也没用，他们早把自己'当'出去了。"

话音刚落，北方传来一声长吟，像某种震怒的猛兽咆哮，卷着疾风而来，连那震得奚平耳鸣的鼓点都压过去了。

将离破了音，清亮的女声如裂帛，变成沙哑的嘶吼，那一嗓子甚至不像人声。

奚平头一次知道声音也能变成铁锤，他只觉得自己胸口被交杂的巨响重击，肋骨差点当场裂开。他眼前一黑，回过神来的时候，七窍已经流出血来。

可他顾不上擦，那一瞬间，没缘由的战栗丝丝缕缕地爬上了他的后背，他感觉到有人……不，有什么东西就在他身后，隔着一层薄薄的"芥子"注视着他！

青衫人懒散的站姿变了，无声地冲奚平竖起一根手指，陡然凌厉起来的目光越过奚平，射向他身后。

奚平被震出来的鼻血流到了嘴里，一时没敢擦，不知过了多久，他才听见极轻的脚步声，"沙沙"地经过，走远了。他蓦地扭头，却见身后空无一物，只有松软的泥土地面上多了一排浅而清晰的脚印，不紧不慢地走向了将离他们。

步幅不大不小，稳稳当当的，但……那脚印上没有人！

奚平从来不信世上有鬼神，此时亲眼活见鬼，天灵盖都麻了。

再一看，棺材旁边的几个都跪下了，那方才一直在响的棺材板不翼而飞！棺材里起了一阵妖风，朝四周扩散，林间蓊郁的草木被风卷过，绿叶刹那间干枯变黄，瑟瑟地落了一地。

将离眼都没眨，干净利落地一刀切下去，划开了自己的手腕。奚平不知道她是有多狠，那一刀几乎切断了她半个手腕，血喷了一棺材……而脚印已经到了棺材前。

那些跪伏在地的人山呼："恭迎太岁——"

邪祟们迎接邪魔的尾音未落，奚平就听见一声脆响，像利器砸碎了琉璃盏。

紧接着，四五条蓝袍人影从天而降，为首一人手持长剑，一剑斩向那棺椁，天机阁总算来人了！

奚平眼花缭乱，既没看清天机阁来的是哪位，也不知道脚印和剑光哪一道先落在棺材里，只知道人间行走们与妖魔鬼怪们混战成了一团。金铁之声激烈得像是要砸出火花来，然后"砰"一声，正中间那口棺材突然四分五裂，废墟上站起一个人！

这位方才一直想"揭棺而起"的仁兄露出了真容。

只见他身材高大，穿一袭五蝠捧寿的深褐寿衣，"吉祥如意"地戳在棺材板中间，几个邪祟背靠背，拱卫在他身边，与人间行走们对峙着。

奚平却连诈尸都没顾上看，他的注意力全被将离吸走了——就这么一错眼的光景，她那张出水芙蓉似的脸竟已干枯褶皱如老妪，肩背塌陷下去，满头乌丝白了一多半。要不是骨相还撑着五官的大概样子，他差点都没敢认！

"让开！"不远处林间传来一声清啸，一个熟人御剑从树梢上擦过，庞副都统亲自赶到了！

庞戬双手虚扣成拉弓的姿势，雨水打着旋聚拢在他手里，凝成了一支"水箭"，直射向棺材里的人。

将离不假思索地上前一步，以身挡住水箭，张嘴发出一声尖啸。

那个青衫人不知什么时候来到了奚平身边，抬手一巴掌，拍上了奚平的耳朵。

奚平被那手掌轻轻一拍，"嗡"一下，"咕噜咕噜"的水声从右耳"流"了进去，一直流到左耳，让他短暂地失了聪。他没能听见将离的声音，却能感觉到周围的草木在震，原本停在路边的马车轮子竟然无端开裂，那马"扑通"一下跪在地上，抽搐几下，竟不动了！

庞戬被这一嗓子吼得脚下长剑打了个晃，燕子似的飞身落地。

奚平耳朵里的水声只咕噜了片刻，很快又从左耳出去了，重新恢复听觉，脑子里却是一团乱麻——他看见了什么？

娇花将离，刚才把天机阁里高深莫测的都统大人喷了个趔趄！

庞戬喝道："结阵！"

几柄长剑应声交织在一起，蓝衣人的剑阵雷霆似的落下，数条剑光织成了一张网，劈头盖脸地朝棺材里的寿衣男子压了过去。

而就在这时，那死人睁开了眼。

他的眼瞳竟是金色的，目光慑人，一抬手，一股腥风平地而起，几个蓝衣气都没顾上出一口，就连人带剑一起飞出了数丈远。

庞戬的脸色终于变了。

那双瘆人的金眸垂下，金眸主人轻轻地掸了掸自己寿衣上的尘埃，神色近乎温柔地扫过围着他的几个邪祟，僵硬的嘴角上提，露出点笑意。让人想起悲喜莫测的神像。

没有皮的提灯人浑身战栗起来，喃喃道："太岁……是太岁啊……"

邪祟们半晌才回过神来，一个接一个地跪伏在他脚边，又哭又笑，形如癫狂。

"太岁！"

"参见太岁——"

"太岁！太岁真降临了！"

被他们唤作"太岁"的男人看向将离，朝她伸出一只青白如死人的手。

将离跪着，用膝盖抢到他面前。

"陈家姊妹，"他的声音居然十分柔和，也带着淡淡的宁安腔，"多谢你，你的事我知道了。"

奚平却是一愣，心道：陈家姊妹……将离原来姓陈？

他不由自主地伸手摸向他怀里那块生辰玉：那玉上写的就是"宁安陈氏"，难道……

这时，太岁身形忽然微微一晃。

将离吃了一惊，叫道："太岁？"

太岁伸手按住眉心，叹了口气，抬头看向庞戬："庞都统，金平狼狗，名不虚传，果然是铁石心肠，几十条人命躺在眼前也调不了你离山，我们埋伏在青龙塔附近的兄弟姊妹们，看来都殉道了。"

庞戬冷笑了一声："好说。"

棺材旁边一帮妖魔鬼怪闻声，神色骤变，有人失声道："不可能！我们没收到事情有变的消息！"

将离蓦地抬头："太岁，如果他们没拿到龙脉，那您……"

太岁看着她，目光近乎悲悯："我这身躯，眼下不过是仗着你们的'供奉'勉强维持罢了。"

"我以前单听说过有妄人异想天开，想盗取地脉灵气，都被天打雷劈了。还是头一次见到把主意打到龙脉上的，这位前辈真是志存高远。"庞戬叹为观止地拱拱手，"怎么着，您当那龙脉是线，能把您跟这不'合魂'的行尸走肉身缝一块？何必呢？怪难看的，快脱下来……"

他话音没落，一道惊雷落下，映出了太岁身后的影子。

那竟是一条龙影！

龙影在太岁脚下游走，所经之处，没来得及逃走的飞鸟和小虫都被吸干后风化成沙。那影子里的龙仰面无声咆哮，朝人间行走们扑过去！

幸而庞戬嘴虽然欠，弦却一直绷着，雷落下的一霎，他立刻拍出一道符咒。

可是龙影未至，那符已经碎了。

庞戬一拂袖，七八道符咒同时出手，密不透风地挡住身后同僚。

"本座这身体确实只能维持一时半刻。"太岁好整以暇地挽起寿衣的长袖，"不过对你们这些小小'开窍'来说，片刻还不够吗？"

庞戬这会儿一个字也说不出来，脸上故作的轻狂都快维持不住了。他出身寒微，是自己一步一步爬上来的，虽然人间行走只是开窍，但他平生不止一次遭遇过筑基的邪修，仗着多年走南闯北的经验，就算不能以弱胜强，好歹也能周旋到增援赶到。他从来没有像此刻一样，才跟对方一照面，就被压制得没有还手之力，好像成了八尺壮汉面前毫无还手能力的婴儿。

这还只是个行尸走肉……这魔头到底是什么境界？

太岁显然没把天机阁众人放在眼里，金色的眼眸一转，转向奚平的方向："还有这位神通广大的朋友，看够了吗？"

（十）

奚平肉眼凡胎、狗屁不懂，连方才动手的谁输谁赢也没看明白。依据街头斗殴的经验，他数了数在场人数：好，天机阁人多。

于是他得出结论：稳。

大魔头扭脸对着这边说话，奚平就自动认为是冲他的。正好，他也有话想当面问将离。一擦鼻血提起剑，他将"神通广大"四个字认领了下来，扭头问那青衫人："尊长，出去的门在哪儿？"

青衫人用一种很奇异的目光看了他一会儿："孩子，你往后站一站，酒壶拿好……给我留一口，别都喝了。"

说着，他轻轻拂袖，将奚平往身后一扫。

奚平好像瞬间没了分量，等反应过来，他已经飞到了一丈开外的树坑里，一片羽毛似的轻轻落地。接着，夜风灌进口鼻，奚平闻到了一股樟脑与楠木混杂的烂木头味，沉甸甸的，像在泥里沤了好几年。

透明的芥子移开了。

青衫人抬手掀起挡在面前的枯枝，现了身，先冲太岁一笑，又温和地对天机阁众人摆摆手："辛苦了，诸位，都先歇歇。"

他一摆手，庞戬等人就觉得好像有一座大山挪开了，金瞳太岁的压力倏地消散，惯性所致，众人几乎都是跟跄了一下才站稳。

庞戬缓了口气，恭谨地开了口："请问来的可是内门仙使？是哪位师兄？"

"哪位也不是，"青衫人笑道，"你可能得叫师叔。"

庞戬略微一惊——玄隐山每十年开一次仙门，十年对修行中人来说，可能也就是一个短暂的闭关，一届一届地讲辈分太乱，所以不管内门外门，只要不是能从九族里论上亲的，通通以平辈相称。见了不认得的同门，不论齿序与入门先后，一律敬称"师兄师姐"。只有升灵峰主才有资格开宗收徒，才算"师叔"。

可是历届仙使，不都是轮值的峰主派座下筑基弟子来吗？敷衍一点的，可能干脆指个资历老些的开窍期的就来了，这是哪位峰主，怎会亲自下凡？

不等庞戬细想，那寿衣太岁便撩起金瞳，看向这位仙使。他脚下的龙影越发暴躁，像是想冲出地面，张嘴噬人，但那人语气却依旧是彬彬有礼的。

"我早知道玄隐山该盯上我了，只是没想到他们居然舍得派你出来。幸甚，支静斋……支将军。"

这话一出口，在场所有人都傻了。庞戬方才端起来的手忘了放下，树坑里的奚平差点没端住酒壶。

不学无术如奚世子，本朝年号他顶多能说出五个，顺序还不一定对——可就连他也知道"支静斋"。

"静斋"是字，这位支将军单名"修"。

两百多年前，宛仁宗年间，南有邻国，名"阆"。阆国的国教是当年

五大仙门之一的澜沧剑派，澜沧掌门走火入魔，挑起战火，妄图掠夺别国灵气归己用。南阇大军北进中原，大宛首当其冲。澜沧剑派倒行逆施，不顾仙凡有别，公然撕毁五大仙宗当年"立世之盟"，派数位玄门高手随军，用秘法阻断了玄隐山与金平的联系。

阇军势如破竹，一夜直逼金平，国都倾覆在瞬息之间。当时，支大帅与一众家将都在边疆，各地驻军已经来不及回救，玄隐又收不到消息。金平城内，只有三万禁军与天机阁常驻的开窍期修士几十人，还有恰好在京城养病的支家幼子。

这位小将军临危受命，将宫中与王侯百官家里一应仙器征调，配合城中铭文法阵，以凡人之身，守了金平一天一宿，一直撑到天机阁八死士突围，传信玄隐山。

后来玄隐圣人下山，几大门派围剿澜沧，澜沧剑派覆灭，五大仙门变成了四大仙门；失去了国教的阇也从此走向穷途末路，灭了国。因南阇魔气不散，百年凋零，那里成了现在的"百乱之地"。

支修自此一战成名，后来官拜骠骑大将军，是大宛的武曲星。

可惜天妒英才，支将军方及而立就患了重病。那年本不是玄隐山的大选年，玄隐司命长老章珏不忍见将星陨落，破例亲自下山，将他接走收为关门弟子。又过了几十年，他凡间亲眷纷纷过世，支将军便隐遁仙门，不再露面了。

仁宗至今，六朝已过。支将军不在人世，赫赫战功却都成了传奇话本上的名篇。他是每个大宛少年都崇拜过的偶像，街头巷尾的小男孩拿木棍玩打仗游戏，谁没有因为抢着要当"支将军"跟小伙伴翻过脸？

现在这位传奇竟然就在他们眼前！

活的！

而且至今念念不忘他当大将军时一年多少薪俸！

"一百多年没出过门了，阁下居然认得我，"支修笑道，"失礼，敢问咱们可有什么渊源吗？"

"倒没有，"太岁跟他说话，连自称都谦逊起来，"某早年游历人间时，曾有幸见过将军一面。将军功在千秋，支家军风采让人甚是心折。"

支修客气道："抬举。"

只见这一仙一魔比着礼多人不怪似的，气氛一时和谐得好似在拜年。

魔头"太岁"便友好提议道："某不欲与你为敌。支将军从玄隐山到金平，一路辛苦，不如今夜你我各退一步，如何？"

支修一拱手："多谢体恤，不辛苦，为师门跑腿应该的。"

太岁脸色愈加缓和："在下只是修行功法特殊，需借一小段龙脉，想来断然不至于损害国运社稷。然后我们各自带走自己的人，就此别过，可好？"

支修脸上的微笑好像涵容了金平城过期的春风，然后他说道："这恐怕不妥。"

人们还没反应过来他是什么意思，地上的龙影已经先一步仰起脖子。

几乎与此同时，天上落下的无数水滴在支修掌中汇聚，冻成了一把巨大的冰剑，朝那金瞳的行尸当头斩下。

太岁瞬间已在十步之外，方圆百丈之内的枯枝上被那冰剑扫出了霜！

太岁双手一张，脚下龙影无声咆哮，一声脆响，支将军手中冰剑被震碎成了无数片，撩断了他一缕头发。

突如其来的寒风将奚平扫了个透心凉："阿——阿嚏！"

这结结实实的大喷嚏将不少人的目光都招了过来。

将离和庞戬注意到他，同时出了声。

庞戬："好小子，你在这儿！"

将离惊呼："你怎么在这儿！"

奚平拍拍身上的草屑和冰碴，从树坑里爬了出来。吸溜了一下鼻子，他没心没肺地嘀咕道："这话问的，那可是小孩没娘，说来话长了。"

"不忙叙话，"支修的声音远远传出来，是对庞戬说的，"退开些，你们替我照看一下这位小朋友。"

此时支修也好，太岁也好，形迹都已经不是开窍期的修士捕捉得到的。

那一仙一魔穿梭之处，细密的春雨随时会冻成冰刃，薄薄的雨水冻成的冰刃竟有削铁如泥之锐。崩在石头上弹出来，直接削断了一个蓝衣带着符咒的腰带!

人间行走和邪祟们被迫集体后撤,给人能让出场地。

庞戳身后一个蓝衣激动地说道:"支师叔亲至,应该没我们什么事了。都统,漏网的邪祟们都在这儿,趁这会儿抓了?"

说着他就要拎起剑往上冲,庞戳眼明手快,一把拽住那上了头的蓝衣,将冒失的手下拎了回来:"别找死,闪开!"

他"闪开"两字被一声震天裂地的龙吟压了下去,只见那地面游走的龙影竟然化成了实体,拔地而起,像一团漆黑的火焰!

火焰深处,黑龙张开了一对金瞳,夜色里亮得惊心动魄,如同两盏不灭的业火。漫天的冰刃像砸进大火中的毛毛雨,顷刻化为乌有。

整个金平都在那龙吟声中发着抖,南圣庙里响起了不祥的钟声。

庞戳隔空一抓,将不远处的奚平"拽"了过来,另一只手摸出一把长得很像火铳的铁家伙,那"火铳"扳机一按,打出的却是密集的符咒。"火铳"喷得飞快,很快形成了层层叠叠的符咒网。但那些符咒脆弱得好似空气,见风即着,飞出去的速度赶不上损毁速度。

庞戳一边眼花缭乱地漫天撒符咒,一边护着众人飞快后退,电光石火间退出数丈之远,他前襟已经焦烂,活像刚被厂房里的酸水泡过!

差点冲出去的蓝衣腿都软了,喃喃道:"这得……得是什么修为啊?"

另一个蓝衣骇然道:"支师叔可是升灵峰主!此人难道是升灵吗?"

"别胡扯了!世上没有升灵的邪修!"

奚平被庞都统粗鲁地拎着走,好不容易把脖子挣扎出来:"我说尊长们……喀喀……别'升灵'了,再凑热闹我看咱们得升天,咱要是不参与打架,能稍微躲远点吗?"

这时,那黑龙发出一声诡异的低吼,像是在召唤着什么,周遭山脊"咔咔"作响,地下像是有什么东西要破土而出。

支修的身影落在黑龙不远处,脸上那温良恭俭让的笑容已经不见了。

"支将军,你虽是不世出的天才,升灵也不过百年,才刚迈过'天关'吧?我此番既然敢来,自然有倚仗,不瞒你,我已升灵圆满,离'蝉蜕'只有一步之遥。一个大境界遥如天地,你不是对手。"太岁的声音从那黑龙身上传来,龙脸如恶鬼,他说话却依旧是好声好气的。

方才还在争辩世上有没有"升灵邪修"的人间行走们目瞪口呆。

如果说"升灵"是"九霄云上人",那"蝉蜕"可以说就不是人了——那是"人间圣",天地的一部分。他们可以点沧海化桑田。民间不少节气祭拜的"神明",其实就是蝉蜕的前辈。

宛国玄隐开山老祖南圣真人飞升上界后,留下四个弟子:司典、司礼、司刑、司命。四位人间圣共治玄隐山,四圣撑起大宛分明的四季轮转,护佑家国平安、风调雨顺。宛人春祭拜司典,夏祭拜司礼,秋祭拜司刑,冬祭拜司命。当年司命长老为支将军亲自下玄隐山时,陛下亲自持戒拜圣,当夜金平宁安一带就下了一场罕见的瑞雪。

那大魔头自称"离蝉蜕只有一步之遥"……那岂不是离登天只有一步之遥?!

"我不是不能强夺金平龙脉,只是不愿伤及无辜百姓。本想悄悄撬了青龙塔,从龙脉中取一线就走,诸位何必非逼我巧取不成只能豪夺?若我强抽龙脉,必会引起江南地动。仙尊们哪,你们置这城里城外数以百万计的百姓于不顾就算了,菱阳河西、皇宫内院的贵人们呢,也不管了吗?"

那硕大的龙头又转向远处的庞戬:"庞都统,打个商量,为了大局,可否请都统将青龙七塔的封印暂解,容我借一点龙脉,咱们谁也不扰民,好不好?"

庞戬冷笑道:"阁下诈尸都不忘忧国忧民,真让人感佩。"

太岁不理会他的阴阳怪气,情绪稳定地回答:"修行之人,自当以天下为先。"

庞戬在金平一天到晚得端着,到了邪祟面前,他可算能露出点桀骜不驯的真性情来了,当即抚掌大笑道:"难得阁下一个邪魔外道,居然有这份胸怀。说得好,修行之人当以天下为先,既然这样,阁下何不立刻自裁?你不在人世间搅和,就算济世救民了。回头庞某一定将阁下功德禀明仙门,让他们给你在安乐乡里立个祠,金平百姓必感恩戴德,年年香火相奉,岂不皆大欢喜?"

黑龙怜悯地看了他一眼,没跟这大放厥词的开窍蝼蚁一般见识,从容不迫地转向支修:"支将军,你看如何?"

"现在这些年轻的人间行走啊,真是牙尖嘴利,我不像他么么会说。"支修也很平心静气地回答,"取不取得,你还是问它吧。"

他说着,伸手一抹,一柄重剑凭空落在掌中。

有蓝衣惊呼道:"照庭!"

"照庭"——就是传说中当年挡住了数万澜沧妖邪与南阖大军的绝代名剑。

整个金平,没有一棵树的树枝子没让小孩捡去扮过的照庭!

不知为什么,黑龙对照庭反应极大,几乎一照面,凄厉的龙吟声就响彻天地,罩在安乐乡上空的乌云骤然浓稠。

庞戬一把按下奚平的脑袋,同时抬手撑开一把貌不惊人的黑伞,将两人一起遮住,伞撑开的刹那,无数电光就砸了下来。奚平只觉耳朵里一阵锐痛,一时失了聪。

一时间,伞外的一切……连同大雨都被雷吞了下去,别说那二位仙魔,他连近在咫尺的庞戬也看不清。奚平觉得自己好像成了一只小小的蚂蚁,在铺天盖地的洪水中,死死地蜷在一片随时可能倾覆的叶子下,他万念皆飞,心里竟生出些茫然来。

雷暴将整个安乐乡犁了一遍,支修猛地将照庭钉入地面,地面的震颤瞬间停歇,然而与此同时,他整个人也被黑龙卷了进去!黑龙如蟒蛇一般,与支修周身锋锐的剑气角力,贪婪地盯着青衫男人和他手中的照庭,像是想将一人一剑一起吞了。

耳聋眼花的奚平艰难地恢复了一点五感,感觉到那位不可一世的庞都统按着他头的手在抖。随后他听见一声脆响,庞戬手中的伞面从中间裂成了两半,伞骨折了!

庞戬方才同太岁照面时已经受了伤,此时再难以为继,脚下一踉跄。奚平忙撑了他一把,庞戬摔在他身上,不提防吸了一鼻子少爷身上富贵逼人的熏衣香,给呛得扭头打了个喷嚏。这一喷牵动了暗伤,他一口血紧跟着涌了出来。

奚平:"……"

不得了,他把天机阁的都统大人给熏吐血了!

就在他不知道自己是应该继续扶着,还是为了庞都统好,把人推一边的时候，奚平听见一个气若游丝的声音："你……你为什么会在这里？"

奚平撑住了庞都统，循声望去，就看见了披麻戴孝的将离。

方才那阵雷暴中，不管是天机阁半仙还是邪祟，都各自找遮蔽之处，将离被她那些人均缺件的同伴拽到了一块棺材板下。雷暴才一过去，她就挣扎着从棺材板下爬了出来。她像是被一口奇异的气哽着、烧着，非得立刻问明白了不可。

"你为什么会在这儿……你怎么会在这儿？"将离魔怔了似的，目光散乱地瞪着奚平，"不……不应该的……"

这会儿人人都很狼狈，只有奚平被庞戳护着，一根毫毛也没掉。这小子当下无知无畏地怼回去："那我应该在哪儿？这位微服下凡的神姑，要么您给指点一下？"

因为急剧衰老，将离的眼眶骨似乎塌陷了一些，眼窝更大更深了，里面蜷着一对混浊的眼珠。她语无伦次地喃喃道："你分明被天机阁带走了，为什么你没把那块生辰玉交出去？为什么你今夜没有留在天机阁？"

在林中这么久，奚平就是个傻子也听明白了——将离肯定是把那什么驱魂香混在平时的饮食里，神不知鬼不觉地把他腌成了个人形香炉。他本来就是个浪荡夜猫子，半夜三更碰见感染虫卵的倒霉蛋，自然就把人熏死了。死相很像被抢去做鬼媳妇的受害人，于是大家先入为主，认定这些人就是被抢的阴亲。

将离指望他被天机阁带走以后，发现自己身上的锦囊里装了生辰玉，以为自己也是候选"新娘"，屁滚尿流地将生辰玉上交，然后龟缩在天机阁寻求庇护。这样一来，人间行走们肯定会派人去查将离。但对付区区一个歌女，来的人绝不会超过两个，他们会顺着老车夫刻意留下的线索一路找过来，一脚踩进邪祟们设的陷阱里，被这些邪祟捉去当祭品——要是他们计划顺利，方才就不是将离放血了。

等入了夜，他这"香炉"混在一帮虫卵宿主中间，正好能把那帮被鉴花束上的血字吓得跑到天机阁打地铺的软脚虾一锅熏死。到时候金平僵尸满地跑，人间行走们人手不够，必会手忙脚乱，这些邪祟在城里的同党才好趁机偷龙脉！

想得还他娘的挺周全，可是给他安排这么个丑角，事先问过他了吗？

"我还没问你呢！"奚平怒道，"你怎么想的？我会因为一块破石头就吓得不敢出天机阁，害别人下镇狱？你凭什么给我安排这种尿裤子喊救命的窝囊废角色！那他娘的是我吗？"

奚平骂上了头，甚至忘了死者为大，脱口一句："那是王大狗！"

将离却一个字也没听进去，她此时绝望极了，并不是因为计划失败——她早就做好了献身的准备，没指望能顺利捉住天机阁的半仙顶缸。毕竟她这一生，愿望必会落空，期待必会被辜负，没有例外。她早认了自己的命。

驱魂香和虫卵都是在醉流华下的，下了驱魂香的酒，她毫不犹豫地端给了奚平。那是她在阳世三间最后的留恋，破灭了，她就"圆满"了。听说奚平"顺利"被天机阁带走，她就知道这回万无一失了，只等她这个不值钱的"玩意儿"再被出卖一次。别人还肯看在美色的分上哄哄她，那冷心冷肺的少爷，连她的美色都看不上，还有什么悬念呢？

可是偏偏这一次，"万无一失"的人竟没有扔了她，让他们所有的布置功亏一篑。

偏偏只有这一次。

就好像她命中注定事与愿违……不管好愿还是噩愿。

满头白发的将离凄厉地失声尖叫："可你待我之情，分明比露水还薄！"

奚平这浑球狗屁也不明白，还自觉跟她说不通道理，理直气壮地吼了回去："我不爱你，就等于我是个窝囊废吗？难道你是给人试胆用的乱葬岗？"

庞戬："……"

绝了，天上仙魔胶着，整个金平城随时有可能震成一片废墟，到时候他们这些人无一例外，都得化为齑粉，这二位居然还能抽空吵一架！

还吵得这么驴唇不对马嘴！

（十一）

太岁的人身从龙身中析出，青着张还没活利索的死人脸，他站在龙身后，浑身都被雨水浇透了，在嘈杂的雨声中说道："支将军，你做凡人的时候，曾说过自己是为大宛百姓而战，眼下你归了神山，就把我们都忘了吧？"

　　支将军没吭声，照庭已经开始颤抖，黑龙的一部分重新落到地面，变回"影子"。那"影子"污水似的"流"向支修，缠上了与大地相连的照庭剑身。一开始，黑影碰到剑身就像冷水浇入烈火，一下就被烫没了。然而随着越来越多的黑影从龙身上流下来，照庭的剑光竟开始弱了。

　　庞戬刚要开口，被喉间没清干净的血卡住，一时没说出话来，于是用胳膊肘杵了奚平一下。奚平不知怎的会了意，正好骂完将离意犹未尽，扭头将大魔头一起骂了："大宛是有'百姓'，但是您算哪一姓啊？是跟着爹娘啊，还是凑合跟这偷来的人皮随便姓一姓……"

　　太岁头也没回，黑龙直接一尾巴朝奚平砸了过来："支将军，是你背弃我们在先。"

　　黑龙缠缚住照庭，又顺着剑身继续往地下扎。很快，地面上浮油似的泅出了一片巨大的龙影。

　　金平城外平静的运河掀起惊涛，水下仿佛有巨龙掠过，十丈高的蒸汽货船差点给大浪撞翻；南山的山脊"咔嚓"一声，崖边无数古树被连根拔起；万年不染尘埃的朝圣路上，铭文忽然暗淡，雪白的石砖竟被雨水溅上了泥印；金平丹桂坊严丝合缝的青石板上生出一道裂痕，蛇似的，自东向西一路爬出去，直逼皇城，将青砖上雕的锦簇花团咬成了两半。

　　钦天监的地动金蟾吐出铜球，撞响了警钟。

　　地震了！

　　龙尾砸过来的时候，庞戬早有准备，一只手揪着奚平，另一只手蘸着血在地面画了个符："走！"

　　龙尾轰然落下，两个人却消失在了原地。

　　奚平见识过庞都统穿墙，这回亲自体会了一把"土遁"。

　　他觉得自己好像变成了一张纸，五官短暂地失了灵，全身缩成了薄片。约莫一息的光景，他又被放了出来，奚平本能地吸了口气，变成纸片的身体就似乎是被这口气灌满了，重新舒展允盈了起来。

　　而他人已经在三丈开外，被庞戬从一块墓碑里拽了出来。

　　神了！

奚平一点也没在乎自己刚才差点被拍进土里，跟安乐乡众红颜一起安息，他跃跃欲试地看向庞戬，等着庞都统再指示他骂街——他还想再玩一次。

这一看，他却发现庞戬的脸色相当凝重。

照庭已经压不住地面的震颤，一缕金线破土而出，往天上冲，中途却硬生生被那黑龙张嘴吸了过去。金线被拉扯到太岁身上，在他袍角上来回穿梭，飞快地形成一串一串凡人看不懂的天书"铭文"。

庞戬哑声道："不妙。"

奚平："怎么？"

庞戬没回答，他其实不太相信一个半人不鬼的邪修能升灵圆满，可那魔头竟然真能在照庭剑下强夺龙脉，容不得他不信。他面沉似水，扭头看了一眼金平的方向——不知哪里起了黑烟，金平的天都混浊了起来。

太岁说得一点也不对，即使金平地龙翻身，丹桂坊的大人物们也顶多是受个惊吓。整个菱阳河西就没有能砸死人的高楼，况且家家都有躲天灾的大花园、训练有素的家丁侍卫，人家怕什么呢？死的只会是那些勉强在窄巷、厂棚里栖身的人……这魔头大概也没见过什么富贵，可能是个乡下魔头。

"尊长，我说咱们是不是也跑远点？"身边那丹桂坊出身的少爷拉住他，"你手下可都跑了。"

"你跟着他们就是。"庞戬拂开他的手，冷静地伸手从腿骨里抽出一把长弓，"我顾不上你，自己找地方躲。"

奚平愣了愣，见庞都统提着弓径直走了上去。

奚平对"升灵"什么的没概念，但他这会儿已经通过蓝衣们的反应看出来了：支将军和太岁动手，即便是天机阁的尊长们也只能退避。就好比龙争虎斗时，家猫和土狗最好连热闹也别看，不小心出个声都有生命危险，得靠土遁逃命。

可庞都统这条"土狗"不知中了什么邪，艰难地靠近那巨大的龙影边缘，悍然拉开没有搭箭的长弓。那空弦中心起了个风旋，庞戬手上青筋猛地暴起，强行稳住颤抖不休的手。碎叶、砂石、雨珠……都被卷了起来。

"半步蝉蜕的邪修"，这听起来太过匪夷所思，怕是仙门都没料到。

支将军如果有援军，不可能现在不出现。天机阁只有开窍期修士，庞戬心里有数，整个金平，除了仙使，他自己那点聊胜于无的修为最高。

"死马当成活马医吧。"庞戬心说，"大不了殉职，老子豁出去了。"

长弓拉满，原本空荡荡的弓弦上无端生出一支金红色的箭，尾羽好像传说中的火凤凰，灼得人睁不开眼。

"呜"一声长吟，箭矢如流星，撕裂了混浊的雨幕！

然而那惊心动魄的一箭撞在翻涌的黑影中，却像一枚微弱的火星沉入深潭，奚平眼都没来得及睁开，它就湮灭了。奚平不知道那是把什么弓，但他觉得射出去的箭好像是庞都统的一部分，随着那箭消失，庞戬整个人都晃了晃，脸上血色刹那被抽干，只有那双野狼一般的瞳孔中火光不灭，稳如磐石地盯着太岁身上编织铭文的金线，搭起了第二支箭。

没了庞都统护着，奚平知道自己应该掉头就跑，能跑多远跑多远。可不知为什么，他盯着庞戬的背影，一时没动。

腥风血雨中，奚平隔着数丈，看见庞戬精卫填海似的，徒劳地将火光越来越微弱的箭射出去。

第二支、第三支、第四支……

庞戬惨白的嘴角见了血迹，箭却精准得分毫不差，紧紧追着那金线。哪怕一步一挪，他也要往前逼近。

第十六支箭落进黑影的刹那，金线竟被打得停顿了一瞬，就这么一瞬，往袍子上"爬"的金线重新被照庭抽回了一截，支将军与那魔头再次僵持住了。

庞戬再难以为继，腿一软跪了下去。他膝盖没落地，就猛地被人从身后拽开了三尺多远，一道砍刀似的厉风几乎刮着他的鞋底落下，将他原来站的地方砍出了一条深沟。

庞戬愕然回头看见奚平，这会儿说话的力气都没有了，只能用眼神质问：你怎么还在这儿！

奚平这货，着实是根妄人的好苗子，双手撑着庞戬，上蹿下跳地呐喊助威道："尊长，再射一箭，刚才那个管用，我看你行！"

庞戬："……"

滚你娘的蛋，站着说话不腰疼的兔崽子！

"你没箭了？"奚平有如神助地看懂了庞都统的脸色，不知从哪儿摸

出一根大树枝，足有成年男子一双臂展长，上面枝枝杈杈都削下去了，乱七八糟地穿了一长串糟烂的纸，都是他从安乐乡里撕的淫词艳赋——他刚才还挺忙。

然后这神奇的少爷又从怀里摸出一把纸扇，一并穿在了大树杈上："拿这个当箭！那个赵尊长说这什么'因果兽'是南圣他老人家的圣兽，能辟邪，先试试！快快快，趁这会儿风向对！"

疾恶如仇的因果兽被迫与一堆不堪入目之物共处，硕大的眼睛里冒出凶光，就想先把那姓奚的王八蛋给辟了。

庞戳好不容易缓上一口气来："你小子是人吗?!"

他一把按住奚平的肩，将自己撑了起来，真的接过了那匪夷所思的"箭"。

这次，庞戳没把树枝往大魔头身上射，他略一思量，竭力稳住颤抖不休的手，将那长枪似的大木头枝子射向了天空。

树枝这种凡物哪里靠近得了升灵大能，才刚离开弓弦不远就支离破碎了。上面的纸片也崩成了碎屑，顺着风向，鹅毛大雪似的飘向太岁。

那些废纸上不带半点灵气，太岁看都没看一眼。

然而下一刻，他却陡然僵住了。

缓缓地，太岁歪过头，视线落在自己的袍角上。

一只两寸大的因果兽从无数碎纸屑中穿过，爬到他袍子上——寿衣上也有画——因果兽落在铭文中间，张大了嘴一口咬下！

小兽的身体立刻被撕裂，消失在虚空，然而袍子也被它啃出个角，那严丝合缝的铭文线条顿时歪了。铭文一道博大精深，错毫厘谬千里，就是这么一个小小的拉扯，那金线堆的铭文瞬间坍塌，被照庭卷了去！

坍塌的铭文胡游乱走，太岁的袍子好像成了个融金池，把半夜的安乐乡照得跟正午一样亮。

与此同时，奚平和庞戳耳边响起支将军的声音："你们两个小东西吃豹子胆长大的吗？还不退下！"

支将军分明在好远的地方，声音怎么会传到他们耳边的？不等奚平想明白，庞戳就毫不犹豫地拎起他的后脖颈，将他拽回了墓碑里。

两人身形堪堪藏进石碑，就听见一声暴怒的龙吟，乱窜的金线凝成了一张大网，一端缠在太岁身上，一端被照庭扎在地下。

倾盆大雨骤然而止，跟泼下来时一样突然，好像有人拧上了水闸。

周遭陡然一片寂静，各种噪声齐刷刷地歇了声，一时间，好像连时空都凝滞了。

死寂的安乐乡树林里落针可闻。

金色的大网倏地收紧，那被网在中间的巨龙抵死挣扎着，奋力想要甩脱身上的网，继而一道极烈的闪电从天而降，落在照庭剑身上，顺势穿透了龙身。

巨龙像被钉住七寸的蛇，龙头猛地从地面钻出来。整个安乐乡几乎被夷平，奚平他们藏身的墓碑轰然倒下，差点憋死的奚平从石碑中滚了出来，眼看要被那龙尾撞飞！

就在这时，奚平身上突然飞出一道红光，竟将那当头撞过来的龙尾阻了一下。

轰鸣声中，他耳边响起女人轻轻的叹息，只一瞬，像个幻觉。

庞戬趁机再次拉着他土遁，与此同时，地面"长"出了无数条金丝，追随着照庭的剑光，将黑龙与太岁的人身穿在一起，大卸八块。一道血光从中飞出来，朝天边冲去，尾巴上却粘了一根甩不脱的金线。下一刻，那血光被循着金线追来的照庭钉在了地上。

浓重的血腥气"轰"地弥散开，差点把刚从石头里钻出来的奚平熏晕过去。

恍惚间，他听见淅淅沥沥的雨声，方才骤停的雨水又落了下来。

雨水将那烂木头味冲走了，却怎么也冲不净血腥味。地下传来"隆隆"的闷响，像雷，又像龙吟，与震颤的照庭遥相呼应。

地动山摇停下了，龙脉被照庭安抚着，归了位。

不知过了多久，奚平才回过神来，跟跄着爬起来，他发现自己已经变成了个"血人"。

整个安乐乡十多亩地，都被不知哪儿来的血泡透了，让雨水汇成了红河。就好像惨遭抄家的芳魂们方才重回人世，把生前没来得及流的血都狠狠地流了一遍，注满了一个血池地狱。

奚平头重脚轻地扶着树干呕一声，见平时端着架子的蓝衣们一个个比他还狼狈，有几位都站不起来了。远处，几个邪祟本就不怎么健全的

四肢好像又有损失，一个全须全尾的都没有，那本来就只剩半拉脑壳的仁兄最是骇人，脖子上不剩下什么了，不知还能不能活。

唯独不见了将离。

奚平按住蜂鸣不止的耳朵，心微微地提起来，他想：她跑了吗？

"找你那小红颜知己吗？"一只手伸过来，拿走了奚平方才一直揣在怀里的酒壶——酒壶跟着他摸爬滚打一路，居然没掉。

奚平脱口说："她不是我红……"

"不是就不是吧，"支将军叹了口气，"别找了，她在你脚下呢。"

奚平低下头，一双皂靴已经被血水浸透了，看着像刚从尸山血海里蹚出来的。可脚下除了烂泥，什么都没有啊。

他便茫然地抬头看向支将军。

支将军没回答，随意拿袖子将酒壶上的血水抹掉，也不嫌脏，仰头将壶里剩的两口酒喝了。

旁边有人哑着嗓子接话道："你没注意自己身上有一道'换命符'吧。"

奚平循声一扭头，见庞戬一瘸一拐地走过来，拍了他一下，又正色下来，对支将军见礼："师叔。"

"不必多礼，"支修温声道，"叫人来收拾残局吧。"

张狂如庞戬，见了支将军也不由得拘谨起来，他将一身的不驯收好，规规矩矩地应了声"是"，转头拿出哨子，朝北吹了三声。然后又跟支将军打了招呼，去查看同伴和邪祟的情况。

奚平看看这个，又看看那个，迈开腿跟上了庞戬，问道："尊长，什么'换命符'？"

许是方才出生入死一场，庞戬这会儿对他态度好了一点，颇为耐心地回答："'换命符'是一种符咒，不用太高的修为就能画，只是要绘在自己多年相伴的贴身之物上。拿了换命符的人，要是有什么致命危险，符主就会取其代之，所以叫'换命'。她是不是给过你什么东西？"

奚平想起了什么，从怀中摸出那块生辰玉。它原本接近血玉的成色不知什么时候褪成了斑驳的珊瑚色，显得更不值钱了。暗淡的"宁安陈氏"四个字中间多了一条裂纹。

贴身之物……

将离的口音一直没变过，奚平知道她是宁安人，大魔头唤她"陈氏姊妹"……这会是她的生辰玉吗？

"上面是有符咒残迹。"庞戬接过那生辰玉，闻了一下，"不过这种符是护身符的一种，没害处，总署的因果兽没把它打成邪物。刚才那邪祟的尾巴差点把你拍成柿饼的时候，突然凝滞了一会儿，应该是换命符生效，那一下她替你挨了。"

奚平本能否认："不是……她不是觉得我会把这玩意儿上交天机阁吗？"

庞戬道："那也没事，符主授符的时候，只需让受符者饮下一滴自己的血，将来哪怕换命符载体失落，符咒也会落到你身上，不会失效。"

奚平呆了呆。

对了，将离给他锦囊时，确实倒了杯有怪味的茶给他，他还以为是水壶生了锈。

"啧，"庞戬将玉丢还给他，"小白脸，生得齐整，就是占便宜。"

奚平伸手接住："尊长，你不怀疑我了吗？"

庞戬用古怪的眼神看了他一眼，似乎是奚落，又好像没什么恶意，看的是奚平，针对的却又不是他。

"你？要是你们这些权贵子弟互相拔份昏头过界，搬弄巫蛊邪术，你倒是挺可疑的。不过参拜邪神、以身为祭这种蠢事……一般没你们什么事，"庞都统带着点嘲讽笑了，"你们哪儿是那块料啊？"

奚平有生以来，除了吃喝就是玩乐，他能遇到的顶天的大事就是侯爷家法伺候。

此时披着血衣站在冰冷的雨水里，他捏着那生了裂纹的玉，被告知将离死了。

他耳朵听说了这件事，心里却还糊涂着。戳在血海里，他仍是下意识地到处踅摸，想找将离出来问明白——

她看他不是跟王大狗之流一路货色吗？

她不是认准了，他一发现玉上的生辰八字，立刻会不问青红皂白地上交吗？

她不是觉得他不光花心薄幸，还是个浑蛋王八蛋吗？

那为什么还要把自己唯一的生辰玉给他？还要在他危难时候，把自己的命换给他？

她这辈子，难道再也没碰见过有点人样的男人了吗？

奚平百思不得其解，茫然良久，才反应过来：他找不着将离啦。

仙尊说，她化成了一摊血水，跟安乐乡里众多同她差不多的女子融为一体。

他没看见她最后一眼，只记得她最后一句留在人间的话，说的是"可你待我之情，分明比露水还薄"。

可她的命、她的运、她这匆匆一生踩过的风水，又有哪一样比露水厚了呢？

单单言情……看这傻女人，说的什么胡话。

（十二）

大黑猫伸了个懒腰，蹿上庄王膝头，百无聊赖地在他身上来回踩，没收好的爪子将他的锦袍钩得丝线乱炸，还蹭他一身猫毛。庄王对它没脾气，非但不恼，有时还会纵容地揉揉猫脑袋，让它多踩几下。

可是这会儿，他却少见地没哄猫玩。

自鸣钟响了三声，房门被人从外面叩响了。

庄王倏地一抬眼："白令，进来。"

就见一张"纸"应声从门缝里钻了进来，门闩纹丝不动。进到屋里，那"纸"抖了一下展开，落地变成了个十分瘦削的男人。这人瘦长脸，相貌端正，五官分明，细看本是个极英俊的男子，却无端让人记不住他长什么样，连瞳色都比别人浅三分似的。

悄无声息地进屋，这"纸人"比猫还轻巧。

庄王府的暗卫首领白令，居然是个修士，还是没有过过明路的那种！

白令："王爷。"

庄王摆摆手："不必多礼，怎么样？"

白令回道："地动止住了，七座青龙塔埋伏了诛邪大阵，今夜前去盗塔之人一个也没逃过。五更前后，出城的天机阁右副都统带人回来……"

庄王没耐心听他细说这些，直接打断道："奚士庸那闯祸精呢？"

白令道："世子安好，王爷放心，是跟着仙使车驾一起回来的。"

庄王吐出口气，神色不易察觉地松弛下来。

自鸣钟一刻不停地走着,他端起粗陶小盏喝了口水,又成了八风不动的三殿下:"那就行——怎么,他真自己一个人跑城外去了?"

"仙使修为太高,属下不敢靠近,"白令道,"具体经过不清楚,但世子是天机阁派车送回去的,围着永宁侯府的蓝衣们也客客气气地撤了,想来不是什么坏事。"

庄王冷冷地吩咐:"告诉门房和侍卫,那小子再敢来,谁也不许放他进来,直接捆起来给侯爷送去,再不臭揍几顿管教不出来了。"

白令眼角浮起笑纹,"哎"了一声。

庄王这才问道:"玄隐仙使来了?往年仙使提前数月就能透出风来,今年来的是谁家的,怎么瞒得这么严实?"

"恕属下不敢直呼其名。"白令不由得压低了声音,意味不明道,"是'补天'的那位。"

庄王听完,难得露出些讶异,眉梢微微一挑:"他?"

"是,"白令道,"升灵峰主亲自下山,百年难遇,不知是什么缘故,也许与这回作乱的邪祟有关?"

庄王拍了拍黑猫,叫它自己去玩,负手走到窗边。

庭中雨打芭蕉,落在蕉叶上的雨水都是泥点子,想是将金平上空飘的烟尘都冲了下来,不知这么洗过一遭,明天的雾会不会散。

凡人们弄出来的乌烟瘴气,最终还是落回凡间。

庄王开口道:"你知道十年一届的玄隐大选是近两百年才有的风俗吗?"

白令一愣,静立在侧,听他慢条斯理地讲史。

"古时候,只有外门人手不足,或是三十六峰哪位峰主欲收新徒时,仙山才开大选,有过五年两次的时候,也有近百年不开仙门的时候。仁宗年间,因南阎北犯,金平龙脉被南阎高手所伤,人间圣亲自下凡补龙脉,立七座青龙塔镇在金平城,这才算续上国运。只是补上的龙脉不比原来的,每十年须加固一次,玄隐山便会派仙使下山。为防仙使下凡的动静使百姓不安,一开始那几十年便以'选徒'的名义来,渐渐成了惯例。这也是为何每次大选日期都不固定——加固龙脉要合天时。此事在皇族中不是秘密,每到大选年,龙脉都格外脆弱,邪祟选在这时候下手不无道理。"庄王顿了顿,声音越发轻,"至于那位补天人……我倒是听

过一个传言。"

白令:"什么?"

庄王伸手指了指天,又轻轻地摇了摇,竖在嘴唇前,笑而不语——嘘,天机不可泄露。

今年"那位"下山,到底是打龙脉主意的邪祟格外厉害,还是……玄隐山暗指紫微暗淡,君王失德,以致龙脉不稳?

"告诉王子谦,这回我们按兵不动。"庄王说道,"升灵毕竟是升灵,别在那位眼皮底下自作聪明。"

白令应了一声,又说道:"此番邪祟作乱,内情不明,整件事从头到尾透着诡异。听说天机阁对昨夜宿在总署的公子们不太客气,大选名单怕是要有大变动。世子要是有造化在仙使那儿挂了名号,是不是……"

庄王面无表情地看了他一眼,白令立刻闭了嘴。

庄王的长袖从窗棂上扫过,木框上闪过了银色的铭文。

那叫作"三等铭文",按规制,大宛朝中,只有郡王以上,或是有大功、享殊荣者,才有资格用。铭文镶在木梁里,房中便冬暖夏凉,不用冰炭,还能扛住地龙三次翻身。哪怕外面天崩地裂,只要不到把青龙塔震塌了的地步,王府也能固若金汤。

开窍期的半仙是无法成就铭文的,这些铭文得出自筑基以上的仙尊之手——也就是玄隐山内门。仙门偶尔赐两笔铭文,都是凡人毕生汲汲以求的尊荣。

可是仙门何其远啊。就算拿到了征选帖,得以进"潜修寺"修行一年,幸运地开了灵窍,能入内门者也是凤毛麟角。十年一届,内门不一定能看上一个。

黑猫跳上窗台,竖起大尾巴,冲主人长长地"喵"了一声,贱模贱样地仰起头讨抚摸。周榷被猫叫回过神,重新将自己如玉的温润戴在脸上,淡淡地说道:"棠华先生七十大寿快到了,备一份重礼,托人给天机阁赵卫长带个话,就说永宁侯世子放诞无状,怕妨了仙使的眼,如果可以,烦请尊长照看一二,万一仙使要重拟入选弟子名单,把他从备选上撤下来。"

一张玄隐山的征选帖能让王孙们抢破头,白令还是头一次听说有把人往下撤的。只听庄王低声说道:"在金平,有个三灾九难我还能替他挡一挡，进了玄门就真鞭长莫及了。我就这么一个兄弟，他哪怕再……"

他说到这儿，意识到自己从"就这么一个兄弟"开始就失了言——这样说，把宫里一众真龙所生的龙子皇孙置于何地了呢？遂住了口，将后面一句"他哪怕再晚生十年"咬了回去，只略一停顿后说道："自家人自家知道，他也不是什么良材，侯府也不少他一双筷子，不用求那些担不起的'大造化'。我舅舅心里也有数，你只管去办吧。"

第二天一早，仙使进京的消息果然炸了锅。
头天夜里所有的动静立刻都有了解释——那可是支将军啊！
支将军下凡，别说圣庙鸣钟、龙脉惊起，就是九龙柱上的真龙扭成麻花都不新鲜！
一时间，坊间的谣言跟雨后的笋一起往外滋：有说自己那天晚上亲眼瞧见祥云的；有说仙使车驾经过自家后门，枯了十年的老桩子长了芽的；还有人说自己碰见了微服的仙使，闻见仙味立去了沉疴的！
撞仙的地点包括但不限于馄饨摊、点心铺、茶楼酒馆豆腐行，可见支将军不光包治百病，还是个几天之内吃遍了金平的饭桶。

沸沸扬扬的谣言一传，龙脉无端动荡的事倒是给遮过去了，金平城宵禁黑不提白不提地解开，城内升平的歌舞跟城外"隆隆"的蒸汽机又合上了辙。画舫渡口唱歌的尸体也只说是被仇家下药，和下毒杀人一案脱不开干系的醉流华彻底关了门，鉴花会的热闹好似一场烟火——开时满江红胜火，最后只有灰。

"那些拿了鉴花束的，回去也不敢声张，"庞戬对正在查看备选弟子名单的支修说，斟酌片刻，他又问道，"师叔，放任那些人胡说八道，遍天下传谣，会不会对您声名有损？"
不错，那些吃了一百个馆子的谣言，有一多半是支静斋自己造的。
"总比让他们传龙脉动荡好，弄得百姓人心惶惶不说，对陛下也不好。"支修说道，"声名……我要那完璧似的声名干什么使？摔地上的时候响声脆吗？"
他手里拎着根小狼毫，一边说，一边用笔杆顺着名单挨个划过，点

到谁,纸面上就自动浮出此人面貌、族谱以及是否有过劣迹。

庞戬瞄了一眼,见支将军的笔杆点到一个"赵文宏"上,名字旁边浮起一张挺端正的青年面孔,人像下浮出小字,注明此人是宁安赵氏的嫡系子弟,年岁多少、父母何人、某某仙尊多少代孙之类。

然后最末尾有一句:酒醉淫辱庶妹,女不敢言。

庞戬:"……"

这是什么鸟人?

支将军虽然是武将出身,但可能是多年修行的缘故,他脾气很温和,乍一看,就像个平平无奇的书生。这形象无论是与传说中的大英雄,还是仙门的升灵峰主都大相径庭。直到这时,庞戬才意识到升灵为什么是"九霄云上人"。

庞都统在天机阁里混了小一百年,除去他在外地公干没赶上的年头,也接待过五六位仙使了——筑基后期乃至筑基大圆满的也有,从未见识过这样的手段。

凡人一生功过善恶,不管什么阴私、什么"天知地知自己知"的事,在支将军面前都成了透明的。只要他想知道,他好像就是那个目睹了一切"天"和"地"。

支修随手将"赵文宏"的名字划掉了,问道:"天机阁里有赵家人吗?"

"有,"庞戬都替赵誉感到丢人,"我这就告诉赵师弟,让他自己回家看着办。"

不过一盏茶的工夫,支将军就将原本的征选名单划掉了将近一半。"还有预备人选吗?"

"师叔,"庞戬在旁边看着都觉得触目惊心,忍不住道,"您不觉得……藏污纳垢吗?"

"有些确实不像话,"支修平和地就事论事,"有问题的我都勾掉了,好在都是世家子弟,不难查也不难找。该谁管,一一处置了就是。"

他说着抬起头,修长的凤眼好似平静的湖面,不偏不倚地映着美丑,不惊也不怒,让人看一会儿,心里就跟着安静了下来。

庞戬沉默片刻,道:"是,备选名单同僚们应该都整理了,师叔容我去找。"

一会儿工夫，赵誉呈上了备选名单，没敢多说，灰头土脸地回家收拾不肖子孙去了。

支修勾勾点点，很快将三十人的终选名单列了出来，递给庞戬："后面不用看了，今年就这些吧。"

他话音刚落，就见有个蓝衣进来说道："师叔、都统，那天偷袭青龙塔的邪祟被抓到以后就都自尽了。安乐乡里的几个即便当场没死，也没能挨过一次搜魂，咱们只审出了一鳞半爪。这些人平时用'转生木'做的仙器传信，联络时不用真名，参拜的邪神名唤'太岁'。具体情形已经整理成册，请师叔过目。"

支修道声"辛苦"，接过来细细翻看。

庞戬道："青龙塔乃是当年司命长老下凡所立，驱魔镇邪，居然有邪祟敢将主意打到青龙塔上——而且我到最后也没明白，那自称太岁的黄眼僵尸想干什么？想要灵气？黑市上买他几斤灵石也比打龙脉主意靠谱吧？"

"我猜他倒不是为了灵气。"支修道，"地脉始于玄隐仙山，贯穿大宛全境，入帝都则称'龙脉'。相传，地脉为灵山血脉，日久生灵，断裂脱离仙山后，可化入人的经脉，使之荣辱兴衰汇入国运，享地脉诸灵。"

庞戬闻所未闻，目瞪口呆："还有这等事？"

"怎么可能？自然是无稽之谈，"支修笑了笑，话音一转，"这次是我疏忽，没料到这邪修的修为竟至升灵圆满，连累诸位跟着担惊受怕了。"

庞戬就问："可是师叔，这事有点邪门啊，邪修不是很少能过筑基关吗？怎么还会有升灵邪修？而且……"

"嗯？"

庞戬犹豫了一下，怀疑自己这么说话是不是太狂了，但支将军的眼神就是给人一种"在他面前说什么都行，他什么都能涵容"的感觉，于是庞戬忍不住说道："我觉得这个邪修有点弱——当然我肯定是仰断了脖子也看不见人家脚底下烟的，但……就觉得跟我想象中的升灵圆满不太……不太配得上。"

他说完等着支修笑话他，支将军却没笑，很把他的话当回事似的，思忖了片刻才点头道："确实。此人身上谜团很多，师门目前知道的也有限。不过你们放心，这样的邪修千年难见，出世都有大动静，师门会提

前知道的。"

庞戬立刻听出支修不愿多说，知道玄门中诸多忌讳，长者不告诉的不能随便打听，便识趣地闭了嘴，不再追问。

支修却含笑端详着他道："文昌啊，那天安乐乡林中，若我没看错，你应该是灵骨已就、道心铸成了吧？既已圆满，想要更进一步吗？"

庞戬倏地睁大了眼，不由自主地抿了抿嘴。

支修说道："筑基要入内门，我虽不收徒，但'接引令'还是能帮你拿一份的。"

跨过筑基，就真正脱离凡尘，得长生了，没有修士不心动，那是无数人间行走一生求而不得的。

庞戬也是人。

可他脸上闪过了明显的挣扎，先是想说什么，又把话咽了。半晌，迎着支修温和的目光，他一低头："师叔，入内门……就不再是'人间行走'了。"

"自然，"支修道，"规矩嘛。"

庞戬听了，又是半晌没言语，支将军像是有无限耐心，也不催促。良久，庞戬才近乎郑重地说道："多谢师叔，我当年进天机阁的时候，其实没想过在修行这条路上走多远，就想多学一点本事，给人间做条看门狗，守个太平。登了仙门从此不下山……总觉得……总觉得……"

支修笑了起来："背叛了点什么。"

庞戬手足无措道："哎……这……我那个……"

"不必局促，"支修摆摆手，脸上露出了一点怀念，"你跟我一个老朋友很像——这样，接引令给你留着，什么时候想入内门了，给我传个信。"

庞戬晕头转向地想：我何德何能啊。

于是他更坐立不安了。

好在这时，又一个蓝衣跑进来："师叔，都统，还有件事，请问那个'螟蛉'怎么处理？"

庞戬仿佛看见了救星，差点把脑袋扭下去："什么'螟蛉'？"

"啊，"支修一顿，"我倒把他忘了，还活着吗？"

片刻后，庞戬见到了那只把奚平引到安乐乡深处的小怪物。

那小怪物乍一看就是个普通孩子，大脑袋小细脖，瑟瑟发抖地被带到天机阁总署。他老远一看见穿着"碧章青"色长袍的支修就拼命往后缩，像只惊恐的幼兽。

庞戮扒开他的嘴，跟小怪物一口钉床似的尖牙打了个照面，"嚯"了一声："这是只'螟蛉半偶'啊？"

孕妇最容易受邪祟影响，邪祟逗留过的地方，附近出生的婴儿很容易长出畸形身。穷人家伺候不起，就只好抛弃。有的邪祟便会将这些畸形儿捡走，用邪法炼成半人半偶，续上他们的命，养在身边当奴儿宠物，美其名曰"螟蛉"。

"好像有点怕我。"支修没靠近，对庞戮说道，"带灵石了吗？喂他吃一颗。"

庞戮"哦"了一声，摸出一颗小指甲盖大的"蓝玉"灵石珠，刚一拿出来，那小怪物就迫不及待地一把抓走，贪婪地吞了。

"饿成这样，也不知多久没喂过了。"支修叹了口气，"螟蛉半偶不是活人，不能吃寻常食物，得靠灵石为生——这是哪个邪祟炼的吗？"

"是，"那回话的蓝衣道，"原主已经死在安乐乡那林子里了。"

"要吃灵石？怎么不干脆以吞金为生呢？"庞戮咋舌道，"反正是邪祟的东西，我看处理了吧。"

小螟蛉没想到他更凶残，吓得直往蓝衣身后躲。

"文昌别逗他，半偶可能因为炼制手法，智力不及普通孩童，但也多少听得懂人话的。"支修将军说道，"灵智未开的小东西，正邪与他不相干。我带去潜修寺吧，看看有没有大户人家子弟愿意收养。"

"说起这个，"庞戮"想起了什么"似的，翻了翻剩下的备选弟子名单，"哎？那个奚士庸怎么没在备选名单上？"

"你说安乐乡里那个……跟你一样胆大包天的小家伙？"

"那是永宁侯世子，宫里皇贵妃的侄儿。大名奚平，这出身不赖啊，按理说应该……"庞戮十分做作地"不甚在意"道，"哎呀，奇怪，可能是奚氏人丁不旺，手下人一时疏忽漏了。"

支修一笑，知道庞戮是故意的，也没拆穿，顺手在纸上写了奚平的名字，奚少爷那张扬出挑的脸就浮在了纸上。

奚平的"罪状"简直罄竹难书：某月某日，伙同某某、某某某等人，

为一女伶敲闷棍殴打兵部侍郎之子；某月某日，酒醉，于春香楼大放厥词，骂哭鸨母；某月某日，给某某人坐骑下泻药；某月某日，在庄郡王府恃强凌弱，撵猫上树……

庞戬："……"

这倒霉孩子，真是个宝藏。

支修笑出了声，在终选名单上将奚平的名字添了上去："行啊，那就多加他一位。"

翻云覆雨的恶蛟张开獠牙，一口咬在了自己尾巴尖上。

卷二

龙咬尾

（一）

初九那天，不到四更，奚平就惊醒了。一睁眼就忘了自己梦见了什么，他盯着床帐上挂的生辰玉呆了片刻，看见玉上刻的"四月初九"，就想：今天将离生辰。

他翻了个身，困倦地闭上眼，迷迷糊糊地盘算：给她送点什么呢？最近新得的一串南珠成色不坏，就是尺寸大了；一块金丝珐琅的怀表，镶的孔雀是有点艳俗，不过年轻姑娘倒也不怕艳；还有个麻姑献寿的摆件，玉的质地算不上极品，雕的神女粗看却很有将离的神韵，"献寿"既应景也吉利，不如……

忽然，奚平重新睁开了眼。

他想起来了，东西送不着了。

原来这件事在他胸口不动声色地发酵了好几天，此时才终于膨胀到了尺寸，梗住了他那宽敞得过了头的心。

这是奚平有生以来第一次历经生离死别，感触未必深，但后劲绵长。他披衣起床，填了半阕悼亡词……后半阕没憋出来。写完自己一看，不由得悲从中来，因为他的大作实在狗屁不通，跟安乐乡里那堆"牛皮癣"不分高下。

"太岁"一案后，醉流华被悄无声息地查封了，金平欢场暗淡，奚平忽然觉得那些温柔乡都好没意思。一看见那些强颜欢笑的脸，他就想起安乐乡的血泊。

前两天狐朋狗友得了辆不用马拉的"油汽车"，喊他出去跑，他也兴致缺缺地推了。他白天或是陪老祖母听戏，或是摆个姿势给他母亲画着玩，晚上就住在老祖母院里。老太太睡了，他就自己读书。虽说两页之内必被放倒吧，那也是真读了。他还打算听侯爷的话，过一阵就去"少爷营"里补个缺，然后娶妻生子，照着正经日子过。

谁知，仙人一笑，凡人的命簿就得清空重写。

玄隐山的征选帖送到侯府时，正赶上侯爷休沐。

辰时初刻，除了上了岁数的老太太，全家都在睡懒觉。一只仙鹤彬彬有礼地飞进了侯府，在书房屋顶上足足等了一刻，等到了朝阳，没等到主人。侯府连下人都比别家自由散漫，看见仙鹤指指点点，愣是没人想起通报一声。仙鹤使命在身，没办法，只得擅闯了后院。老太太正在浇花，惊见这等祥瑞，还当是自己大限将至，鹤君要接她西行，水壶都吓掉了。

奚平听见祖母身边的丫头大呼小叫，以为家里进了贼，眼都没睁开就拎着剑跑出来砍人。杀气腾腾地踅摸了一圈，他没找着贼人在哪儿，云里雾里地被只大鸟塞了块木牌……还有一封信。

木牌看不出是什么木头做的，奚平打了个哈欠，吸进了一口凛冽的木香。那木香让人想起冰冷的晨雾中寂寞的松涛与竹海，一口涌进肺里，他就清醒了。

只见木牌正面雕着一簇竹，旁边一个"征"字，背面写着行小字：永宁侯世子奚平，四月十五，入潜修寺。

一刻后，睡梦中的永宁侯府沸腾了——天都下起红雨了，还睡什么睡！

他们这闹着玩一样的侯府培育的败家子，居然收到了玄隐山大选的征选帖！可了不得，人他还没当明白，居然有资格成仙了！

侯爷反复确认了几遍信封上玄隐山和天机阁的金印才敢拆开。信上内容简洁明了，只说了"备选弟子奚平，当于何时何地，到天机阁祭坛拜圣，然后前往潜修寺，修行期一年"云云，后面附了三尺长的门规。其他一干琐事——比如怎么去、带什么东西穿什么衣服之类，都没提及。玄隐大选不脱世家子弟的圈子，个中规矩没有不懂的，不必赘述。

震惊过后，奚平全家面面相觑。

一张征选帖能让金平的高门大族把人脑袋打成狗脑袋，而这奇葩之家突遭天降馅饼，回过神来，脸上居然都没什么喜色。

侯爷把信看了好几遍，凝重地低声吩咐家人去知会庄王。老夫人则拿丝绢垫着手，找了个锦盒把那木牌供了起来，茫然地喃喃道："玄隐仙门……给我乖宝的征选帖？"

永宁侯夫人崔氏蹙眉道："我们家从来没想过……可我都找人去相看儿媳妇了，这怎么说的呢？"

老夫人断言："仙门今年准是扩招了。"

崔夫人越发忧心忡忡："好好的，仙门为什么扩招？怕不是要不太平了吧？"

崔夫人善书画、才思敏捷，是全家唯一一个能把风花雪月吟诵顺溜的——其他人都只能充当"风花雪月"，供她吟——据说当年她就是靠这个把侯爷骗到手的。不过心思过于敏感的人往往容易伤春悲秋，遇事爱往坏处想。

老夫人知道她的毛病，忙劝慰媳妇："不管怎么说，这也是好事啊。"

说完，老太太又慈爱地摸了摸奚平的头。"你祖父就是个没出息的，秀才考了八年，举人考了半辈子，家里花钱给捐了个芝麻官。要是知道我乖宝这样有出息，他怕是要笑得拾起大牙，从祖坟里爬出来哩！"

奚平："……"

倒也不必惊动他老人家。

老夫人又叹道："就是山中无日月，万一在潜修寺里被选入内门，等你脱胎换骨了再下山，祖母早奔下一世去了，可就再见不着我乖宝了。"

崔夫人听了，旧忧未解，又添新愁，眼泪跟着在眼眶里打转。

侯爷心里正嘀咕您二位想得也忒多了，还内门……内门难道是收破烂的？

就听奚平斩钉截铁地说道："那不可能，我顶多在潜修寺待一年就回来，娘愿意相看就接着相，等我回来娶，耽误不了。"

永宁侯听了这等屁话，当即又要吹胡子。不等他出气，就被老娘和夫人异口同声的"老天保佑，那敢情太好了"给憋了回去。这家里没他说话的份，侯爷没办法，只好使劲拿眼瞪奚平，非常憋屈。

奚平不甚在意，他确实不太想去，但这话说出来，未免显得给脸不要脸。他很快想开了，虽然关进山沟听着挺痛苦，好在也就一年，万一混好了，回来说不定能进天机阁。

那可是天机阁啊！

再不成器的少年也是少年，也知道慕强，大雨夜里庞戬那个拉弓的背影到底还是在他心里烙下了向往。进了潜修寺以后什么情形再说，反正这会儿，他是决心要发愤图强的。

奚平的意外入选打乱了全家闲散的步调。

老夫人和崔氏打听到去潜修寺一年不能出山、不让联系家人、没有下人伺候、连能带的行李都有限，齐齐失色，感觉她们的心肝肉这是要被拉去充军发配。

祖母和母亲千叮咛万嘱咐，奚平耐着性子照单全收。

这是侯爷打小言传身教的结果：畜生都知道回窝里收爪，天大的脾气出去发，进了家，绝不能对着老娘老婆摆脸色。奚平打小就被这二位夫人搓揉惯了。

不过这回他还是有点吃不消——崔夫人可能认为进了仙山就得辟谷，恨不能把一年的饭提前喂给他，一天三顿大补六次加餐，好悬把奚平后脊梁骨上喂出驼峰。奚平积食积得上火，连着几天，喉咙里老往上返腥味，夜里更是乱梦一团一团的，总觉得有人在他耳边"嗡嗡"地哼那首《还魂调》。

就在奚平快在家里熬不下去的时候，出发的日子总算快到了。临行，他去了趟庄王府，跟他三哥告别。庄王像是知道他被各种叮嘱磨得耳根生茧，又或者是天渐热短了精神，这日格外寡言少语，只是简略跟他说了说入选的大致有谁就打发了他。临走，庄王还拿了个双层的大锦盒给他。

表兄平时得了什么好茶好酒，都会让奚平顺手带一份回侯府，奚平拿惯了，拎了就走，结果回家打开一看震惊了：那箱子里居然不是什么茶饼糕点，而是"降格仙器"！

"仙器"——就是仙人才能用的器物。

仙人有不同品级，仙器也是。高手能用低品级的仙器，但反过来不行：譬如开窍期的半仙就算拿到玄隐山的镇山神器，也好比是给婴儿一把大马刀，催不动。至于凡人，当然是连开窍期的仙器也差遣不动的。但随着镀月金下凡，近几十年，人间蒸汽机械技术一日千里，反过来也影响了玄门。于是有炼器大师将一些低阶仙器装上机芯，使其能以灵石为基、辅以煤油催动，做成了凡人也能使用的"降格仙器"。

不过如今"降格仙器"在玄门正统还有争议——据说北边保守老派的昆仑就禁这玩意儿。玄隐倒是宽松许多，毕竟"仿金术"和"降格仙器"的发明者林炽大师就是玄隐三十六峰主之一。

不过饶是这样，降格仙器仍然稀罕非常。一则仙器降格以后，功能要比原版简化许多，使用起来有诸多限制，里面搭配的机芯却工艺繁复、成本极高，改装降格仙器并不比打造一件高阶的正经仙器容易。炼器师们个个心高气傲，等闲懒得为凡人费这功夫。再则，降格仙器除了烧煤油以外，还烧灵石。

灵石中，最次等、杂质最多的"青矿"石，一两石头也得值一两黄金。

下品的"碧章"市价十两金，指腹大的一颗碧章珠能换一匹好马。

中品的"蓝玉"黄金四十两起——永宁侯一整年的薪俸，不多不少，也就这么一两蓝石头。

至于上品"白灵"，那更不用说了，成色过得去的"白灵"珠子要黄金百两，够在寸土寸金的帝都城里换一套像样的宅院了。

降格仙器烧的灵石不能杂质太多，至少得是碧章石，个别娇气的甚至要烧蓝玉，否则影响器物寿命，这谁烧得起？

而庄王给的双层锦盒里，上层放了一对镀月金镶边的白玉板，还有些驱邪护身的小挂件。下面一层则是摆得满满的"蓝玉"灵石珠，够大功率的降格仙器烧上好几年。木盒一打开灵气逼人，整个书房的空气为之一清。

奚平差点被蓝光晃瞎，脱口道："娘啊，我三哥还没生出闺女来呢，先把人家未来的嫁妆给我了吗？"

侯爷瞪了他一眼。

"我还以为又是吃的，"奚平嘀咕道，"要知道是这个，我就不拿了。"

侯爷却说道："这是殿下待你的心意，给了你，你就带走吧，也是用得着的东西。咱们家不会叫殿下手头局促的。"

说着，他将其中一块白玉板拿出来："这两块板你带走一块，另一块送去给你祖母。"

"这是什么？"奚平把玉板拿起来端详，白玉几乎无瑕，右上角有一条镀月金雕的小锦鲤，灵动极了，"砧板吗……哎，不是，爹，咱爷俩能好好说话吗？您怎么老动手动脚的！回头我躲快了再闪着您老腰，又成我不孝了。"

"这叫'咫尺'。"侯爷收回无影脚，抬下巴示意奚平把玉板放下，在两块玉板底部的凹槽里各放了一颗蓝玉珠，玉板上随即闪过柔和的荧光。随后侯爷取来笔，在其中一块玉板上写了个"奚"字，几乎同时，另一块玉板上泛起水波似的荧光，在同一个位置，浮起一个一模一样的"奚"字。

"两块'咫尺'是一对，只要装好了灵石，不管相隔千里万里，都能用它们通信。潜修寺不让弟子给家人写信，但并没有设禁制阻断传信仙器，应该是默许你们带的。"侯爷说道，"我和你娘就罢了，老太太年纪大了，嘴上不说，心里其实见不得儿孙远游，哪怕你没什么话，每天也别忘了给老人家报个平安。"

奚平："哦。"

侯爷按住玉板上的镀月锦鲤，那鱼儿活过来了似的，尾巴活泼泼地扑棱了一下，鱼身随着侯爷的手指在玉板上移动，动到哪里，哪里的字迹就化作水汽，被擦掉了。

永宁侯说道："坐那儿，坐好，我再同你说几句话。"

奚平把二郎腿放下，笔管条直地坐正了，等他老父训话。

侯爷说："我没想到你会接到征选帖，不然这话早该教你。咱们家祖祖辈辈都是凡人，在仙门里没有庇护，你要是再像在金平一样惹是生非，可没人给你兜着。"

奚平抗议道："您听您这话说的，难道我是个闯祸精？"

侯爷："不然你是个什么？"

奚平正欲反驳，便听他爹又冷冷地说道："姓奚的摸不到仙门的门

槛,你此去挂的是贵妃娘娘和庄王殿下的号,就算自己作死,也别连累别人!"

奚平:"……哦。"

侯爷不知想起什么,说到这里,有些出神,目光落在书房窗外。

此时天色已经很晚了,婆娑树影落在他那一度俊绝金平的侧脸上,重新黑了泛灰的两鬓,也深了眼角的沟壑。

光阴雕琢起凡人来,向来是不留情面的。

奚平端详他的神色,忽然觉得侯爷对他收到征选帖这事好像不怎么高兴,不是祖母和母亲那种单纯的不放心,而是某种……更深远的忧虑。

他又看了看那对白玉咫尺,心里越发疑惑——从小侯爷就告诉他仙凡有别,要对仙家敬而远之。所以他们家与别人家不一样,从来都是只祭祖,不烧香不拜神,家里纸符铭文等物一概看不见……怎么侯爷自己倒好像对这些降格仙器很熟悉?

没等他问,侯爷便回过神来,又说道:"潜修寺里传道的仙尊也好,一起修行的同窗也好,你别轻易得罪人家就是。咱们不想飞黄腾达,也用不着你去巴结那些'天上'人,记得了?还有……"

奚平:"啊?"

永宁侯一句"不要进内门"堪堪到了嘴边,抬眼看见自家那倒霉玩意儿,又咽下去了。

每届备选弟子能有一个进内门就不错,前面多少金枝玉叶还排不上号,内门跟他们家这大宝贝有半个铜子关系?这话说出来显得心里忒没数,跟嘱咐癞蛤蟆说"咱不娶嫦娥"差不多。

"去潜修寺里板一板你这轻浮性子也好,平安去,一年以后平安回来,别叫你娘和祖母担心。"

奚平:"爹,您自己舍不得我就直说,老打别人的旗号干什么?越老脸皮还越薄了。"

侯爷:"……"

小兔崽子!

老父亲磨不开面子承认,只好撸起袖子,将这逆子打跑了。

第二天清晨,奚平最后一次衣来伸手,让家仆摆弄好,拜别祖母和父母，去了天机阁。

天机阁周围四条街戒了严，太明皇帝亲临，着衮冕，率三公九卿，辰时起便至天机阁祭坛。底下三十多名备选弟子排着队跪好，聆听圣训。

不过今年的圣训格外短，陛下只是简单说了两三句"修戒身心、庇护家国"之类，一点也不像传说中那么啰唆。

据说每次主持大选的仙使都来得很晚，而且身份越高架子越大，大伙干等着也尴尬，全靠陛下圣训拖延时间。陛下回回得叫人准备好长篇大论，恨不能变个结巴，多拖一会儿是一会儿。今年一位升灵峰主亲至，大家原想着，这怕不是要等到日头偏西？谁知支将军辰时初刻就准点现了身。

支修来时，既没有御剑，也没有仙鹤开道。他换了身带隐铭文的浅灰长衫，中规中矩，不奢华，也不寒酸，要不是天机阁全体驻京半仙起身相迎，老远一看，他就像个凡人。

支将军仙隐百年，似乎仍记着为大宛人臣的本分，客气地跟陛下见了礼，又陪着一起祭了天地，给足了人间帝王面子。

午时二刻，三十一辆车在天机阁门口停好，杂役们已经事先将弟子们的行李放上去了。拉车的是一水的白马，白得反光，眼睛呈现出碧章灵石那种特殊的蓝绿色……它们好像不是活物，是某种仙器。

天机阁总署与城中七座青龙塔上鸣钟三声，太明皇帝将仙使送出东门。支将军踏上照庭，回仙门复命去了。

然后众弟子拜别君父。

奚平混在人群里跟着一起行礼，偷偷看了天子一眼。他还年幼时在宫里见过太明皇帝周坤，"天颜"什么样，印象已经模糊了。奚平只依稀记得，陛下似乎有南圣山那么高，有一双厚实极了的大手，对他们这些孩子很和气，常常有赏。

直到这时，他才发现陛下没有山那么高，还没有他自己高。

太明皇帝背着光，看不清表情，繁复的礼服在身，隆重得近乎忧郁。他身后蟠龙柱上两条龙须发怒张，无端让奚平想起太岁影子里的怒龙。

礼毕，弟子们要由天机阁护送，前往潜修寺了。

（二）

庞戬含笑目送备选新弟子们上车——四皇子、九公主、慈溪郡王世子……还有几个宗室，总共三十一个备选弟子，姓周的占了六席。而玄隐几个大姓中，只有林家有嫡系入选，赵家进了个八竿子打不着的旁支，其余都是挺出乎意料的人选。到底是这一届的世家子弟都格外道德败坏，才上名单就被刷下来，还是支师叔故意的？

不好说。

一个蓝衣在他耳边小声问："都统看谁有潜力入内门？"

"看你问的人，我这乡巴佬，连内门朝哪边开都不知道，"庞戬漫不经心地回道，"反正不是姓周的，就是姓林的。"

那蓝衣说道："那剩下的将来可能就是咱们同僚了！"

"看他们造化，天机阁考核得过三关，我可不收废物，没准到时候一个也挑不出来。"庞戬懒洋洋地跟上去，"再说这帮人能不能开灵窍还两说呢，每届不是都有不少除了吃胖十斤一无所获的。"

缀在队尾的奚平闻言抬起头，这小子耳朵不知怎么长的，隔着数丈远也能听见别人低语，可见平时没少听墙脚。奚平自动过滤了其他信息，就听见"吃胖十斤"这几个字，由此推断潜修寺伙食肯定不错，遂高兴了起来，自来熟地冲庞戬挥挥手。

庞戬脸上浮起难以言喻的神色，忍不住问同僚："我看起来很平易近人？"

手下不解其意，顺口拍马屁："自然，都统一向都是和善亲切的。"

庞戬面无表情："一会儿去医堂领几丸治眼病的药。"

这时，赵誉行色匆匆地走了过来。

赵家嫡系第一个被支将军勾出名单，连带着赵誉都灰头土脸的，这一阵比平时还低调三分。他也不跟别人有眼神交流，凑到庞戬面前耳语道："都统，看守的人不尽心，方才来报，那螟蛉半偶跑了……"

"跑就跑了呗。"庞戬没往心里去，没开灵智的小半偶危害性还不如流浪狗大，看那品相也不怎么值钱，算不得财务损失。

"这……"赵誉迟疑了一下，低声道，"毕竟是支师叔点名要的东西。"

"师叔要他干吗使，本来也只是不忍心看着这小玩意儿活活饿死罢了,你……"庞戬为大选那一堆繁文缛节忙了好几天,这会儿正精神不济,差点把心里实话秃噜出来,一句"你与其在这些鸡毛蒜皮上揣度上意,不如好好管教族中子弟"险些脱口而出,话到嘴边才堪堪忍住。

"你……不用管他,一个靠灵石活的半偶,不会在凡间乱窜的,没准是这帮少爷小姐谁的行李里带了好东西,被勾搭走了。"庞戬生硬地把话拽回来,假模假式地拍拍赵誉的肩膀,"我送小崽子们'上学堂'去,去去就回,这两天金平就交给诸位兄弟了。"

说完,他嘬唇作哨,脚下浮起一柄长剑。

庞戬御剑而起,所有拉车的白马齐声长嘶,迈开马蹄,沿着已经清空的正阳大街飞奔起来。

奚平将头探出窗外,见清空的街道两侧,犄角旮旯的小巷里挤满了看热闹的人,不少百姓见了御剑的蓝衣半仙,仿佛目睹天神降临,激动地在路边下拜。

庞都统显然已经习惯这场面,袍袖翻飞,目不斜视。

有那么一瞬间,烂泥扶不上墙的少爷心里也生出了羡慕。他忍不住想:一年后,我也能穿上这身蓝袍,威风地飞过去吗?

这时,车队经过了合音楼——合音楼是皇商产业,是整个金平城最高的酒楼,在东定城门口,来的都是送行的人。阁楼的雅间窗户半开着,有张熟悉的面孔一晃而过,好像是庄王。

可不等奚平看分明,车队就忽然加速,风一样地冲出了东定城门。

奚平一个没坐稳,后背撞在了车厢上,巨大的气流从车窗涌进来,车窗上铭文一闪,自动封死,他耳畔"嗡嗡"作响,整个人被压在了车座上。不知过了多久,那压力才稍稍减轻了些,奚平才刚爬起来,就听窗外庞都统朗声笑道:"都扶稳坐好了,最好还是别开窗往下看。"

这话可太管用了,话音没落,几乎所有马车车窗都打开了,齐刷刷地探出了脑袋。

奚平被掺杂着郊外烟尘的烈风呛得有点喘不上气来,将眼睛眯成了一条缝,随即他震惊地发现,金平的大地已经远离了他们,屋舍道路、高阁细水仍在不断缩小……他们飞到天上了!

离他最近的一个少年当场翻了个白眼,直挺挺地栽回车里,厥过

去了。

庞戬惬意地御剑于侧，浪得没边，飞到近前，顺手替那位晕过去的兄弟把车窗封好："啧，怕高还不听劝。"

瞥见奚平被风吹变形的脑袋，庞都统突然目光一凝，察觉到了什么，嘀咕道："原来是跑你那儿去了。"

"啊？你说什么？"奚平灌了一耳朵狂风，只觉"凭虚御风"的滋味一点也不美妙，吼叫道，"尊长，你不怕脸上吹出萝卜皴来吗？"

还没等庞戬回答，奚平就觉得有什么东西碰到了他的脚，他一低头，看见一角桃红衣摆从车座底下露了出来。

白日闹鬼了！

奚平不提防，吓了一跳："哒！"

那桃红衣摆的主人忙往里缩，奚平一脚踩住了衣摆，直接伸手把那"鬼"拽了出来。

只听"哗啦"一声，一匣子蓝玉灵石滚了一车，他从车座底下拽出了个小娃娃。

小娃娃两只小爪子各攥着一颗蓝玉，嘴还不自然地紧抿着。

奚平："……"

他是不小心拿错行李了，把谁家孩子给顺来了吗？怎么这小东西还有点眼熟？

这时，一道指风从窗外打进来，点在小娃娃胸口上，那小娃娃"哇"一下，又吐出两颗蓝玉来，露出满嘴的尖牙。

"是你！"这口熟悉的"钉床"牙提醒了奚平，这小娃娃正是安乐乡里那剥皮邪祟的"小奴儿"！

"嚯，大户人家。"庞戬不知什么时候穿墙进了他的马车里，看了一眼石子一样滚了满地的蓝玉珠，脸色不易察觉地一冷。

蜈蚣半偶一见他，立刻吓得不敢挣动了。

庞戬挥挥手，散落的灵石自动滚回了木匣里码好。他捡起来一掂，就知道足有一百多两。匣中灵石珠子颗颗晶莹饱满，不带一点杂绿，都是上好的蓝玉。

这一匣珠可谓值天价。

"家底够厚的，"庞戬撩起眼皮审视着奚平，笑容冰冷下来，"永宁侯爷薪俸这么高？"

"别提了，就侯爷那一壶醋钱，还不如祖上在南郊留的那点地管事呢。"奚平好像没听出庞戬话里的刺，顺手关好怪风呼啸的车窗，大大咧咧地说道，"哎，尊长坐，吃点心吗？我从家带的，还热着呢。"

庞戬脸色稍缓，谢绝了他的好意："哦，这么说，你家祖产丰厚。"

南郊现在早就没人种地了，镀月金下凡以后，各种蒸汽火机厂房雨后春笋似的往外冒，尤其是坐拥运河码头的南郊。要是在那儿有块地，光靠地租就能富得流油，难怪阔绰。

庞戬将灵石匣子盖好，放在一边，有意无意地刺探道："你家有多少地，禁得住这么花？"

奚平掐着手指算了算："两三百亩吧，谁知道，具体我也说不清楚。地租也就仨瓜俩枣，我们家侯爷主要还是靠脸吃饭。"

庞戬："这是什么话？"

奚平："尊长听说过'崔记'吗？"

庞戬还真听说过。崔记是宛国最大的珠宝行，在金平城最繁华的地方独占一个闹中取静的大院，那些贵夫人、大小姐身上要是没两件崔记的东西，出门都不好意思跟人打招呼。

字号有名到了一定程度，不买他家东西的人也会有耳闻——比如毛孩子都知道合音楼的状元红，和尚也听说过栖凤阁的桂花鸭，庞都统这么个大老爷们儿，也能认出崔记那割开了全金平贵妇荷包的鲤鱼小印。

奚平在点心匣子里挑挑拣拣，头也不抬道："我娘就姓崔，崔记是我外祖家的买卖，我娘有三成股份。"

此事说来话长：崔夫人当大小姐那会儿，一次跟小姊妹郊游，途中马车坏了。侯爷正好碰上，好心搭了把手。

侯爷那时候还不是侯爷，只是个游手好闲的公子哥。谁知遇上的崔大小姐是个花痴，一眼就被他的色相蛊住了。在崔大东家眼里，姓奚的约等于穷光蛋，除非凭美色入赘，否则怎配登崔氏的门？但侯爷他爹还是个芝麻官，芝麻官也是官，要论起来，奚家还真算"官宦之家"，就这么一个儿子，断不可能许配商人家。

总而言之，两家不般配，崔大掌柜不同意这门亲事。但大小姐铁了心非此人不嫁，谁劝也不管用。崔大东家气急败坏，放出话来：嫁了那小白脸，以后别认你爹。大小姐于是谨遵父母之命，跟崔氏断绝关系，扭头跟小白脸跑了，一根线头也没带走。

谁知道风水轮流转，后来奚家大姑娘进宫出息了，一步登天。当年那不靠谱的小白脸居然仗着裙带关系混成了永宁侯，"猪油蒙心"的崔大小姐成了侯府夫人。侯门的亲戚岂能不要？于是大东家和崔夫人的父女亲情自然就续上了。

大东家面子上风光了，永宁侯府连带着宫里的贵妃也都宽裕了，皆大欢喜。

奚平讲完侯爷的发家史，点评道："其实我感觉，这更像我娘和我姑喜结连理，我爹在里头就是个添头。"

庞戬："……"

他听完不知做何评论，反正就是有点羡慕。

奚平往嘴里塞了颗松花团子，挑衅似的吊起眼觑着庞戬，半带嘲讽地一笑："尊长，想什么呢？我们家这种没根没基的，全仗圣人恩典，御史台八百双眼十二个时辰盯着，动辄得咎。不该碰的东西，一个铜子掉地上都不敢捡，你当佞臣那么好当？"

庞戬被他顶撞得一愣。

人人见人间行走如见真神，王公贵族也都客客气气的，何况庞戬还出了个名地难打交道。自打他当了天机阁的掌权人，就没被人给过脸色看。这感觉可新鲜，庞都统一时竟没生气，好奇地问道："小子，你知道你就算从潜修寺回来，最出息的前途也是在我手下当差吧？"

奚平："可说呢，我看我还是去御林军的少爷营当差的面大。"

庞戬："……"

他难得噎了片刻，随即失笑，想起这小崽子在安乐乡里的光棍行径，确实是头天不怕地不怕的神兽。庞戬伸手从袖子里摸出了一条小金箔，丢给奚平："方才是我失言了，送你个小玩意儿赔不是。"

"谢谢尊长，"奚平收礼物向来痛快，别人敢给他就敢要，从不虚伪推托，"这是什么？"

"驯龙锁，滴血认主，驯兽用的。"庞戬用下巴一点旁边的半偶，"这小东西要吃灵石，吞金子不带往外拉，等闲人养不起，既然你有钱，他归你了。"

"啊？"奚平先是一愣，随后调门凭空高了一截，"不是，这不是邪祟的东西吗？他还咬人！我要他干什么，拿他作法咒死仇家吗？！"

小半偶同样面露惊恐。

"半偶身上要是能放恶咒，天机阁早处理了，等你？扣上驯龙锁他就没法咬你了，你想让他干什么他就得干什么，"庞戬往后一靠，身体"融"进了车厢壁里，只剩五官浮出来，说，"要不然潜修寺里可没人伺候少爷，你得自己铺床叠被。"

奚平本想断然拒绝，嘴都张开了，听说后半句，又迟疑了。

"行吧，"庞戬的五官下面伸出一只手，"你不要就还给我。"

奚平迅速将"金箔"攥进手心，撑起三尺厚的脸皮一拱手："长者赐，不敢辞，却之不恭。尊长，那我就不客气了。"

这小浑蛋。

庞戬隔空伸手点了他两下，穿车厢出去了。

庞戬一走，小半偶立刻面露狰狞，朝奚平扑了过去，要抢那驯龙锁。可是正像庞都统说的，半偶只是模样诡异，也确实没比普通小孩多什么神通，反正奚平一只手就轻松制住了他。

情急之下，半偶张大嘴，一口咬在奚平手上。那一口钉床一样的牙是真尖，奚平手上立刻渗出了血，血珠蹭到了金箔片上。驯龙锁瞬间伸长，"啪"一下在半空中一抖，分开一人一偶，然后卷在了半偶脖子上，结成了个项圈。

小怪物立刻被控制住了，提线木偶似的退后几步。

奚平则有种奇特的感觉——那项圈……不，被项圈捆住的小怪物好像成了他身体的一部分，类似猫尾巴：不管它的时候，它会自己动，想管的时候就能随心控制。

奚平试着命令："你往左边走两步？"

小怪物脸上露出挣扎不甘心的神色，腿却乖乖往左边迈了两步。

"往右。"

小怪物听话得好像奚平自己的腿。

"嘿,"奚平乐了,庞都统给了他个好东西,"这回你老实了吧?给爷作揖。"

"倒立。"

"再跳个舞。"

小怪物被他折腾出了花,一双黑豆似的眼睛里迸出了仇恨的目光,恶狠狠地瞪他。

奚平从来不怕被人瞪,别人越生气他越来劲。舔了舔自己的虎牙,这狗东西冒了坏水:"停,别扭了——来,叫声'爹'听听。"

可是这回,驯龙锁没如他愿,小怪物张了张嘴,嘴里却只发出短暂的气音,像个漏了气的火绒盒。奚平掰开他的嘴仔细一看,发现这小东西咽喉处不似常人,黑洞洞的,缺了什么东西似的,他发不出声音来。

被驯龙锁制住的小怪物无法完成主人的指令,只能不停地发出"嘀嘀"的气音,又怪诞又可怜。

奚平突然有点不舒服,那畸形的咽喉让他想起了宫里的狗——皇城要肃静,不让狗叫,宫里的狗也是这样,要切掉一部分喉咙。奚贵妃原来养过一条狗,从小与庄王要好,庄王自立门户后就将它带出了广韵宫。

那老狗每次尝试与别的狗嬉戏,都只能发出这种"嘀嘀"的气音,慢慢地,它也不怎么爱撒欢了,没过几个月就悄无声息地死了。

为这,庄王大病过一场,人差点没了。

"行了,别叫了。"奚平把头伸出车窗,风卷得他睁不开眼,也看不清庞戬在哪儿,只好灌着风嚷嚷道,"尊长,那邪祟有什么毛病啊?要不干脆别给他安嘴,要不就安个正常的嗓子,弄个哑巴算怎么回事?这玩意儿还能修吗?"

话音没落,迎面飞来一样东西,差点拍他脸上。

奚平双手接住,只见那是半本线装残卷,快散了,还有股馊味。他"噫"了一声,封上车窗,嫌弃地用手指尖捏起泛黄的纸。残卷第一页画着几张畸形婴儿图,下面写道:修炼半偶十法。

"什么鬼东西……"

奚平一目十行地翻起来,然而看着看着,他紧缩成一团的眉眼沉了下来,诧异地睁大了眼。又往后翻了十来页,他一言不发地将残卷合上,目光落到了小半偶身上。

不知为什么，本来气得快要变形的半偶对上他的目光，微微一愣，随后竟慢慢地安静了下来。

奚平嘀咕了一声："所以你不是人皮包的木偶，你原本就是人？"

半偶被他问得有些茫然，跟奚平大眼瞪小眼了片刻，不知该做何反应，只好犹犹豫豫地龇出那一口狰狞的牙。

奚平想了想，弯腰端起装灵石的木匣，取出一颗灵石给他："喏，你要吃这个？"

小半偶一看见灵石，就把什么都忘了，扑上来一把抢走了奚平手里的灵石，直接吞了。

奚平还想说什么，这时，悠长的鹤唳穿透云霄，马车猛地一晃，他顿时有种自己轻了一百多斤的错觉。

他倏地一震：潜修寺到了！

奚平再顾不上别的，随手将那放灵石的木匣往行李里一塞，迫不及待地探头瞻仰仙山……没注意那小半偶紧紧盯着他的灵石匣子，黑豆似的眼睛里射出了贪婪的视线。

（三）

"……飞马落地后化作白玉马，庞都统也不见了踪影，不知去拜会哪位仙尊。门口有一位半仙迎候弟子，自称杨师兄安礼，新城长公主之子，是上一届大选的师兄。杨师兄待人十分和气，生得有点像三哥，不过自然是比不过我三哥的。"

金平入了夜，庄王府南书房里，庄王周楹捧着一块白玉板，同他送到侯府的一模一样——原来那白玉咫尺竟不是一对，而是三块。

此时奚平大概已经在潜修寺安顿下来了，开始啰里啰唆地给祖母写信，那白玉板上飞快地冒出一行一行的字。

王俭在旁边若无其事地摆棋谱，假装"自家主上偷窥奚世子给老太太写家信"这事一点也不值得大惊小怪。

奚老夫人早年是个大门不出二门不迈的闺秀，没读过什么书，奚平写的都是大白话，为求生动，他还图文并茂。

比如他写道:"寺门前有青鸾白鹿乱窜,青鸾鸟不过半尺,尾羽长如披风。"

后面就附了一张活灵活现的青鸾图……就是画工糙了点,像只屁股上插扇子的鸭子。

庄王的嘴角翘了起来。

"寺内一应仆从都不是人,是灵石驱使的稻草人,唤作'稻童',可以引路、清扫院落、敲锣报时等等,只需将纸符粘在稻童脑后,即可驱使他们做事。

"杨师兄说,开灵窍入仙门后才能画符,符咒一道乃沟通天地之道,博大精深。眼下发给我们的纸符咒都是师兄们用灵石粉画好的,三个月之内有效,都是给我们没开灵窍的弟子驱使稻童用的。

"等孙儿学会画符,一定要给祖母买一群稻童,要一对捶腿的、两个打扇的,还要再凑个戏班子。"

庄王笑出了声:"难怪外祖母偏心偏到胳膊肘,这小子就是比我会哄老太太。"

王俭凑趣道:"要不怎么说'尺有所短,寸有所长'呢,争宠这方面,殿下确实多有不及。"

白玉咫尺上,奚平拍完马屁,又点评了潜修寺的伙食,总体是很满意,只是遗憾道:"一日只供早晚两餐,弟子没有点心消夜。"

点评完吃的,他又说住的:"此处男女弟子分开两头,日常课业、起居都碰不到面,可惜、可惜!女弟子一人一院,男弟子因人数众多,二到四人住一院,孙儿在'丘'字院,与两位同窗一起。一位是常兄,常太傅长孙,生得面圆似饼,待人很是热络,就是嘴碎,搬进来不到两刻,传了八个小道消息,仿佛喇叭成精。"

庄王心道:还有脸说别人嘴碎,我看你最该掌嘴。

王俭见他难得心情好,很有眼色地将他水杯满上,才提起壶,又见庄王脸上的笑容一顿。

只见白玉板上下一段写道:"另一位是姚兄,太史令之子,太子妃庶弟。这位兄台因得知与孙儿同住一院,吓得一晚上跑了七八趟茅厕,险些拉成面条。孙儿甚感愧疚不安,以后定要多多与之亲近。"

庄王手指捻过白玉石板:"太子内弟……"

王俭忙道："自从承恩侯张氏获罪，东宫便越发低调。太子妃出身不高，那姚家更是谨小慎微。这回送到潜修寺的姚二公子在金平城一直默默无闻，想来不是什么张扬的性情。"

庄王"嗯"了一声："我知道，奚士庸那混账虽然在家讨嫌得很，出门在外倒也不用担心他受欺负……他能忍住了别给我惹是生非就不错。"

王俭笑道："殿下放心，这回入选潜修寺的弟子里，大姓嫡系很少。除了四殿下、九殿下，便只有林氏一子。林氏是四殿下母家，想必不会与他争什么，九殿下年纪小，性情又柔弱，这回内门人选想来没什么悬念，必是四殿下。那位为人处世周到，有他镇在那儿，其他人生不出什么大波澜。再说他在凡间与您交情甚好，想必也会替您看顾世子的。"

"甚好谈不上，周㮾从小就知道自己要进仙门，不与我等凡人为伍，只是看在他母妃的分上，谁也不得罪罢了。"庄王一哂，随即又一愣，"嗯？"

白玉咫尺快写满了，奚平那话痨虽然意犹未尽，也只好就此收尾，问了全家安以后，他又在犄角上添了一句："天机阁庞都统跟孙儿颇为投缘，还送了个半人半偶的小仆，此事说来话长，明日再同祖母细讲。"

"庞都统？庞文昌？"庄王看着"投缘"俩字一挑眉——难怪他们明明把奚平从备选名单上撤了下去，永宁侯府却还是接到了征选帖，"是他生的枝节？"

"这位庞大人是出了名的笑面虎，软硬不吃，谁的面子也不买，多少大姓的人想巴结还找不到门路。"王俭忙道，"世子竟能投他的眼缘，可真是难得……明年回来兴许能进天机阁，这可是好事！比分到南矿、潜修寺之类的地方有前途多了，若是人能留在金平，岂不更是皆大欢喜？"

庄王没应声，总觉得有点怪，庞戬那样孤狼似的人，听着不像是会送人"小仆"的。不过话说回来，堂堂天机阁右副都统，捏死个把凡人跟一脚踩过蚂蚁窝差不多，应该也不至于对个小弟子使什么手段……吧？

"端阳时别忘了给庞都统备一份节礼。"

王俭答应道："应该的。"

白玉咫尺上的小鱼自己游动起来，擦掉了上面奚平留的字和画，老夫人那边开始回信了。

庄王就放下叨尺，对王俭道："楚国使臣今天到了。"

王俭忙坐正了："为了腾云蛟火车的事？"

"嗯，陛下铁了心要铺陆运，大宛境内的几个迷津驻满足不了他老人家的胃口，这回打算直接通到楚国东衡。"庄王说着，神色又冷淡了回去，那图文并茂的白玉咫尺似乎只能将他眉间霜雪驱散片刻，"东衡的项家人好大喜功，倒是跟他一拍即合。"

王俭想了想："漕运那边怎么说？"

蒸汽的烟尘吹浑了金平的天，也吹鼓了漕运的腰包。一条大运河，贯穿南北商贸，多少大世家附在上面吸血，吃得脑满肠肥，哪儿容得下地面上跑的"腾云蛟"来分一杯羹？

"漕运？呵，外使没走就恨不能以头抢地，说铁轨'穿山绕林、妨碍风水、有损国祚'，就差找玄隐山仙尊评理了。"庄王笑了笑，"漕运司的孙禹庆，一把好嗓子，号丧真是有一套。"

王俭摇头道："孙家贪得无厌，首鼠两端，先前巴结承恩侯，承恩侯一倒，又恨不能跟东宫撇清关系。"

话没说完，就见庄王眼角浮起冰冷的笑意。

王俭察言观色："王爷可是有什么吩咐学生去做？"

庄王伸手抵住嘴唇，扭头咳嗽了几声："当初修金平到俞州的铁轨，闹出过贪官巧取豪夺百姓耕地，高价卖给朝廷的事，记得吗？"

"是，后来不痛不痒地处置了几个人，地嘛，朝廷拿都拿了，自然是不可能还了。"王俭道，"您是说……"

"腾云蛟固然威风，可这些百姓没了安身立命的田地，往后靠什么活呢？可怜啊。"庄王像吹去细瓷上的尘埃似的，轻轻地叹了口气，"叫人给孙大人提个醒吧，别让他天天惦记着找南圣告状了——这不是有现成的'正路'嘛。"

王俭立刻明白了他的意思——这是要撺掇漕运势力拿"民生"要挟朝廷，他沉吟片刻，又说道："可是陛下向来心如铁石，一小撮失地百姓，不见得拦得住他……"

"拦他做什么？他愿意通车还是通船，跟我这足不出户的病秧子有什么关系？"庄王疲倦地一拂袖，"那是太子的事。"

王俭马上反应过来："太子会蹚这浑水？"

"那可由不得他，"庄王指尖把玩着粗陶杯，声音几不可闻，"毕竟太子……除了'博仁'之名，还有什么呢。"

说到这儿，他撑着头，无意中扫了一眼旁边的白玉咫尺。

奚老太太已经用巨大的字絮叨了一堆，老祖母的嘱咐不外乎就三条，"吃饱穿暖别闯祸"，没什么新鲜的。庄王看了一眼，本来要移开视线，却见老太太又写道："我不要那什么稻草人，妖怪似的，夜里撞见怪吓人的。仙门若教如何炼丹制药倒好，你为着三殿下，可要多留点心。"

庄王愣了愣，有那么一瞬间，他眼皮微颤，眼睛像是被老太太那行字烫了。好一会儿，他才把咫尺倒扣过去，冲王俭摆摆手。

潜修寺里，跟祖母通完信的奚平收好了白玉咫尺，逼着自己躺下早睡。

潜修寺在玄隐山脉最外围的山谷中，苍松翠柏连成了滚滚碧涛，没有蜂鸣的机器，也没有聒噪的齿轮，屋里甚至没有自鸣钟。弟子房中只挂着个半尺见方的青玉历牌，是件别致的仙器，每日子夜之交，历牌上会自动更换日期节气、当天阴晴雨雪。

山中太静了，静得奚平有点择席，做了一宿乱梦，耳边又反复回荡起那支《还魂调》。

卯时，墙上历牌突然喷出刺眼的白光，随后，一声惊雷在小屋里炸起，震得房梁直哆嗦。奚平被这平地一声雷惊得三魂散了七魄，屁滚尿流地爬起来，浑身上下一通乱摸，确定没让雷劈掉什么部件，才惊魂甫定地望向那历牌。

历牌上的日期早滚到了四月十六，"天朗气清、闲云垂碧"下面多了一行闪烁的金字，无声地催促他："整理仪容，卯时三刻，乾坤塔早课。"

往常这时候，少爷都还没躺下睡呢。

还整理仪容……整理遗容还差不多。

奚平对着那历牌参了会儿禅，直挺挺地把自己往床上一拍，就要接着睡。

不料他脸才刚沾到枕头，历牌上就再次爆发强光，第二声炸雷落下，仿佛直接劈到了奚平脑袋上。奚平的耳朵本来就比别人敏感，差点被这

一下震聋了，睡意彻底烟消云散。

"啊——"他暴躁地号了一声，捶着床叫道，"来人！来人！"

号完，他就张开手臂闭眼靠在床头，等人给他穿衣梳头。

可是等了半天，衣服也没自动往他身上裹，奚平不耐烦地睁开眼，发现卧房里静悄悄的，没有号钟，也没有丫鬟，只有个鬼鬼祟祟的小半偶蹲在墙角，正在窥视他。

奚平这才想起来，这里是潜修寺，没有小厮了。

小半偶缺灵魂短智慧的，人话不能说完全不懂，可也懂得不深——据奚平看，智力水平跟他三哥养的猫差不多。

庞戬净瞎扯淡，别说穿衣梳头这种精细活了，铺床扫地也指望不上这玩意儿。

奚平一时还没想好怎么处理他，只好挟着起床气将那小半偶扔到书房："走开，别碍手碍脚的。"

穿衣洗漱还倒算了，自己梳头可要了他半条命，还没等他弄好，门口就传来同住一院的常钧的声音："士庸！你走了吗？要误早课了！快快快快点！"

碎嘴常兄都结巴了，奚平摸出自己的怀表瞄了一眼，感觉时间还挺富余。然而常兄急得要挠门，奚平也只好连撑带杵地将头发胡乱塞进头冠，顾不上揪掉了多少，只恨不能遁入空门，剃个秃瓢干净。

然后他只来得及抄起地图，就被常钧一把拽了走。

常钧："带好问路符了吗？"

奚平莫名其妙：带它干什么？

不等他回答，常钧就紧张地说道："没事，我带了一打，咱们快去找稻童，第一次用符纸，恐怕不得要领，得多试几次……哎，那里！"

奚平顺着他手指方向一抬头，见好几个同窗正七嘴八舌地围着个稻童。

"早课在乾坤塔，'乾坤塔'得写正楷，工整一点……小心别出框！"

"好了好了，快快快！贴上贴上！"

"你们别都围着稻童啊，挡着路它怎么领咱们走，散开点。"

常钧一把将奚平拉进人群："太好了，他们已经找到引路稻童了，咱们快跟上！"

他话没说完，就见贴上了问路符的稻童缓缓动了——众目睽睽之下，那稻草人宛如大家闺秀，迈开小碎步，好像唯恐踩死一只蚂蚁，端庄地沿着小路往西挪去。等这位"向导"的莲步移到乾坤塔，他们大概能赶上吃年夜饭。

奚平："……"

弟子们"嗷"一声崩溃了，奚平这才发现，除了自己带了地图，其他人手里都只攥了问路符。这些人可真行，那么清楚的一张地图自己不会看，怎么就这么相信所谓"仙器"？

"别指望它了。"奚平往地图上溜了一眼，拿出他被侯爷拎着"家法"撵着满金平跑的认路经验，"跟我走。"

"敢问这位兄台是哪家公子？"

"兄台认得去乾坤塔的路吗？家中可有长辈在潜修寺任职？"

"莫非这位兄台有其他指路的仙器？"

奚平心说你们跟着跑就得了，北都找不着，哪儿来那么多屁话？不过才刚来第一天，侯爷"别找事"的叮嘱言犹在耳，他忍住了，任凭常钧在后面絮絮叨叨地给众人介绍他姓甚名谁。

众弟子可能也都听说过"大名鼎鼎"的永宁侯世子，诡异地沉默了片刻，语气各异地"久仰久仰"起来。

不过这群不认路的没头苍蝇此时别无选择，有个屁就得跟着飞。他们缀在奚平身后，乌泱乌泱地滚向了乾坤塔。潜修寺清静了十年，突然热闹，群鸟四散惊起，并愤怒地掷下"天粪"几摊，给队尾几个跑得最慢的病秧子施了肥。

就在他们已经看见乾坤塔的匾时，常钧忽然发出一声上气不接下气的惨叫："不……不好，稻童要敲锣了！"

潜修寺里一切循古例，辰时敲钟，申正响鼓，夜半打更，卯初一声雷。其他重要时点——比如卯初三刻早课，由稻童敲锣报时。

山谷拢音，一声锣响能传遍周遭。

说时迟那时快，只见奚平一个箭步过去，不由分说地抢走了稻童的锣槌。

稻童眼睁睁地看着一帮大小伙子山洪似的冲过去，茫然地抠着锣转起圈来。

一伙人惊心动魄地冲进了乾坤塔，主事仙尊还没来，奚平这口噎在嗓子眼的气才喘出去。

他把锣槌往怀里一揣，一边环视周遭，一边随便找了个空位要坐。屁股还没沾上椅子，旁边那位就避瘟似的站起来挪了地方。

奚平抬头一看：是太子那小舅子。

小舅子名叫姚启，亲娘死得早，嫡母也不待见他，在家虽不至于受虐待，也没得到过什么好教养。当年张皇后一脉倒了霉，昔日里风光无限的承恩侯张氏树倒猢狲散，也吓破了姚大人的胆。

姚大人虽不过是个小小太史令，却位卑而忧远，总感觉承恩侯滚出三尺远的脑袋就是前车之鉴。自从家里大姑娘嫁了太子，姚大人每天睡觉前都要把张氏灭门的故事拿出来复习一遍……用永宁侯爷的话说，太子妃全家都神神道道的。

姚启生在神神道道的姚家，长得战战兢兢，瘦小得像个未及笄的姑娘。意外入选潜修寺已经吓了他半死，来了以后得知自己同奚氏子弟同住一院，更是眼前一黑。

太子是储君，庄王先天不足，俩人都不参加仙选。太明皇帝膝下，只有这两个留在凡间的成年皇子。一个虽是名正言顺的嫡长子，却被生母牵累，一个是处事圆融备受圣宠的贵妃之子，哪怕他俩没有争心，别人也不会放过他们。

太子妃娘家和奚贵妃娘家至今之所以没有势如水火，是因为双方都比较废物，都没有"势"……并不是能友好共处的意思。

姚启头天晚上半宿没睡，净想奚平这混世魔王会怎么迫害他了，差点在茅厕过夜，一早肝胆皆虚地爬到了乾坤塔，眼看那不散的阴魂又要向他飘来，反应难免大了些。可能是太虚了，他笨手笨脚地这么一站，"咚"一声碰倒了硬木椅，众人都被他惊动。备选弟子们突然安静，好几道视线意味不明地落到了姚启和奚平身上。

姚启不习惯成为视线焦点，脸"腾"一下红了，奚平却浑不在意地一笑，人来疯道："晚啦子明兄，你跟我在一个院睡了一宿，清白早没啦。"

众弟子闻听这等虎狼之言，哄堂大笑。姚小公子不敢相信世上竟有这么不要脸的人，瞠目结舌，羞愤欲死。

"好了好了，"这时，旁边一个着锦袍的俊朗青年出面打了圆场，拉住奚平道，"子明年纪小，士庸，快别逗他了。来我这边坐。咱俩也有好些年不见了，小时候还一起玩过呢。"

那青年二十岁出头，眉清目秀的，轮廓和庄王有几分像，正是林氏淑妃所出的四皇子周樨。

四殿下的面子不好不给，奚平顺着他坐了过去，不等开口寒暄，就听一个不阴不阳的声音从后门传来："挺热闹啊。"

那是个没变声的孩子的奶音，却非得要暮气沉沉地拖着长腔，可能是为了表现自己的沧桑，还故意带了那种老人特有的颤音，听着格外刺耳，像个净身过早的老太监。

整个乾坤塔中一静，笑出声的都急急忙忙地把露出来的牙床塞回嘴里，正要回头的奚平也被周樨拽了一把。

"别看，"周樨小声提点他道，"罗仙尊不喜人直视。"

奚平一头雾水，心说这"罗仙尊"难道是什么非礼勿视的大姑娘？

他听了劝，按捺住了没抬头，片刻，听见身边传来窸窸窣窣的动静。

乾坤塔中间有四五十层石阶，顶上一个高台，走上去能俯视所有弟子的发旋。奚平余光瞥见一角天青色的宽大衣袖从他身边经过，袖口几乎垂到地上。这位罗仙尊甩着疑似"水袖"的唱戏服，不紧不慢地登上了高台，又捏着嗓子咆哮道："哪个混账把稻童的锣槌顺走了？交出来！"

奚平的屁股稳稳当当地镶在椅子上，心想：嘿嘿，你猜。

念头才起，他肋骨就被硬物重重地杵了一下，藏在怀里的锣槌直接撕开衣襟飞了出去，差点捅了奚平的下巴。

奚平为躲锣槌猛一仰头，就看见了石阶上的罗仙尊——那位仙尊居然是个看着只有十一二岁的童子，一脸不高兴地耷拉着五官，跟旁边两个给他打扇的稻童一般高！

抬手接住锣槌，罗仙尊冰冷的视线落在奚平脸上："小子，你叫什么？"

旁边的四殿下眼角微抽，露出个目不忍睹的表情。

（四）

奚平掂量了一下，心说来都来了，仙尊想必也不能因为个锣槌把他

打出去，于是坦坦荡荡地报上自己大名，末了又一拱手，痛快地认了错："仙尊，我错了，我从小被拘在金平，没见过这别致的锣槌，门规上也没说不让拿稻童的锣槌，就想借来开个眼。没想到您也睡过点了，害您差点误早课。"

罗仙尊："……"

你才睡过点了！

周榉十年前在老三身边见过这个永宁侯世子，那会儿这小子只有豆大，已经不是盏省油的灯了，在宫里伴读，一天能把太傅气抽两回。没想到兜兜转转这么多年，孽缘作祟，又做了同窗，简直梦回御书房。

"奚士庸，"那罗仙尊拖着奶音，恶狠狠地嚼了嚼奚平的名字，"有点意思。"

然后他"水袖"一甩，不再理会奚平，居高临下地对众弟子说道："本人罗青石，在潜修寺引路已有百五十年，你们是送到我手里的第十五届凡人弟子。你们中不少废物是靠祖荫混进来的，想必自己也知道。我丑话说在前头：修行一途，全靠自己，进了潜修寺也不见得就能开灵窍。"

众弟子家里有点门路的，都知道潜修寺这位"矮罗刹"不能得罪，这会儿乾坤塔里寂静一片，谁也不想当出头鸟被他盯上。

"头一天早课，我要认认脸。"罗青石耷拉着眼皮，目光在众弟子身上巡睃一圈，落在奚平身上，"就从你开始吧——这位奚师弟。"

话音刚落，奚平就感觉有只看不见的手一把揪住他衣襟，猛地将他往前一拽，他胯骨轴差点撞桌角上。奚平及时扭了一下屁股，险伶伶地躲开了石桌角，不等他骂娘，他已经被拽到了石阶下的小平台上。

随即眼前一花，他被关进了一条只容一人通过的窄道里。罗青石和同窗们的声音顿时与他隔了点什么，不那么真切了。

奚平在安乐乡里曾被支将军拉进过芥子一次，一回生二回熟，此时立刻知道，自己又被拉进了一个芥子里，心说这可真是"芥似主人"：罗巨仙的芥子都比别人的宽敞！

便听芥子中响起罗青石的声音：

"这叫作'灵感芥子'，今日我与诸位初次相见，就用它来摸个底，以便因材施教。

"芥子里有六个岔口，第一个岔口分出两条路，二选一，第二个四选一，以此类推，最后一个岔口有六十四条路，此间只有一条路能走出来——就是灵气最浓郁的一条。走错了，灵气会渐渐稀薄，走到尽头就是死路，须得倒退回去重选；还有几条错路，你们要小心了，里面浊气丛生，遇见什么都有可能。

"谁要是灵感又钝，运气又不好……那就希望自己命大一点吧——炷香之内走不出来的，都是天生灵感迟钝之人，每日早课要比别人提前一个时辰来。"

奚平："……"

卯时三刻还再提前一个时辰，这是要组织他们起来打鸣吗？

罗青石："稻童点……"

"弟子周樨，"四殿下忽然朗声道，"想请教师兄。"

罗青石掀起眼皮，瞟了他一眼，不阴不阳地说道："哦，四皇子殿下，有什么指教？"

"不敢，"周樨挺直了腰，不卑不亢地说道，"请问仙尊，您方才屡次提到'灵感'，还有'灵气''浊气'，这芥子只有找到'灵气最浓郁'的一条路才能出来，可仙尊还没有教导我们什么是'灵气'和'浊气'……"

不等他说完，罗青石就"奶气横秋"地打断了他："幼童不会言语，也不知何为'甜'，何为'苦'，但吃了糖会笑，舔了药会哭。诸位都是有名有字有身份的人，难道要我从穿衣吃饭教起？"

周樨身份高贵，潜修寺的管事半仙见了他尚且客客气气，同届弟子都让他三分，还没被人这样当场下脸，神色不由得一沉。

罗青石冷笑一声："行吧，那我就给诸位才俊掰开揉碎地说一说，省得你们挑我的理——活人眉心有灵台，灵台乃神识之乡，灵台崩、神识散，你那皮囊就成尸身了。灵台之眼便是所谓'灵感'，是玄门最看重的资质之一。尔等灵窍未开，肉体凡胎，灵感自然也是混沌的，只能模糊地感知吉凶，大能之灵感可沟通天地、洞察因果。

"灵感锐钝乃是天生，当今玄门分作甲乙丙三等，甲等灵感乃是万中无一的天才，闭眼瞎蒙逢赌必赢，五感灵敏异于常人，修行可事半功倍。这芥子中的'灵气'乃是灵石发出的，'浊气'是恶符所散，弟子进来不必多思量，只依你感觉闷头走就是，若你灵感够用，自然能找到路。"

罗青石长篇大论完,也不管别人懂不懂,喝令道:"点香!"

奚平能听见外面人说话,但看不见别人。他试着走了几步,面前的路一直变化,很快就来到了第一个岔口。

什么灵气浊气,听着都不像人话,反正奚平一个字也没懂,就听出罗仙尊的意思是让他瞎蒙。于是他从善如流,仙尊那拖了二里地长的"香"字还没落停,奚平已经毫不犹豫地选了一条。

其他弟子见他这样自信,以为稳了,唯独周樨瞥见罗青石不怀好意地笑了,心说:奚士庸准是选错了。矮罗刹出了名地小肚鸡肠,灵感芥子全凭他操控,他要是有心整人,恐怕第一条错路就是有陷阱的险路。

周樨迟疑了一下,想起庄王,他其实怀疑他那三哥的手眼能通到潜修寺来……虽然周榅只是个凡人,周樨不怕他,但那位一向心机深沉,两人又没有利害关系,能交好还是交好。于是他打算出声给奚平示个警。

可那芥子里的变故却比他想象的来得还快,还没等周樨想好怎么说,就见奚平猛地刹住了脚步。几乎与此同时,透明的芥子毫无征兆地黑了下去,里面的奚平被一片黑暗吞了!

紧接着,那一片黑暗里传来震耳欲聋的吼声,坐在前排的弟子猝不及防,惊得险些靠翻了后面人的桌子。

芥子里的奚平只觉一股瘆人的凉意扑面而来,一股浓重的血腥气就从地下翻了上来。黑暗中突然冒出一颗青面獠牙的脑袋,足有西瓜大,张着血盆大口,鬼叫着迎面撞来,要一口咬掉他的头!

窄路上,左右根本没地方躲避!

罗青石脸上的笑意更明显了些:"我可是叮嘱过你们要小心了,有些人……"

下一刻,他的话被另一声咆哮打断。

奚平乖戾任性,六岁时他路遇恶犬就敢拎棍上前,狭路相逢他可从来不让路。

一看没地方躲,奚平干脆往前硬顶了一步,伸长胳膊抵住了那凶神恶煞的脑袋,整个人被冲撞得倒退了十好几步。脑袋露出利齿要咬他,他使了吃奶的劲,揪住了它两腮的疙瘩肉!

这脑袋长得肉疮四溢、血肉模糊,根本没法细看,有生以来还是头一次被人捏脸调戏，活生生地愣怔片刻，继而怒不可遏地冲这大纨绔发出一声咆哮。

它的吼声好像能直接搅进人脑浆里，直面咆哮的奚平给声音震得一阵头晕目眩。这会儿奚平没有手捂耳朵，只好张开嘴泄掉那震耳欲聋的吼声，胸口却仍是又闷又堵。于是他干脆撩开嗓门，予以回敬。

这二位在芥子中抱头痛吼了足有半刻，中气都挺足，嚷嚷得整个乾坤塔都在震颤，众弟子目瞪口呆。

罗青石忍无可忍："都给我闭嘴！"

芥子中的脑袋应声化成一缕青烟，不见了。

奚平惯性之下往前一扑，差点扑了地。他口干舌燥地咳嗽了两声，发现自己已经退回到最初的岔路口了。

芥子重新清澈起来，奚平回归了众弟子的视野。

罗青石瞄了一眼香案，就知道这小子肯定走不出芥子了。

往旁边一坐，他闭目养神起来，拖着长腔"唱"道："一炷香已经过半，奚师弟还没走过第一个岔口……"

芥子中奚平充耳不闻，迅速转向另一条岔路。

他腿长，跑得快，不多时就看见了第二个岔口。

奚平停下来，若有所思地看了自己脚下一眼——凭着过人的耳力，他听出自己的脚步声在不同的路上音色不同：走在错路上的时候，脚步声略重，像是起了回音；而右边这条正确的路上，脚步声明显"干净"些。

难道这就是所谓"灵气"和"浊气"的不同？

来不及多想，奚平决定再试一次。他闭上眼，飞快地在面前四条岔路上分别踩了一下脚，果然，四条路的脚步声有微妙的轻重差别。

奚平果断选了脚步声最清脆的一条，冲了出去，此后所有岔路他都如法炮制——正像罗青石说的，错路上灵气越来越稀薄，正确的路上灵气越来越浓郁，越往后走，脚步声的区别就越容易辨认。

众弟子见他对错五五分时都能选进最危险的境地，开个头就惨烈地花了　半多的时间，以为后面必定更是惊心动魄，没想到奚平脱缰野驴一般，一口气直接通到了最后，再一次目瞪口呆。

罗青石那边却以为奚平死定了，压根没往芥子里投眼神。他说话又

慢，前面那句还没说完，奚平已经跑过了最后一个岔口。

罗青石浑然未觉，还在闭眼唱独角戏："……看来是想明天寅时三刻到乾坤塔敲锣了。"

刚说完，就听高台下有人接话道："可是我出来了啊，也还得去吗？"

罗青石被踩了尾巴似的，一跃而起，就见奚平全须全尾地站在芥子外。

奚平平时就好动，虽然刚惊心动魄地跑了一大圈，但出来站定片刻，他就把气喘匀了。清早时没束好的头发掉出一缕，他满不在乎地往后一抹，不但看不出狼狈，还有种别样的放诞不羁。

罗青石一双圆眼瞪得变了形，看起来想引个天雷把奚平送回祖坟，周樾再一次适时地插话道："师兄，我们这届弟子比往年人多些，每个人都要测灵感的话，恐怕要快些了。"

罗青石嘴角抿成一条缝，艰难地按捺住了脾气，一拂袖，将奚平卷回他的座位上，咬牙切齿地说道："好，好，奚士庸，有点意思。难怪还觉得自己挺不错的。"

说完，他苦大仇深地一点稻童："记下，此人灵感甲等，下一个——"

看热闹的弟子们来不及感慨第一位上台的同窗就是所谓"万中无一的天才"，唯恐自己被罗青石看上，再一次齐刷刷地低下头，气氛沉重得仿佛孝子贤孙哀悼先人。

罗青石一伸手，旁边稻童就窸窸窣窣地转过身来，递上弟子名册。奚平的名字正好是最后一个，罗青石就干脆顺着他倒着点："姚启，姚子明。"

周樾趁姚启哆嗦着往上走，低声对奚平说道："罗仙尊修为已经接近筑基中期，天机阁都统见他也得毕恭毕敬。士庸，虽然他不会与我等未开灵窍的凡人认真计较，你也不该仗着天资好就戏耍他。"

奚平前面几句听进去了，最后一句却不知殿下从何说起了，纳闷道："我什么时候戏耍他了？"

周樾给了他一个"你自己明白就好"的眼神，没再跟他说话。

方才听见罗青石宣布"甲等灵感"，周樾看奚平的眼神就变了——天生的"甲等灵感"，玄门天才，这样的人就算入不了内门，将来也是天机阁精英，第一个岔口根本就不可能选错。奚士庸绝对是故意的。

早听说永宁侯家的张狂无状,周樨瞥了一眼奚平那张"佯作无辜"的脸,感觉百闻不如一见——真人比传说的还不可一世。

这时,姚启已经进了灵感芥子。

可能是晚上蹿稀蹿的,姚公子那腿抖得袍子外面都能看见。他一路提心吊胆地猫着腰,恨不能将肚皮贴在地上爬。每到岔口,姚启都得闭眼念念有词半天才决断,不知是在作法还是祈求列祖列宗保佑。

然而他虽然努力,运气却实在不怎么样。

刚走过两个岔口,芥子里不知发生了什么,又黑了。如果说奚平是被恶意整治,那姚启就纯粹是自己倒霉了,连罗青石都没想到他撞见个开门黑。

姚启还没看清发生了什么事,本能地掉头就跑,然而已经来不及了。

很快,他被吞进了一团黑气里,相比奚平那闹着玩似的二重唱,这次传来的动静惨烈太多了。黑暗里先是传来了不祥的裂帛声,随后是变了调的惨叫声,还夹杂着利器划开皮肉的声音……前几排的弟子已经彻底坐不住了,纷纷将座位往后挪。

直到一炷香彻底烧完,黑黢黢的芥子才将人喷了出来。

黑气散开,姚小公子投了地。他后背似乎被猛兽撕咬过,几道爪印将皮肉都翻了出来。姚启奄奄一息地趴在地上,面如金纸,眼看有进气没出气了。

乾坤塔里瞬间静了。

罗青石捏着鼻子,嫌弃地摆摆手,两个稻童便匀速上前,搬起姚启,往他嘴里塞了一颗丹药。丹药果然是仙家之物,一入口,姚启背后的伤口迅速愈合,脸上立刻有了血色。及至他被放在石椅上时,人已经悠悠醒转,能坐着了。

然而他一睁眼,就听见罗青石宣布:"明日早课,你提前一个时辰到乾坤塔来,下一个。"

姚小公子听闻噩耗,两眼一翻,又厥过去了。

刹那间,奚平被四面八方的求救视线包围了,一时间不知道该把脸往哪儿转。他只好一低头,小声透题:"错路上脚步声重一点,有回音。"

病急乱投医的弟子们忙记下,周樨却皱了眉插话道:"你们别随便听

别人的,每个人灵感锐钝不同,太信别人的经验反而容易误入歧途。如果实在不知所措,进入芥子后可以试着清空杂念,闭眼往前走。我想测我们这些凡人弟子灵感的关卡不会太难,只要别慌,应该都能出来。"

奚平感觉他说得挺有道理,便点头附和了一句:"是,也对。"

周榇意味不明地看了他一眼——凡人灵窍未开,灵感是混沌的,只有开了灵窍的半仙,才能将灵感附着在视听触味上,这叫作"通灵"。要是已经能通灵了,还上这儿来干什么?周榇心道:这奚士庸对师兄前辈不敬,耍小聪明;对同窗信口吹牛、有意误导,可真不是东西。

果然如周榇所说,罗青石虽然脸臭,但确实没有故意为难弟子。芥子中灵浊区别小、不好分辨的时候,岔路也少,容易蒙。后面虽然岔路越来越多,但灵气也渐渐浓郁,只要弟子心够定,有六七成的人能卡在一炷香烧完之前闭眼摸出来。

除了被恶意针对的奚平和格外"走运"的姚启,再没有人遇到芥子中的陷阱,绝大多数错路走到最后也只是死胡同而已,退回去就行了。

其中,尤以林氏嫡系子弟林枕枫和四殿下周榇最稳。

周榇从六岁开始,就会蒙着眼给灵石分级。他大大方方地走进芥子中,闭上眼,在每一个岔口上伸出手感知片刻,几息不到就能挑出一条路来。六个岔口一次过,一步回头路都没走,不到一刻就出来了,在众弟子的惊叹中从容不迫地给罗青石行礼。

罗青石却眼皮也没抬,冲他一摆手:"嗯,下去吧。"

周榇挂起得体的笑容往回走。然而还不等他坐回去,就听罗青石对旁边稻童说道:"记下,乙等。"

周榇脸上的笑意瞬间凝固了。

罗青石:"都测完了,不合格的……"

周榇开口道:"弟子自忖不比别人慢,请教师兄,您给灵感分三六九等的依据是什么?弟子知道差距,日后也好以勤补拙。"

"我测的是先天灵感,你们从小把玩灵石训出来的不算,"罗青石不耐烦道,"不过你知道以勤补拙,这很好,继续保持。"

这话像是称赞,周榇却觉得说不出地别扭。

罗青石还好像怕他不够别扭,说到这儿,又不憋好屁地看了奚平一眼："补个十年八年，也能补上天生的差距。"

奚平："……"

这矮子光天化日之下挑拨离间是几个意思？

"忘了说，你们在潜修寺中是有灵石份例的，每月三两蓝玉。不管是日后冲灵窍，还是驱使仙器，都得用灵石。潜修寺所有管事半仙，以及我们这些传道的，都有资格对诸位的灵石份例给予奖惩。"罗青石将弟子名册一合，"早课迟一次扣一两，方才灵感测试不合格的，明日寅时三刻见，可别晚了。"

说完，天青色的影子一闪，罗青石话音落下，人已经到了乾坤塔门口，扬长而去。

奚平正要找周樨说话，却见四殿下已经转过身去，对姚启嘘寒问暖去了，近在咫尺，却仿佛突然耳背了，没听见奚平叫他。奚平从来不拿热脸贴冷屁股，感觉到四殿下突如其来的疏离，他也不问缘由，干脆利落地起身走了。

这抠抠搜搜的潜修寺，一个月就给三两蓝玉，还这个扣那个扣的。

"稀罕呢，"奚平没往心里去，"小爷有的是。"

白玉咫尺平均七八天就要烧一颗蓝玉珠，灵气干涸的蓝玉会变成混浊的灰质土石。几天以后，奚平头一次自己换灵石的时候不得要领，鼓捣了半天才弄好。

换完灵石，奚平吁了口气，随手从匣子里拿了一颗扔给半偶。

驯龙锁据说要用"神识"驱使，根据奚平的理解，所谓"神识"就是民间土话说的魂魄。这玩意儿看不见摸不着，他也不知道怎么"驱使"，现在控制驯龙锁还得靠血。滴一滴血上去，他就能跟驯龙锁心神相连，能管三四天。

不过除了第一次不小心蹭上去的血，奚平没再用过驯龙锁——他才不没事咬破手指头。再说"监视"和"控制"都是双向的，"锁"上别人，难道自己就自在了？吃饱了撑的。只要半偶不咬他，他也不关心那小东西去哪儿干什么……就是盼着小怪物能像残卷上说的那样长大，早点把人话听明白，给少爷干活。

他也不知道应该喂多少，不过咫尺灵石快烧尽的时候锦鲤都会变色，

小怪物一个活物，饿了自然会有表示，没吭气应该就是不用。

奚平将灵石匣子合上，往柜里一塞，上早课去了。他从小有人伺候，没有随手锁柜门的习惯。

结果当天晚上，刚一推开房门，奚平就觉得踩到了什么，低头一看，见是一个空木头盒……眼熟。

等等！

奚平陡然心生不祥，三步并作两步地冲进屋里，只见半偶躺在地上，肚子鼓出半尺多高，不省人事，身上幽幽地冒着蓝光。

旁边柜门大开，满满一盒灵石不翼而飞！

（五）

好心的常钧刚搀扶着姚启回到丘字院，就听见最北边奚平住屋门一声巨响。奚平胳肢窝底下夹着个床褥裹的卷，招呼也没打一声，夺门而出。

常钧叫住他："士庸，你干什么去？天都快黑了，戌时院门要落锁……"

奚平怒气冲冲的声音从风里刮来："那——我——死——外——面！"

挟着风，奚平有心找块大石头，把那半偶摔个稀巴烂——要是不知道半偶原来是人，他早这么办了。其实就算真发狠杀人，他自觉也不是干不出来，只是那半偶不单似人非人，还是个指甲盖大的小东西。对着这么个一使劲就能捏死的小东西，他满肚子的狠发不出来。

这破玩意儿，叠被铺床穿衣梳头一概不会干，除了咬人就会翻白眼，还是个一口气生吞一匣子蓝玉的饭桶！

这哪里是吞金，这是一口吞了好几座大豪宅！庞戬缺德缺到祖坟里了！

奚平沿着山路往上跑，把一个巡山的稻童撞成了陀螺，径直冲向半山腰的"澄净堂"。

澄净堂是潜修寺管事值班的地方，弟子有什么事，可以在澄净堂找到管事的半仙。大概位置不难找，但小院隐于一片竹林中间，奚平人生地不熟，老远望见了澄净堂的屋顶，转了好几圈，没弄明白从哪儿进去。

他气急败坏地在树坑里挖了个稻童，搜遍全身，摸出张皱巴巴的问路符，正打算"问路"，就听见身后有个耳熟的声音问道："天都黑了……哎，怎么又是你？"

奚平一扭头，清风从他身边掠过，接着，着青衫的活传奇脚下剑影化作无数碎光，尘埃不惊地落了地。

"你这孩子是夜猫投胎吗？一到晚上就乱跑。"支修拈下一片落在肩头的竹叶，随后目光落在奚平手里的铺盖卷上，"好浓郁的灵气，什么好东西？"

一刻后，澄净堂的小桌上，支将军看着蓝汪汪的半偶，也沉默了。

澄净堂当晚值班的是位须发皆白的老半仙，名唤苏准，据说是潜修寺主管兼刑堂长老。不过苏长老面相一点也不凶，总是笑呵呵的，倒像个和蔼可亲的邻家老伯。

苏准将半偶检视一番，抬头问："你刚才说，这半偶吃了多少灵石？"

奚平："有小十斤。"

苏长老头一次听见有人论斤说灵石，一时居然有点算不过账来。

支将军诚恳地说道："上次在金平城外我就想问了，小朋友，贵府是不是有灵石私矿？"

"那倒没有，"奚平实话实说，"就有几个玉石矿和玛瑙矿。"

支修："……"

苏长老："……"

这不食人间烟火的少爷秧子哪儿来的！

"那不重要，"少爷秧子继续发表气死人不偿命的言论，"他把我灵石都吃了，我用什么？怎么给……"

奚平差点把"怎么给家里写信"这种实话喷出来，好在临时想起来潜修寺明面上是不许弟子联系家人的，又生硬地将话音转了回来："反正就是……尊长，能让他吐出来吗？"

"既入了门，就要叫师兄啦。"苏长老和蔼地纠正了奚平这把自己当外人的称呼，"半偶可没有肠胃，虽说是'吃灵石'，跟我们这些没辟谷的人消化饮食是不一样的，让他吐恐怕吐不出来。不过这么多灵石，我

想他一时也消化不完，现在立刻打碎他周身法阵，截断其灵脉，倒是也能剖开肚子拿回来一些。"

奚平："……"

小半偶身上伤眼的桃红袄已经给灵石撑开线了，苏长老将那破袄往上卷了些，露出他的肚子。半偶的两侧腰和脊梁骨是特殊木料和镀月金做的，上面一圈一圈的法阵被灵石激活，若隐若现，肚皮则是人皮，撑得变了形。肚皮中间还竖着一条歪歪扭扭的疤，仍然随着呼吸一起一伏，泄露着半偶扭曲残破的生机。

苏长老双手揣进袖中，哄孩子似的对奚平笑道："去给师兄把墙上挂的那把'映壁'短刀拿下来，这就给你剖，别着急，多少还是能抢回来一些的。"

奚平看了看半偶，又看了看苏准："尊……师兄，书上不是说，他身上那些木料镀月金什么的，相当于人身上的骨肉吗？"

那不就等于打碎骨头，切断经脉，再开膛破肚？

苏准点头，眼角的纹路更深了一些："确实。"

"不是……"奚平表情扭曲了好几下，崩溃地指着半偶道，"他一直这么能吃吗？要是把他栽土里，过几年怕不得连玄隐山都给啃秃了？"

苏准本来是逗他玩，听这小子越发口无遮拦，连仙山都敢编派，忙道："哎，可不能胡说！"

支将军还在呢！

支修笑了："成年半偶跟修行中人耗的灵石差不多，应该吃不穷你……你家的宝石矿。不过这半偶运气不好，他原主人大概没好好喂过，常年只给一缕灵气吊命。应该是经年累月饿狠了，才忍不住吞了你一匣灵石。以后只要不挨饿，就不会再这么吃了。弟子月例三两蓝玉，你开灵窍之前也用不完，每月匀他一两就是。"

奚平眉毛差点从脸上飞出去："每月就三两，我还得匀一两给他？"

再说怎么用不完！他那咫尺一个月就少说得耗四两！

"确实，"苏长老赞同道，"我看那邪修手艺不行，这半偶品相也很一般，他吞的那一匣子灵石都够换一个营的真傀儡了，要他做什么？不用那么麻烦，剖了他取回灵石，以后买新的。"

说着一招手，墙上挂的辟邪刀"映壁"就轻盈地落到了他手里。

苏淮挽起袖子，推开刀刃："师兄老迈，眼神不好，我先看看从哪儿下刀……"

"等等——"眼看"映壁"森冷的刀光落在半偶的肚皮上，奚平本能地伸手一挡，"师兄，您等会儿。"

苏长老道："再等灵石可都没了。"

奚平闻言，瞪着那半偶，越看越讨厌。可讨厌归讨厌，让他为了点东西把一个小孩像猪崽似的开膛破肚，他也干不出来。

他一口气卡在喉咙里，吐不出也咽不下。良久，奚平恨恨地拂袖道："算了！"

"啊哟，算了？"苏长老故作惊讶，"百两蓝玉，四五千两的黄金哟，不要啦？"

奚平整天混迹市井，知道一个大子儿能在金平南郊买一对巴掌大的椒盐杂合面饼，也听说过一贯钱够什么样的人家活一个月。可他虽不至于说出什么"何不食肉糜"之类脑子不好的话，到底没短过没缺过。"百两蓝玉"也好，"千两黄金"也好，在他心里，其实都不如"过几天就没有灵石给祖母写信了"来得紧迫。

听了这数目，他自然也心疼，但并非切肤之痛，更多的还是恼火。

"我那天就顶撞了那个庞都统几句……还是他先挑的事！他就这么挖空心思坑我！快一百岁的老头子，跟我一般见识，他那心眼多宽敞啊，怕不是得有'三进三出'！"奚平赌气将半偶往苏长老面前一推，"这玩意儿捐给寺里了，您拿他当稻童支使也行，摆着也行，反正我不要他了。"

"那敢情好。"苏长老笑眯眯的，"这半偶一口气吃了这么多蓝玉，待消化完，心智和个头都能长一截，到时候可能就不是个废偶啦。师弟这哪里是捐偶，是捐了座金山啊！"

奚平："……"

不行，太亏了！

他一时间进退维谷，继续养着这东西糟心，捐给潜修寺，他好像又成了冤大头。

这都什么破事，要憋屈死他了！

一盏茶的工夫后,奚平夹着那半偶,怎么来又怎么回去了。

世了爷这摊扶不上墙的烂泥被怒火烧得支棱起来了。他决心要发愤图强,等他厉害了,就把姓庞的套麻袋捶成猪头!此仇不报,他不姓奚。

庞都统这天不当值,难得清闲,他把脸一抹擦,那张棱角分明的脸就变得平平无奇起来。他换下了宝蓝长袍,穿着便装出门吃消夜,来到了栖凤阁。菱阳河上起了风,雾散了不少。庞戬刚往窗口旁一坐,就连打了两个喷嚏,揉了揉鼻子一抬头,正好看见了不远处的崔记。

崔记离画舫渡口两百步,院落中古木森森。门口没有琉璃瓦,也没有大匾额,只有一段深灰色的石头围墙,雪白的蒸汽灯照着墙角上"崔记"两个字,底下是那富贵逼人的锦鲤小印。没点家底的,都不敢探头往院里看。

庞戬忽然若有所感,将灵感扩到极致,感觉到一线指名道姓的仇恨从东南——玄隐山的方向飘来。

"背地里骂我。"庞都统立刻就知道是谁了,不在意地一笑,"小鬼,有你谢庞爷爷的时候。"

他确实是故意顺水推舟,把那半偶塞给奚平,也是故意没提醒奚平把灵石看好的:去潜修寺还带点心,春游似的,那小子一看就是打算混日子去的。再不给他添点乱,一年以后没准真连灵窍都开不了,天机阁怎么收他?玉不琢不成器啊。

桂花鸭端上来了,庞戬正要动筷子,忽听楼下起了争执。他往楼下瞄了一眼,见店小二正在驱赶一个少年:"您就算不买整鸭,买半只也行——半只雏鸭也行。半只雏鸭才两百钱,我跟掌柜的说送您个鸭头。咱们光听说过不要鸭头的,没听说过专门买鸭头的,要么您上别地问问?"

那少年虽然还算干净,裤腿却已经短得吊在了脚腕子上,穷酸样子与栖凤阁格格不入。周围人听说有人来买鸭头,都笑,有人调侃道:"小哥,你长胡子了吗?就惦记买'丫头',是不是忒早了点?"

庞戬一眼就看出那"小哥"其实是个半大的姑娘。

扮着男装的少女知道自己露了怯,脸"唰"一下红到了脖子根,梗着脖子嘴硬道:"我们家就吃鸭头,人口少,半只鸭也吃不完,不行吗?"

店小二觑着她吊起的裤腿和磨破的袖口:"半只雏鸭连我们掌柜养的

大花狸都吃不饱，您是什么金枝玉叶啊，胃口够矜贵的。"

少女下意识地将手背到身后。

店小二说："菜单上没有，我们不卖，您要实在想吃，可以看看谁买了鸭子不吃鸭头的，跟人'合买'。"

话音刚落，就有好事之徒敲着自己杯盘狼藉的桌子说道："我这儿有鸭头，谁要啊？领走吧。"

少女恼羞成怒，一跺脚，大声道："栖凤阁缺斤短两！"

"哎，你这人怎么说话……"

"栖凤阁店大欺客！缺斤短两！"眼见店里的护院过来了，少女转身就跑，迎面还撞上一个食客，这没教养的小穷酸也不道歉，一边跑一边大叫，"他们刚才自己说的！半只鸭子连猫都喂不饱！"

"哎哟客官对不住，"店小二连忙扶住那被少女撞了个趔趄的食客，"大晚上的，不知哪儿来的疯子。"

食客嫌恶地掸着前襟："要我说，就该恢复古制，天一黑城门就落锁，谁也别进来！好好的金平城，都让这帮南城外的乡下人糟践成什么样了！"

此言一出，栖凤阁里立刻起了附和声。

"可不正是！这两天听说流民还要告御状呢，在南城门外聚集了一大帮！"

"这怎么说的呢？"

"能有什么，还是当年修腾云蛟铁轨征地的事，"座中有消息灵通人士说道，"多少年了，又不知怎么翻出来了……唉，说来也是可怜，那天我出城办事，看见那帮流民都在运河边上打地铺，蚊子苍蝇'嗡嗡'地围着，好家伙，老远一看乱葬岗似的。"

"我看这回要闹起来，听说宫里太子都上书为民请愿了，可把圣人气坏了。"

"圣人气什么？"

"圣人想让腾云蛟满地跑呗——前些日子西边楚国不是来人了嘛……"

栖凤阁是老字号，不便宜，食客们大多有点小钱——倒也不是什么大人物，大人物的管家在外面嘴都没那么碎。此地聚集的多是小商户掌

柜、车马行管事之流，最喜欢扎堆议论些捕风捉影的国家大事，以彰显自己人脉广消息灵。

庞戬左耳听右耳冒，不知想起了什么，慢腾腾地给自己倒了杯酒，他有点出神。

这时，街上一阵喧哗，有人叫道："快看，星陨了！"

庞戬循声望去，几道流星飞快地从天际划过，坠往地平线去了。

潜修寺澄净堂中，支将军目送着奚平喷气火车似的背影，忍不住乐了，接过苏长老递过来的一盏茶："庞文昌可真是个妙人。"

苏长老说："文昌是我一手带起来的，我知道他，不驯得很。看不起的人当面敷衍完，一扭头他连人家的脸都记不住。要不是看重，他不会搞这些小动作的——这小少爷是谁家的，竟在他那儿挂了号？"

这二位看模样，仿佛一个爷爷一个孙子；论辈分，苏准不过是个外门的开窍修士，须得毕恭毕敬地唤支修一声"师叔"。可他俩交谈起来却别有一番轻松自在，倒像是多年的故交老友。

"没什么根基的新贵，家世倒是简单，只是先前意外卷进了一桩事里，我看他跟小庞挺对脾气，把他加进征选名单也是小庞提的。天机阁应该是想先把人定下……可真有小庞的，内门都还没挑，他倒先挑上了。"支修笑道，"原来小庞是你带出来的，我说怎么我问他要不要接引令的时候，他说话那腔调跟你年轻时一模一样。"

苏准神色一时有点古怪："你问他要不要接引令……我说小师叔，你这有点过分了吧？"

支修莫名其妙："嗯？"

"文昌不是潜修寺出身，是因为一场意外事故开的灵窍，我可惜他人才，当年是托你出的内门担保，才让他做了记名弟子入天机阁。"苏准哭笑不得，"你是随手写了封信就抛诸脑后了，那孩子把你的担保书镶起来随身带着，感激得把小命都卖给了天机阁。几次命悬一线被同僚抢回来，烧得稀里糊涂，还攥着你那担保书说'对得起支将军了'，你可真是，上嘴唇一碰下嘴唇就问人家要不要离开天机阁……哪儿有这么考验人心的？"

支修有些尴尬："我哪儿知道还有这渊源……他也没说，我没事也不是谁的来龙去脉都窥视的。"

"怎么？"苏准看了他一眼，"传言是真的，玄隐山四大憾事要少一桩？"

支修奇道："传什么？什么'四大憾事'？"

"传言小师叔你终于要收徒了——司命大长老的关门弟子，飞琼峰主，整个门派的剑修为了做你这飞琼峰首徒都红了眼。你倒好，接了飞琼峰近百年山印也不开，自己在山脚下搭个茅屋住，提也不提收徒的事。'小师叔不收徒'，这事跟'林大师不炼器、闻峰主不开口、端睿大长公主不着彩衣'一起并称玄隐四大憾事，没听过吗？"

"哪儿跟哪儿？"支修皱了眉，"嘱咐孩子们一声，这话可不许再传了。我是不值钱，随便他们编派，可是不该对端睿师姐不尊重的。"

苏准问道："怎么，你真要收徒？不要满山天资卓绝的剑修，就想要一张白纸，从头教起？"

"我自己还没将天地叩问明白呢，哪儿有资格给别人传道解惑？"支修呷了口清茶，摆摆手，"过几天端睿师姐过来，开堂给弟子们讲《幽玄经》。"

"端睿大长公主！"苏准吃了一惊，不由得坐正了，"潜修寺里除了常驻的筑基师兄，就只有我们这些打杂的半仙，接待那位老祖宗可不够分量。"

"知道，我这不是提前过来迎候了嘛。"支修道，"这届弟子是我做主招的，不来作陪未免失礼。"

"所以，是大长公主的'碧潭峰'瞄着这届新弟子？"苏准说，"可我听说那位老祖宗为了冲'升灵圆满'闭关了？"

支修微微敛目："嗯，出来了。"

"这……她闭关不过百年吧？是不是仓促了点？"

"局面所迫，没办法的事。"支修摇摇头，似乎是不习惯在背后议论别人，他没有多说，只是沉默了片刻，又道，"明仪，现在想想，你当年执意不入内门也挺好的，在人间除魔卫道，快意两百年，再找个清净地方养老……"

苏准笑着打断他："你可别胡扯了，什么叫'我不入内门'？是内门不要我。内门但凡给我一个眼神，我早卷铺盖自己滚过去了……哎，不过话说回来，你不打算收徒，主持什么大选？多少年都没有升灵峰主下山了。你不知道，因为是你主持的大选，罗师兄生怕这届弟子成绩不好伤你颜面，打算把他们往死里逼，非得要他们都开灵窍不可。"

"我就是奉师门之命去处理一个邪修，顺便把备选弟子领回来，省得劳烦别人再跑一趟。"支修顿了顿，大致将安乐乡里那邪修"太岁"的事讲了，"此人横空出世，惊动了'星辰海'，非得除掉不可。"

苏准听完震惊了："你说什么？太岁？世上真有太岁？你还见到了！"

支修一愣："怎么，你知道？"

"我是听说过这名号，"苏准迟疑道，"可……那也不是人啊。"

"不是人是什么？"

"是个……是个图腾，臆想出来的邪神。"苏准说，"民间邪祟们资源稀缺，好抱团，这你知道。"

支修点头。

"他们走什么道的都有，抱团在一起就是互利互助，很少有所有人都服的领头人，所以往往会捏造出'西王母''太岁星君'之类的神，聚会时一起拜一拜……那就是个仪式，拜了代表大家是一路人。我在天机阁的时候，抓到过一伙拜'太岁'的邪祟。"

支修："大火不走，蝉声无尽。"

"对，就是这句！"苏准道，"'太岁'是个木雕的神龛啊！怎么，他们竟把神龛弄活了？"

两人对视一眼，神色都有些凝重。

苏准又问："你说他惊动了'星辰海'，是怎么回事？"

"星辰海"，据说是玄隐群山中一处深渊绝境，能窥见命数。

但命数何其玄妙，窥天之人一不小心就会陷在里面，死无葬身之地，所以玄隐山明令禁止弟子入内。除了司命大长老章珏以外，即便是升灵峰主，若无召，也只许十年下星辰海一次，一次绝不能超过半炷香，更不能窥视自己的命。

支修道："是星辰海召唤了照庭，给了'龙脉'一个模糊的指向。我带着照庭下去时，见金平附近有浊气动荡……就是出了妖邪的意思。动荡并不剧烈，我和师尊都以为那应该是个筑基中后期的邪祟，只是既然与龙脉有关，为保险起见，我还是亲自走了一趟。"

"连星辰海都没看出那邪祟的修为？"

"不然我又怎会托大独自下山？我死活无所谓，金平几百万人口不是闹着玩的。"支修说到这儿，又皱眉道，"不过那个'半步蝉蜕'水分太大，我见过端睿师姐指点亲传弟子，她把修为压到灵窍期，筑基弟子照样没有还手之力——那邪修却能被小庞一个人间行走带着个凡人孩子偷袭得手。可他修为又确实是升灵后期……给我感觉，有点像是丹药堆的修为。"

"丹药是沙子，能堆个鸡窝猪圈顶天了，可盖不了楼，要是丹药能堆出升灵，玄隐得有多少峰主？"苏淮摇摇头，"从南疆下手查起呢？'压床小鬼'和驱魂香可不是我国风物。"

"这我没办法，你知道我不能离开大宛国境……"支修一句话没说完，突然，静谧的澄净堂中响起细碎的铃声，他倏地闭了嘴，皱眉望向窗外。

小院里，所有闲着的稻童无符自动，集体转身面朝窗户，仰头往天上看。

苏淮回手推开澄净堂的窗。

流星似箭，刺破了宁静的夜空。

"怎么好端端的，南天星陨了？"苏淮喃喃道，"这是不祥之兆啊。"

（六）

第一颗流星落下的时候，阿响跑到了画舫渡口，跟一辆运冰车擦肩而过。她一脑门热汗被凉意冲下去了一多半，沉沉地，她吐出了一口郁气。

阿响虚岁十五，早年间家里也有几亩薄田，只是她爹没得早、娘体弱，爷爷年老她年幼，一家凑齐了老弱病残。一年累死累活，地里也刨不出几颗粮，雇人又算不过账来，于是后来有人来收田建厂，爷爷就把地卖了。

开头几年日子不坏，卖地有了点积蓄，爷爷又可以在厂里做工，比种地赚得多，只是好景不长，前年厂里突然说五十岁以上的不要了，一家人立刻没了生计。当年卖地的钱也越来越不禁花，让阿响娘一场病就用了个精光。钱没了，人也没留住，阿响娘病死了，只剩祖孙俩相依为命。为了挣口饭吃，力夫、跑堂……她跟着爷爷，什么都干过。恰逢大选年，爷儿俩到金平来找饭碗，在南郊的厂区做零工。

太岁

　　这一阵子，阿响着实发了笔小财。

　　一开始是有人在南城门外鸣冤，好像是说修腾云蛟铁轨的时候，家里田地被狗官贪了去，求告无门，进京讨说法。后来不知是没人管还是怎的，那些人为了壮声势，开始雇人跟他们一起鸣冤。

　　这活简单，只要领份状纸在路边等，看见有漂亮的车马经过，就把状纸举起来，跟着大家伙一起喊词就行，一天能拿五十钱——在码头，最有力气、最能干的力夫，一天可也就能赚三十来个钱。

　　爷爷听说了，不让她去，老东西总有些神神道道的道理，他说："没有冤情去喊假冤，是要折福的。"阿响这种半大孩子，正是听不进人话的岁数，把她爷的理当了耳边风：乡下还有雇"孝子贤孙"帮着哭丧的呢，那晦气活她也不是没干过，帮人喊个冤怎么了？又没伤天害理。

　　爷爷老糊涂了，他还觉得双日子买"金盘彩"能中大奖呢，灯油钱都让他拿着买那些废纸去了，也没见中过一个子儿。

　　今年金平热得早，端阳未至，暑气已经浮上来了。阿响爷被暑气蒸病了，两天没吃进一口饭，肚子鼓得像怀了孕的妇人。阿响跟着喊了三天冤，得了一百五十钱，想起爷爷说以前到城里帮工，主人家赏的饭里有栖凤阁的鸭头，他这辈子再没吃过比那更好的东西，就揣着钱，找到了栖凤阁。

　　谁知道她爷爷这辈子吃过的最好的东西，居然是人家不单卖的杂碎呢？阿响一闭眼，就能想起栖凤阁里魔音似的笑声，她心里羞愤交加，心里想着"天下没有比金平城更势利的地方了"，往城外跑的脚步又快了几分。

　　"小兄弟，快别跑啦，你热不热呀？"见她不由自主地跟着冰车，路边一个卖冷饮的摊主就见缝插针地揽客，"来一碗冰雪丸子消暑，惬意过神仙！"

　　阿响脚步一顿，扭头看见那冷饮摊上卖的"冰雪丸子"：凉粉小丸子晶莹剔透，配上各色瓜果与薄荷叶，在闷热的夜色中冒着凉气。她忍不住咽了口口水。

　　摊主见她意动，就撺掇道："来一碗尝尝嘛，既消暑，又不伤肠胃，润得很哪！"

　　阿响本来摇头，听说"不伤肠胃"，又犹豫了："多少钱一碗？"

片刻后，她抱着满满一罐冰雪丸子，又快乐了起来——好心的摊主听说她是要买回去给老人吃，连夸她孝顺，给她盛在瓷罐里，让她带回去吃完了再还。

漂亮的冰雪丸子不比那破鸭头香吗？

她心想：等她有钱了，就把栖凤阁包下来，叫上一百只整鸭，鸭肉都扔出去喂狗。

阿响怕把冰碴焐化了，抱着瓷罐一路狂奔。

她跑过东城的闹市区，灵巧地躲过穿行其中的马车，长腿一迈，连蹦带跳地跨过修路挖出来的坑，又朝路边卖花的姑娘吹了声口哨。姑娘回过神来啐了她一口，没啐着，阿响已经跑出了南城门。

南城外依旧臭，卖杂合面饼的小贩准备收摊，折价到一文钱三个，见了阿响，便照常问她要几个。

"叔，不买啦！"阿响兴奋地叫道，"今天我们吃好的！"

她可太能跑了，小野马似的，一口气没歇，一路跑回了厂区。冰凉的瓷罐外面凝了一层水珠，阿响把湿漉漉的手在身上抹干净，脸上笑容没退，忽然发现厂区气氛不同寻常，围了许多人……个个带着刀，是官兵。

这是出什么事了？

只听一阵喧哗，几个人被官兵连打带骂地押了出来，都是阿响认识的人。她睁大了眼睛，才要上前，旁边有人一把拉住了她，是平时爱跟爷爷一起买金盘彩的咸鱼伯。

咸鱼伯有一双比常人大上好几圈的眼睛，瞪得几乎脱了眶，将阿响拽到一边，小声道："别过去！"

阿响："怎么了？因为什么抓人？"

"说那些在南城门外鸣冤的是反贼，污蔑朝廷，正挨着厂区查呢……哎，你是不是也跟着去过？"

阿响到底年少，那点厉害都在嘴上，听完吓得心"怦怦"乱跳，手比冰罐还凉。就在这时，她看见两个官兵从厂区里拖出一个人。

是她爷！

老人正病着，被两个人高马大的官兵架着，两条腿软塌塌地拖在地上，像条垂死的老狗。

咸鱼伯也看见了，不住地念叨道："啊哟，可坏了！可坏了……哎，你要干什么去？"

阿响被咸鱼伯一只手拽了回来，还在挣扎："我爷！我爷没去，我爷冤枉！"

"官爷抓人还管你冤不冤枉，闭嘴老实点吧！"咸鱼伯揪住阿响，"一会儿再把你搭进去！"

眼瞅着另一队官兵往他们这边来了，咸鱼伯大惊失色，不由分说地将自己和阿响一起塞进了草垛里。

城防官兵的长靴践踏过南郊厂区泥泞的地面。

流星如雨落下。

"大人，"一个差役跑到京兆尹面前，擦了把热汗，禀报道，"南城门外聚众闹事、造谣'腾云蛟吃人'的刁民已逮住了六十余人，均已关押候审，您……"

"候谁呢？你们倒是审啊！"京兆尹暴躁地掀开眼皮，"谁指使他们污蔑朝廷的！不说就给我往死里打！圣人今天当庭摔了御笔，跟咱们要背后主使呢！今天交不出主使的脑袋，明儿就得交咱们的脑袋，还不快去！"

差役撒腿就跑，惊飞了一只老鸦。

那不祥之鸟"嘎嘎"地不知是哭是笑，往菱阳河西飞去了。

庄王府的黑猫眼睛一眨不眨地盯着飞过的鸟，兴奋地扭着屁股，像是要扑，中途被一只冰冷的手捏住了后颈。

"看着它点，别让它去叼野物，怪脏的。"庄王将猫塞进白令怀里，半真半假地叹了口气，"在南城门外雇人喊冤，这孙大人哪……唉，备车吧，我进宫给太子求情去——对了，今天咫尺上有信吗？"

白令回道："尚未。"

"说好了每天报平安，刚去几天就乐不思蜀了。"庄王让白令帮他换好朝服，漫不经心地骂了一句，"没良心的混账。"

没良心的混账奚平踩着落锁的点,堪堪赶回了丘字院。

进了屋,他把昏迷不醒的半偶扔在一边,又不死心地在犄角旮旯里翻找一遍,想看看有没有"幸存"的灵石。

结果别说灵石,那破半偶连"灵砂"都没给他剩一粒。

奚平徒劳无功,越发恨起了半偶。

可就在他撸起袖子要去找半偶算账时,却发现就这么一会儿工夫,那半偶凭空长高了一掌多长,小袄小裤子局促起来。

因为长得太快,半偶身上不知是骨头还是镀月金,"咯吱咯吱"直响,双脚不停地抽搐着。奚平小心地伸手探了一下,隔着衣服,他能感觉到半偶的身体里像有一台高速运转的蒸汽机,"突突"地震着,好像随时要炸。

好,这回别说收拾了,他连摸都不敢摸了。

"这要是真炸了,"奚平心里犯起嘀咕,"我那一匣子灵石不是白糟蹋了?"

他想了想,龇牙咧嘴地扎破了手指,吝啬地挤出一滴血来抹在驯龙锁上。血珠很快被驯龙锁吸了进去,奚平再一次有了那种奇异的、身上多了条尾巴的感觉,这才颇不放心地去洗漱睡觉。

他得留只眼"看着",万一半夜"尾巴"有什么不妥,他也能及时知道。

驯龙锁吸了主人的血,冰冷的箔片似乎温暖了起来,不松不紧地圈在半偶脖子上。

奚平熄了灯,黑暗中,半偶睁开布满血丝的眼,眼珠吃力地转动了一下,望向了卧房的方向。

他只是身体不能动,其实一直是醒着的。

半偶自打有模糊的记忆以来,就一直是那半人不鬼的怪物样子。他的原主人从没喂他吃过灵石,每月只拿三钱青矿磨成粉,用水冲了给他喝,让他凑合活着。于是他不长个子,也不长灵智,浑浑噩噩的,满脑子都是"饿"。

只有这样,他的灵感才格外敏锐,才能轻而易举地为主人寻到灵气充裕的地方,当一条好"灵犬"。

一次主人喝醉了酒,没有及时将荷包里的二两碧章收好。饿出了熊心豹子胆的半偶实在没忍住，把那二两碧章囫囵吞了。

主人醒来后勃然大怒，当场砸断了他的经脉，豁开他骨头上的法阵，剖开他胸腹，将那两块碧章石取了出来。冰冷的刀刃划开皮肉，内脏被一双粗鲁的手来回翻动。为了让他长"记性"，主人让他敞着仅剩的骨和肉，在酷暑中暴晒了三天……而他分明是个这样都不死的怪物，为何又与血肉之躯一样疼呢？

幸亏半偶灵智不全，连疯都不会疯。

从那以后，他果然长了记性，看见"碧章青"就肝胆俱裂，连带着江南春色也一并畏惧起来。

可人也好，动物也好，变成了饿鬼，都是悍不畏死的。原主强行给他"戒"了碧章，没教会他恐惧蓝玉。

面对着一整盒没上锁的蓝玉，半偶终于忍不住重蹈覆辙。

奚平拎着他去澄净堂，半偶凭着自己比猫狗强不了多少的灵智，知道自己闯了大祸，这次大概是要完了。好在他也不懂什么叫后悔。他活着就是想吃，吃饱了，被碎尸万段都行。

可……他怎么没被碎尸万段呢？

蓝玉中充沛的灵气冲刷着半偶停滞了多年的躯体，他身上每一处粗制滥造的法阵都被滋养过一遍。半偶的身体与灵智像迎接春雨的笋，飞快地生长。随着身体破茧似的长大，许多心里糊涂的事也忽然清明了，及至他有力气睁开眼的时候，半偶弄清楚了来龙去脉——有人舍了百两的蓝玉，留下了他这条一文不值的腌臜性命。

剧变的骨肉一寸一寸地撕裂，不等长好就再撕裂，那是求生不得、求死不能的痛苦。半偶浑身颤抖着，咬破了舌头，满嘴都是血。

他已经浑然不觉，只是拼了命地挣扎着求生：这条命是人家的了。

最后一颗流星划过，星空重新归于沉寂，这一宿，除了潜修寺里的无知少年，梦乡寂寥，到处都是夜不能寐的人。

金平南城门外，阿响冲进了自己家。咸鱼伯说去替她找门路，看能不能买通一两个城防，先把人弄出来。阿响爷病得好几天没出过门，厂区的赤脚大夫也能做证。他们应该抓的人是她。

可是买路要钱。

阿响把她和爷爷住的小窝棚翻了个底朝天，除了一排将将够祖孙俩吃半个月杂合面的大子儿，家里就只剩下一堆过期的"金盘彩"。废纸票上花里胡哨地画着金银珠宝、祥云彩凤，三十一张，每一张都是一个破碎的美梦。

爷爷把过期的金盘彩票子叠成纸元宝，供在简单的香案上，神位上没有神像，只有一块空空的"平安无事牌"，据说那是"太岁星君"的神牌。星君的来龙去脉他也说不清楚，不知从哪儿听来的，就跟着人家一起信，每次买金盘彩之前都虔诚地过来拜，可也许这位太岁星君不兼职财神，一次也没显过灵。

阿响筋疲力尽，走投无路。鬼使神差地，她也给太岁星君折了一个元宝，病急乱投医地向那神牌祈祷。

天太热了，阿响上了火，这一低头，鼻血就止不住地往下流。阿响一边慌慌张张地擦掉"神牌"上的血，一边语无伦次道："救救我爷爷，太岁大人，求你救救我爷爷。只要能救出我爷爷，我把命都给你……"

神牌不知是什么特殊的木头做的，棉花似的，贪婪地将她指缝里的血一点一点地吸了进去。

与此同时，庞戬大步闯进天机阁总署，劈头盖脸地问手下："你说那些邪祟的木牌怎么了？"

"都统，你看。"那蓝衣将他们从邪祟身上缴获的转生木牌拿了出来，惨白的木牌上血迹斑斑，好像有什么人唤醒了那木牌里的恶鬼幽灵，"方才南天星陨时，它突然就这样了。"

蒸汽大货船轰鸣着从码头驶出，掀起了恶臭的巨浪，将运河边一只觅食的苍蝇卷了进去。正好一束灯塔上扫下来的光落在绿油油的水面上，从垂死挣扎的小虫身上折出去，刺破了稀薄的水雾。

潜修寺里的奚平皱着眉翻了个身，睡得不安稳，耳边充斥着"嘤嘤嗡嗡"的人声。

有人求他救什么"爷爷"，有人在号啕大哭，有人凄厉地惨叫……嘈

杂中,他好像还"梦见"隔壁的半偶醒了,睁眼爬起来,进了他的卧房。

烦死了,奚平用被子捂住了头。

半偶无声无息地溜进了奚平的卧房,见这人不知在梦里打了个什么把式,全身都晾在外面,把被子卷到了胸口上,大有要拿锦被上吊的意思。

蹲在床边注视了奚平一会儿,半偶小心地伸出手,想把他从被子里刨出来。

忽然,半偶猛地一激灵,往后退了一大步,瘦削的后背弓了起来——只见刚才睡得死狗一样的奚平突然诈尸似的,从床上翻坐了起来!

"奚平"慢条斯理地解开了缠在脖颈上的锦被,眼神清明得像从没睡着过,目光抬起来,直勾勾地对上半偶,继而诡异地笑了。

半偶的汗毛都竖了起来。

"奚平"缓缓扭了扭脖子,整好衣襟和睡散的头发,然后将双手举到面前,十分爱惜地摩挲打量着,喟叹了一声:"可真是双养尊处优的好手。"

那确实是奚平的声音,但发音位置与他平时说话不一样,以至听起来不像一个人。低沉的话音里,带了一丝不明显的宁安味!

"奚平"站起来走了几步,一伸手,半偶就像是给一根看不见的绳子吊了起来,悬到了半空,与他视线齐平。

"小东西,""奚平"端详他片刻,笑了起来,"你这辈子没有做人的机会了,别学人自作聪明,嗯?知道什么该说,什么不该说吗?"

半偶张开嘴,喉咙里发出"嗬嗬"的气声。

"哦,你说不出来啊,那可太好了。""奚平"冰凉的手指顺着半偶的嘴唇滑下去,半偶狠狠地一激灵——那手指精准地擦过了他身上刻了法阵的地方,比当年剖开他胸腹的刀还锋利、还冰冷。

"多嘴的偶,可是要被劈成柴,填进灶坑里烧掉的。""奚平"抬起一根手指抵在自己嘴唇上,"嘘——"

说完,他一弹指,悬在半空中的半偶像是被重重地推了一把,踉跄着飞回了书房。

"奚平"转身走向屋后的小院,挥手设下禁制,跌坐在一棵桂花树下。

惨白的月光被云影推着，从地面扫过，穿过肉眼不可见的禁制，落在"奚平"身上，照出了他的影子。

那影子不是人形，是一条漆黑的龙。

（七）

寅初，天未破晓，丘字院里亮起了风灯，姚启屈辱地起了床。因为没能在一炷香之内走出灵感芥子，他得提前一个时辰去上早课。刚一出屋，山风就"咣当"一下将他身后的门拍上，露水糊了他一脸，像是在他脸上黥了个"愚"字。

姚启抬起手用袖子抹了一把脸上的水，眼眶通红。

平时不打雷劈不醒的奚平不知怎的，竟被那一声门响惊动了。他迷迷瞪瞪地翻坐起来，眯了眼望向窗外，目送姚子明拎灯出门，然后茫然地盯着自己的手看了半天——睡觉不知压到哪儿了，他的手指一直哆嗦。

正发着呆，奚平无意中一抬头，看见一个人影从他床头浮了出来。

他吓了一跳，差点咬着舌头——一夜间，那吃了他一匣蓝玉的半偶个头蹿了足有两尺，身材直接从幼童变成了少年。小圆脸变了形，半偶仅剩的人皮不够用了似的，干巴巴地贴在脸骨上，白得泛青，原本的小袄小裤给撑得到处开线。他就这么一言不发地跟奚平大眼瞪小眼，不知是索命还是讨债。

"你他娘的……"奚平忍不住迸出句粗话，"吓死我也没有灵石给你偷了！"

半偶自惭形秽似的，闻声往阴影里缩了缩。

奚平盯着他适应了好半天，才没好气地说道："长大了是吧？过来，干活——先给我把被子收了。"

半偶低眉顺眼地走过来，动手收拾起床铺。他长大的似乎不只身体，还有心智，消化了几千两黄金，这货总算听得懂人话，知道自己是干什么的了。

忽然，半偶喉咙里发出"哈"一声气音，从奚平被褥里捡起了一片新鲜的树叶。

奚平的瞳孔不易察觉地一缩。

半偶捏着树叶，犹豫片刻，随后似乎下了什么决心，英勇就义似的，他转身将那树叶举到奚平面前。可还不等半偶抬起手比画，那喜怒无常的少爷就无缘无故地炻起蹶子，忽然发作道："你以为树叶从哪儿蹭来的，还不是因为你这赔钱的东西，害我深更半夜往山上跑！"

半偶被他这疾风似的脾气唬得一呆。

"反正你欠我一百两蓝玉！"奚平不耐烦道，"还不清，你就得给我当牛做马。"

半偶急切地伸手要拉他：等等，你听我说，你身上有……

"滚一边去，别挡道！"奚平恶声恶气地推开他，"我看不懂你那瞎比画，哑巴一个，那么多话。"

半偶喉咙里发出焦躁的"嗬嗬"声。

仿佛是稀有的耐心告罄，奚少爷一把捏住半偶脖子上的驯龙锁。半偶立刻被驯龙锁卡住喉咙、锁紧了四肢，一动也不能动了。

奚平冷冷地说道："我说，走开，别烦我。"

命令既下，驯龙锁上银光一闪，继而钻进了半偶的脖子里。

"去把我昨天换下来的衣服和鞋捡起来。"

半偶被驯龙锁牵着，机械地捡起他随手乱扔的锦袍和靴子。

奚平傲慢地瞥了他一眼，吩咐道："衣服我不要了，洗干净，你自己拿去穿，别破破烂烂地出去给我丢人现眼。"

然后他打了个哈欠，再不理会半偶了，溜达到书房摸出白玉咫尺，开始给祖母写信，补报头天的平安。

写了几个字，奚平忽然想起点什么，一抬头，已经被迫退到卧房门口的半偶随着他的念头停下脚步。

"对了，你叫什么来着？"奚平似乎是漫不经心地问了一句，不等对方回答，又霸道地擅自做了主，"算了，邪祟起的鬼名也不吉利。你既然做了我的家奴，以后就姓奚吧……嗯，你可以叫奚悦。"

白玉咫尺亮起来时，庄王刚回王府——他在东宫跪了半宿，是被侍卫背回来的。小厮端了热茶和点心在一边伺候，他只端起盏沾了沾嘴唇，点心没碰就推到了一边。

白令不知从哪里冒出来，从怀中摸出一个小药瓶，倒了颗药丸在雪白的锦帕上递给他。一股沁人心脾的清香从瓶口冒出来，飘到窗外，窗口一枝才长出花苞的海棠悄然开了。

庄王脸色不太好，心情却似乎不错，含笑摇头道："春晖丹难得，你自己留着用吧，我不是这东西能补回来的……咫尺上有信，拿来我看看。"

白令一动不动地端着那药丸，面沉似水。

庄王只好接过丹药含了："啧，你这纸人，性子怎么跟石头似的。陛下与太子之间的父子情分，不是一次两次政见相左就能消磨干净的。当年张氏脑袋乱滚都还没牵连到东宫呢。我去情真意切地求个情，陛下就能顺着台阶下来了。只有让事情强行翻篇，才能把暗伤留下，一次发透了才是过犹不及。"

再说，陛下就喜欢他"情深"。

白令硬邦邦地说："属下只是个纸人，不通人情世故，只是还望殿下再用苦肉计前知会一声，省得属下捉襟见肘，寻不到丹药。"

庄王不以为忤，纵容黑猫撒泼一样点了点他，作势要起身："你不管，我自己拿。"

白令这才默不作声地转身捧起白玉咫尺，拿到他面前。

"老天爷，怎么又这么长。"庄王大略一扫，见咫尺上又是通篇自吹自擂——奚平已经将自己"灵感甲等，天资卓绝"这事换着花样说好几天了，一堆废话看得庄王眼睛疼，"行了拿走吧，就知道他没正……嗯？"

他正要将咫尺丢开，目光忽然一顿，只见奚平在结尾写道："庞都统送的那半人不鬼的小厮，容貌丑陋，不会说也不会写，甚是蠢笨，远不及号钟。但在潜修寺，只好将就了，孙儿给他取名奚悦，盼他能借几分灵性。"

庄王苍白的手指抚过咫尺上的字迹："奚……悦？"

他没记错的话，奚平底下本来有个小三岁的兄弟，养到快一岁，没立住。那孩子夭折时已经起了大名，就叫"奚悦"。

可是奚士庸的小厮不是都用琴名吗？怎么好端端的，把亲弟弟的名字给了那人不人鬼不鬼的偶仆？这叫老太太看见，心里什么滋味？

庄王皱了眉——不对，那小子浑归浑，故意伤老人心的事他干不出来。

沉吟片刻，庄王问道："新城长公主最近是不是去南圣庙里小住了？"

"是，"白令道，"好像是跟驸马闹得不太愉快。"

"去写份拜帖，"庄王道，"我去南圣庙祈福……求家国平安，父兄和睦，顺便给大姑母请安。"

潜修寺里，这天众弟子一早从乾坤塔受难回来，都给稻童领到了澄净堂集合——苏长老腾出空来了，要带他们四处熟悉熟悉环境，讲讲门规。

奚平头天已经见过了苏长老，去澄净堂的路上，被常钧扯着耳朵灌八卦，才知道这位慈眉善目的老伯居然是个不得了的人物。

"苏长老是前任天机阁总督，历经六朝，年纪大了才退隐。当年澜沧叛逆围困金平的时候，他跟支将军一起守过城。据说他老人家灵骨早成……就是灵窍期大圆满的意思，离筑基只有一步之遥。"

奚平可能是起太早缺觉，有点心不在焉，连常钧说话也没听太仔细，随口搪塞一句："那怎么没筑？"

一个声音在他身后笑道："哪儿能随意筑基？筑基得先入内门。"

众弟子忙齐声见礼："苏长老。"

苏准一袭布衣，戴草帽、拎竹杖，像个貌不惊人的老樵夫。慢悠悠地顺着石阶走上来，他顺手拍了拍奚平的脑袋："筑基可不是水到渠成的事啊。"

奚平眨了眨眼。

"你们罗师兄想必已将身与神、灵台与灵感都讲给你们了，"苏准说道，"开灵窍成半仙，是入玄门的第一步，开了灵窍，你那眉心灵台才不再是混沌一片，天地灵气才能入你周身经脉，供你修行、画符。如此经年日久，灵气便能伐经洗髓，短则几十年，多则上百年，将你一身凡骨洗成'灵骨'，至此，你肉身将不沾垢、不染尘，有了筑基条件。然而这还不够。"

这些其实都是常识，大姓子弟们从小就知道，也就奚平这种棒槌头一次听说。他脸皮厚得很，一点也不怕当众露怯，旁若无人道："就是说开了灵窍才能拿灵气洗澡，洗干净了就能从半仙变真仙？那还差什么才能筑基？"

苏准："你可知何为筑基？"

奚平："不知道。"

周遭大姓子弟们面上不显，心里大约齐刷刷地翻了个白眼。

苏准耐心地给他讲解："开窍是重塑肉身，筑基便是重塑你灵台。筑基时，灵台碎、灵基成，你才有内府，才能将天地灵气化入己身。但你想想，灵台是神识所在之处，灵台碎裂时，神识如何是好？"

奚平："哦，房子塌了……那躲出去？"

"噢哟，孩子，你这可真是上嘴唇一碰下嘴唇，可知'躲出去'三个字是什么分量？"苏准摇头笑道，"能脱离肉身的神识已经是'元神'啦，那得受过天劫，迈过升灵关，飞升九霄云上才得。低阶修士神识固然可以外放，但譬如树木有根，枝叶伸得再长，根基是不能动的。像民间说的那样'神魂出窍'，可就要死啦！"

奚平："那怎么办？"

"所以灵窍圆满的修士筑基时，灵台上需有一样东西，以在灵台碎裂时庇护神识。"

"什么呀？"

苏准："道心。"

奚平晕头转向地眨了眨眼。

"道心就是你将来内府的雏形，道心镇在那儿，你灵台破碎时，神识才有依托之处，灵基筑成时，道心载着你神识落下成型，你入仙门寻道之路方始。"苏准用竹杖轻点着地面，笑道，"我啊，虚度两百年，尽是随波逐流，道心不知道在哪个猴山上呢。我入不得门，还是在红尘里泡到老死吧。"

奚平琢磨着他的话，心说修行怎么听着像盖房？只是顺序不太一样：盖房是先挖地基，再往上叠砖头瓦块；修行是先有"道心"这么个房挂在半空，底下"地震"的时候魂魄……神识躲进去，等震出灵基来再跟房子一起落地。

那为啥叫"道心"，不叫"道房"？

还不等他问出口，旁边忍了他半天蠢问题的周椟就截走了话茬："长老，道心很难得吧？"

"自然。"苏准道，"你看芸芸众生，几人不是每日闷头挣命？知道自

己奔头在哪儿、为何而活的何其凤毛麟角。一年到头尚且不知自己始终，何况是要找一颗千百年从一而终的道心呢？"

又有弟子问道："长老，那是只要找到'道心'就能筑基吗？"

苏准摇摇头："还得按我玄隐的规矩来，外门弟子不许筑基。你得持仙门某位升灵峰主亲自签的'接引令'，先拿到内门弟子身份，登记在签发接引令的峰主名下，由峰主分配一处仙山'道堂'才行……哎，你们看，我们到'烟海楼'了。烟海楼是潜修寺中的藏书阁，你们闲时可以过来借阅典籍——不过珍贵孤本上有符咒，只能在烟海楼里看，想带出去得自己誊写抄录。"

奚平对高耸入云的烟海楼毫无兴趣，只随便扫了一眼，就扭头问苏准："长老，筑基必须在仙山吗？为什么？那外面那些邪祟是怎么筑的？"

他这一问如炸雷，正在交头接耳的众弟子陡然一静——在刑堂长老面前问邪祟怎么筑基，这奚士庸可真是长了张好嘴，平均三天得罪俩仙长。

苏准沉默了片刻，看了他一眼："你问我……邪祟？"

就在众人等着看苏长老怎么发作时，却见他将手中竹杖一扬，点了点路边的稻童："记下，奚士庸，这月加个'灵石点'。"

奚平："啊？"

加个什么？

"你们月例是三两蓝玉，每月最后一日发放，攒够十个灵石点，就可以去澄净堂额外再兑换一两。不过万一被扣了点，也是要扣罚月例的。"

苏准优哉游哉地继续往前走去："给他灵石点，是因为他提了个好问题。我知道你们都忌讳提'邪祟'，在凡间，要是有人连日倒霉，就说是'沾了邪气'，碰过邪祟的东西；时疫流行，就说是'邪风入体'，此地必有邪祟路过，在上风口放过毒尸。可是不把'邪'摸个清楚透彻，你们又怎知什么是'正'？光是讳莫如深干净了嘴，那邪祟又不会因此就不存在了。"

周樨带头低头敛眉道："是，弟子受教了。"

"殿下不必拘谨，"苏准摆摆手，"仙门之所以要弟子入仙山筑基，是因为玄隐山有灵石矿滋养。给弟子筑基用的'道堂'四壁镶满了灵石，身在其中，能引入最精纯的灵气，确保灵基清明无垢。邪修与我们不同，灵石在外面市价几何你们也知道，没有门派依托，寻常邪修断然供不起，所以他们往往是盗取天地灵气为己用。"

无知的奚平又问："啊？不能用吗？"

"花所以开、树所以长、万物所以繁衍不息，都要依托于'天地灵气'。"苏淮说道，"开窍期的修士，只是能引灵气入体，暂为己用，灵气不会在体内久留，还是要归还天地的。筑基修士却已为灵身，想要提升修为，就要将灵气炼化到内府，那灵气是要截留在体内的。打个比方，假如一个筑基初期的修士在凡间闭关，不出十年，他方圆十多里地都要寸草不生，生民多灾多病，要是附近不巧有妇人怀胎，生出来的不是死胎就是畸形儿，这叫作'窃天时'。我们所谓'邪祟'，并不是说功法出身，而是说这些以'窃天时'为生的修士。"

奚平恍然大悟，心想：哦，原来筑基修士就是光吃不拉的貔貅。

周樨脱口说道："邪祟祸国殃民。"

常钧接话道："怪不得天机阁的'人间行走'只有开窍期的修士！"

"不然你当我偌大玄隐，出不起几个筑基以上的厉害人物吗？"苏淮笑道，"上古神魔大战之后，便由北昆仑、南澜沧、西凌云、东玄隐、中三岳五大门派牵头，给我玄门弟子立了规矩：修行虽是逆旅，但正道当以天下为先，不可为一己之私窃天时。我们正道修行，只能取用天然灵石中的灵气，筑基以上若要下灵山，须得先向师门报备，自带灵石下山。不过就算随身带大量灵石，久留凡间也难免瓜田李下，于是'人间行走'才只用开窍期的'半仙'。"

奚平关注的事总跟别人不一样："那要是万一碰见个筑基升灵的邪祟，天机阁岂不是打不过？"

"哪儿有那么多筑基的邪祟，道心已是难得，绝大多数留在灵山修行的人都止步于开窍期，何况民间散修？就算那些邪祟侥幸铸成道心，用'窃天时'的方法修炼的人，身上也必残留大量杂质浊物，开灵窍都是生死关，何况筑基？再心志坚定的邪祟，到了筑基中期也会走火入魔，神志大乱。"

奚平听完更纳闷了，感觉这事完全说不通：既然筑基高手那么稀有，那不就是说，世上绝大多数的"邪修"其实都只是"半仙"吗？半仙既然不能截留灵气，当然也就不怎么破坏环境。玄隐山外门的半仙都可以

随意于人间行走，为什么同样是半仙的邪修就要赶尽杀绝？等筑了基，坐实了罪名再杀不迟啊。如果怕他们伤天时，何不招安到仙门，引入正道呢？

还有……最多到筑基中期就会走火入魔的话，那个升灵的"太岁"是怎么回事？

这回没容他问，苏长老已经逐条讲起玄隐四十八条门规来。

奚平左耳灌了一堆"不可"，右耳泡了半桶"须得"，总结起来就是：艰苦朴素，吃糠咽菜，勤奋用功，夙兴夜寐，玩个灯笼！

听完，他只觉四大皆空，生无可恋，一肚子疑惑也烟消云散。

苏长老一口气念完门规，轻呼一口气，仿佛将十年的郁结都呼出来了。他老人家脸上笑出了圣光，心满意足地带一脸呆滞的弟子们参观了潜修寺的"松窗大堂""戒堂"等地。逛了一大圈，日头沉下去，苏长老才意犹未尽地放他们去吃饭。

向来吃饭最积极的奚平却磨蹭了一会儿没走，等别人都散了，他才跟屁虫似的跟着苏长老进了烟海楼。

苏长老摘草帽，奚平就眼色十足地凑上去，掸掉上面的水汽和落叶挂好。

"还有什么事啊？"苏准笑道，"老苏抠门得很，灵石点就给一个，多的没有啦，你找别人去吧。"

"我不是来要饭的，"奚平道，"长老，有个事我特别好奇，想跟您打听。"

"嗯？"

奚平："您说邪修筑基后就得疯，可是我进潜修寺之前，见过一个邪修，自称是升灵后期、半步蝉蜕。怎么，他吹牛的？"

苏准头天刚跟支修聊过，一听就知道他打听的是谁，不动声色道："邪修到了一定境界就是灾祸了，内门自然会派大能处理，跟你没关系。你啊，专心修行，争取能在潜修寺开灵窍是正理，见识过也是一种造化，就别打听那么细了。"

奚平不依不饶，追问道："那万一门派没发现呢？"

"内门有一深渊，名叫'星辰海'，可窥天机。我大宛境内，没有什么能瞒过星辰海，"苏准笑道，"你没有听说过'天网恢恢，疏而不漏'？"

奚平听得半懂不懂，感觉这玩意儿神神道道的："不对啊苏长老，那南闯北进的时候，'恢恢天网'怎么什么都没说？"

苏准："……"

苏长老在天机阁积威甚重，时隔多年，居然重温了被打破砂锅的小崽子问得哑口无言的尴尬，噎了好一会儿，才委婉地说道："澜沧剑派……是当年五大门派之一，并非邪修。"

奚平有时候犯浑，故意不听别人说话，倒也不是真听不懂那些弦外之音。

苏长老这么一说，他立刻就明白了——几大门派分庭抗礼、和谐共处。"天网恢恢"当然不会互相网，因为大家都是"天"。邪修是靠"窃天时"修炼的，人人得而诛之。为什么这样损人利己呢？因为他们没有灵石。

灵石都在"天"手里。

"修炼方法祸国殃民"和"不是名门正派出身"其实是一个意思，只是前者听着更理直气壮一点。

不过奚平只是个纨绔子弟，没有忧国忧民的习惯，这些念头只一闪，就被他丢在了一边，他又问："可是长老，那邪修真的死了吗？"

"自然，"苏长老从小书架上抽出一本薄薄的小册子递给他，"我不反对你们了解邪修，你要是有心进天机阁，多看看也不错。"

说完拍拍他，自己拿了几本书走了。

奚平定睛一看，见那小册子封皮上写着三个字：邪祟谱。天机阁出品，里面图文并茂，描绘的是近五百年来，天机阁抓的罪大恶极的妖邪，奚平一目十行地翻过去，见除了个别开窍期的修士还能保持完整人形外，其他的像什么的都有，反正不像人。他还以为自己翻开了什么三流的鬼怪志异。

近五百年，修为能达到筑基中后期的邪修一只手能数过来，里面没有升灵。

按照苏长老的说法，如果那太岁没死，内门一定能监控到。

但……

头天夜里，奚平用血连了驯龙锁，相当于他有一点神识是连在半偶身上的。然后他"梦见"半偶看见睡着后的"自己"鬼上身似的站了起

来，去了后院!

"梦"里的一切细节都人清楚了，他醒来后仍心惊胆战。

而让他确定那不是梦的，是半偶从他床上找到的树叶——半偶在提醒他!

那一瞬间，不管半偶干过什么倒霉事，奚平都决定原谅他了——奚平知道半偶昨夜被掐着脖子警告过，今早居然还不管不顾地要给他通风报信，够意思……就是有点缺心眼。万一那夜里上了他身的鬼东西还在附近，他俩岂不是都要玩完?

所以他几次故意发脾气打断半偶，没敢"听"。

奚平心里嘱咐自己要冷静，他还不知道那附在他身上的是什么，要徐徐图之，不能露出异状。他若无其事地将《邪祟谱》放回去，又好似不经意地随便翻了几本别的书，书上的字一个也没入他眼，心里盘算着今夜要再用驯龙锁"观察"自己一次。

实在不行，他就告诉潜修寺的管事，让他们带他去找支将军。

然而，就在他准备离开烟海楼的时候，奚平整个人忽然僵住了。

他一动不能动，连眼都眨不了了!

奚平眼睁睁地看着"自己"不受控制地转过身，将方才已经放回去的《邪祟谱》拿回到眼前，重新翻开。

耳边……不，是他脑子里，响起了一个让人头皮发麻的绵软口音："别搁下啊，本座还没看完呢……这么快就被你发现了，本座有时候还真是少了几分时运。"

(八)

奚平整个人都麻了。

这时，身后传来脚步声，有人喊他："士庸，怎么还没去膳堂?"

来的是潜修寺的管事之一，新城大长公主的儿子杨安礼。

杨安礼此时正被不太熟的四殿下一口一个"表兄"缠着，追问开灵窍的秘诀。可是这玩意儿能有什么秘诀?玄门公认的办法就是罗青石的那一套——每天泡在灵石堆里磨炼灵感，只要静得下心，够努力，就算资质稍微差一点，一两年也差不多能"磨"开灵窍。除此以外，虽然灵窍怎么开的都有，但总结其共性只有"机缘巧合"四个字，根本没法互相借鉴。

杨安礼正不知怎么敷衍，一转头看见了奚平，想起刚收到母亲的传信——新城大长公主在信里把庄王大夸特夸了一番，什么"深明大义""情深义重"，看得他一头雾水，不知三殿下给他母亲灌了什么迷魂汤。

潜修寺名义上与世隔绝，管事们可没有闭目塞听，他们常年守在仙凡交界处，个个眼观六路耳听八方。杨安礼冷眼看着这些年朝局变化，一直就觉得不显山不露水的三殿下没有看起来那么"情深无害"。结不结交庄王，他还没想好，不过跟永宁侯世子结个善缘总没害处，于是和颜悦色地招呼道："潜修寺清苦，怎么样，士庸，还能适应吗？"

特别不能！有鬼上我的身！

奚平的心恨不能代喉舌之职，自己跳出来号救命。可他那支配不了的脸却自作主张地从容一笑，用有一点刻意的金平官话回道："谢师兄，四殿下好——仙山灵气浓郁，比乌烟瘴气的金平强多了，哪儿会不适应？"

"被说话"的奚平出离愤怒：你爷爷不会这么拿腔拿调地说话！唱戏都不拖那么长的尾音！

周㮚假笑回礼。他方才老远看见奚平跟苏长老说话，心说这奚士庸原来不是狂悖无礼，而是特别会看人下菜碟：见罗青石目无下尘，就故意激怒他引起注意，苏准是个资深人间行走，就投其所好，追着老东西问天机阁诛邪除魔的故事。果然是小门小户出身，上不了台面的小心机一套一套的，跟那贵妃奚氏一脉相承。

"适应就好，三殿下不放心，托我照顾你呢。"杨安礼比奚平大十五六岁，在凡间几乎差出一代人去，也没什么话说，简单问候完，就拣了几本书，带着周㮚走了。

奚平心里恨不能跪下扒住杨师兄的大腿，身体却彬彬有礼地退了半步让路，眼睁睁地看着那两人走了。

烟海楼安静下来，奚平没了指望。

他对声音过耳不忘，尤其他脑子里响起的那个宁安腔很有特点，奚半敢拿脑袋担保，那声音就是将离他们从棺材里挖出来的那个大魔头的！

可大魔头不都让照庭片成卷了吗？坑人的苏长老不是刚说"天网恢

恢，疏而不漏"吗?!

这时，奚平"叛逃"的手抬了起来，在他脸和下巴上摸了一把，撵出他一身鸡皮疙瘩。

大魔头的声音又在他脑子里响起："好，现在没外人了，咱们可以聊聊了。"

奚平一点也不想跟他聊，并开始搜肠刮肚地倒腾他会的宁安脏话。

"你在心里唤我名，就能与我对答，还记得我吗，小朋友？"那声音说，"你可以称本座为……'太岁'。"

虽然早有准备，奚平听见这俩字，悬着的心还是"咯噔"了一下：玄隐山那不靠谱的天网真漏了。

此时距离晚课只有不到一刻钟，偌大烟海楼，奚平远近无援，被不知怎么死而复生的大魔头困在自己的身体里，能自主的只有心跳……与倒竖的汗毛。他只能逼着自己冷静下来，心思急转。

爹娘不可能给儿女起名叫"太岁"，这应该是个行走江湖的花名。既然这样，奚平猜测，随便什么称呼，只要是特指对方应该都行。

对方让他叫"太岁"，他偏不叫，奚平心说：你也配？不怕风大闪了舌头。

于是他试着在心里唤道："这位……尊长？仙尊？魔头前辈？"

"小鬼，看着莽撞，心眼倒是不少。"太岁果然"听"见了，笑道，"'尊长'什么的就不必了，那是你们名门正派专属的称谓，本座不爱听。"

行吧，奚平随方就圆："那就魔头了——魔头前辈大驾光临，有什么吩咐尽管说，晚辈那个什么……资质愚钝，在天灵盖上揳个孔可能都开不了窍，能办的事也实在不多，但肯定不遗余力给您办。"

"不用怕，孩子，"太岁慈祥地说道，"本座不吃人心肝。"

奚平："那您想吃点什么呢？"

太岁被他逗乐了，笑完却说道："那日安乐乡，本座伤在照庭之下，险些灰飞烟灭……这里头可少不了你的功劳。"

奚平的话来得很快："不敢当！我那会儿连自己能进潜修寺都不知道，一个凡人，懂个什么，纯粹是跟着天机阁的人瞎起哄。列祖列宗在上，我对前辈您可是毫无恶意的。不瞒您说，我近来左思右想，怎么都觉得自己不应该不管青红皂白地站队。天机阁的就一定是好人吗？我看他们那姓庞的副都统就不是什么好鸟！幸亏您逢凶化吉，遇难成祥……"

大魔头淡淡地打断他的废话："你是想打探，本座为什么没死吧？"

奚平磕绊都不打一个："绝对没有，这还用打探吗？必是苍天有眼。"

天网漏的眼。

太岁说道："本座机缘巧合，跟着你进了潜修寺。潜修寺虽不过是个外门，但背靠玄隐山，谷中也有灵石奠基，灵气丰沛。我被他们暗算，拿他们的灵石补回元气，不过分吧？"

奚平毫无立场："合情合理。"

"放心，本座不会一直跟着你。一年后，你或是能进玄隐内门，或是回归凡间——玄隐山千年底蕴，还是有几个难对付的老鬼的，本座没事不会进去找事，至于凡间，于我无甚助益，自然也不会相随。你我二人以一年为限，你乖乖的，不必打探本座来路，也不要声张，本座闲来无事也不会夺你的舍。借你栖身潜修寺，也不会白让你担惊受怕，本座自然会教导你，保你比同窗都早开灵窍，如何？"

奚平说："那我可是撞大运了，魔头前辈，您要是能教我几招，让我能把天机阁那姓庞的揍一顿，我就天天给您烧香。"

太岁低低地笑了一声，抬起奚平的手，将那本《邪祟谱》塞回书架："身体还你，聪明孩子都知道什么时候不耍小聪明，对不对？"

话音刚落，奚平就好像在梦里一脚踩空，从万丈高空下落进现实。他的拳头一下用力过猛地握紧了，整个人几乎抽搐了一下。

那附在他身上的魔头道："快走吧，当心误了你那晚课。"

奚平依言，面无异色地走出了烟海楼，一边走，一边喋喋不休地问问题。

诸如"庞戬是什么修为""他那杂货郎似的兜里到底有多少鸡零狗碎""我得练多久才能捶爆庞狗的头"之类……如果说大道三千，有剑道有丹道还有炼器道，那奚平将来可能得入"暴揍庞戬道"——他就对这个特别执着。

太岁不喜欢"聪明人"，对二傻子的容忍度倒挺高，心平气和地一一作答。

"庞都统是灵窍圆满，灵骨已成，筑基以下无敌手。"

"天机阁仙器资源丰富，庞都统是实际掌权人，可以随意取用。"

"呵呵。"

就在他听完奚平的"雄心壮志",忍俊不禁时,奚平已经到了乾坤塔门口,罗青石正好迎面走过来。

说时迟那时快,奚平心里怒骂庞戬的尾音还没消散,他就猝然从怀里掏出火绒盒,要朝罗青石砸过去。奚平思路很清楚:喊救命肯定不靠谱,喊完把人招来,那大魔头也会占据他的喉舌把事圆过去。

可攻击师兄不一样,苏长老讲门规的时候说了,潜修寺内禁止打架斗殴,对前辈不敬更是大罪。他拿火绒盒砸罗大个儿未遂,这么离谱的罪行肯定有资格进刑堂挨一通搜魂。搜魂不见得能搜死他,但肯定能搜出附他身的魔头来。他豁出去了,半步邪神的大魔头,得天纵奇才的支将军才制得住,他算个什么品种的小蝼蚁?蝼蚁只有豁出去才有活路。

无论是时机还是动作,奚平砸火绒盒的行动都出其不意到了极致。

然而,火绒盒没来得及离开他衣襟,他已经再一次地失去了对身体的掌控。

奚平听见太岁冷笑了一声,接着,一阵从骨头经脉里传来的剧烈灼痛席卷过他全身。

身体痛苦到了一定程度,人脑子里是一片空白的。按说这种酷刑,凡胎早该晕过去了,可他那被窃取的身体却丧失了这"晕过去"的功能。

奚平失去控制的手轻轻将火绒盒推了回去,还在自己胸口拍了拍,继而稳重地一整袖子,朝罗仙尊行了个挑不出毛病的礼,脸上含起了笑:"罗师兄好。"

罗青石瞥了他一眼,与他擦肩而过,什么都没察觉到。

奚平在酷刑中拼命扒拉出一点清明:"前辈,我是将离……陈……陈姑娘用……命换……"

太岁轻轻一眯眼,烤着奚平的业火忽然消退了。

奚平身体一松,冷汗一下冲了出来,差点没了意识,骨头缝里仍残留着难忍的灼痛。

他浑浑噩噩地任凭太岁拖着他的腿,将他移动到了乾坤塔内,周遭嘈杂的招呼声、他"自己"的回答……乃至罗仙尊又说了点什么,奚平一个字都没进耳朵。

直到门口稻童"咣"地敲了一下锣,奚平才激灵一下,三魂落了地。

此时，乾坤塔里充斥着一股清淡的香味，吸进去，身心为之一轻，奚平身上的灼痛终于缓和了一些。

太岁近乎温柔地说道："小惩大诫而已，你现在知道自己该怎么做了吗？"

奚平像只被突如其来的毒打吓坏的幼兽，气也没吭。接着，他身体轻轻晃了一下，恢复了自主。这回他闭紧了嘴，没敢再有任何试探。

"懂事了就好。"太岁轻轻地说，"好好听你们这位……'尊贵'的师兄教导吧。"

只见高台上堆了各色灵石，幽光照得乾坤塔内白昼一般。窗外鸟声嘈杂：白鹭、仙鹤、孔雀、百灵全都聚在了乾坤塔外。仙鸟青鸾的长羽掠过，落下一道细小的彩虹。

罗仙尊居高临下，整个人泛着淡青的光，仿佛准备发芽。

再仔细一看，原来他坐在一把整块碧章石打的椅子上。

"呵。"太岁冷笑了一声。

民间的修士们，为了几两碧章石能拼个你死我活。在这儿，碧章石却只是没人爱用的下品杂石，小小一个筑基都敢一屁股坐在上面。

罗仙尊不知是不是感觉到了充满恶意的注视，无端打了个寒战。他百思不得其解地左右踅摸了片刻，可能是觉得碧章椅有点冰，于是站了起来。清了清嗓子，罗青石拖着长腔起了韵："能到潜修寺来的，想必都有点家底，白灵、蓝玉、碧章都见过，我就不废话了。谁知道灵石除了让你们那些'降格垃圾'烧着玩以外，还有什么用？"

弟子中，周榫接话道："我等修行中人开了灵窍之后，可以从灵石中抽取灵气，伐经洗髓。筑基后，则可以炼化灵石中的灵气为己用，不伤天时。"

"筑基后的事就不用说了，离你们远着呢。"罗青石耷拉着眼皮，不耐烦道，"有些蠢材可能是烟灰吸多了，七窍堵成了实心的，灵浊不分，灵石给你们也是糟蹋东西，我这几天，就要在澄净堂发月例前给你们通通气。"

他说到这儿，一拂袖，每个弟子面前都多了一卷白纸与一套笔墨。

"每张纸上都藏着一幅画，是用隐墨掺了灵石碎渣绘制的，你们这些凡胎肉眼看不见笔迹。今天我要你们根据纸上的灵气，用笔墨将那藏起

来的图描出来，不管用什么方法……往哪儿看呢？看别人没用，每张纸上藏的画都不一样。两炷香之内画完，拔头筹者，这月可以多得一颗蓝玉珠子，以资奖励。"

众弟子"嗡"一声——苏长老一整天就奖励了两三个人一"灵石点"，罗仙尊上来就拿一整颗蓝玉珠当彩头！

不等他们喜色上脸，就见罗青石倏地掀起眼皮，厉声道："美什么？两炷香之内屁也画不出来的扣两颗蓝玉，省得蠢气污了灵石！都愣着看我干什么，我脸上有画啊？拿笔！"

众弟子不敢再浪费时间，忙各自埋头纸页间。有拿着纸对着光看的，有趴在桌上闻的，还有人试图舔纸尝尝。

唯有周榇伸手在纸上捋了一圈——他右手拇指上戴着一枚灰扳指，式样古朴得近乎寒酸，有些突兀。扳指轻轻蹭过纸面，周榇略一沉吟，气定神闲地拿起了笔，当场就开始描画，在一帮恨不能钻进纸里的弟子间显得格外有气质。

奚平似乎没从刚才的酷刑里回过神来，低头看着自己面前的纸发呆，忽然，他发现纸上显出了淡淡的纹路……纹路越来越清晰，整幅画都落进了他眼里。

不知是巧合还是宿命，发到奚平手上的这张纸上画了一条龙。

等等，刚才罗长腿好像说纸上的画肉眼看不见……

"凡人不行，但你因有本座附体，已经通灵……就是灵感能具象到五官上了。"太岁淡淡地解释道，"看见了也不用惊诧。"

奚平愣了愣——所以上次他在灵感芥子里能"听"见的脚步声差异，也是因为这个，压根不是他天赋异禀？

没等他想清楚，阴森森的奶声奶气的声音在他桌边响起："你干瞪眼对着纸相面，能相出画来？"

奚平感觉到身上的肌肉紧了紧，是魔头在警告他，只好不露丝毫异色地拿起笔，照着图慢吞吞地描了起来。勾完边，他发现纸上的龙更清晰了一些，龙身上呈现出错落有致的光影。

奚平也不知道应该画成什么样合适，于是往浓墨里兑了水，将那些不同的深浅也勾了出来，最后一笔还没来得及离开宣纸，一只手便突然伸过来，抽走了他的画。

与此同时，四殿下透着矜持的声音响起："师兄，我画完了。"

话音刚落，周榭就注意到了罗青石手里的画稿，脸上热忱的微笑顿时掺了半壶冷水，凉了。

罗青石头也不抬地一伸手，周榭面前的纸也飘到了他手边。

四殿下的白纸上勾出了一个美人，然而罗青石只扫了那美人图一眼，就随手掷在一边，半句评语也没有，只对奚平道："你，手伸出来。"

奚平心跳骤然加速，发现了！

救苦救难的罗师兄发现他有异了！

（九）

却听太岁低声嗤笑道："小小筑基。"

奚平的心一下沉了下去。

罗青石疑惑地在他脉门上按了半天，末了也不知诊出了什么，抬起眼，慢吞吞地开了口："奚士庸，有点意思。"

奚平饱含期望地盯住他，等着他接下来的高论。

然而罗争气说完就撤回手，趾高气扬地站直了，高深莫测地点了点头……走了。

奚平："……"

"有点意思"，然后呢？到底有什么意思？！

奚平本来以为罗青石体型既然已经这样不凡，人肯定也是深不可测的，敢情他那"深不可测"是装神装出来的。他连装都只会用"有点意思"一个词，都不是个成语！

浑然不知道自己已经在弟子面前玩砸了的罗青石走上高台，一伸手，一颗晶莹剔透的蓝玉珠就落到了奚平桌上。他老人家高傲地一抬小尖下巴："你的了，祝你早开灵窍。"

有了这颗额外的蓝玉珠，要是省着点用，白玉咫尺能撑到月底发灵石了。要是早一天拿到，奚平能乐出牙花子。然而此时，他已经全无心情惦记灵石够不够便这种鸡毛蒜皮了。耷拉着一张脸，奚平木然地道了谢，仿佛罗仙尊刚才祝了他早死。

"画完的就走吧，"罗青石往碧章椅上一坐，接过稻童递过来的茶，

"还在这儿显摆什么呢?"

"师兄,"周樨终于按捺不住,"弟子与这位奚兄几乎同时完成,可否请师兄指点一下,弟子的画哪里不如别人?"

罗青石用眼角刮了周樨一眼:"你们手中的纸上,作画用的灵石粉有上中下三等,还掺了些不入流的浊沫。我未曾指望过你们这些没开灵窍的肉眼凡胎能把四个层次都画出来。可四殿下既然有'百岁犀角扳指'引路,是否也该比别人多些洞察?"

周樨脸色微变,下意识地将拇指上的扳指扣在手心里。

"灵感乃是天生资质,后天无法改变。测灵感,是让你们知道自己从娘胎里带来几斤几两,心里有数知道用功。不是让你急功近利地向我证明,我对你资质平平的判断是错的。"罗青石不留情面道,"殿下,就算我向你认十次错,你能就地开灵窍吗?你要是能,我也不在乎这张老脸,这就跪下给你磕个头。"

四殿下金尊玉贵,一贯爱端着"没架子"的架子礼贤下士,别人也都配合地给他当"下士",哪儿受过这种委屈?一时间脸色惨白。

那罗青石还没完了:"我劝你们有些人,没事还是多专注自己修行,等从潜修寺退回凡间进哪个外门,再拉帮结派不迟。现在到处卖好有什么用?没准别人一步登天进了内门,到时候仙凡有别,可就与你没什么瓜葛了。"

奚平:"……"

就因为四殿下第一天给他打过圆场,罗青石就跟盯上了他俩似的,随时随地公然挑唆。当年王母娘娘要是有他这张嘴,早把牛郎织女搅和黄了,还用得着每年过七夕?

周樨不缺心眼,当然知道罗青石是故意的,可知道归知道,他能不受这个挑唆吗?进内门的路是条独木桥,四殿下视之为囊中之物,岂容他人觊觎?

何况是永宁侯世子这种近乎"家丑"的货色?

奚平一对上周樨的眼神,就知道自己和四殿下之间没来得及"长大成人"的交情已经夭折,并且死相惨烈,一时间简直心力交瘁——但凡罗大能耐这挑拨离间的本领能匀一点在修行上,也不至于稀松二五眼地就会说个"有点意思"。

奚平头一次被人当成嫉恨的对象，要不是此时身上有"难言之隐"，他能得意地开个屏……可是一想起他能被四殿下嫉恨，恰恰是因为这"难言之隐"给了他作弊的耳目，又笑不出来了。他没理会罗青石和周榇之间的口舌官司，有气无力地收拾了自己的东西站起来，业火灼身的痛觉似乎仍残留在他血脉里，奚平一想起那酷刑就心有余悸。

然而就在他走到乾坤塔门口时，耳边忽然响起了压抑的哽咽声。

奚平回头看了一眼还在苦苦作画的众同窗，心说：谁啊？至于吗？画不出来就哭？我还没哭呢。

可他找了一圈，也没找到哽咽声从哪儿来的，那哽咽声中掺了断断续续的祈求，大约是"求保佑"什么的……是个女孩的声音。

潜修寺里男女弟子不见面，哪儿来的姑娘？奚平愣了愣，随即意识到，那声音不是从周围来的，而是从他眉心响起来的！

奚平溜出乾坤塔，找了个没人的地方按住眉心，闭上眼，将分散的心神集中在那里。很快，他眼前忽然出现了一些模糊的图景：熏得黑乎乎的墙、简陋窝棚夹出来的小巷、满地的废铜烂铁、油污里蔓延的青苔……

奚平努力地往那模糊的画面里看，随着他心神凝聚，画面又清晰了不少。他看见一个少女，正飞快地从九曲十八弯的窄巷里穿过。

她个头不矮，但瘦得仿佛三根筋支个脑袋，顶着一把黄毛，一脸稚气，应该是个半大孩子。少女身上虽然寒酸，但衣裙针脚平整，堪称体面。她脖子上挂着一块木牌，不管她怎么跑，木牌都纹丝不动地钉在画面中心。于是以木牌为参照，旁边人和景都晃动得厉害。

奚平被晃得头晕，睁眼一甩头，藏污纳垢的小巷不见了，他依然身在仙气缥缈的灵山中。

"前辈，"奚平踟蹰片刻，猜测这事应该跟他身上的魔头有关，于是试着开口问道，"请问您'看见'了吗？"

太岁"嗯"了一声。

奚平又问："她是谁？是真人还是幻觉？"

"真人，一个孩子……一个走投无路的可怜孩子。"太岁轻声说道，"转生木乃本座伴生之物，她在供奉吾名的转生木上滴了血，发誓要献出身心，本座这才被唤醒。"

奚平："……"

三姑姥爷的，原来魔头死而复生都是因为她！

本来听见有人哭——还是小姑娘哭，奚平好歹是要问一声的。但听了魔头这话，他一点过问的想法也没有了。

"什么玩意儿，"奚平不动声色地把一颗小石子踢开，心说，"小小年纪脑子就坏成这样，捡个什么邪神都拜。药石罔效了，抓紧时间重新投个胎吧。"

可他的眼睛能开闭，能选择望灵山而不见尘世，耳朵却关不上，少女支离破碎的絮语一直在他耳边萦绕不去。

奚平从乾坤塔走回丘字院，走了一路，听她绝望地哭了一路，烦不胜烦，遂阴阳怪气道："前辈，请问您不打算降个什么神通帮帮人家吗？"

太岁反问道："你们每年初一国祭，天子亲临南圣庙祈祷，南圣可曾降过神通？"

奚平奇道："不想帮您还一直听她说什么？"

"爱莫能助，你忍一忍吧，"太岁道，"本座是被她的血唤醒的，只要她心里求神，本座不想听也得听。"

奚平就将这自封"太岁星君"的邪祟和信邪神的傻丫头一起，在心里大骂了半天，骂到他都想不出词了，耳边杂音还没停消。他彻底没了脾气，心想这女的是要干什么，念经把他超度了吗？

他被那杂音干扰得什么都干不下去，实在没办法，只好闭上眼，凝神于眉心，看她到底有什么事。

阿响编起了辫子，换了女装——那是她唯一一条像样的裙子，她娘弥留之际一针一线缝的，说要留给她嫁人时穿。

可是阿响长了很久，也没长到能嫁人的年纪，撑不起来的裙子空荡荡地挂在她身上，她看起来像个偷穿了大人衣服的小孩。她心里充满恐惧，似乎是为了壮胆，她将那块太岁神牌挂在胸前带了出来。阿响攥住了那木牌，在"老鼠巷"前徘徊着，发着抖，心里反复求神君保佑。

然而保佑什么呢？

阿响说不出口。

老鼠巷是几排参差不齐的窝棚挤出来的暗巷，阴暗潮湿，被危房的房檐、晾在竹竿上的床单遮得不见天日，老远一看就像个耗子洞，因此得名。苍老憔悴的女人们衣衫不整，每到傍晚，就拖着仿佛是累赘的躯体，三三两两地出"洞"揽客。客人则大多是那些码头厂房里干重活的劳工，看着跟女人们半斤八两，也没多出几分人样来。

爷爷已经被抓走一天了，咸鱼伯说，城防那边要探出点话来，至少得二十两银子……不保证人能出来。

二十两！

阿响和爷爷就算没白天没黑夜地干活，不吃不喝三年也赚不出来，这让她上哪儿弄去？

木匠行收旧家具，当铺收细软，老鼠巷收女人。

阿响身无长物，走投无路，她只能想到老鼠巷。

夜色中，一只手忽然伸过来，抓住了她的肩膀。阿响吓了一跳，惊弓之鸟似的挣开，见来人是个中年男子，手指关节突出，有点畸形，瞎了一只眼，身上却穿了条颇为体面的长袍——在南郊厂区，只有不用亲自干活的工头才会穿这样的长袍。

"妹妹眼生，"独眼男人像估量什么东西似的，上下打量着阿响，视线像黏腻的虫子，"怎么卖？"

冷眼旁观的奚平方才就觉得怪怪的，这会儿终于看明白了那姑娘在什么地方，一听她哆哆嗦嗦地报价格就皱起了眉："她求星君保佑顺利把自己卖出二十两？就为二十两？这也太贱了！"

"二十两？"与此同时，那老鼠巷口的男人听完竟也吃了一惊，"就你？我的奶奶，你是广韵宫里的公主还是娘娘啊？"

阿响说不出话来，她手脚冰凉，脸却仿佛要烧起来。她有点想吐，裙摆下的膝盖不由自主地哆嗦着。

"小宝贝，别做白日梦了，这么着，你要是个雏儿，验了货，哥哥给你一千大子儿；要不是，到时候得给我打个对折。"男人伸手在她脸上摸了一把，"怎么样？行就跟了我走。"

阿响本能地挡开他的手。

太岁

"整个南郊就没有值一两银子的娘们儿,大哥可怜你年纪小才肯出这个价。差不多得了,别给脸不要……还二十两,菱阳河边的花魁都要不到这个价,你也配?"那男人骂骂咧咧的,说着要来拉阿响,"就这么定了,走吧。"

这时,窄巷里忽然传来一个尖厉的声音:"哟,今儿可算长了见识,什么地方飞来的小野鸡,毛还没长齐,也敢跑到老娘眼皮底下扒食。"

中年男子飞快地缩回手,脸上堆起笑容:"春英姐姐。"

只见一个高挑的身影从老鼠巷里踱出来,是个上了年纪的女人。然而晦暗的夜色与浓妆遮住了她脸上的浮肿和皱纹,只露出个朦朦胧胧的影,看起来竟也勉强说得上有几分风姿。

女人啐出两片瓜子皮,翻了个白眼:"滚蛋,哪个是你姐姐?"

男人嘴里叫着"姐姐",涎着脸凑过去,被那女人一巴掌推开。紧接着,老鼠巷里又伸出一只指甲上涂了蔻丹的手,软绵绵地揪住男人的衣领,娇滴滴地喷出一串污言秽语,连打带骂地将他拖进巷里。

那名唤"春英"的女人这才冷笑一声,黏腻混浊的目光落到了阿响身上。

阿响好像被蛇钻进了衣服里,不由自主地将那太岁神牌捏得更紧,往后退了半步,臀腿却被一只枯瘦的手死命掐了一下。

"鸡屁股都不够炒盘菜。"掐她的是另一个女人,法令纹垂到了嘴角,鼻子还有点歪,像个作祟的女鬼。"女鬼"见她呼痛,硬生生把鼻子笑到了腮帮子上,凑近了阿响:"回去吃点奶,长胖点再来吧。"

阿响一把推开她:"别碰我!"

春英身边冒出来好几个女人,一把揪住阿响。瘦巴巴的小女孩哪儿抵得过成年妇人的力气,阿响很快被几个女人拉扯着头发拽到了老鼠巷里,她疼得大叫。一股潮湿腥臊的气味扑面而来,暧昧的窄巷中,泛红的灯光像血一样,掠过她挂在胸前的木牌。

阿响攥着那木牌,绝望地在心里呼唤:太岁星君!太岁星君!

奚平按住额头,额角青筋突突地跳,只觉此情此景不堪入目,想堵住她的嘴。

阿响猛地被人推进一间小黑屋里，还没来得及适应骤然亮起来的灯光，脸上就挨了一巴掌："小贱人。"

女人的长指甲在她脸上划出了细碎的伤口，她耳畔"嗡"一声，脸颊肿了起来。阿响转头回击："老贱……啊！"

不等她骂完，脸上就挨了好几个耳光，有人用力拧她的皮肉，污言秽语劈头盖脸地灌进她的耳朵，比南郊的运河水还脏。春英越众而出，将阿响往门板上一搡，啐了一口："不要脸的下贱胚子，我要是你爷爷，能臊得一头磕死了！"

阿响脑子快炸了，也没细想她怎会知道自己有爷爷，脱口道："反正他也快死了！"

春英听完一愣，抬手挡住嘻嘻哈哈要往阿响身上泼凉水的女人，问道："你说什么？怎么回事？"

阿响胸口剧烈地起伏着，一时说不出话来。

春英修成一条细线的眉高高吊起，不耐烦道："哭你娘的丧，你爷爷马上疯了？"

阿响不知从哪儿来的力气，发狂似的跳起来，挣开按住她的女人们，脸红得发了紫，一头撞了春英一个趔趄："你放屁！我爷爷是被城防狗官抓走的！他是冤枉的！你知道什么！不许你说我爷爷！"

春英后腰撞在桌子上，茶杯瓜子碗倒了一堆。其他女人忙上前扶，春英却似乎没在意，只问道："给城防拿去了？他犯了什么事？"

旁边歪鼻子的女人似乎消息灵通一些，凑过来低声将那些失地农民喊冤的事说了，又对春英道："城防这两天拿了不少人，说是有人雇他们聚众闹事。"

春英便转头问阿响："受雇帮人喊冤？你爷爷什么毛病，老寿星上吊嫌命长了吗？"

阿响听了这话，快要喷出天灵盖的火气突然凉了。

"是了，"她魂灵出窍似的想，"是因为我。"

春英见这小姑娘傻乎乎的，也靠不住，就转头问那歪鼻子的女人："抓了多少人？"

"不知道，怕是得有几十上百人了。"

"闹这么大？"春英皱眉嘀咕了一句，"城防……城防那帮狗娘养的心

161

黑得很，棺材板上都要揩点油。"

随后她又盘问阿响："哪个问你要二十两银子的？"

阿响此时终于回过味来了，讷讷道："你……你认识我爷爷？"

春英把有点外凸的眼睛一立，样子又刻薄了三分："再他娘的废话，老娘打烂你的嘴。"

阿响："……咸鱼伯。"

"哈！"春英尖着嗓子笑了一声，"老瘪三赌输了钱，连亲娘老子都能从坟里挖出来卖，信他的狗屁，你以前是不是烧坏过脑子？"

她一边喷着污言秽语，一边利索地披上外袍，翻箱倒柜地摸出个小箱子，将里面碎银锭子、鸡零狗碎的首饰一把抓起来，往怀里一塞，趾高气扬地对阿响道："走！"

阿响意识到了什么，睁大了眼睛。

春英看着她的傻样，眼角跳了跳："对了，你多大了？十几？"

"十五……"

"五"字话音没落，阿响脸上又挨了个结结实实的巴掌，她话音一下呛回嗓子眼，嘴里尝出了血味。

"十五你就敢打扮成这副骚样子到这儿来，"春英指着她，一字一顿地说，"你等死吧！见了你爷爷，打不劈你！"

阿响呆愣半晌，突然爆发出一阵号啕大哭。一边哭，一边亦步亦趋地跟着春英。

她愿意死，愿意挨打挨巴掌，把她打成两半都行，只要能把她爷爷救出来。

星君听见她的祈愿了，星君派人来救她了。

奚平从让人喘不过气的风尘中回过神来，睁开眼，一时竟茫然不知今夕何夕，耳边只有那女孩撕心裂肺的哭声。不知名的女孩子自以为神仙保佑了她，于是感激涕零，不再恳求，他耳边的哭声也远了。潜修寺的夜色寂静得出奇，窗外传来稻童打更的声音，弟子院门已经不知何时落了锁。

"前辈，然后呢？你还能看她们吗？"奚平一时忘了附在他身上的是个大魔头，急着问道，"京郊闹出这动静，背后肯定是大案子，几块碎银子……哪个城防敢放人？这肯定捞不出来啊！前辈你快跟她们说……"

太岁淡淡地打断他："本座那日几乎在照庭下形神俱灭，除非有转生木，否则也只能看着。"

"转生木……"奚平跳起来就去翻他的行李。

可是转生木这种木料，纹不及楠、味不及樟、硬不及红木。它又柴长得又慢，属于"三等材"，即便在民间，也大多只用来做些明器神位之类不大吉利的东西，侯府少爷身上哪儿会有这种贱木做的东西？

奚平在半偶惊异的目光下，把自己随身带的东西翻了个底朝天，一无所获。倒是翻出了将离的生辰玉。他捡起生辰玉出了神，不知想起了什么。

"前辈，将离也是这样的吗？"好一会儿，奚平捏着那有裂纹的玉，"你能跟我说说将离吗？"

（十）

太岁纠正道："陈氏，她名唤白芍。"

对了，奚平恍然：她本名不叫"将离"，"将离"是醉流华给女孩子插的花签，用来将她摆在金盘里兜售的。

"她是你的弟子吗？"

太岁沉默了片刻："不是，要是我，我不会教她。"

"为什么？"

"你们玄隐的仙尊不是讲过了吗？人开了灵窍，就会与天地相接，灵气会冲刷你的筋骨经脉，直到污垢洗净，凡骨化灵。但那陈氏天生柔弱，少时进了那种地方，又不知吃过多少毁人的药，经脉早就糟了。开灵窍对别人来说是好事，到她这儿要命。她受不住的，还不如当个多灾多病的凡人。"

奚平愣了愣："那她是怎么开的灵窍？"

"她没有开灵窍，只是用'石锥揳骨'之法强行装了一套假灵骨。"

"什么……法？"

"将灵石磨成百二十枚石针，依次卡入骨窍后，灵针就能串联全身，相当于在凡人体内生造出一副可供灵气穿梭的'灵骨'。普通修士开窍成

半仙后，须得苦修几十上百年，方得灵骨。而用灵石锥揳了骨的，灵气不过经脉，功成，即有一副完完整整的'假灵骨'，只要能熬过去，眨眼便有百年的半仙修为。"太岁顿了顿，又道，"只不过她灵窍未开，外界灵气入不得她身，只能使那灵石针里自带的灵气，等耗尽，她也就瘫了。哪怕不动灵气也活不过三年。"

奚平听得骨头疼。

将离——那个叫白芍的女孩子，她不是个娇滴滴的大姑娘吗？她褪个不合适的镯子都能把手皮搓红……这揳石针、断寿元、生造灵骨的猛人又是哪位疯疯癫癫的豪杰？

奚平一时几乎疑心他俩说岔了，聊的其实不是一个人。

夜风推着桂花树枝，有一下没一下地打在后窗上，大魔头似乎很愿意和他谈将离，心平气和地打开了话匣子。这半步邪神和一个小小凡人交谈，不但没什么架子，言谈甚至颇有教养。他声音低而缓，娓娓道来，一时间倒让人忘了安乐乡中以整个金平为质的癫狂狠毒。

"她出身宁安府陈家。陈家原是种药材起的家，他们家祭田里，有一小块不太肥沃的'青矿田'……就是土里有一些不成形的青矿矿渣，不过对凡人而言，也算是块宝地了。

"矿田不到一亩，三年能长两茬'舒云草'——是灵药'九元丹'中的一味。及至后来白芍之父登了科，他们这一脉便也算是生意兴隆、朝中有人，勉强跻身'望族'之列了。可惜，宁安府离金平不过一两天的路程，也是遍地的贵人。在贵人面前，这样的'望族'什么也不是。世子，你在金平长大，应该知道什么是'玄隐四大姓'吧？"

奚平知道——大宛金平的权力格局，其实就是国教玄隐的缩影。

玄隐山有三十六峰，世代从勋贵子弟中挑选弟子，千百年过去，内门形成了四个"大姓"：林、赵、周、李。其中，除了皇族"周氏"外，其他三大姓在仙山都有蝉蜕老祖坐镇，每一家都有几位升灵峰主，前来依附的姻亲更是盘根错节。

不过近年格局有些微妙——二十三年前，也就是太明五年，玄隐山发生了一场内乱。奚平听庄王讲过，据说内乱本质是赵氏与李氏之争。赵氏联手了周氏，李氏落败，李氏一族的"神仙"司典长老李凤山自此闭关不再露面，依附于李家的几族都树倒猢狲散——太明皇帝借这个东风，在凡间抄了一堆家，张皇后就是在那场风波中被废的。

当年那场大抄家中的一处宅院，后来成了永宁侯府。奚平小时候在院里挖蚂蚁洞，挖到过不少散落的灵石。灵石长得像糖，小奚平咬了一口，崩掉了第一颗摇晃的乳牙。侯爷哄他的时候，顺口将那些灵石的来路与侯府的前身当故事讲了。

染血的记忆印象太深，奚平至今都记得侯爷说："那些神仙老祖、云上峰主，是大山的基石，嫡系的修士子弟就是山石间长的树，大姓留在凡间的血脉是大树上的枝丫，依附其上的姻亲与随从，就是枝丫上的露水。露水能折射出七彩幻影、日月星辰，何等风光，然而一阵风来了，也就落了。到了时候，连山都是会崩的。"

太岁听罢笑道："令尊说话倒是有些意思……山是会崩，可那又怎么样呢？山脊上滑下颗石子都能砸死一窝走兽——十年前，也就是上一次大选年，满金平的权贵都在盯征选帖，那年主持大选的仙使恰好是赵家人，是个筑基中期刚出关的药修。赵家在宁安的一个旁支想将自家后人塞进去，要打点仙使，便想着送什么才能脱颖而出，他们看上了陈家那块青矿田。"

"前辈，你刚不是说那青矿田是祭田吗？"奚平插嘴道，"大宛律规定，祭田不可买卖，这连我都知道。"

"大宛律，"太岁轻轻笑了一声，"世子爷，大宛律总共四套，仙人一套，贵胄一套，平民一套，蝼蚁一套，你说的是哪一套啊？"

奚平一时哑口无言。

"不久，陈家族长与白芍之父陈知府，就因'勾结邪祟、鱼肉百姓'一起下了狱，"太岁漫不经心地说道，"从抓到判不过半月，快刀斩乱麻一般。之后家中男子充军、女子发卖，祖产一概充公。充去了哪里不得而知。而当年朝廷进献仙山玄隐的供奉，'恰好'就有一块青矿药田，'恰好'落到了那位赵姓的药修手里，宁安赵家那旁支也如愿以偿地将长房嫡子送进了潜修寺——你说，巧也不巧？"

奚平顿时上了火，脱口道："然后呢？那孙子叫赵什么东西？他后来是进内门了还是去外门了？内门还算了，要是在外门，我……"

太岁："你如何？"

奚平张了张嘴，没了词。

太明皇帝尚撼动不了赵家,他能干什么呢?奚平心知肚明,他不可能顶着庄王母家的姓得罪姓赵的……顶多就是暗地里用点不入流的手段使些绊子捣个蛋,既不能让人扬眉,也不能给鬼吐气。

可他这么一火,却不知怎么取悦了大魔头,太岁的语气温和了一点。

"我与白芍本来素不相识,只是机缘巧合,她在绝境中结识了我的门人,便跟许多看不见希望的人一样,供奉我寻些寄托。后来不知哪个多嘴的,让她知道了'石锥揳骨'之法。她年纪轻轻,竟能以世人少有之血性剜肉挫骨,强求来一副灵骨,这等心志与韧性,比潜修寺里年复一年用灵气灌开灵窍的废物强了不知多少倍。要不是被那些人硬生生毁了,她本该是良材美玉。可惜巍巍仙山三十六峰,不是一个小小'开窍'撼动得了的,她就算用尽寿元,也破不开一块轻薄的铭文。"

"莫大的冤屈……"太岁说到这里,长叹一声,"求神佛无应,想来,她也只能委身厉鬼。"

圣人端坐在南山香雾中,一尘不染,"厉鬼"尚愿意在夜深人静时,为她叹息一声。

"前辈,"奚平沉默了好一会儿,才问道,"你怎么知道的?"

太岁说道:"我未曾给过她半分恩惠,她却以性命相托,我无以为报,也只好将她的仇与怨都记在心里。"

奚平浸在那叹息的余音里,望向床头荧光温柔的历牌,那一瞬间,他对太岁的戒心似乎就消融了大半。

"前辈,"良久,他又低声道,"那你以后会给她报仇吗?"

太岁近乎郑重地说道:"本座降临人世,就是为了将那些沉冤都昭雪于天日下的。"

奚平脸上闪过明显的挣扎。在寂静的夜里坐了不知多久,他说道:"前辈,你……你当真不会害我吗?"

太岁似乎不屑回答这问题,只是模糊地笑了一声。

奚平:"那我能帮你做点什么?"

太岁声音越发轻柔:"你灵窍未开,我能借到的灵气始终有限。我说指点你修行,并不是随口客气,你早一天开灵窍,对我来说就是早一天的助益。"

"这不用吩咐。"奚平一口答应,随后他又像想起了什么,"前辈,要是谁身上有转生木，你能感觉到吗？我一定想办法替你弄一块来。"

"哎，"太岁的声音如一片羽毛，"多谢你。"

奚平行动不比想法慢，下了决心，他立刻爬起来去练习打坐入定了。他本来娇气又浮躁，打坐不到一刻，必要抱怨腿麻，脑子里要么跑马没一刻安静，要么坐一会儿人就睡过去了。可是这天夜里，他坚持的时间却出奇地长。

暗处的邪神端详着他，感觉在这侯府世子身上看见了"人之初，性本善"一行字。这小子很容易心软，又出乎意料地念旧。虽然还算有点小聪明，但无甚城府。

他是耍小聪明假装配合，得到教训被迫低头，还是真动了心，太岁一眼就能看穿。

可他还算"人之初"吗？以奚平的年纪，在哪儿都该能顶门立户了，这小少爷却仍是一身天真的孩子气。这样的孩子气何其荒谬啊，非得是深宅大院里，黄金为土玉为肥的富贵窝里才长得出来。不见天日的烟尘下，多少老弱病残都在泥里挣命，那些侯门相府却把个四肢健全的汉子宠成了特大号的奶娃。

凡可爱，必可憎，世上还有比天真无邪更罪大恶极的吗？

"可爱又可憎"的永宁侯世子不知道邪神怎么评价自己，他真就改头换面了。不单早晚知道用功了，他还会跑到烟海楼里主动借书，大有要悬梁刺股的意思。

翌日晚课后，奚平正在爬烟海楼的书架，忽听耳畔"嗡"一声细响。

太岁："嗯？"

"前辈，怎么了？"

太岁："附近有转生木。"

奚平一听，就猴似的从书架上一跃而下，下楼来探头张望，只见苏长老正带着一大帮管事重新布置烟海楼。

稻堇跟着管事们忙进忙出，擦擦洗洗，还改动起烟海楼的摆件。

奚平听见旁边有弟子小声议论："这是哪位大人物要来讲经吗？"

"怎么说？"

"内门三十六峰，要是有想挑新弟子的，就会有峰主嫡系——有时甚至是峰主本人亲临讲经，查看新弟子资质。不知今年来的会是谁？"

"你们有人知道那些摆件的来历吗？"

"这……摆件好像大部分都是凡物啊。"

奚平懒得猜，直接朝苏准喊了一嗓子："苏长老，谁要来啊？"

苏准抬头见是他，便笑道："碧潭峰端睿师叔，明日将至松窗大堂讲经。"

众弟子"哗"一声，奚平混在人堆里跑到了乱哄哄的大堂，一边给稻童添乱，一边在心里问太岁："前辈，哪个是转生木？"

太岁道："西窗台上那几个小摆件。"

奚平偏头一看，见窗台上摆了一排憨态可掬的木雕因果兽，作者把因果兽的神韵抓得很准，形态各异，妙趣横生的。

奚平装模作样地给那一排因果兽作了个揖："哟，这不是我救命恩人吗？"

杨安礼笑道："那些都是当年端睿师叔在潜修寺修行，闲时自己做着玩的，离开时没带走，就留在了寺里。"

奚平眼珠滴溜溜地一转，见稻童们摆了不少类似的木雕、石雕，心说：手可真巧，莫非这位大长公主是个炼器道的？

太岁在他耳边说道："别打歪主意，潜修寺千年积淀，烟海楼里处处是法阵铭文。别说你一个没开灵窍的凡人弟子，就算是筑基、升灵想从烟海楼盗物，也得好好掂量掂量自己。"

奚平"哦"了一声："前辈，你需要多少转生木？"

"一点木屑足矣。"太岁沉声说道，"端睿老怪是玄隐山周氏第一人，据说已经升灵圆满、半步蝉蜕，你不要在她眼皮底下造次，要偷转生木也至少等她走。到时管事们会令稻童将这些东西撤回库房，我会教你一个偏门的符咒操控稻童，趁机弄一点转生木屑出来。世子爷，就看你敢不敢为了老鼠巷里素不相识的人冒这个险了。"

奚平果如他所料，二话也没有："嗯，我试试。"

太岁叮嘱道："千万小心。"

他话音没落，就见奚平走上前去，直接对杨安礼道："杨师兄，我看见因果兽亲切得很，木雕给我一件成吗？"

太岁："……"

杨安礼也一愣，脱口道："这不是仙器。"

"知道，仙器我能要吗？我有那么不懂事吗？""懂事"的奚世子一点也不拿自己当外人，凑上去跟杨安礼睁眼说瞎话，"我跟因果兽有特殊的缘分，原来天机阁的赵尊长就给过我一只，它跟我可好了，还救过我一命……怪想念的。"

杨安礼目瞪口呆，还从来没遇到过提这种要求的："这……"

奚平就说："不行也没事，明天端睿师叔不就来讲经了吗？我问她讨。"

杨安礼："……"

端睿大长公主是你二姨？

"给他拿一件玩去吧，老祖宗当年在潜修寺里留了几百件木雕，都是她老人家不要的，反正也摆不完。"路过的苏准听见摆摆手，"老祖宗不会跟晚辈计较这个的——小子，回去不许四处显摆，不然人人都来讨，我可吃不消。"

苏长老听说了奚平在人间的"壮举"，早知道他是头没长"敬畏"那根弦的神兽，在支将军面前都敢口无遮拦地编派仙山，没准他真能干出朝端睿大长公主要玩意儿的事……支静斋奇了，哪儿招来这么一位奇葩？

奚平蹬鼻子上脸："谢谢苏长老！我要最胖的那只。"

太岁："……"

这也可以？

这时，忽听有人说道："苏长老，请问这就是传说中的'一定之龟'吗？"

周樨赞叹地站在一座石台旁边，只见石台上放着个三尺见方的大铁盘，上面悬着弦，有粗有细，弦上悬着一只镀月金的龟，栩栩如生。

烟海楼的弟子们围上去。

"四殿下，这是什么？"

"此物名叫'一定之龟'，"周樨说道，"'龟'同'规'，也同'轨'。图纸是早年端睿大长公主亲手画的，据说能回答人间一切不解之谜，可惜一直没人能成功做出来——长老，这是仿作还是雕像？"

"自然是仿作，"苏淮笑道，"这只是个降格仙器，镀月金龟体内设有灵阵，能听懂人话，问它一个问题，弦响三声是肯定，响一声是否定。太复杂的问题自然回答不了，不过你们这个阶段还是可以的。往后在修行上有什么不解，找不到师兄们问，可以翻找典籍，也可以来问神龟……不过这东西只能回答'是'或'否'，注意不要问太模糊的问题。"

苏长老说着，轻轻地敲了敲金龟的头："今天膳堂给管事们准备的消夜里有八珍豆腐羹吗？"

铁盘里释放出细细的白汽，金龟闻声而动，轻轻地摆了一下尾巴，一根弦"铮"的一声——没有。

"可太好了。"苏长老不知是不吃"八珍"还是不吃"豆腐"，大大地松了口气，又对弟子们笑道，"都看懂了吧？问题可以大声问出来，要实在不想让人听见，自己默念也可以——只是默念须得心无杂念，集中精神才行。"

有人问道："长老，神龟都可以问什么？"

"什么都行，修行上的不解、日常琐事，甚至凡间亲属是否安好。"苏淮说，"可有一条，不得问玄门忌讳的事。要是不清楚什么犯忌的话，你那问题最好只专注你自己——别随便打听别人的事，比如'罗师兄今天心情好不好'之类，那可是会触碰别人的灵感的。"

奚平插话问："长老，这怎么界定？假如我问'我是不是同窗中修炼进境最快、最有希望进内门的'，问的是我自己，但得跟别人比，算是打听别人吗？"

这话简直狂得明目张胆，周樨眼皮一跳。

苏长老笑道："这倒还好，但你要是具体点了某个人，拿来同自己比较，就算打听别人的事啦——有愿意试试的吗？"

奚平刚要说话，想起什么，又将视线投向四殿下，可巧周樨也正好在看他，两人隔着几丈远飞快地打了一场眉眼官司。奚平假模假式地一笑，冲周樨做了个"您先请"的手势。

周樨冷冷地收回视线："弟子愿意先试。"

他说着上前去，余光扫着奚平，定了定神，心里默念："我现在是这一届弟子里进境最快的。"

金龟喷出蒸汽，众目睽睽下，轻轻地，它摇了一下尾巴。

铮——

你不是。

周樨的五官扭曲了一下,但很快他就调整好了自己,硬是没有掉风度。他冲苏准一抱拳,大大方方地说道:"弟子不才,方才问的是自己是不是进境最快的,神龟否认了,果然还不够用功,不知是哪位同窗领先了一步。"

话音没落,几道视线就或明或暗地投到了奚平身上——他是目前唯一一个从罗青石手里拿到过灵石的人。

"诸位同窗不如也都来试试,"周樨回过头来一笑,"士庸,你也别站那么远。"

奚平被他点了名,也不推托,回手将书往常钧怀里一塞就依言上前。

把手放在金龟上,他还有意无意地看了周樨一眼,吊儿郎当地说道:"一样的问题。"

苏准刚要开口提醒他,降格仙器没有那么灵敏,最好还是清楚地把问题问出来。就见那金龟缓缓地在弦上挪动,拨弦三下。

它恰好伏在最细的弦上,弦音极尖,那三声弦动无端让人头皮发麻。

奚平慢吞吞地将手揣回到了袖子里,有那么一刹那,他脸上是一片空白的。

不过那奇怪的表情只一闪,快得仿佛错觉,奚平扭过头来时,就又是那张欠八顿臭揍的面孔了,还堪称挑衅地对四殿下一点头。

饶是周樨涵养再好,也差点当场崩了表情。

常钧看看这个又看看那个,小声对奚平说道:"你问就问了,默念就得了,不该说出来啊!四殿下这回怕是下不来台了。"

"我默念他也知道我问的是什么,罗长腿天天挑拨,我现在喘气就是让四殿下下不来台。"奚平没心没肺地说道,"别啰唆,他们都去排队了,你再不过去摸不着了。"

常钧"啊"了一声,顾不上再跟他说话,忙上前排队摸龟。

奚平拿回自己要借阅的书,将讨来的转生木雕往怀里一塞,没事人似的迈开腿,哼着自创的小调回丘字院了。

没人知道,他方才嘴里说"一样的问题"时,心里默念的其实是另

一个问题。

奚平问的是：我是不是只有开了灵窍，才能被夺舍。

（十一）

奚平小时候，最爱去他外祖家玩。商人走南闯北，他有时候能蹭着跟出去游山玩水。他见过崔记那些大掌柜是怎么谈买卖的——丁是丁卯是卯，多少钱多少货，钱如何取、货怎么提……连货物上船下船该由谁管、怎样交接，环环都要落到纸面上，定契画押。

从小他大舅就告诉过他，凡是嘴上大包大揽、说得天花乱坠，就是不提具体怎样安排的，全不是好东西。

奚平随身携带的这位"太岁星君"，一天到晚忧国忧民，满口要为生民立命，关键的地方却都黑不提白不提——到目前为止，他既没说过自己是怎么来的，也没说过何时走、怎么走、会不会对奚平这"宿主"有损，甚至连一句"不会害你"的口头保证都打算混过去。

奚平怀疑这邪祟是把他当成没见过世面的冤大头了。他方才装作用功，在烟海楼里翻了几本入门典籍，发现果然如那邪祟所说，凡人的"灵感"是混沌的，有点类似直觉，不像他一样能通灵到五官上。甚至在一些典籍上，"通灵"就是"灵窍开了"的意思。那么问题来了，他既然没有开灵窍，为什么能通灵？

大邪祟讲的"石锥揳骨"给了奚平一点启示——人开灵窍后，经脉通天地，就好比是有一条能过灵气的"路"；而假如灵窍不开，但能用别的方法在身上另开一条"通道"，让灵气能从中穿过，也会获得一些灵窍期的神通。

奚平由此推测，他现在能通灵，很可能就是因为身上多了一条这样的"通道"……这也能解释，为什么他进灵感芥子时太岁分明没有醒，却还是能通灵到耳朵上。

也就是说，附在他身上的这"太岁星君"，应该是可以自己吐纳灵气的。既然这样，邪祟为什么要催他早开灵窍呢？他开了灵窍，对邪祟能有什么好处吗？

奚平综合潜修寺前辈们的讲解和大邪祟透露出来的只言片语，分析

"灵窍"这东西，大概相当于一个"门户"，灵窍开了，灵台才能与外界相通……而灵台是神识所在、神魂之乡，也就是说，大邪祟想让他把"神魂的门户"打开。

奚平只能想到一种可能性：那魔头看上了他这风流倜傥的肉身，想鸠占鹊巢。

苏长老说，如果用"一定之龟"问别人，会触碰别人的灵感，因此奚平不敢问别人，只问自己是不是只有开灵窍才能被夺舍，仙器果然坐实了他的猜测。

奚平并没有惊慌失措——至少没有他发现自己被太岁附身时慌。

头天在乾坤塔门口，受的灼骨焚身之痛好像仍残留在他百骸中，之后奚平的异常顺从让大邪祟都以为他是被打疼收拾老实了，殊不知那反而激起了他的凶性。

奚平心宽，如果是他喜欢的人，搓他一把揉他一把都没事，哪怕当时有点火气，事过了他也不往心里去。但别人不行，一棒子一甜枣那套少爷不吃，谁要敢拿棒子打他，他就把谁种进土里。

"对不住了陈姑娘，"奚平心里对将离说，"你们参拜的大邪祟我非除掉不可，要是过后我还能活，你的仇算我的。"

只是这事不能操之过急。

奚平一边若无其事地盘算，一边出言试探太岁："前辈啊，我今天算是把四殿下得罪狠了，我看他不把我踩下去必不罢休。要不你也别指点我了，干脆替我修炼得了。"

太岁淡淡地说道："你在使唤本座？"

奚平敏锐地听出他没有多生气，就继续顺杆爬："四殿下这种仙门嫡系，从小就磨炼灵感，奔着进内门去的，他们手里灵石要多少有多少，可磨了那么多年也没开灵窍。反倒是前辈你那些门徒……弟子……还是手下的，唉，爱是什么是什么吧，一个个看着穷得叮当响，却都那么神通广大，前辈，你们肯定有秘籍吧？"

"玄门没有秘籍这种东西，个人有个人的缘法，"太岁道，"你没事少看点游侠散仙的诂本。"

"那你开过灵窍，也是一回生二回熟啊，不比我自己瞎摸索来得快？前辈你不是也说，只有我开了灵窍，才能对你有好处吗？"

太岁见这烂泥才支棱了一天就瘫了回去,又想找歪门邪道偷懒,再想起那些为个"记名弟子"位置能出卖挚友、同亲人反目的散修,看这小子就越发不顺眼起来,不耐烦道:"灵窍长在你灵台之上,与你神识相连,旁人怎能替你修炼?"

奚平失望地"啊"了一声,心里却想:怪不得。

怪不得那邪祟连他的心跳呼吸都能控制,却不干脆夺走他的身体,还要大费周章地规训他。

开灵窍果然只能靠他自己,假如他在开灵窍之前没了灵智——疯了傻了或者死了,他这肉体保存得再完好,这邪祟也只能寄生,别想夺舍成功。在他开灵窍前,对方是无法侵入他灵台、窥探他心神与想法的,只有他以神识主动呼唤对方才行。

回到丘字院,奚平一眼就看见白玉咫尺亮了,家里有信。

奚平心里存着事,也没仔细看,只心不在焉地溜了一眼。

就这一眼,让他看见信上有个错字——"衣"字少了一点。

老太太眼花,又没读过什么书,写错字不新鲜。但老人家天天叮嘱他添衣加食,不大会连这种字都写错。奚平认识的人里,只有一个人会将"衣"字少写一点,就是他表兄庄王殿下:贵妃闺名里有"衣"字,他要避母讳。

再看那封短笺,除了叮咛以外,结尾还有几句,大意是"祖母老糊涂了,常常说了后面忘前面,你不要嫌啰唆"。这话乍看是没什么问题,老人都爱说车轱辘话,但他们家老太太是不知道自己有这毛病的,因为就算她嘴里的故事讲过十多遍,全家还是会很有默契地假装第一次听说。

奚平一眼看出来:写这封信的人不是祖母,而是庄王殿下,他三哥!

咫尺是三哥给的,那很可能不是一对,是三块,三哥自己还留了一块,能同步看见他和老太太之间写的信,也能单独和他这边联系。以奚平对他三哥的了解,这会儿自己回信,祖母那边应该是看不到的。

仿个外祖母的笔迹,对庄王来说是信手拈来的,特意留下最后几句话,应该是怕真老太太过会儿再写信,提前做好铺垫。

奚平心思急转,知道是他给半偶起名叫"奚悦"的事让他三哥觉出不对了。

他的心跳不由自主地快了起来，他立刻意识到了，怕太岁看出端倪，故意动作很大地往上一跳，一惊一乍地朝侍立在侧的奚悦叫唤道："你！以后不经我允许，不许偷看我的咫尺，听到没有？"

　　半偶被他这一嗓子吓了一跳，随后疑惑不解地看过来：这喜怒无常的主人好像忘了他不识字的事。

　　"出去出去。老太太真是……"奚平朝半偶挥挥手，一边抓耳挠腮地找笔，一边迅速盘算：他应该写什么，怎么把他被附身的事暗示给三哥？

　　等等，奚平才要落笔，突然想起烟海楼里那只金龟。苏长老说过，假如和那降格仙器打听别人的事，可能会被对方的灵感捕捉到，也就是说，降格仙器不是什么安全保密的东西。那么咫尺有三块、写信的换了人的事，大邪祟会不会能察觉到？

　　邪祟静静的，没有出声，似乎在等着他的反应。

　　奚平定了定神……消息不着急传，他首先要给大邪祟一个解释：咫尺换人写是怎么回事。

　　奚平动作懒懒散散，心里转得飞快，只见他仿佛完全没看出来写信的换了人，只跟平时一样，东拉西扯地跟"祖母"撒了一通娇，又照常讲起他身边的奇人异事……今天主要是"奇人"。他先认真地画了个青面獠牙的奚悦，随后又在旁边画了个罗青石——挺形象，只有半偶一半高。

　　写完了信，奚平又没事人似的拿出了那只转生木雕的因果兽："前辈，这要怎么用？"

　　太岁却沉默了片刻，说道："本座以为，你最好还是不要再写你那师兄的坏话。"

　　奚平："啊？"

　　"你这白玉咫尺是降格仙器，"太岁道，"降格仙器之所以没人爱做，就是因为这些贵重的垃圾漏洞百出。哪怕是开窍期的半仙，只要稍有手段，也能随意窥视，何况筑基？你方才在咫尺上画罗青石的鬼图，与当面羞辱他没什么区别。"

　　奚平："……我画的不是鬼图。"

　　太岁没理他。

　　"不是，"奚平又"忽然想起了什么"，愤然道，"前辈，那你刚才怎

么没告诉我?"

"人总要受几次教训才记得住。"太岁冷淡地说道,"玄门不是你们人间,有大道三千,别人会有什么手段、什么法宝,你想都想不到,本座教你的第一课,就是要谨言慎行。"

奚平不吭声了,表情明显是不服。

太岁旁观他作死,故意没提醒,确实是因为察觉到此时与奚平通信的咫尺与平时来信的并不是一块,起了疑心。

不过现在看来,太岁觉得自己应该是多虑了:那傻少爷完全不知情。而咫尺另一边的人见他这么埋汰罗青石没提醒,似乎对"降格仙器上不能写高手名讳"一事也不太了解,估计也是个不熟悉玄门规矩的凡人。凡人那里,降格仙器可不便宜,花大价钱偷窥傻小子和老太太闲聊的,估计是他们家人。太岁猜测:可能是不好意思表达牵挂的父兄之类。

奚平本色出演了委屈无处诉的少爷——他确实是在故意用罗青石试探大邪祟,顺便隐晦地给他三哥传信,但真的没有故意"画鬼图"。

他画的明明是正经肖像!

越想越觉得大邪祟没有欣赏眼光,奚平愤愤不平地摆弄起转生木雕。忽然,他捏着木雕的手指起了微微的凉意,奚平耳边一下炸起了无数杂音,他激灵一下要缩回手……未果。

太岁控制住了他的手,牢牢地握住了木雕。

"平心静气,"太岁说道,"入定,你不是学过了吗?"

奚平努力忽略着耳边的动静,闭上眼,凝神于眉心。他眼前不同的图景飞快闪过,刹那间,奚平与无数双或混浊或黯淡的眼睛对视又分离,最后,停在了少女那双颜色略浅的杏眼上。

找到阿响了。

阿响递给春英一壶水——春英方才不歇气地骂了半炷香的街,把不安好心的咸鱼伯祖宗十八代挨个揪出来玷污了一遍,那老赌棍躲在屋里装死,连个屁都没敢放。

然而这样畅快淋漓地大骂一场,她俩心里却都没松快多少。

春英带着小姑娘奔波了一天,她人面广,整个南郊,好像跟谁都能搭上关系。然而即便如此,她们依然一无所获,只打听到此事由京兆尹亲自督办，抓去的人都已经下了大狱。

春英还找了南郊码头上一个姓吕的工头，那人总吹嘘他有个在城防里当兵的小舅子。此君是个有名的色中饿鬼，见了春英，亦斜着眼将她上三路下三路打量了个遍，却也在听她问能不能找人疏通关系时把哈喇子收了回去："说什么呢，厂区出这么大的事，连大掌柜都一并要治罪，你一个妇道人家，可别去找那个死！"

眼看天色晚了，春英给阿响买了一碗面，自己没吃，坐在旁边皱着眉发愁。

阿响心里一直在犯嘀咕：这个春姨好像很熟悉他们祖孙俩，能脱口叫出爷爷的名字和他在老家的外号，知道他们爷儿俩住哪儿。可阿响来金平已经大半年，却完全不知道爷爷认识这么个人，便忍不住问道："春姨，你和我爷爷怎么认识的？"

"关你屁事。"春英没好气道，"吃你的饭。"

过了一会儿，春英又说："吃完自己回去，你爷的事，你不用管了。回家把你那身衣服换下去，你爷既然把你充男娃养，你就继续当男娃——反正你那丑样子也瞧不出公母来。"

阿响没吭声，不想招惹她。她感激这萍水相逢的女人，不想对春英有任何不好的想法，可这个春姨实在是不说人话，要想在这张狗嘴下心平气和，非得有佛祖的修为不可。

春英说完，给面摊主放了一排大子儿，又想起什么，回头扔了颗小银珠在阿响面前，一言不发地走了。

很久……记不清多少年前了，那会儿春英比阿响这小丫头还小，爹娘都死了，她逃荒逃到了陵县。那年苏陵州下了场罕见的大雪，把天地都冻上了，她亲哥为了活命，把她卖了二两银子，给老地主当小妾冲喜。

老地主家的二少爷是个读书人，不太聪明，吭哧吭哧地读了小二十年，毫无建树，但心眼很好。碰上这事，傻少爷感觉自己老爹挺不是东西的，就支了二两银子叫家人去交差，将她"买"了下来，叫她帮着做了一冬天的杂活，以工抵了债。

开了春，傻少爷便如约将卖身契还给了她，跟她说："老头子快不行了，我大哥不见得能容下我，我就不留你了。你伶俐，干活是把好手，以后去宁安、去金平都好，给大户人家帮佣，慢慢熬，未必不能挣份体面。贵人家的老妈子比咱们乡下的大小姐还金贵哩。"

春英记住了：二少爷大名"魏鹏程"，俩月背不下一首七律，当地人都叫他"魏二傻"。二傻缺心眼，却生了一双柳叶眼，眉上与眼角各有一颗显眼的红痣，十分俊俏，他给了春英这辈子最安逸的一个冬天。时隔多年，他在金平南郊瞪着那双昏花的狗眼跟她打听路时，春英一眼就认出了那柳叶眼和红痣……只是没脸叙旧。

放你娘的狗屁魏二傻，她心想："挣份体面"哪儿那么容易？你个少爷还不是都晚景凄凉了！

春英打发了阿响，整了整衣襟，又去敲了吕工头的门——工头平日为干活方便，都住运河边，十天半月才回家一趟。他们一般能有个小院，比睡大通铺的苦力强多了。

姓吕的开门一见她，眼里就冒了贼光："这怎么说的，春英姐姐不是给多少钱都不接我的活吗？"

春英没言语，笑盈盈地抹了抹鬓角。

吕工头脸色又一变："你下午说的那事可不成。"

春英款款地走上去，朝他脸上吹了口气："真不成？"

"真不成，我……"

春英一只手抵在他嘴唇上："那我要让你……答在脸上呢？"

吕工头眼神闪烁半晌，咽了口唾沫，闪身让春英进了门。

"嘎吱"一声，木门关住了运河的涛声。

街角的阿响蜷在背阴的角落里，咬住牙，指甲几乎陷进脖子上的转生木牌里。

奚平幕地睁开眼，挣脱了暗无天日的人间："前辈，你有办法吗？没有你就放开我的手，我写信告诉我祖母和我爹……"

太岁："哦，那你准备怎么和令尊解释呢？"

奚平脑子转得快极了："就说是在潜修寺里不小心碰了什么仙器看见的，我爹是凡人，仙器什么的他一点也不懂，随便编一个他也不知道真假。"

"那想必是另一块白玉咫尺的主人了。"太岁心里暗暗将他的话和自己的猜测印证上。

便听那少爷又说："前辈你放心，我从小编瞎话糊弄我爹没让他看出来过，快放开我，她们……"

"嘘，"太岁封住了他的嘴，又强行令他合上眼，"别吵，等着。"

奚平口不能言，心里还在没完没了地喊"前辈"。

"还等什么啊？你不是说她算你门徒吗？前辈！前辈！再等大姑娘小姑娘就玩完了！"

太岁不再理会他。

转生木那一头，阿响又开始病急乱投医地求告神明。

离她三十步的地方，男人夹杂着污言秽语的咆哮、鞭子的脆响与间或几声压抑不住的惨叫从门缝里流出来。

诸天神魔慈悲平静地注视着她，不回应她，听她绝望地赌咒发誓。

这时，阿响耳边响起一个声音，问她：你生前命、死后尸、如今身体发肤、将来灵台元神，都给我吗？

"都给你，"少女想，"我什么都给你，帮帮我啊……"

然而她抬起头，发现周围一个人也没有。

阿响终于忍无可忍地抄起一块砖，朝吕工头的木门砸了过去……

混乱的夜色里见了血，血涂在转生木牌上，将少女"什么都给你"的誓言印在了上面。

血一浸入转生木，奚平就觉得木雕上传来温热的触感，与此同时，阿响胸前的神牌上闪过一行字：

大火不走，蝉声无尽。

奚平眉心的画面四分五裂，阿响不见了，他对上了一双男人的眼睛。

那人高大孔武，身上穿的竟是城防军的甲。奚平还没反应过来，就见那男人脸上闪过狂喜，冲着他喃喃道："太岁！"

"前日从南郊厂区抓的，名叫魏鹏程，"太岁简短地吩咐道，"我们的人，捞出来。"

那男人激动道:"是!大火不走,蝉声无尽。"

紧接着,城防兵也不见了,奚平又对上了一双老人带着白翳的眼。
太岁道:"运河码头吕真,辱我门徒,杀。"

森冷的杀意撞进奚平的耳朵,他一激灵。

下一刻,太岁放开了他,奚平掌中转生木落了地,所有杂音、画面都消失了。寂静的丘字院里,只有木雕在地板上翻滚的动静。

奚平手指微颤。

他原想着搞到转生木,借着帮那小姑娘捞人的机会,或许能传些信息出去……

"前辈,"好一会儿,他低声问道,"你这么神通广大,为什么不早出手?"

"神迹是要在穷途末路时,倾其所有才能求来的,"那邪祟缓缓说道,"轻易就落下,对别人岂不很不公平?"

(十二)

奚平没顾上可怜别人,此时,他有了个透心凉的猜测——太岁为什么会附到他身上。

那天在安乐乡,除了他,一众人间行走可都是开窍期的半仙。奚平在潜修寺长了不少见识,已经知道那些天机阁的尊长在"升灵大能"眼里跟凡人没什么区别。既然这样,太岁当时为什么没选一个可以直接夺舍的"半仙",非得等他开灵窍呢?

万一他是个"吉祥如意杵"都通不开窍的蠢材呢?甚至……在当时看来,他压根都不会被选进潜修寺。

这事奚平一度百思不得其解,直到方才,他听见大魔头让阿响立誓。

门徒的一切都得毫无保留地献给魔头,那么陈白芍的"生前命、死后尸"自然也不例外。她的身体发肤虽是天生爹娘养,自己却只剩下使用的权力,沦为"租客"。

那么她以一滴心头血为凭,将自己的命换给了奚平,岂不是说……

换过来的这条命也属于那大邪祟？

太岁在安乐乡差点被照庭剁成饺子馅，直到阿响偶然把血滴进转生木才唤醒他——他很可能并不是有意选的奚平，而是自动"归位"的。

奚平本来以为大邪祟是要"鸠占鹊巢"，谁知道人家只是打算把他这赖着不走的"租客"清退！

这都什么事，跟谁说理去？

他骤然紧张的身体反应没能瞒过"房东"，邪祟那蛇一样的声音在他耳边响起："你怎么了，因何事不安？"

夜色陷进了雾里。

金平城南郊的大烟筒将惶惶的夜班劳工们吞了下去，要嚼上一宿，清早才会把那些残渣"呸"出来，住在这地方的人们早习惯了伴着轰鸣声入睡。

春英用头发遮住脸上的伤，点起油灯，回头看了小女孩一眼，堪称好声好气地说道："仵作都来过了，他就是自己突发急症死的。家人找过来有老娘担着，你怕个屁，过来把汤喝了。"

阿响顶着额上的擦伤，目光还是散的，也不知听没听进去——她当时拎着砖头闯进了吕工头家，打算和人家拼命。不过她就算拼了命也没多大力气。哪怕吕工头平时不怎么干活，还被酒色掏空了半拉，十四五岁的小姑娘也不是他的对手。她轻而易举地就被人制住了，被五花大绑捆成了粽子。姓吕的方才喝了两口酒，色胆随手中竹鞭打出了气焰，上了头，不顾春英的叫骂，眼看来了个"鲜儿"，不要白不要。

可就在他将油乎乎的爪子伸向阿响的时候，一只老鸦落在墙头，粗着嗓子"嘎"了一声，不知说了句什么阴间话。她俩就只见那姓吕的手还伸着，僵在那儿打了个响嗝，就好似被黑白无常现场点了名，眼睛越瞪越大，瞪到了极致，一声不吭地倒地死了！

那张死人脸距阿响不过几寸，烙在了她眼里……后面春英怎么扑过来给她解绳子、怎么喊人、她们二人如何被带走、仵作验了尸说其死于"胸痹心痛"又给放回来……阿响印象都模糊了，这一宿简直是一场颠倒的噩梦。

阿响按住胸口——她把转生木的"平安无事牌"藏在了衣服里。

她记得当时耳边似乎有一个声音,然后平安无事牌上闪过了一行字。

太岁星君……这是真的显灵了?

突然,窝棚的门被人砸响了,阿响吓得一哆嗦,春英一把搂住她拦在身后:"谁?"

"阿响!阿响快快快……开门!你爷爷!你爷爷!"

阿响飘在头顶的三魂七魄一个趔趄栽回到她身上,她连滚带爬地跑了出去。

门外的老人已经没了人样子,脚丫子肿得船那么大,五官被翻起来的血肉埋了,几个工友用架子抬了他回来。他胸口起伏又急又浅,人叫他也没反应,随时能断气。

阿响脑子"嗡"一声,膝盖都软了,又被春英薅着头发拎了起来:"还不找大夫去!"

庞戬从南郊浓雾深处走出来,伸手扇开呛人的烟尘。还不待他仔细打量周遭,一个瘦弱的身影就突然从暗巷里冲出来。

庞戬侧身躲开,对方却还是一脚踩在了他的靴子上。

就庞都统那脚,不是钢筋铁铸的也差不离了,他自己还没怎样,踩他的人先摔了个结结实实的大马趴,把脚崴了。

"喂,你……"

没事吧?

只见那踩了他脚的是个十来岁的半大姑娘,大概有急事,顾不上跟他说什么,一瘸一拐地爬起来就跑。庞戬只觉对方有点面熟,因见是个孩子,也没多想,让了她过去,他隔着画了因果兽的丝绢,从怀中摸出一块转生木的平安无事牌。

因果兽毛奓得老高,在丝绢上不停地冲转生木咆哮。庞戬拿出一根炭棒,在旁边砖墙上画了朵花,让丝绢上的因果兽顺着画爬到墙上。

"邪气指向南郊,还请圣兽领路。"

因果兽摇晃了一下脑袋,撒蹄子就在墙上狂奔起来,庞戬立刻跟上,时不时地在墙上随便画几笔给圣兽当"路"。

同一时间,着蓝衣的人间行走们分别落在南郊不同地点,数十只因果兽在斑驳简陋的墙壁上穿梭,疾恶如仇地搜索着邪气。

灯光照亮了南郊乱舞的群魔。

潜修寺的丘字院里，没压住心跳的奚平在大邪祟的注视下，呼吸都停顿了片刻。

突然，他炮蹶子似的冲出了房门："奚悦！"

奚悦刚把水打回来，还没放稳，便被奚平一把抓住。奚平划破指尖，不由分说地将血抹在驯龙锁上。

那性情乖张的少爷冷冷地说道："从现在开始，没有我的命令，你不得离开这个院，不得与潜修寺一干管事或是内门来的仙尊说一句话、写一个字、比画一个手势。"

奚悦口不能言，只能震惊地睁大眼，认为他这"不谙世事"的主人已经被邪魔迷昏了头。

太岁见此，"理解"了他突然的紧张，笑道："半偶认你为主，脖子上戴着你的驯龙锁，不必这样紧张。"

"那什么'用神识操控'我还没学会，一滴血只管几天的事，"奚平看了奚悦一眼，阴沉着脸回了房，对太岁说道，"那东西鬼鬼祟祟的，走路连声音都没有，我时常就把他忘了，得未雨绸缪。哎呀，我说前辈，你怎么回事！明天内门有高人来，你怎么还笑得出来，我都替你发愁！"

太岁悠然道："你要是不放心，明日见大长公主，可以交给本座应付，不用怕。"

"不是，"奚平似乎是真为他着急，几乎出言不逊了起来，"前辈，你靠不靠得住啊？那个大长公主可比支将军还厉害！你确定她什么都看不出来吗？真那么容易，那玄隐山门不见天让人混进去？"

"小鬼，"太岁隐约觉得这话里有刺探意味，凉凉地打断他，"你在教训本座？"

奚平噎了一会儿，想起了方才转生木上透出来的杀意，他好像又怂了："我不是那个意思，前辈，我……我害怕嘛。天机阁当时可是拿到了将离……陈姐姐他们的转生木牌，咱们方才弄出那么大动静，说不定已经惊动了天机阁，那内门肯定也知道了！我今天在烟海楼，还人刺刺地要了人家的转生木雕，这……"

太岁听他"吓得"语无伦次，语气略微缓和了些："本座与旁人自然

不同。别说是端睿，就算玄隐山司命的老怪章珏来了，你也不用怕。"

奚平睫毛轻轻忽闪了一下——观星占命的人都看不出来的附身，果然是换过命的缘故吗？

"至于天机阁……"太岁笑出了声，"有本事叫他们找去。本座倒要看看，他们怎么在大海里捞针。"

在南郊走一遭，白云立马变苍狗，庞戬觉得自己鼻孔都给熏灰了。

他面沉似水地恭送了累得快吐舌头的圣兽，糟心地转头，看向这些圣兽刨出来的没用的"成果"——逮住了一帮挖坟的，端了几个专卖人血馒头、尸油和禁药的黑店，从犄角旮旯里翻出好几具已经发臭的暗娼尸体，在狗窝里捡了一把婴儿骸骨……光腿骨就好几根，还不是一个人的。

整个南郊就像个藏污纳垢的大泥潭，石子滚进去，连一点痕迹都找不着。

庞戬喷出一口浊气，刚要说话，就听见远处窝棚里传来一声凄厉的尖叫："爷爷！"

半仙顺风的耳力能捕捉到百米外的虫鸣，庞戬愣了愣，听见人们唉声叹气地说着"节哀顺变"之类的废话。

有人死在了天亮前啊……

他这么想着，刚才到嘴边的话又给忘了。

"撤吧。"好半晌，庞戬一摆手，"这些……这些人交给城防，让他们看着办，我去禀报仙山。"

同一时间，菱阳河西的温柔乡里，白令钻进了庄王府南书房，纸人轻飘飘地落地，变成了苍白瘦削的男人。他回手在窗口铭文上一拂，铭文上闪过银光，此时南书房的窗户分明是四敞大开的，屋里人说话的声音却一丝也落不到窗外。

饶是这样，白令还是谨慎地压低了声音："天机阁庞副都统方才放了'问天'回仙山，肯定是有大事请示——属下这边的消息是，上次他们从那些觊觎龙脉的邪祟身上发现的木牌突现异状，不知是什么缘故。"

庄王问："什么时候的事？"

白令道："星陨那日。"

庄王眉头紧锁——奚平说他给半偶取名奚悦，是星陨那天凌晨的事，当时他那起床的钟点看着就不正常。

"您觉得天机阁的事可能和世子有关吗？"白令又道，"王爷，依属下看，世子爷那封回信并无不妥……倒是应该提醒他别在降格仙器上提筑基高手的名字。您会不会……"

太疑神疑鬼了。

"他是老太太跟前长大的，不会看不出来那信是我仿的。"庄王摇头，"里面有我家讳，要真没事，他早抓住我'把柄'来作妖捣蛋了。还有那信里提到的罗青石，明显不待见他，你见他几时跟家人讲过不跟他好的人？"

白令："……"

这么说，倒确实是有点古怪。

"他将罗青石人写特写古怪得很，像是装不知道降格仙器的忌讳，演给什么人看。他身在潜修寺，迟早会知道玄门忌讳，卖破绽装这个傻意义不大，我猜他是要我装傻——若是有玄门高手在侧，也许会发现在咫尺上写信的换人了，此事需要一个解释。还有，罗青石我听说过，已经筑基中期，还是潜修寺的资深管事，士庸宁可得罪他，说明那小子惹的麻烦不止筑基。"

白令听得头昏脑涨，感觉自家王爷可能想得太复杂了，委婉地说道："潜修寺虽然算外门，却是玄隐大门，仙山重地，断然没有让闲杂人等随便混进去的道理——除非夺舍。但夺舍只能在修士之间，世子以前没怎么接触过玄门，恐怕也很难才入山就开灵窍吧？"

"没到那份上，"庄王说，"信应该是他自己写的，他那讨打样子一般人模仿不来。"

白令道："但若只是元神附身，未免太托大了，升灵真仙元神虽然能离体，离体的元神也极其脆弱。再说元神附身者，身心不是一体，连属下都能看出不妥来，何况潜修寺通着仙门，他们那儿随时会有筑基……甚至升灵峰主亲至讲经。"

"照常理说是这样。"庄王的手指有一下没一下地敲在桌案上，"收到征选帖之前，他就只有安乐乡那一次接触过玄门。今年支将军之所以

亲自下山，应该就是奔着那邪祟来的。一个邪修，惊动照庭亲临，还险些引起江南地动，甚至很有可能从照庭剑下捡了条命回来……大道三千，里面门道太多，你那'常理'未必放之四海皆准。"

"如果和安乐乡里那大邪祟有关，天机阁应该已经在查了，王爷，要属下想办法透给天机阁吗？"

庄王想也不想就一口回绝："不。"

白令一愣。

"若你是仙门中人，门下小弟子被这样危险的人物附身，你会怎样？"庄王摩挲着好像总也暖和不过来的手指关节，眉间似乎染上了寒霜，"我不信他们。"

"王爷恕罪，"白令一低头，小声道，"要神不知鬼不觉地潜入潜修寺中，以属下的修为，恐怕……"

"我没有让你潜入潜修寺的意思，你进去也没用。"庄王坐了下来，越到危急时，他神色似乎就越是平静，"那附身的邪祟发现你，肯定比他早，杀他不过瞬息。"

白令放弃了："请王爷示下。"

"等，先看他下一封信怎么说。"庄王敲了敲白玉戥尺，"在此之前，我要你将安乐乡那邪祟的来龙去脉摸清楚。"

白令对他的命令向来没有二话，不管多荒谬，都一丝不苟地执行。

但他遵命归遵命，心里还是觉得这事扯淡。

可能再厉害的人也忍不住以己度人，庄王殿下自己一百八十个心眼，也觉得别人肩膀上扛的球里都有脑子。反正凭跟那败家子不多的几次接触，白令感觉那位小爷其实不像什么心里有数的人……要真出事，指望他配合自救，还不如给他寄张恶咒让他少受点罪。

白令认为，此事根本没那么多弯弯绕绕，没准就是世子爷稀里马虎，没仔细看信。

年轻气盛的小伙子，没耐心读完老太太的絮叨不很正常吗？那位世子爷可能压根没看见信里有他们殿下的家讳。至于给半偶起名什么的……谁知道他抽哪门子邪风，大黑猫没事追自己尾巴"嗷嗷"咆哮也没什么理由啊。

"虚惊吧，"白令想，"但愿……不，肯定是场虚惊。"

他离开院门前，回头看了一眼南书房。庄王的影子被灯光打到了窗户上，像一团凝滞不动的乌云。

白令虽然不信庄王的话，和奚平也没什么交情，但还是希望那位世子爷平平安安的。君父无情，兄弟相阋，庄王与贵妃也很是疏离，勉强能让他落个脚的，也就是母舅家永宁侯府。这么多年，他身边除了朝生暮死的猫狗，只有奚平这么一个从小跟屁虫似的陪他长大的活物。

白令有时候觉得，要是那不着四六的世子爷没了，王爷和人世间最后那点交情可能也就绝了。

但这天，庄王没等到奚平的信。

说好了要来讲经的端睿大长公主不知有什么事，推迟了。于是弟子们又落到了罗青石手里。

可能是因为肖像画不甚合心意，罗青石比平时还残暴，犯了病似的盯着奚平咬。奚平被扔进试炼芥子里困了一天，其他管事来说情也不管用。要不是大邪祟看他还有用，偶尔开口提点几句，奚平险些被里面的妖魔鬼怪抓破相。

好不容易熬到了傍晚，奚平死狗一样地被常钧拖回了丘字院，在院门口碰见了姚启。

"子明兄怎么不进去？"作为"身残志贱"的典范，奚平最后一口气也要留着调戏姚启，"莫非对我牵肠挂肚，特意……"

奚平说到这儿，突然闭了嘴——越过姚启的肩膀，他看见丘字院的小凉亭里，两个人正在对弈。

一男一女，男的是熟人支将军，女子着一身素衣，青年模样，一举一动却有种别样的持重。听见动静，她抬眼看过来，目光如霜，一下能洞穿凡人的三魂七魄。

奚平激灵一下，隐约猜出了她的身份。

"都回来了？"支修假装不知道姚启方才快把丘字院的台阶踏平了，起身朝他们招招手，"快过来，见过你们端睿师叔。"

熟悉的桎梏感从每个关节传来，太岁招呼也没打，就强抢了奚平的身体。

（十三）

一见端睿大长公主，奚平心先凉了一半——大长公主跟他想象的不一样。

这位前辈在潜修寺才一年，也不知都哪儿来的工夫做那么多小手工，就这样还给她混进了内门，肯定是个偷懒高手、糊弄状元。木雕和布偶每件神态都不同，逼人的灵秀气能从旧物里浸出来，奚平看了，都想隔着几百年给她作个揖以示敬佩。

他原本以为物似主人型，可是眼前这位，她别说"灵秀"，简直连"气"都没有。说得漂亮点，她仿佛一尊冰雕玉塑的女神像——司管天规戒律，法不容情的那种。

要直白说……她就像根长了腿的降魔杵。

头天半夜三更，奚平抽风似的禁了半偶的言，也难说单纯是做给太岁看的。他心里确实也有隐隐的担心：现在这种情况，那邪祟能不能顺利跟他分开？

如果不能，仙门得知此事，是除魔……还是留人？

奚平"看"着太岁披着自己的皮，跟常钧他们一起进了院，诚惶诚恐地预备行礼。别人看不看得出破绽奚平不知道，反正他自己觉得那端庄样子别扭极了，心说：牛皮吹得山响，你这能不露馅？

怎么办，怎么办……

这时，大长公主再次朝他看过来，奚平头皮一阵发麻，只觉她看人跟看死物的眼神是一样的。

电光石火间，他心里蹿起难以名状的恐惧，无来由的直觉直逼眉心：一旦她发现自己身上寄生了邪神，当时就能一掌把他打成碎渣。

"前辈，"奚平立刻决断，飞快地对太岁说道，"端睿大长公主跟我想象的完全不一样，我肯定会多看两眼的。你低着头干什么，行不行啊？！"

太岁立刻意识到：是了，这小子常识全没有，狗胆能包天，压根没听说过什么"端睿""降睿"的，就没见他"眼观鼻鼻观心"过！

下一刻，支修的目光扫过来，太岁立刻惟妙惟肖地学着奚平的神态，"自以为隐蔽"地躲在常钧身后，"好奇"地打量起大长公主。

支修对他笑了一下，简单介绍了端睿大长公主身份——碧潭峰主，周氏不知多少辈的老祖宗，反正十根手指头数不清，听着比广韵宫的蟠龙柱经历的风霜还多。碧潭峰难得开山门收新弟子，正好大长公主出关，就亲自过来看看弟子资质。

奚平忙对太岁说道："我就说内门肯定收到消息了——前辈，你管对付她，把嘴还我。"

太岁垂下眼睫毛，目光微闪。

"快点吧，前辈，"奚平催急了，有点出言不逊，"你说金平话大舌头啊！自己不知道，支将军能听不出来吗？你自己想作死，别连累我跟你'一尸两命'好不好！"

太岁冷哼一声，随即竟真的将唇舌"还给"了奚平。

奚平猝不及防地张嘴呛了冷风，忍不住咳嗽了几声。

支修笑道："你咳嗽什么，紧张？"

奚平刚拿回喉舌，话却跟早藏好了似的，接得毫无缝隙："我才没紧张，我又不想入内门，我是替别人紧张。师叔，潜修寺里都不让我们跟师姐妹说话，内门只会更严吧？"

就算年纪辈分差出一条大运河去，这些不老不死的修士也大多是青壮年面孔，倘若任由男男女女混在一起成何体统？没事也得生事。像玄隐山这种清规戒律一丈长的地方，肯定有不得收异性徒弟的规矩。

"反正端睿师叔就是来走个过场，又不收男弟子。"奚平装模作样地叹了口气，"有些同窗吧，本以为自己板上钉钉入内门，结果因为投错胎……哎呀，冤，太冤了！"

"就你懂，"支修点了点他，"你先过来。"

奚平"哎"了一声，走到近前，给端睿大长公主行了个晚辈礼，满口的腾云蛟乱爬："端睿师叔好，弟子昨天在烟海楼看见师叔作品，惊为天人。那苏长老抠得很，弟子讨了半天，他就给了我一件，您能给说个情吗？我还想要那套鸡翅木做的猫。"

端睿大长公主只在他打招呼的时候颔首回了礼，没接话茬。

再沉默寡言的人，听完别人说话，多少也会有些反应，就算是个面瘫，起码眼睛会眨。奚平却感觉自己一堆废话都撞在了墙上，怎么去的，又怎么弹了回来，一个字也没入对方的耳。

一时间，百尺长舌，他居然有点舞不动了。

端睿道："手。"

奚平心里一惊，忍不住无声地呼唤太岁："前辈？"

太岁："不碍事，给她。"

奚平眼珠一转，挽袖子递上自己的手："师叔，要是资质不好您就别告诉我了，我很脆弱的……"

端睿大长公主没碰他，只在奚平手心上看了一眼，一缕无形的凉意立刻顺着奚平掌心劳宫穴扎了进去，眨眼游过他全身一圈，又从手心钻了出去。

奚平慢了半拍才打了个寒噤。

端睿的神色依旧纹丝不动，奚平的心微微悬起来，一身察言观色的本事在她面前失了灵。端睿大长公主还是什么都没说，只是又将常钧、姚启叫来，挨个查了一遍……好像检视了一篮品相平平的地瓜。

三人全查完，她意味不明地看了支修一眼，往外走去。

太岁说："没事了。"

奚平这才几不可察地吐出一口气，一时间也说不好心是放下去了，还是沉下去了。

然而大长公主走到丘字院门口，忽然又像想起了什么。

她蓦地停住脚步，回头一招手。有什么东西从奚平住的北屋破窗而出，几乎擦着他脑袋飞过去，落进那只冰雕似的手里。

奚平眼角一紧——端睿抓在手里的是那只转生木雕的因果兽！

两大升灵高手的目光同时落在那件小木雕上。

端睿："……"

支修："噗……"

只见浓眉大眼的因果兽落在奚平手里才一天，已经改换了头面——奚平给它描了眉、画了眼，拿朱砂涂了个红嘴唇……血盆大口旁边还点了颗媒婆痣！

端睿大长公主与那艳色逼人的因果兽对视片刻，回手递给支修，转身出去了。

支修将木雕放在旁边小石桌上，点了点奚平："看你以后去天机阁怎么混，圣兽们非得半夜爬出来咬你脚指头。"

奚平嬉皮笑脸地将他们送出门，咂摸着支将军这句话。

"以后去天机阁"，看来这二位玄隐山的顶尖高手确实被瞒过去了……大邪祟真不虚。

也是真难对付。

他没心情再跟常钧、姚启闲聊，捡起因果兽回了自己屋。

"前辈，端睿大长公主修的什么道？怎么那么惨人？"

"相传是'清净道'，"太岁对他的合作很满意，和风细雨地说道，"你临危不乱，做得不错。"

奚平叹了口气："要不是腿给前辈你控着，非得哆嗦起来不可——清净道又是什么道？"

"清净道又叫'无情道'，"太岁说，"入此道，不为五感所惑，不为七情所动，勘破生老病死、纲常人伦，绝六欲，归心于天。"

奚平听明白了："也就是说，她劈了我跟劈根柴没区别。"

太岁笑了。

奚平端详着大长公主亲手制作的因果兽……太灵动了，活的一样，好像随时能打个滚起来跑："我没想到她那么……"

凶残。

奚平喃喃说："我还以为会是个炼器道之类的前辈。"

"入哪一道要看你有什么样的道心，"太岁说，"你以为道心都是自己的？"

奚平："……"

不……不然？

这玩意儿还能拆借别人的？

潜修寺给他们讲入门常识的师兄说过，"道心需要于心无悖，于行不移"。

修士所奉的道心，对其本人来说必须是一套通则，能解释世间万事万物，不断打磨，日趋圆融，什么时候道心无所惑了，就是大成了。道心就是灵基上内府的根基，修士将灵气炼化成自己的真元都存在里面。假如修行途中修士道心不稳，那么修行止步于此算好的……道心要是崩溃，真元能把灵基和神识炸成粉。

虽然奚平也不明白，为什么苏长老那样通透灵秀的人都说自己没道

心，罗青石却能筑基——他感觉罗温柔修的多半是"虐待道"。

"能自己摸索出道心的人凤毛麟角，"太岁嗤笑道，"以你玄隐内门为例，绝大多数筑基修士的道心都是照搬师长或者前辈大能遗物的。万一赶上哪位当世大能收亲传弟子，众人抢破头都还来不及，哪儿轮得上你挑入哪一道？端睿老怪当时被他们周家一位清净道的峰主挑去做了亲传弟子，清净道艰难，至今没有蝉蜕，她师父止步于升灵中期，她如今却已是半步蝉蜕，心性何其冰冷无情。呵，你虽然什么都不懂，倒也会趋利避害。"

奚平默然不语，他发现自己进退两难。

往前，他可能会被无情仙子当成邪祟的容器，一并除了。往后，他也只是多苟延残喘一阵，等着被夺舍。

他毕竟还年轻，离活够还远。绝境之下，奚平只想就地蹲下。

比如……他也可以一直不开窍，熬到一年后下山。

发愤图强是难为他，偷懒耍滑他还不会吗？

他本来就是干这个的。

要是大邪祟一辈子赖在他身上不走，他……他估计时间长了也就习惯了。

"你且去调息入定，实在静不下来就给自己找点别的事，早点睡，不要打听那老怪了。"太岁难得好声好气地说道，"半步蝉蜕威压下，筑基高手都能当场走火入魔，清净道锋芒尤利，你再总想她，当心自己心智受损。"

奚平感觉到了，一想起大长公主那双冰冷的眼睛，他就从骨头缝里冒凉气，遂听了劝。他拿起转生木雕，凝神眉心，本想看看大姑娘和小姑娘怎么样了，结果只看见满目冥幡孝布。

阿响的爷爷还是死了。

这仿佛对他昭示着，命运坚如磐石，蝼蚁怎么奋斗也改变不了丝毫。

奚平发了会儿呆，憋闷得很，于是在声声《还魂调》里倒头睡了。

澄净堂因端睿大长公主驾到，气氛严肃得不行，进出的管事大气也不敢出。

苏准摸了摸自己的鼻尖，总觉得呼出来的气冻出了白霜。

"别上茶了，她只喝白水。"支修小声提点道，"让大伙散了，也不用弄那么紧张。"

苏准几不可闻道："我们怕怠慢……"

"清净道到了她这般修为，心早不为外物动了，破口大骂还是盛赞奉承都是耳边风，怠不怠慢她都不挑理，你们不如自在点。"支修摆摆手，抬腿走进澄净堂，"该干什么干什么去，不用围着她转。"

端睿大长公主好像随时能睁着眼入定，旁边人说她什么，她眼皮也不抬。等支修把苏准等一干管事打发走，她才没开头没落款地开口道："那个接触过邪祟的弟子没有问题，身心一体。"

支修道："他那日要走的木雕是转生木做的，那木头呢？"

端睿道："没有铭文，没有血气。"

转生木这种三等材，富贵人家里确实少见，但在南边也不是什么稀罕物件。老百姓使木料都是当地有什么用什么，拿转生木打门框做家具做棺材板的都有，并不是木料本身有问题。

邪祟之间要想用它彼此联系，要么是在木头上刻录铭文，把木头做成仙器；要么是通过某些邪术，事先建立好联系，再以精血为媒互相传信。

大长公主的意思是，奚平手里的转生木雕没动过任何手脚。

"那就好，"支修眉头仍没有松开，"这次是我办事不力……"

他话说一半，抬头碰见大长公主古井似的目光，就感觉自己是在跟树洞道歉，顿时说不下去了。于是支修顿了顿，不再打官腔，就事论事道："此事疑点颇多，我想请教师姐：就算那邪祟修出了元神，当时也该被照庭搅碎了，为何还能兴风作浪？师姐以为，这背后是换了个人，还是真如苏准所说——他是邪神，能借信徒身体复苏？"

端睿严谨地回道："鬼神之事，莫须有，但我在人间虚度八百岁，不曾听说。"

民间确实会把玄门修士称为"仙人"，蝉蜕大能甚至被老百姓封了神位，逢年过节有香火供应——但那其实就是迷信。

别说区区香火，就算把广韵宫都点了，烟也飘不到玄隐山去。修士再强的灵感，也只能感应到跟自己有因果的人和事，不是什么莫名其妙的人点个炮仗叫魂都能"听见"的。就连传说中飞升上界的南圣，也是象征和寄托意义大于其他，反正凭端睿大长公主的年纪，没见他老人家

显过灵。

支修问:"但师姐,我师尊说,星辰海这次异动的位置与上次一模一样?"

端睿道:"是。"

支修眉头皱得更紧:"这我就看不懂了。"

"司命大长老托我转告,人间已清平数千年,诸多历史不可考,但神魔大战的遗迹未必干净了,仍有不少未解之事藏于秘境中。"端睿平和地说道,"只是若真是古神魔降世,星辰海早就海啸了,断然不可能只是起些微澜。"

支修将这话仔细琢磨了一遍:"师尊的意思是,那个顶着'太岁星君'之名作祟的,可能只是个找到了什么上古遗迹的狂徒?"

端睿点点头,拿出一枚小令牌:"师门有命,此事了结前,你可随时下山,无须再报备。"

"多谢。"支修将令牌接过去,客气地朝大长公主一拱手,站起来,忽然又想起了什么,问道,"师姐,要是方才你真查出那小弟子被元神附身了,怎么办?"

端睿不假思索道:"除魔。"

"那万一……人和魔不好分开呢?"

此时,喋喋不休的奚平闭了嘴,不是入定就是睡着了,太岁耳根总算清净了。

半偶奚悦照例踩着比羽毛还轻的脚步进来,将主人踢倒的靴子捡走,出去清灰。

忽然,奚平的腿抽搐了一下,太岁感觉到他心率无端快了,应该是做了噩梦。

大邪祟不意外——这小子不做噩梦才不正常。

人性软弱不堪,尤其是奚平这种废物,就算一时被大义感召,三天都没过去,他不又敲起退堂鼓,不想用功了吗?太岁知道,此人一时被自己唬住了,但指望这种人在危机四伏的玄隐山跟他同进退,那是天真。

太岁敢肯定,只要让这纨绔察觉到自己比那些玄隐的仙尊弱势,他能屁滚尿流地把自己卖了。倒不是制不住他,只是时时要提防他也麻烦得很，所以星君也只好……用了一点小手段。

奚平全身脏器，以及呼吸心跳这些他自己管不了的，都在太岁控制下——眼睛自然也不例外。

傍晚走进丘字院大门，他就在奚平那双肉眼上做了一点手脚。半步蝉蜕的大能本来就让人难以直视，只需在这小子眼睛上多渲染一点杀意，再操控他心跳加速，汗毛竖起，手脚冒点虚汗，他就会觉得自己是被蛇盯上的青蛙。

太岁当时放心把喉舌交还奚平，一点也不怕坏事——他知道奚平不敢。

凡人的身和心，从来都是一体的，就算他没能成功夺舍，也不代表他不能控制这废物少爷的想法。

奚悦把掸干净灰尘的靴子送回来，又给主人拉好被子。

一低头，他看见奚平眉头紧锁，嘴角却挂起了诡异的笑容。半偶不由得顿了顿，片刻后，他关窗熄灯，又悄悄退了出去，蜷在了外间的小榻上……抬手按住脖子上的驯龙锁。

驯龙锁上光芒一闪，里面传来主人的咆哮。

"他刚才还拿爷的脸笑！你看见了是吧！罗大山都没挠着我脸，活活让这老王八羔子给爷笑破相了！"

奚悦一辈子没说过话，就算此时是用心神交流，他也接不上话茬，只好乖乖地听奚平骂骂咧咧，努力记住一些词，希望下次能附和。

奚平一见端睿大长公主，无端开始心惊胆战，当时他就隐约觉得不对劲。虽说他确实没见识过"一眼能让筑基高手走火入魔的半步蝉蜕"有多可怕，但他知道端睿师叔当时肯定是收着的，有多大能耐也不会冲小弟子使——姚子明都没当场蹿稀，她能有多吓人？

所幸，他头天把血抹在了半偶的驯龙锁上，联系还在。于是奚平当时不动声色地借着奚悦的眼，从另一个角度"看"了一眼：大长公主只是不像支将军那么和蔼而已，根本就不是一身凶煞之气！

奚平立刻明白了，他身上那魔头在暗算他！

这邪祟不单能让他说话人舌头，还要玩弄他的喜怒哀乐，那岂不是想让他干什么他就得干什么？岂有此理！

"奚悦，"奚平骂够了，缓了口气，透过驯龙锁，他悄悄问，"你敢不敢替我做件事？"

（十四）

奚悦终于找到了回话的机会，通过驯龙锁，他不熟练地表达："解开……禁制，我……这就替……你……禀报仙尊。"

奚平沉默了一会儿："你不怕死吗？"

奚悦先是诚恳地回答："怕。"

然而他深思熟虑了片刻，又觉得自己怕得没道理，甚至有些自作多情，于是改了口："不怕。"

奚平："啊？你脑子里是不是也有法阵什么的，要是不太好使了说一声，将来我想办法找人给你修。"

奚悦："……"

就觉得这不是句好话。

"听好了，"奚平说道，"我不但不能解开你的禁制，一会儿还得再给你加固一次。"

半偶茫然不解。

"我今天刚被大长公主'吓得不能自理'，一觉起来肯定得慌里慌张的，要是连给你加固禁制都不记得，显得不太对劲。"奚平道，"就算我'不记得'，那条自称星君的老蜘虫也得替我记得。咱俩加一块，知道的事还没人家后脑勺多，跟这老蜘虫拼手段是嫌命长。所以我不能让他老防着我，不然他白天给我看幻觉晚上不让我睡觉，这谁受得了？我得铁了心地跟他一伙，替他把该疑的神和鬼都疑了，疑到他自己都烦。"

半偶半懂不懂的。

却听奚平说到这儿，忽然一顿，自己喃喃道："你说我能信支将军他们吗？"

一个外门小弟子，对玄隐山来说，是小得不能再小的人物了吧……如果除魔不易，他能相信仙山会尽力保他吗？

奚平初入玄门，还不了解仙尊们的办事风格——反正他知道类似的事要是发生在凡间，那肯定没戏。

半偶跟仙山更不熟，不过他的命是支修一句话留下的，于是磕磕绊绊地把自己想法说了。

这一次，奚平沉默了更长时间，奚悦几乎以为他真睡过去了。

"爱保不保吧，那是他们的事，我说了不算。"奚平说道，"让这孙子夺舍成功，他顶着我的身份，不定干出什么连累我九族的倒霉事；但我要是有功，就算仙尊们除魔的时候不小心把我带走，哀荣跟抚恤也得给齐全，咱们占理。"

奚悦听他话音不祥，急得都不结巴了："不会的！"

奚平没理会，继续吩咐道："《灵感入门》上说，高手的灵感可能会被有因果的人触动，我刚才在心里叫了一百八十遍支将军的魂，要是那破书没忽悠我，他应该能感觉到。你记住了：如果明天我出去以后，支将军带人来搜我的屋子，那咱们就……就先从长计议；如果他是自己来的，你就按我教你的办，听好，我知道你记性好，小曲听一遍就会吹，这个一点也不能错……"

太岁趁那聒噪讨厌的"房客"入睡，好不容易能专心吐纳仙山灵气。才入定，就被诈尸似的奚平惊动了。

奚平半夜不知做了什么噩梦，顶着一张魂飞魄散的脸，他突然掀开被子光脚跳下了床，冲向外间的半偶，随手抽出把装饰用的佩剑就往手掌上划。幸好太岁见他撒丫挣就猜出他要干什么，剑刃碰到皮肉之前，大邪祟堪堪控制住了奚平的手，在他耳边喝道："醒醒！小子，手掌上那么大的刀剑伤口可不是笨手笨脚能解释过去的。"

奚平用力摇晃了一下脑袋，好像清醒了。只见他大喘了几口气，回过神来，小心地用剑刃在食指上划了条小口，挤出一滴血来抹在驯龙锁上，将之前给半偶下的禁制重复下了一遍。

太岁觉得他挺好笑："不是昨天刚下过吗？你那驯龙锁上的禁制消退得没那么快。"

"以防万一，"奚平目光还是散的，惶惶地在黑灯瞎火的屋里乱飘，好像哪儿会突然冒出个端睿大长公主砍他一刀，"内门那二位大人物走之前，我每天都得把禁制下一遍……唉，天天挤血也太麻烦了，要不找割个不显眼的地方，先存一碗……"

太岁心说不好，药下猛了，这废物已经开始胡言乱语了，忙道："胡

说，血放一会儿不就干了。"

"哦对，"奚平愣住，"也是，也是……"

太岁好说歹说，把奚平哄回了卧房，重新躺下。

半炷香工夫不到，太岁才刚重新入定，奚平又一个鲤鱼打挺。

太岁："……"

这回奚平犯了病似的，割断了一小撮头发，给所有门窗缝隙都绑了根头发丝。

太岁："你又干什么？"

"明天走的时候，出去一带上门，这根头发就能拉紧，"奚平神神道道的，"这门得慢慢拉才行，推门力气稍大就会绷断。这样我回来就知道是不是有人进来过了。"

这是什么"东宫娘娘烙大饼"式的自作聪明！

太岁暗自运了口气，耐心地说道："升灵想查你房，不用亲自走进来，神识一扫连苍蝇有几条腿都知道……还破门而入，想什么呢？别白费力气了，再说你房中也没什么不妥之物。"

奚平："……哦。"

这小子第三次"拔床而起"时，太岁忍无可忍了，不由分说地将奚平定在了床上，强行不让他睁眼："你有完没完？"

"前辈，你说她讲经要讲几天啊？我怎么才能弄出点病来逃了？唉……愁死我了，我都八年没着过风寒了，泡凉水管用吗？吃点什么才能像姚子明一样跑肚？土行吗？"

太岁："……"

太岁只觉再跟他说一个字，自己得让蠢气给感染了，遂强行将奚平乱蹦的心跳拖缓，急促的呼吸也给他压得又深又长。

奚平："前辈你干什么，我……喘不上气……来……"

他喘气不自由，脑子越来越沉，片刻后，终于在心不甘情不愿中安静了。

第二天，百般抗拒无效，奚平被大邪祟逼着去听大长公主讲经了——太岁一路控着他的身体，不然这小子为了临阵脱逃，不定又干出什么蠢事。

卷二 龙咬尾

丘字院安静下来，只有半偶奚悦一边吹着寂寞的口哨，一边擦擦洗洗。

辰正时分，奚悦刚把屋里院里扫干净，将奚平乱扔的衣服拿出来洗，突然，他搓衣服的木手僵在了水盆里。

奚悦缓缓抬起头，只见一人长身玉立，不知什么时候落在了小院里，正注视着他。

是支将军——一个人来的。

奚悦定了定神，心里暗暗将奚平的叮嘱默念几遍，拘谨地起身行礼。

"果然我换身衣服你就不怕了，"支修笑道，"过来我瞧瞧，一转眼都长这么高了。"

奚悦将湿淋淋的手背在身后，应声走过去。

有了灵石滋养，半偶长开了许多，看着倒像个真人了。他身上衣服虽有些不合身，但衣料奢华讲究，透着熏衣香，一看就是那少爷的。

"士庸待你还不错。"支修拍了拍他的头，"忙去吧。"

打发了半偶，他隔着几丈远，往奚平住的北屋扫了一眼。

杂物不少，好在有半偶给他收拾，还算挺整洁。没有特别不合理的东西。想也是，如果有的话，端睿大长公主不会看不出来。要真无形无迹到了那种地步，大概也只有传说中的上古神魔了。

支修将奚平平时活动的地方一寸一寸地检视过来，也怀疑自己想多了，可他的灵感总将他往这里引……

旁边半偶奚悦一边干活一边吹口哨，不知是不是喉咙畸形也影响吹哨，他的口哨声有点古怪。

支修听了一会儿，忽然问他："士庸近来好吗？"

奚悦口哨声顿了顿，不回答，只是"吭哧吭哧"地搓衣服。

支修看了一眼他颈上金光流转的驯龙锁，心道：这是有不得透露主人私事的禁制。

驯龙锁起源于蜀地凌云派，凌云擅驯养灵兽，灵兽凶戾桀骜，往往还有一定灵智，为防灵兽们作乱，驯兽师们联合炼器师，造出了驯龙锁。一把驯龙锁只认一个主人，"钥匙"是主人的神识和精血，上古神兽都能锁住。

如果要强行突破，支修也不是办不到，只是这小半偶多半就活不长了，驯龙锁主人也得受伤……不过驯龙锁上金光很亮，至少说明主人神识清明。

"好吧，"支修对半偶说道，"那你转告你那小主人，师叔们只是平时下山不方便，所以很少见人，并不是传说中高高在上不通人情的'神仙'，你们只拿我们当家里寻常长辈就是，有什么困惑……或者难处，可以随时到澄净堂找我。"

半偶听完，也不知道懂没懂，继续低头搓衣服。

支修叹了口气，转身要走，忽听身后半偶找不着调了似的，"嘘嘘"几声，口哨吹跑了几个音。

支修脚步忽地一顿。

潜修寺晴好，半偶将奚平的被褥都抱出来晒了，里里外外擦得窗明几净。晚上弟子们回来的时候，他刚把被子收拾好，正在院里涮奚平的笔洗，就见姚启脸红脖子粗地冲进丘字院，看见奚悦，他用恨屋及乌的眼神瞪了半偶一眼，羞愤欲绝地甩上了自己的门。

奚悦见怪不怪——姚公子每天都差不多这样，应该也不会轻易上吊。

片刻后，奚平回来了，一路没心没肺地跟常钧嘻嘻哈哈，走到姚启门口，还故意吹了声婉转的长口哨……不知又缺了什么德了。

奚悦听见有人吹口哨，就忍不住"啾啾"地跟着学了两声。奚平好像心情还不坏，罕见地没有呵斥，经过时还在他头上揉了一把，到书房看了看咫尺灵石还够，就从怀中摸出一颗蓝玉扔给半偶："喏，晚课罗老财赏的，我暂时用不着，你拿去吃。"

太岁冷眼旁观：这小子早晨还恨不能扒着门框不想去，现在又得意了——端睿大长公主在松窗大堂讲经，纯粹是自说自话，压根不看底下弟子。奚平刚开始找了个角落缩着，还很是做贼心虚地紧张了一会儿，后来见大长公主对他也没有特别关注，渐渐就放松了，心思重新活络起来：进了山就没碰过面的女弟子们终于跟他们一处听经了！

男女弟子中间虽然隔着竹帘，但架不住奚平耳朵灵敏。那边细微的动静、交头接耳声他都听得一清二楚。小姑娘们的说笑声仿佛是什么仙丹大力丸，太岁就眼睁睁地看着这瑟瑟发抖的病猫变成了一只兴奋的大马猴。

"大马猴"的兴奋劲一整天都没过,乾坤塔晚课又靠作弊赢了颗灵石,回来还逮住姚启一通消遣。及至回房写家书,他还在亢奋,字写得又密又快,屁股底下仿佛坐着一根弹簧,随时能把他绷上天。

废物就算了,还贪玩好色。

被他烦了一整天的太岁大略扫了一眼奚平的家书,见半封信都在描述姚启怎么见他就跑的那点破事,无聊至极,遂眼不见心不烦地自行吐纳灵气去了。

咫尺刚一亮,庄王就拿了起来,平时一目十行扫过的信,他来回看了三遍。沉吟片刻,庄王抬头对白令说道:"小白,替我跑一趟姚大人府。"

当天晚上,太史令姚大人已经歇下了,几个小厮将书房收拾干净,把新采购的书一一摆在小书架上,关门走了。

书房里寂静无声了片刻,突然,一本新书震了震,自己从书架里弹了出来,落在地上摊开,掉出一张纸片。纸片落地后变成个鬼魅似的男人,轻手轻脚地将书捡起来放回原位。

白令迅速在书房里搜罗了一圈,什么也没找到。只有书桌镇纸下压着一封信,干巴巴的没几句,只是报了个平安,日期还是四月十五,落款是"儿启跪禀"。

白令摸了摸信纸,只觉质地十分特殊,有点像油纸。他思量片刻,恍然想起了什么,从紧闭的窗户缝里钻了出去,在窗口屋檐下找到了一条风铃似的青瓷鱼。

"果然是它。"

姚家给姚启带的通信用具是"尺素鱼"。

尺素鱼也是一对的,鱼腹中有一套特殊的纸,叫作"尺素"。尺素不怕水,写好信后,将信泡在山泉或是池塘等露天的水源中,纸就会溶化在水里,随着水汽飞上云间,飘往另一条尺素鱼所在之处。

等下雨,雨水就会在收信人的尺素鱼身上重新凝成信,由青瓷鱼吐出来。

这玩意儿的好处是极省灵石，一年一颗豆大的碧章绰绰有余；坏处是写完信多久能收到只有天知道——全看收信人所在的地方什么时候下雨。

幸亏最近金平入了梅，不缺雨水。

不过这么长时间，姚启只在刚到潜修寺那天写了一封信，可见跟家人关系也不怎么亲密。

白令从怀中摸出一张纸，飞快地折成了鱼的形状，伸手一弹，纸鱼变成了一条与原版一样的瓷鱼。白令将真的尺素鱼换下来揣走，从后院离开了姚府。

夜色沉了下来，远在潜修寺的另一条尺素鱼被一双哆哆嗦嗦的手捧了起来。

姚启得比别人早起一个时辰去罗仙尊那里"受刑"，也不敢太晚睡，草草洗漱完就钻进了被子。才刚躺进去，他就觉得被子里有异物，伸手一摸，不知谁在他被子里塞了张字条——字可能是拿脚写的，斜腰拉胯，横竖撇捺都搂抱成一团，很是不堪入目。

然而内容却言简意赅：奚平要害你。

（十五）

要是字条上写了别的事，姚启可能还得怀疑一下字条来路，可写的是奚平要害他，姚启一点头当场就信了。

在姚家人看来，贵妃奚氏就是妖妃，奚家就是专门出产妖魔鬼怪的妖洞。至于那个奚平，姚启感觉他看自己的表情就没憋过好屁！

姚小公子头天才做过噩梦，梦见那姓奚的在他头上插了根秸秆，嘬他脑浆喝，还嫌没放糖！

这可如何是好？

姚启没了主意，恨不能当场冲到澄净堂里喊救命。可他做不到，姚启从小就是个宁可尿裤子也不敢跟先生说要上茅厕的，平时与管事长老们问个好，他得打上一百个腹稿，这"救命"可怎么喊？

字条上的墨迹像小孩涂鸦，拿着这玩意儿去澄净堂控告同窗想害他……姚启感觉还不如自己变成厉鬼去报仇靠谱。肚里一阵蛙鸣,他痛苦地弯下腰,又感觉到了茅厕的召唤。

绞痛过去,姚小公子忙将自己门窗检视一番,最后鼓足了勇气,把书房北窗推开条缝,往外窥视。也不知怎么那么巧,奚平正在把茶根往窗外桂花树坑里倒,两人隔着半个院,目光对上了。

奚平老远冲他笑出了一口白森森的牙。

姚启"砰"一下拍上窗,欲哭无泪:坏了,狐狸精都开始磨牙了!

"啧。"奚平泼了茶,把杯子随手扔一边,拈了颗从膳堂拎回来的青梅吃。

然而一转身看见书桌上的转生木雕,他好像又突然低落了下去,嘴里果核没吐,他眼睛里的笑意已经蒸发了:"前辈,我昨天好像看见阿响爷爷死了。"

太岁:"嗯。"

奚平:"你不是说要救他吗?"

"本座将他放出来了,"太岁平静地说道,"生老病死而已,偌大南郊,有几个年过五旬的?"

奚平像是没敢与他争辩,无可奈何地,他抓起转生木,凝神入定。眼前又是无数双期冀的眼,耳边又是洪水般的悲声,他借着邪祟的眼,将远在仙山的目光垂落到烟尘之下,看到了阿响。

一整天过去了,吊唁的工友陆续走了,春姨出去买吃的,破灵棚里只剩个小孤女,机械地给火盆添着纸。

奚平看她的时候,阿响也若有所感,隔着遥远的空间对上了奚平的目光。

她总觉得自己听见了一声叹息,没来由地涌起一阵委屈,鼻子酸了。这时,身后有人轻声问道:"你感觉到什么了?"

阿响吓了一跳,猛地跳起来:"谁?"

一个头戴斗笠的男人不知什么时候进了灵棚,肩头站着一只乌鸦。

男人没回答,恭恭敬敬地给死者上了香,又沉声说:"家人节哀顺变。"

阿响下意识地回礼,无意中一抬眼,看见了对方斗笠下的脸。阿响

陡然失色，差点叫出声来——这人小半张脸好像被酸融了，左脸上只有绷得紧紧的皮，没有眉眼！

"孩子，别怕，"男人温声道，"你方才是不是感觉到太岁星君的注视了？"

阿响壮着胆子又看了他一眼，发现这张骇人的脸上仅剩的一只眼却是温柔而忧郁的，碰到那父兄般的目光，阿响不知怎的，又不那么怕了，她捂住胸前的转生木牌："你是……"

"那天夜里，就是太岁星君引我去救助你们的。"男人说，"好孩子，别哭，太岁看着呢。你日后必有大作为——你叫什么？"

少女不知道自己该不该信，该不该道谢，啜嚅道："阿响……"

男人看了一眼牌位上的姓氏："尊姓魏，大名是魏响？"

"不是……魏诚响。"

男人似乎是笑了一下："好，不知道我有没有资格做你的领路人？"

阿响晕晕忽忽的："大叔，领我去哪儿？"

"去地下，然后披上羽衣，爬上梢头，不平则鸣。"男人轻轻地说，"你记着这话：'大火不走，蝉声无尽，宁死霜头不违心。'"

奚平倏地皱起眉，眉心的画面碎了："前辈，我不明白，这小丫头毛都没长齐，什么也不懂，你收她做门徒有什么用？还不如收那个跟她在一起的大姑娘。"

太岁语焉不详地答道："不是本座选了她，是她选了本座——你该做功课了。"

奚平"哦"了一声，不情愿，也不敢不做。于是他像头拖延上磨的懒驴，磨蹭着自己抓转生木时不小心沾的朱砂，洗手洗了足有小半年，还手很欠地给因果兽卸了个妆，又要新茶又吃水果，直到听见太岁一声冷哼，他才不得不坐到书桌前，翻开师兄让他们看的书。

一边心不在焉地翻着书，奚平一边琢磨：他第一天听见人说话，最清楚的就是阿响那声"救救我爷爷"。老蛔虫声称自己是被她唤醒的，不知道是不是真的，反正这小姑娘肯定有什么特殊的地方。她这一点年纪，无财无色，看着也没什么特殊才能，能被人看上的不是八字就是体质。

大邪祟自称"太岁"，还说转生木是他的什么……"伴生木"，吹牛，不怕风大闪了舌头，反正奚平一个字也不信。转生木又不是什么海外引进的新品种，这玩意儿自古就有，在宛楚一带活了得有成千上万年了。但这邪祟……通过有限的信息，奚平认为他应该是支将军那个年代的人。

老蛔虫脸可大了，言谈中根本不把凡人放在眼里，他认识支修而支修不认识他，说明他见支修时是"仰视"的，也就是说，至少那时候他应该还没入玄门，距今不过两百多年。

其实奚平还感觉他出身不太高，开窍后也应该是长期隐居避世的——他每次讽刺权贵"穷奢极欲"时都要带上栖凤阁，就很离谱。

所以奚平才敢钻空子，让半偶用"蜜音"给支将军传信。

"蜜音"是金平斗鸡走狗的纨绔子弟们互相传消息的一套暗号，捣蛋的时候躲家里大人用的，分为"琴蜜音""哨蜜音"和"指蜜音"三种。其中，"指蜜音"是用手指敲出节奏传信，传播门槛最低，用的人有点多，容易泄密，所以会定期换规则。琴和哨用的人不多，变动应该不大。头天夜里，奚平试着通过驯龙锁教了半偶几句"哨蜜音"。

他也不知道支修能不能听懂，听不懂也没事，他再想别的办法，反正太岁应该听不懂，即便那邪祟在他不知道的地方放了耳目，也不至于露馅。

至于他让半偶往姚启被子里塞字条的事，奚平也当成个"好玩的恶作剧"，大刺刺地写在家信上了，大魔头果然嫌他无聊，根本没注意……这样一来，后面他就可以在纸上写点别的了。

"对不住了子明兄，你就当救人一命胜造七级浮屠吧！"奚平心想，"将来我站那儿不动，让你打一顿出气。"

幸好半偶那边告诉他支将军顺利收到信了。奚平没想到支师叔整个人好像古书上抠出来的翩翩君子，年轻时居然也不是什么正经人。

奚平一边转着满肚子贼心烂肺，一边随便把功课糊弄了——反正师兄课上提问也有大魔头帮他作弊。

第二天，姚启大清早就在乾坤塔看见奚平桌上摆着那件转生木雕，"媒婆妆"擦了，那因果兽被奚平画成了高低眉，鼻子周围点了雀子斑。

姚启顿时一阵毛骨悚然——他自己就是高低眉，脸上有斑！

当天晚上，姚启又心惊胆战地在被子里摸到了第二张字条。

早晨起床在鞋里摸到了第三张……

那些满纸横尸的鬼画符快把姚小公子吓疯了，终于，他忍无可忍，取出尺素纸，哭着给家人写信求助，半夜悄悄放到了屋后小池塘里。

姚启放完信进屋，半偶奚悦就从树后绕出来，若无其事地将揸净的鞋拎回奚平房里。

金平阴沉数日，下起了洗尘雨。

"自称'太岁'？"庄王揉了揉眉心，"你说一个……半步蝉蜕的邪神，被士庸一把扇子搅和了抽龙脉的铭文？"

白令把头埋得很低，不怎么有底气地说道："这是咱们在天机阁的'钉子'传出来的消息，属下也觉得不可思议，又特意命人跟赵誉卫长旁敲侧击过，大概能印证上。"

庄王皱着眉，没吭声。

白令："属下办事不力……"

庄王却摆摆手，几不可闻地说道："你这说法，倒让我想起了'那里的人'。"

白令一愣："您是说无……谁?!"

他一声喝问带了劲力，直接撞碎了南书房门窗铭文制造的无形屏障，传到了窗外。

铭文的屏障一碎，风声和雨声"唰"一下扫进了屋，紧接着有人朗声道："臣天机阁右副都统庞戬，求见庄王殿下。"

庄王一挑眉，飞快地与白令对视一眼。

白令立刻要化作纸人藏起来，人刚纸化了一半，便被庄王打断道："不用，庞都统'破障道心'已成，你躲不开他的眼睛——尊长，请进吧。"

庞戬应声穿过院墙，在廊下放了伞，等白令开门。

他脸上八风不动，心里却骇然：除了支将军，至今没人知道他道心已成，这庄王一介凡人，怎么看出来的？还张口就点破他道心？

还有那些铭文……

庄王府的铭文没有逾制之处，确实都是玄隐山统一赐的"三等铭文"，换作别的人间行走来，可能看不出任何问题。但庞戬恰好对铭文有些了解，一眼看出了问题。

玄门三学：符、法、铭。

其中符咒最基础，临阵时，修士可以调动灵气临时画，也可以事先用掺了灵石粉的墨画好备用，一张符只能用一次。法阵比符咒威力大、范围广，需要用灵石催动，因此只要能替换灵石，只要阵没被外力破坏，法阵就是永续的，边防、仙器、降格仙器……甚至半偶身上都会用到很多法阵。

符咒最灵活，精通符咒的修士画符时可临时加入各种变化，甚至造出新符。法阵相对制式一些，常用的法阵都是要经过千锤百炼的，不能乱改，更像精密的机器。但此二者归根到底还都是人造物。唯铭文不同。

铭文是"三学"中最深奥、最博大精深的——它是天地所生，人只能发现、解读，不可生造，大概只有混沌中出生、亲手分天地的盘古大神才敢说懂。

大能一个铭文字落下，甚至可能改换寒暑，让白雪上开杜鹃，烈日下结霜花。铭文的每一笔必须极精确，长一分短一毫都得出大事。甚至刻录人不同，刻录时间地点不同，铭文字的形态都有变。有人甚至认为，铭文是世间风流云动、江流下海之基。

铭文落地即生效，不需要灵石催动，刻画时却需要调用刻录者的真元，因此只有筑基以上的真仙能刻。但九成的筑基修士别说雕刻，能大概看懂三等铭文就不错了。哪怕是专门研习铭文的修士，一学上百年，都可能连个简单的四等铭文字也刻不好。

像郡王府用的三等铭文，必须由专人算好良辰吉时，请左右暂避，按极严苛的手法和顺序码好，顺序错一点，能把花园炸成废墟。可这庄王府南书房的铭文顺序完全不对，分明是被人重新排过的！

以庞戬的造诣，看不出那些打乱的铭文是怎么排的，他只知道方才隔着薄薄两堵墙，他听不见南书房一点声音。

跟这些一比，庄王身边这严格来说算"邪祟"的暗卫都不算离经叛道了。

庄王见他来，也没起身，腿上搭着一条厚毯子，含笑道："我自小体弱，一到阴雨天就常犯膝腿疼，恕不能起身相迎，尊长原谅则个。"

庞戬客气道："不敢。"

白令默不作声地上了茶，庄王看了白令一眼，意味深长地笑道："尊长孤身一人前来，不知有什么见教？"

对方不知深浅，庞戬干脆也不绕圈子："我是接了内门支师叔的密令来的，他不让我告诉别人，只让我来找殿下。"

庄王搭在膝头的手指一蜷："哦？"

庞戬道："关于永宁侯世子的事。"

庄王脸上春风似的笑容散了，一双黑沉沉的瞳孔看过来，让人想起不见底的井。

"奚士庸？他在潜修寺淘什么气了？仙门不用客气，犯了错，只管打就是了。"他接过白令递上的茶碗，和缓地，好像经不起疾声似的有气无力道，"再说，我哪儿管得了他？尊长应该去找永宁侯爷才是。"

庞戬就说："殿下，是世子自己告诉师叔，让我们来找殿下的。"

庄王手里瓷杯和杯盖一碰，"叮当"一声脆响。

"师叔说，因我们一时不察，当时在南城外叫那邪祟跑了，不知用什么邪法附在了奚师弟身上，连端睿大长公主的耳目都能瞒过去。好在师弟未开灵窍，人也机警，设法将此事报给了师叔，并说有办法传信于殿下，让我们来找殿下。"

庄王沉默片刻，有些古怪地笑了："他自己传的信？他对仙门……很是信任啊。"

"是，我们必不负这份信任，无论如何也会保师弟周全。"庞戬道，"殿下神通广大，连我道心都能一口道破，想必已经知道那邪祟自称'太岁'，修为已到了升灵圆满，虽其修为与实力不甚匹配，但很有些古怪手段。人在他手上，我们不敢轻易惊动那邪祟。师叔已经回内门请镇山神器了，但那邪祟附在奚师弟身上，咱们投鼠忌器，因怕伤及无辜，须得先查出那邪祟真身真名。殿下，您这边要是有消息，能不能帮我们一把？"

庄王一抬眼："尊长，都说道心是修士的命脉，你的道心被我知道了，你不怕？"

庞戬面无异色，磕巴都不打一个："道心本来就要不断质疑，不断叩问，渡劫才能圆融，怕人问的道心，怕是连自己也信不过，自欺欺人罢了。庞某人不以为短。"

庄王深深地看了他一眼:"尊长,你的资质,不进内门可惜了。"

说完,他将搭在腿上的毯子一把掀开,站了起来,终于朝庞戬回了个礼:"大选那日本王因小恙没去天机阁,无缘见支将军是何等风采,竟连我们家的混世魔王都收服了。既然那混账都交代清楚了,我也没什么好藏着掖着的……"

他话没说完,突然,窗外传来一阵奇特的水声,庄王一顿。白令立刻飞身而出,将不断扑腾的青瓷鱼取了回来。"王爷,真的有信!"

尺素鱼?

庞戬一愣,心想:怎么这么穷酸,难不成半偶真把那小子吃成了穷光蛋?

就见庄王已经将信纸展开,飞快地扫了一遍,递给庞戬。

庞戬接过来一看那工整拘谨的字,直觉不像奚平写的,再看开头落款,发现来信人是一个名叫"启"的小弟子。信中他语无伦次地向家人求救,说了个匪夷所思的故事。

"启"说:奚平手里拿着个转生木做的怪兽,已经画成了自己的模样,甚是诡异——他一看见那木雕,就胸口发闷,喘不上气来。有匿名的"高人"告诉他,那木雕是行魇胜之事用的,只等他一开灵窍,就能引妖邪夺他的舍,奚家已经雇了邪祟在安乐乡设好祭坛,要从他下手,谋害太子。

邪祟还有名有姓的,别人一吓唬就什么都信的姚二公子写道:"邪祟名叫魏诚响,就藏在南郊城外!"

庞戬:"……"

哪儿跟哪儿啊这?

他又将这志怪故事似的家信好好看了一遍,看出了里面的门道:夺舍、邪祟、安乐乡、南郊城外魏诚响——安乐乡的邪祟要夺他的舍,线索去查南郊魏诚响!

庞戬一时间匪夷所思:奚平能跟支修搭上话他不意外,庞戬知道他手里有驯龙锁,自己不方便说,也能让半偶帮他说。就算那名叫太岁的邪祟格外缜密,或者奚平行事不谨慎被对方察觉到什么,有支将军在,也会尽量替他兜着。

可那小子是怎么办到让一个全然不知情的同窗替他往外传信的？这同窗还是太子小舅子？

庞戬看完信，又忍不住看庄王，心说：奚侯爷不简单。果然，太明皇帝怎会因为谁长得好就给谁爵位，陛下又不是断袖！崔大小姐当年唱的那出哪里是"色令智昏"，那是"红拂夜奔"啊！

庄王一看庞戬眼神就知道他想多了："士庸小时候在我那儿住过几年，因是母舅独子，我那会儿也年少气盛，见他不上进，想替他爹娘管教，这都是那时候他不想读书跟我斗出来的小把戏。"

"王爷过谦。"庞戬是个痛快人，三言两语，将安乐乡里支将军斩太岁的事跟庄王说了一遍，"内门的长辈查验过奚师弟和他手里那转生木，没发现异状，支师叔猜，这邪祟应该不是普通的元神附身。之前我们抓到的邪祟们彼此通信时，需要用自己的精血将字迹送入转生木。王爷，你怎么看？"

庄王仔细听完才缓缓说道："第一，这伪神应该是个人，年纪不会太大，与支将军相仿。"

庞戬一愣——巧了，支修也是这么说的。

"第二，这个'南郊魏诚响'，很可能与那邪祟有密切联系……至少邪祟应该能通过某种方法看见她、与她沟通，你们的人查她的时候不可靠近，否则容易被邪祟窥见，打草惊蛇。第三，为什么安乐乡里那么多人，那邪祟选了士庸而不是其他半仙？据我所知，元神夺舍乃是通过灵窍进入被夺舍之人灵台的，夺舍夺不走凡人身。听尊长这么一说，我想这可能和那女妓的换命符有关，查这个魏诚响的时候，也别忘了那个女妓。"庄王顿了顿，又补充道，"还有一点，庞都统方才提到了南疆的'压床小鬼'和'驱魂香'……这两种东西在黑市上已经绝迹多年，在下见所未见，凑我鼻子底下恐怕也分辨不出那异味是什么。而对方不仅弄得到，还知道'秘法'，我怀疑此人可能与南边有渊源——那里有'南矿'。"

庞戬再次抽了口气——庄王、奚氏一系绝对不简单！

"我们这就去查，王爷这边再有什么消息……"

"随时送到尊长案前。"庄王没挂上他那画似的假笑，正色道，"士庸就托付给诸位尊长了。"

（十六）

"魏诚响是个孤女，虚岁才十五，祖籍苏陵州陵县，与其祖父相依为命。她祖父名叫魏鹏程，祖孙俩一起在南郊城外做劳工，都是凡人——祖宗十八代与玄门毫无瓜葛。唯一一条：天机阁的转生木出现异状的时候，魏诚响的祖父正好被城防官兵抓走了。"

天机阁办事效率很高，没多久就把阿响的来龙去脉摸得清清楚楚。

庄王在外人面前，天塌下来，眨眼快慢不带变的。然而他本来好整以暇地端着茶听，听到这儿，脸色却第一次变了，脱口道："为什么抓她祖父？"

"哦，前一阵有人雇了一帮劳工，在南郊城外喊冤诽谤朝廷，被京兆尹一锅端了……大概是这么回事吧？这是朝中之事，殿下应该比我明白啊。"庞戬奇怪地看了他一眼，"怎么了？"

庄王迅速敛去异色，低声道："没什么，尊长请接着说。"

"没过几天，魏鹏程又给无缘无故地放了，说是有城防查到他是冤枉的。我听这事离奇，城防里居然还有人认识'冤枉'俩字，就找着了那做主放人的，让因果兽搜了他的住处，果然搜到了灵石和仙器。"庞戬说道，"经查，老头放出来的同一天晚上，小女孩魏诚响也卷进了一桩案子里：一个吕姓工头吃醉酒耍流氓，欲对她与另一女子行不轨之事，未遂，自己犯心疾死了，仵作查明死因后就将两个女的放了。我让人重新验了尸，尸身上有灵气痕迹——推测当时应该是有人以灵气隔空卡住他心脉，致其心跳骤歇。"

白令插话道："那女子的同伙邪祟收到消息，帮了她？"

"对，潜修寺消息，奚师弟也正是那天跟潜修寺管事讨了一个转生木雕，我猜，那邪祟或许通过转生木才能联系门徒。"庞戬道，"除此以外，魏诚响身边还有一神秘人出没，此人异常警惕，身上带只乌鸦，疑似灵兽，我们暂时没敢靠近。"

庄王问："魏鹏程呢？"

"死了。"庞戬顿了顿，"老头年老体衰，本来就卧病在床，下狱后又挨了几顿打，放出来当晚就不行了。"

庄王缓缓地"哦"了一声，片刻，他说道："我倒觉得，那些邪祟其

实并不关心这魏诚响怎样,只想骗她入伙。古怪,十五岁的小丫头,孑然一身,她有什么值得别人贪图的?她与那醉流华的女妓有什么交集?"

庞戡:"女工和花魁?除了都是女的,还能有什么交集?"

庄王追问:"这两人可有相似之处?形、貌、八字、血象……"

庞戡皱眉忖思片刻:"血象……劳工多事故,伤者时常要输血,厂里的劳工都查过血象。那魏诚响是'朱雀血象',女妓将离死无全尸,血象不好说,不过应该也差不多——她是宁安人,宁安土生土长的人几乎都是朱雀血象。魏诚响生辰八字恰好是'四柱全阴',将离似乎也是……但四柱全阴的人也挺多的,除此以外,这两人就没什么关系了。"

"血象、八字……"庄王一下没一下地敲打着手心,"身形是不是也有点像?"

"难说,小丫头没长开,但看身胚不像大骨架,她爷爷也是个细高挑,"庞戡一愣,突然反应过来,"王爷难道是说……"

庄王:"灵相。"

庞戡:"灵相?"

两人几乎异口同声。

不同的人绘刻同一个铭文字,想达到同样的效果,铭文字的形态得有差别,玄门有铭文大能认为,这可能就是修士的"灵相"不同引起的。但这"灵相"究竟是什么、有多少种、有无优劣之分、又是由什么决定的,目前没有定论——筑基修士太少了,其中能动手刻铭文的更是凤毛麟角,没有足够的材料研究。

只有一条是公论:灵相相近的人,八字命格相近,轮廓气质上也往往会趋同。

"我同那个将离交过手,"庞戡说道,"她手段青涩,但修为与我不相上下。以她的年纪,就算在娘胎里开灵窍也洗不出灵骨,再说她要是早开了灵窍,也不至于沦落到烟花之地。"

庄王眼皮也不眨道:"可能是石锥搜骨。"

庞戡反应了一会儿,才从记忆里搜出这很偏门的术法,对庄王的博闻强识已经麻木了,叹了口气:"必死之术啊。那邪祟真是不挑,到处搜罗灵相近似的人供他元神栖身,连这种根本开不得灵窍的人也不放过。"

庄王道:"那太岁如果一直换身体,所到之处应该有不少死半仙,天机阁很可能有记录,先去查查有没有灵相类似且死因不明的邪祟。"

"我这就去翻查档案,从仁宗至今……"

"不,"庄王打断他,"从后往前翻,我觉得此人作祟时间没有那么长。"

庞戬一顿,仔细一思量,也回过味来了——否则星辰海不可能现在才示警,而就算星辰海失灵,倘若真有个"邪神"在清平世道下潜伏了两百多年,他窃龙脉时用的人手未免也太寒酸了,一看就是根基不深的样子。

庞戬忍不住又暗中打量庄王,心说:好家伙,人在凡间深宅,鬼神事如数家珍,这庄王周楒是个什么怪物?要是让他当邪神,给他十年,怕不得把玄隐内门都渗透了?

庄王目送他穿墙离开,半晌,目光却仍镶在那绿荫遮蔽的墙上,一动不动。

白令不敢打扰,一声不响地陪着。不知过了多久,庄王才重新活了似的,垂下眼:"小白,你信命吗?"

虽然雇人喊冤这馊主意是运河办的孙大人自己想的,但拿失地农民做文章,确实是他周楒暗中煽动的。他搅浑了水,成功离间了父兄,让东宫"称病休养"到现在,借着陛下发作漕运,没少浑水摸鱼……一切做得天衣无缝。

谁知因此产生的余波转了一圈,竟打到了奚平。

翻云覆雨的恶蛟张开獠牙,一口咬在了自己尾巴尖上。

白令沉声说道:"不信,王爷从无渡海中把属下带出来那天开始,属下就不信了。"

"无渡海,"庄王要笑不笑地一弯嘴角,"你又确定无渡海不是歧路之始吗?"

这时,白玉咫尺亮了起来,庄王阴霾未散的目光落在上面——奚平找到了姚启这个好使的传声筒,自己的咫尺上就不写正事了。

字迹能看出心情,奚平这神物,把飞琼峰主、天机阁甚至庄王府都搅和得凤仪难安,他自己居然吃得香睡得着,还挺美。咫尺上,他先盛赞了潜修寺里的青梅果和八珍糕,并得意地夸耀:因为书背得好,他从杨师兄那儿拿了六个灵石点,杂七杂八地又快混齐一颗蓝玉了!

庄王神色古怪地盯着咫尺片刻，不由得啼笑皆非：从小背书就跟要宰了他似的，往他脑子里塞几个字比登天还难，到了潜修寺还能转性？必是附在他身上的邪祟给透的题。这混账，所有人都为了他焦头烂额，他倒好，利用邪祟作弊混吃混喝去了！

潜修寺丘字院里，奚平刚把家信写完，一个懒腰没伸到位，太岁突然问道："你的半偶呢？"

奚平骨头关节"嘎啦"一声。

不等回答，太岁就控制着他站了起来，大步走出去，一把将正在往姚启屋里探头探脑的半偶抓了回来："别以为我不知道你让他去干什么！"

奚平头皮一紧，刹那间，他骨头缝都凉了。然而只一瞬，他便回过味来——不对，姚启都已经把信送出去了，老蛔虫要真察觉到了什么，不可能现在才发作，对方诈他。

于是他在心里理直气壮地叫道："前辈，前辈手下留情，我让他去的……哎呀，跟同窗闹着玩怎么了？又没跟你闹！"

太岁不搭理他，强行将半偶拖到屋里，粗暴地从半偶怀里扯出一团纸。半偶奚悦连忙伸手去抢，一道指风打中了他身上的法阵，半偶声都没吭一下，直接跪下了。

方才那一瞬间，太岁总觉得自己的灵感被什么触动了，但"太岁"并非他本名，那灵感指向模糊得很，见奚平那个半偶老是偷偷往隔壁姚启屋里跑，大邪祟不由得疑三惑四起来。

奚平眼神一冷，就见大邪祟用他的手三下五除二展开那团纸，纸团里"啪嗒"一声掉出只手指粗的大肉虫子，一拱一拱地在地上爬，摊开的纸面上画了张鬼脸。

太岁："……"

奚平趁机叫唤道："跑了！虫子跑了！我好不容易让他抓住这么大一只……"

话没说完，他一条腿猝不及防地自己抬起来，一脚将那虫子踩扁了。

奚平整个人被那条腿拽得趔趄了一下，"嗷"一声惨叫："恶不恶心啊！"

"你还知道恶心？"太岁将纸团扔到一边，冷冷地说道，"再弄这些无聊的事，不好好修炼，我看你是想再挨一次燎。"

少爷本性毕露地讨价还价起来："背那些破典籍有什么用？你讲讲道理，前辈，你对自己的门徒也没事让他们背书吗？不背书他们就不能开灵窍了吗？"

太岁冷声道："民间散修没有师承，想求别人教一点东西付出什么代价的都有，有人愿意给他们一本正统典籍诵读，他们愿意跪下当狗！"

"何不食肉糜"的奚少爷撇撇嘴，听完毫无触动。

大长公主讲完经，就跟支修一起离开了潜修寺，这少爷可能是觉得没危险，人又放飞了，一天到晚不是捉弄同窗就是调皮捣蛋，无恶不作。他好像转头就把"为了给像将离一样的人申冤而用功"的决心抛诸脑后，一如那些红尘中伤春悲秋完不耽误左拥右抱的浪荡子。

转生木雕也丢在了旁边，他新鲜够了，对那些受苦受难的劳工也没了兴趣。

对了……转生木雕。

太岁心里又一动：他怎么突然不碰转生木雕了？

然而没等他疑心再起，奚少爷就随手拎起了转生木雕，又天真又凉薄地说："我都给忘了，那小美人给你当门徒了，她怎么样了？"

说着，奚平闭上眼，熟练地凝神眉心，找到了阿响，却正好看见阿响拿出个小纸包，盯着里面的绿色粉末犹豫片刻，端起来要往嘴里倒。

奚平一眼看见，还以为她想不开要服毒自尽，脱口叫道："喂，别吃！"

阿响倏地一激灵，睁大眼睛四处寻觅——她觉得刚才有人叫了她一声："谁？"

奚平没料到她竟有反应，好像听得见他说话，立刻不敢吱声了。

"是……太岁星君吗？"阿响跳起来，捧起自己胸前的转生木，半晌没听到回答，她又念念有词道，"太岁保佑，让我顺利入玄门，不辜负师父期望……还得到这么贵的灵石粉。我一定要给爷爷报仇，赚很多钱，带春姨离开这儿……"

奚平这才明白，原来那绿油油的碎末不是农药，而是碧章石粉。他睁开眼，耳畔阿响的祈求声仍在不住回荡。"她怎么也能听到我说话？"

之前只有太岁才能通过转生木和他那帮信徒搭话，奚平就是个工具，只能跟着看热闹，怎么方才那小姑娘好像听见奚平的声音了？

"对你不是什么坏事。"太岁将疑虑暂且放下，没正面回答，只轻描淡写道，"吞吃灵石粉是散修的惯例，你也不必大惊小怪。外面又没有你们玄隐仙山这样的条件，想尽量多榨一点灵气滋养经脉，只能将劣等灵石磨成石粉吞下去。"

奚平盯着手里的转生木，心里陡然升起危机感。于是他"喜形于色"道："前辈，她能听见我说话，是不是代表我修为高了，快要开灵窍了？"

太岁说道："你若能少在别的地方分点心，或许……第一片落叶之前吧。"

奚平心里"咯噔"一下，此时已是盛夏，潜修寺地处山中，冷得又早，岂不是没几日了？

可不对啊，他一直把"阳奉阴违"进行到底来着！

乾坤塔磨炼灵感，奚平每天假装跟四殿下别苗头争第一，能早走一会儿是一会儿；"入定吐纳"，他其实都是往驯龙锁里"入"，跟半偶聊天混工夫，没真吐纳过；用功……那确实是一点也没用过，完全本色出演。

怎么这样还能让他开灵窍，而且老蛔虫还知道他的进度？

奚平顿了顿，突然跳起来翻出了《潜修志》——这东西人手一本，里面有门规和潜修寺管事介绍之类的内容。

"你找什么？"

"找记录啊！"奚平"兴奋"得心"怦怦"乱跳，"《潜修志》里记载了每一届的'开窍第一人'，后来几乎都进内门了，我依稀记得开灵窍的最快纪录是五个月还是六个月……哈！前辈，我不会就是传说中的'先天灵骨'吧？"

太岁："……"

我看你是传说中的"先天没脸"。

奚平又得意扬扬道："既然是天才，那我还用什么功，我……"

太岁为防这自封的"先天灵骨"飘到半空把月亮挤下去，说道："先天灵骨万万人中不见一个，近千年来，你玄隐山只出过一个端睿。你要真是先天灵骨，早在入门之前就被内门定下了，少往自己脸上贴金。"

奚平："嘿嘿嘿，我不信。"

太岁："……"

正常人没法跟二百五讲理。

于是下一刻，奚平好像一脚踩进火堆里，脚下蹿起灼痛，一直烧到了膝盖。同时他喉舌被太岁封住，惨叫都发不出来。奚悦却立刻通过驯龙锁感觉到了不对，发出一声气音，扑过来扶住他。

奚平自己站稳了，冲半偶摆摆手，脸上的血色也蒸发干净了。

小小的书房里，主仆俩一个不能说，一个不会说，窒息的静谧弥漫开。唯有邪祟轻柔的声音在奚平耳边响起……不知是不是他的错觉，那声音比一开始近了一些。

"本座每夜等你睡着，就替你做吐纳功课，又让你接触转生木。借我神力流转，你灵感自然比别人高，灵窍比别人松动，将来一旦开了灵窍，灵骨也比别人成得容易……这是你运气好，遇到本座，遇到陈氏那个傻姑娘，竟肯为你舍命——不是你自负天资，可以好吃懒做的理由，懂吗？"

奚平口不能言。

太岁见"吓住"了他，语气又温和起来："让你用功，是为你好。你潜修寺的弟子开灵窍看着慢，是你师兄们有意为之，为的是让你们经脉肺腑、身体发肤都充分浸润灵气，以防开灵窍的时候受苦。进境太快也未必是好事，以前甚至有人在灵窍洞开时瞬间经脉尽碎，你为何不去读读你们烟海楼中开灵窍失败的记录？"

奚平口舌一松，又能说话了，但没敢吱声，只能顺从。

"好孩子，早点休息吧。"

奚平犹豫了一下，带着点讨好，小心翼翼地问道："前辈，开灵窍会受什么苦啊？你那些门徒……没有仙山可靠的怎么办？阿响她直接吃灵石粉末没事吗？"

太岁见唬住了他，便十分有耐心地跟他解释常识："开灵窍时，若是经脉未经灵气充分浸润，可能会被灵气冲毁。散修开灵窍一般是两种：一种是偶然，长期生活在灵气充沛的地方，碰到危及性命之事，死生一线时潜力爆发……"

奚平不经意地问道："庞戬那样的？"

太岁:"你怎么知道?"

"来潜修寺之前听人传的呗。"奚平随口扯了个谎——其实他是从庞都统言谈举止中推断出来的。

天机阁和内门一样,与大宛朝堂千丝万缕,里面尊长虽然个个神仙似的,但谁也不是真不食人间烟火,肚子里都有本经,就庞戬没有。奚平感觉他不太关心时局,连贵妃母家来历都弄不清楚,便猜测他并非权贵出身。

"他?也算命大了,当年南疆灵石矿难,死了好几百人,就他捡了条命。"太岁只当这些公子王孙有自己的消息来源,也没在意,"再一种如阿响,靠吞吃灵石碎末让灵气从五脏六腑进入经脉……不过这样终归是以次充好,开灵窍时还是相当凶险,没有被灵气滋养到的部分躯体常常会在这时受伤变形。不然你以为我那些门徒是故意人不人鬼不鬼的吗?"

奚平愣住了。

半晌,他嘴里慌张道:"什么?那小美人岂不是要毁容?"

同时,他心里飞快咂摸着大邪祟的话,忖道:庞都统是南疆人?灵石矿难时入道的?

天机阁民间出身的尊长都不大提自己的出身,一个比一个神秘,因为没过明路之前,他们严格说算"邪祟",不是什么能光明正大说的事。这老蛔虫怎么知道?他跟庞戬有什么关系?

第二天,丘字院里的弟子们都去上早课了,原本正猫着腰擦擦洗洗的奚悦一顿。

他好像累了,站起来在院子里溜达起来……不经意间,脚下走出几个字。

奚悦还不认字,这几个字是主人用驯龙锁操控他走出来的,半偶用心记下字形,片刻后,他轻巧地爬上了丘字院中间的一棵古柏,在树冠鸟窝里取出一张尺素纸——这是窥见姚启写信以后,借着"恶作剧",他从姚启房里偷的。

奚悦在尺素纸上将方才死记硬背的几个字画了上去:庞乃南疆人士。

然后他学着姚启,将尺素纸放进了池塘。

"子明兄早啊！"姚启正在乾坤塔抄经，闻声手一哆嗦，被奚平一嗓子吓得在纸上留了一大片污迹。

周樨正好坐他旁边，见状轻轻地喷了口气，心说这奚士庸好无聊，天生讨人嫌。

然而过了一会儿，四殿下觉出了不对——姚启一直战栗着，袖子都抖了起来，脸色惨白，那样子不像是被吓了一跳，倒像是恐惧着什么。

周樨缓缓皱起眉：奚士庸对他做什么了？

（十七）

头天才被罚过的奚平一有空，就"乖乖"遵从太岁的指示，去了烟海楼。

谁知《经脉详解》"有毒"，上来就把他撂倒了，一页没翻完，奚平上下眼皮已经害起了相思病，被太岁轻轻烧了一下才算"棒打了鸳鸯"。他又困又倦，坐在那儿敢怒不敢言地生了会儿闷气，只好哈欠连天地拣了一本专门记录开窍事故的。

这本看得下去，里面讲了各种骇人听闻的开窍事故：有不知缺了几辈血德的，开灵窍时正好赶上雷雨天，灵气跟天雷一起挤着往灵窍里灌，人从里烟到了外；有异想天开服用筑基级丹药的，打算吃完飞升，不料吃饱了撑得升了天；还有倒霉的，据说是罹患了一种罕见病，骨骼脆弱，本想靠灵石滋养强身健体，结果不知怎的开了灵窍，一下粉身碎骨……

一桩桩血淋淋的惨案，把奚平看精神了。

太岁见他汗毛都竖了起来，便道："开灵窍是有点危险，倒也不是谁都那么倒霉。潜修寺背靠仙山灵矿，瑞兽环绕，一帮管事照看你们，没那么容易出事故。"

"前辈，我见你那些门徒都法力无边的，怎么，开灵窍时受的伤以后不能修复吗？据说天机阁的尊长们就算骨头断了，没一会儿也长好了。"

太岁道："开窍期修士肉体强健远超凡人，一般皮肉伤确实恢复得快，但开灵窍本身导致的伤去不掉，那是天地给逆行人打的烙印。除非筑基时能脱胎换骨。不过灵窍都开得这么凶险，要没有奇遇，筑基一般也就有去无回了。"

奚平想了想，指着书上的一个案例问道："前辈你看，这人灵窍虽然开了，但经脉尽断，这算什么？酒开了封，坛子碎了？"

"不错，"太岁道，"灵窍通、接天地，要是经脉毁在这一关，就是'接天地'不成，不算开窍——你道当年那陈家姑娘为何无缘仙路，以致走了绝路？"

奚平点头表示受教，心里却想：还不是你个王八蛋撺掇的。

他合上书，又拣了几本准备带走，目光好像是无意中扫过烟海楼里里外外的避火铭文。

潜修寺的铭文跟大宛贵族用的铭文都出自玄隐山，应该是一拨人刻的，铭文字看起来跟庄王府的很像。奚平走下楼梯，拿两根手指在楼梯扶手上"走路"，木扶手上的铭文随着他的手指亮了一路，好像在骂他手欠。

他已经将消息传出去了，支师叔看似不在潜修寺，应该都安排好了。还有他三哥和天机阁他们……假如这些人靠不住，奚平也想不出世上有谁靠得住。不过凡事总有万一，再靠得住，他也不会躺下等人安排。

仁宗至今两百多年，世上生死轮回转了无数圈，要找出这太岁是谁，跟大海捞针也差不多，他得做好他们来不及的准备。

奚平想：万一真到穷途末路，还有最后一招，就是想办法在灵窍打开时，把经脉搅个稀碎，到时候给大魔头一个"破坛子"。

"留得青山在，不愁没柴烧，残就残了，"他轻狂无畏地寻思，"办法总比困难多。有口气在，还能叫尿憋死？"

奚平想得很开地走出烟海楼，用口哨吹起了低俗的小曲，把一颗石子踢到了巡逻的稻童脑壳上。

"砰"——

黑猫一爪子把庄王的笔搁掀了，血玉笔搁砸地上，滚出好几尺。

庄王头天一宿没怎么合眼，方才正撑着头闭目养神小憩，被那小畜生一下惊醒，心悸如鼓，半晌喘不上气来。白令一片雪花似的从窗口飘进来，忙将猫祖宗移了驾，又倒了颗春晖丹给他。

庄王缓过口气来，轻声问道："怎么样？"

白令摇摇头："两百多年来，大宛境内所有涉及'转生木'的邪祟案卷都翻出来了，撂了整整一库房，庞都统带人挨个查。可是卷宗里记载的所谓'太岁'，应该只是这些邪祟随便捏造的图腾而已，没有实体。血象这东西更是近些年才研究出来的，早年卷宗中没有这方面的记录，我们试着按生辰八字和体态特征查了，但前者有记录的太少，后者又太模糊……"

庄王："只查了大宛境内吗？南疆呢？"

白令低声道："王爷，南疆……南疆是'百乱'之地啊。"

南阆与澜沧剑派覆灭后，原南阆国土被各国瓜分，也都是各扫门前雪。两百年来，那里魑魅横行，藏污纳垢，实在是无从查起。

白令道："庞都统让我来问，世子还有没有别的信？"

庄王摇摇头，金平这几天都没怎么下雨。就算下雨，奚平那边也未必有很多话。他一举一动都在邪祟眼皮底下，每搞一点小动作都是在刀尖上蹦跶，在绝对实力差别下，再多的智计也是"花招"。

花招偶尔用一次能侥幸得手，使多了肯定翻车出事。

"端睿大长公主查不出来的元神附身，星辰海疏漏，"庄王站了起来，缓缓说道，"邪祟……真是邪祟吗？"

"王爷，"白令顿了顿，将声音压得几不可闻，"我知道您在想什么，但您也只是怀疑，并没有依据，未必就是。"

庄王没回答，沉默半晌，他伸手捏了捏眉心："我刚才梦见，他在求我救他。"

白令说道："殿下，'那里'不能提啊，就算您想说也说不出来。"

庄王没言语，将头扭向窗外，窗口处的青瓷尺素鱼随风轻轻地摆动着，没挂出去几天，鱼身上已经落了一层灰。

青瓷鱼成了泥鳅，周楹眼睛里挂上了血气。一阵风吹过来，土腥味翻起，乌云终于盖住了日头。

"轰"一声雷鸣，山雨砸在了潜修寺的密林里。没带伞的弟子们纷纷抱头鼠窜，到处找稻童要伞。

热心肠的常钧叫道："于明，士庸借到伞了，一道啊！"

姚启目光落在与他勾肩搭背的奚平身上，瑟缩了一下，飞快地摇摇头。

"哎，快走了。"奚平拉了常钧一把，刻意没看姚启。

他感觉这些日子把子明兄折腾坏了，打声招呼对方都要哆嗦，于是自觉躲远了点。

奚平只利用姚启传了一封信，摸清了姚启那传信仙器怎么用以后，就让奚悦直接偷尺素纸了——一个是不敢太吓唬姚兄，这位兄台一紧张就闹肚子，奚平怕把人拉坏了；再一个那胡编乱造的玩意儿漏洞百出，也就姚启能信，根本编不长。

一直收不到家里回信，姚启肯定已经告到澄净堂了。奚平算计得明明白白的：澄净堂有支师叔，会帮着圆，通过姚启告的状，支师叔也能知道这边进度……

姚启低着头，等他们走远，才摸向自己的后腰——那里长了一大片红疱，密密麻麻的，像蛇鳞。一到夜里，就好像有细针在他皮下来回挑，难受得他辗转反侧。

他觉得自己好像已经中了邪术了！

奚平以己度人，根本想象不到上嘴唇一碰下嘴唇"告到澄净堂"对姚启有多难。姚启每天清晨鼓足勇气，迈向澄净堂的腿却总在最后关头拐弯。他只好日复一日地告诉自己：再观察一天，今天先自己查典籍，查出这是什么邪术，等见了澄净堂的管事师兄，也能把来龙去脉说清楚……不然万一不是邪术呢？

姚启一想在澄净堂说错话的场景，就恨不能当场自尽。

然而他在烟海楼里一无所获，红疱非但没好转，还有继续扩散的趋势，往他胸腹处爬了。家里那边不知是一直下不下雨还是怎的，他寄回去的信都石沉大海，杳无音信。

姚启绝望极了。

"子明，"身后传来一个声音问道，"我这一阵一直见你精神不济，黑眼圈都出来了，对功课心不在焉，去膳堂也不好好吃饭，怎么了？"

姚启绷到极致的心弦被这一句话敲断了，都没看清谁跟他说话，他眼泪先下来了。

"这……你这是怎么了？"只是随便搭个话的周樨吓了一跳，"腰？你腰疼？"

仙山灵气充裕，鸡来了都不生瘟，因此压根没设药堂，弟子们偶有小伤小病，吃一颗丹药也就解决了。一炷香以后，周樨不由分说地把姚启送回丘字院，掀开他的衣服看。"不行一会儿我替你去澄净堂拿点药……嗯？我还以为你腰扭了，这……怎么好像缠腰龙？"

姚启哽咽道："缠……缠腰龙是什么邪术？"

"什么邪术？"周樨莫名其妙，"就是一种疹子，我奶娘就是生了这个出宫的，不过是长在胳膊上的，我还偷溜出去看过她，养一阵就好了。"

两人面面相觑半晌。

周樨皱眉道："太医说长这种疹子的，要么是年老体衰，要么是思虑过重，子明，你到底怎么了？谁告诉你这是中了邪术的？"

姚启吭哧半天，也没把话说清楚，最后他自暴自弃了，将这一段时间收到的鬼画符催命函都拿了出来。

周樨挨个展开看完，越看脸上越热闹，最后他愤然一拍桌子，扭头往奚平住的北屋走去。

此时，半偶被奚平支使去烟海楼还书了——两大升灵走了以后，奚平不但自己"活"了，对半偶的禁制也跟着松了，除了不让他跟别人乱说话以外，偶尔会让他跑腿打个饭送个书，大邪祟没怀疑，这符合"傻少爷"性格——这会儿听见有人敲门，奚平没人支使，只好自己出来应。

开门见是周樨，他愣了一下："四殿下？"

"你欺人太甚了吧，奚士庸？"周樨一把推开追过来的姚启，猝不及防地将从姚启那儿拿来的字条往奚平身上一扔，冷冷地说道，"你最好有个解释，不然咱们就去澄净堂分说清楚！"

奚平毫无准备，他用字条恐吓姚启写信回家，替他把消息透出去，就是因为知道姚启不是会当面对质的人，顶多会到澄净堂告他一状，那些字条不大可能泄露……可万万没想到，这平时跟谁也不来往的姚启会告诉周樨！

等反应过来周樨扔的是什么东西时，奚平头皮都炸了起来。

他第一反应就是回千将门抬卜，但已经来不及了。

他像个牵线木偶，动作和表情生硬地中止，后退的脚步猝然刹住，打了个旋。

周槲只见"奚平"抽了筋似的，转身到一半又转回来，头微微一歪，目光垂在地面的字条上："啊……"

"奚平"用一种有点古怪的腔调说道："这是什么好东西？"

周槲："你大着舌头说话什么意思，装傻充愣……"

"奚平"没理会，俯身捡起了一张字条，抬头冲四殿下一笑，不知为什么，周槲突然说不下去了。

隔壁常钧也听见动静，三步并作两步地跑出来："怎么了？上庸子明……哎，四殿下也在，你们有话好好说，别吵啊。"

"奚平"用蛇一样的目光从三人脸上爬过："没什么，我跟子明兄开的小玩笑，过头了，多有得罪，改日定给子明兄负荆请罪。"

周槲张了张嘴，话到嘴边，后脊蹿起凉意，他忘词了。

常钧却抓了抓头发："士庸，你好好说话，这是什么调？"

"奚平"听了，有些不协调地扭过头看向他："哦？我的口音有这么明显吗？"

又一道闪电落下，将奚平那张他们熟悉的脸照得煞白，雨下大了。

庞戬比历牌还准，几乎跟着金平的雨一起落在了庄王府："庄王爷，你这里有没有……哎，信来了！"

灰头土脸的尺素鱼在大雨中"复活"，摆着尾，喷出了一堆信——大部分是姚启的胡言乱语。

庞戬看得抓耳挠腮："什么'中了邪术……腰生红疮'……我说殿下，这也是你们商量的什么暗号吗？怎么越来越看不懂了？"

庄王飞快地扫过那一堆陌生的字迹，目光一凝，一把接住最后一封信。

信上的字缺横短竖，六个字写错了仨，好像狗爬的，只能老远辨认出个大概形状。

那字条写的是：庞乃南疆人士。

庞戬瞳孔一缩，表情空白了一瞬。

庄王幕地扭头看向他："尊长，你想到了什么？尊长！"

庞戬回过神来："我……我确实生在南疆灵矿——大宛矿区，家父曾是矿工……但此事只有当年将我送回大宛的驻矿半仙管事，以及几个天机阁的老前辈知道。前天机阁总督苏准师兄替我拿到记名弟子身份后，百年来再没有人提起了。"

庄王道："我们只查了邪祟，没有查自己人，是不是？"

"不可能！"庞戬本能反驳，"驻矿管事和天机阁都是外门，只有开窍期修士，就算有个别不守规矩的，也顶多是筑基初期，怎么可能到半步蝉蜕还不被人发现！"

庄王道："但你也说了，那邪祟的修为与实力并不匹配。"

白令道："如果是玄隐的外门半仙，出生籍贯、生辰八字都有记录——仁宗年间的半仙应该已经现了五衰之相，现在在世的不多了。"

庞戬飞快地摸出一张符纸，三下五除二在上面勾了一道符咒，往书桌上一拍，符咒瞬间化作一片金光，桌面上出现了一本名册的虚影。

"天机阁右副都统庞戬请问外门名册，"庞戬沉声喝令道，"仁、孝宗年间出生，世宗永兴十八年在外门的开窍期前辈都有哪些？"

名册翻开，无数人的身影浮到半空。

庞戬一眼扫过去，见一大半都是熟人。

他狠狠一咬牙关："现仍在世。"

"祖籍宁安或早年有宁安居住史。"

他每报一个条件，人影就蒸发一些。

庄王："问血象和八字。"

庞戬："朱雀血象……八字四柱全阴。"

图册上人影乱飞，终于尘埃落定，只剩下了一人。

那是一个瘦削颀长的男人，中年模样，面无表情地从图册中射出目光，冷且严厉。

庄王倏地抬起头："这是谁？"

庞戬盯着那人像半响，艰难地咽了口唾沫："我的……上峰。"

"闭关八年的天机阁现任总督。"

（十八）

"梁宸？"闪电照亮了苏准凹陷的眼，他难以置信地抬起头，"梁勉之？！"

"梁宸？"同一时间，身在玄隐山的支修手指一搓，庞戮的传信字条灰飞烟灭，他一闪身从星辰海崖上消失，留下一句喃喃自语，"怎么这么耳熟……"

"这个梁宸梁总督到底怎么回事？为什么好好的仙门正统成了这样？还有，他既然是天机阁总督，为何四月初盗龙脉要那样迂回，直接下令青龙塔撤防不行吗？"

金平城里，一蓝一白两条影子比电光还快，穿透晦暗的雨幕，直扑天机阁总署，正是庞戮和白令。

庞戮摇摇头，答道："他来天机阁是挂名的，实务不归他管。唉，这事说来话长了，他本来是南疆的驻矿管事。"

南阎覆灭后，澜沧灵山被几大仙宗瓜分，成了灵石矿山，大宛这边叫"南矿"。天高路远，灵矿重地要派专人看管，因此仁宗之后，玄隐就衍生出了一个特殊的外门，叫作"驻矿办"，专司南矿开采运输事宜。

"梁大人在矿上干了一辈子，劳苦功高，本该跟我苏师兄一样荣退，结果前些年押送灵石路上遇袭，受了重伤，恐怕时日无多……他一辈子无妻无子，也没什么愿望，一说起来，只有年轻时想进天机阁没成是个遗憾，一直念念不忘。那时苏师兄要归隐潜修寺，想将天机阁交给我，便来问我能不能给梁大人挂个副都统的闲职，也没几年了，权当是抚恤。我说梁大人是老前辈，当年矿难时还救过我，挂在我一个后辈手下像什么话，要挂就给他挂正职吧，反正他常年闭关疗伤不管事，'问天'和'青龙印'都在我这儿，正副的虚名又不耽误我办事。"

白令顾不上恭维庞都统办事讲究，追问道："这么说，他到天机阁之后就一直闭关疗伤，没露过面？"

"是，他刚来时我见过一次，形销骨立的，看着都快不行了。"庞戮道一声"得罪"，探手将化成纸的白令捏在手里，带他穿墙进了天机阁总署最里面的院子。

那院里是个平平无奇的小园林，假山都粗制滥造的，草木也不修边幅地瞎长。

然而随着庞戮迈步进去，白令眼前一花，发现花园中竟藏着一个小世界——里面山清水秀，花林树海一眼望不到头，一条小溪穿过其中，连起错落的亭台小院。入口处一块数丈高的山石上画着只巨大的因果兽，正在打盹，睁开一只眼见是庞戬，就撒娇似的将肚皮翻了过来。

白令："这里是……"

"我们住的地方，"庞戬带着纸人轻车熟路地穿过花海，"总署的人间行走，来京述职的同僚都住这儿。"

白令一瞬间觉得有些古怪，因为这恍若仙境的"秘境"明显是个由高明法阵撑起来的芥子空间，再灵秀，也是浮在那里的镜花水月。偌大京城，划不出一块地方给人间行走们做宅邸吗？

不等他多想，庞戬已经身如疾风穿过大片聚居的宅院，落在溪流尽头的山谷中。

山谷中，被风吹过来的花瓣铺了厚厚的一层，盖住了久无人走的路，垫起一座独门独户的小院，离群索居。

庞戬在院门口站定，朗声道："属下庞戬，有急事求见梁总督！"

潜修寺里——半偶奚悦正在大雨中狂奔。

他紧紧地捂着怀里的木块，那木块上有一个三等铭文字，是他方才借着还书，从烟海楼的避火木柱上取下来的。

铭文字的位置和形状，奚平分不同的时间问了他六次，谨慎到了极致，确保他绝对不会记错。即使这样，方才他偷铭文的时候，奚平还不放心，通过驯龙锁一直看着他。

奚平知道，铭文是一种绝不能乱动的东西，从小到大他闯过那么多祸，他三哥从来没真跟他翻过脸，唯一一次气得动手揍他，就是他十四五岁时把庄王府的一块铭文抠了。

那回连王府的神秘暗卫都给惊动出来了。后来那位暗卫大哥告诉他：家具建筑上的铭文因为要拆卸，都有个特殊的设计，叫作"活动铭"，是最后装、最先拆的一块，也是整段铭文中唯一一块能被凡人抠下来的。卡上活动铭，铭文立刻生效。奚平运气好，避火铭文是三等铭文里最安全的，单块的活动铭忌讳也不多，轻拿轻放别作死就行。

奚平亲手摸过，没死，这才敢让奚悦去烟海楼"借"一块，以备不

时之需。

奚悦在他的注视下顺利拿到了铭文，回程路上，奚平刚嘱咐完"千万收好，别让火绒盒碰到铭文"，驯龙锁那头就来了客，奚平说了句"等会儿"就去应门了，这一等就再没了声息。

半偶莫名生出不祥的预感，不由得加快了脚步。一路从烟海楼的山坡上跑下来，老远看见丘字院的石墙，驯龙锁里突然传来奚平急促的声音："回来，快！"

丘字院里，不过眨眼光景，意外被周㮟打乱计划的奚平已经冷静下来，对太岁说道："前辈，咱俩有什么事一会儿再说，你先把他们仨打发走，好不好？"

太岁不理他。

奚平："一码归一码，让这仨坏事精继续纠缠，对你对我都没好处。就算是姚子明也不是什么无名无姓之辈，何况还有四殿下。我反正是谁也赔不起，你碰坏了一个，以后就算夺了我的舍，也别想用我的身份混进仙门正统……"

"仙门……正统。"这四个字不知怎么，把太岁逗笑了，"小鬼，之前确实是我一时疏忽，小看了你，你也不要试自作聪明，你的身份现在还有什么用？"

奚平心里一紧——对了，老蛔虫看出他已经把消息传出去了。

他心急如焚：这傻哥仨怎么还在这儿大眼瞪小眼？四殿下！四殿下你的慧眼呢，你不是摸灵石长大的吗？！

周㮟确实觉出了不寻常，于是抬手将姚启拦在身后，质问奚平道："你言行怎么颠三倒四的？"

奚平：天爷啊，祖宗你可算看出来了！还不快跑！

只听摸灵石长大的四殿下又义正词严规劝道："士庸，既入仙门，就该一步一脚印努力修行才是，你是不是从哪儿看到什么旁门左道迷了心智？"

奚平："……"

他真是恨不能跪下给四殿下磕个头，什么摸灵石长大的，摸鸟屎长大的也比这机灵！四殿下跟他三哥这俩人必有一个是捡的，不可能是一爹所生！

太岁控制着奚平的身体大笑："少一脚印，哈哈哈哈，四殿下教训得很是啊。"

这时，奚平心里有根弦一动，他感觉到驯龙锁在靠近，奚悦回来了！

奚平还记得，庄王府暗卫大哥把那活动铭安回去的时候，动作很轻缓。暗卫说，避火铭的活动铭没别的忌讳，只是单独的铭文字不能碰火，木头摩擦力道大了也会有火星，一旦火星蹭到铭文上，铭文就会被激发，单块铭文字连不成行，活跃起来就会脱离木头，往周围最有灵气处"流"，那就出事故了。

这块铭文字本来是奚平为了自己意外开灵窍准备的——人开灵窍时，会变成一个"灵气旋涡"，把周围的灵气都揽进来，到时候用火撬开那铭文字，活跃的铭文字就会顺着灵气一起"流"进他的灵窍，只要时机把握得好，应该能在一刹那把他经脉打碎。

这会儿奚平虽然没开灵窍，可也差不多了，他身上有那邪祟在，肯定是这院中灵气的焦点。于是他当机立断，瞥见奚悦人影的瞬间，就在驯龙锁里下令："把火绒盒和铭文字裹在一起，砸我！"

奚悦是跟过邪修走南闯北的，自然知道铭文的厉害，吃了一惊："什么？不！"

此时，迟钝的周榽听了"奚平"那不似人声的大笑，总算有了点危机感——怀疑奚平有走火入魔的意思，于是果断对常钧道："去喊管事……"

他话没说完，控制了奚平身体的太岁便一抬手，将周榽整个人吸了过去。

奚平在驯龙锁里朝半偶喝道："快点，别废话！"

驯龙锁在主人的强横意志下，再不顾半偶微弱的反抗，不由分说地操控起奚悦的四肢，跑了过去。

太岁早知道奚悦在靠近，可朝夕相处数日，他太知道这小东西没用了，力气还不如这些养尊处优的少爷大，因此丝毫没将奚悦放在眼里，一抬手扼住了周榽的脖子。

常钧失声道："士庸你干什么！"

姚启已经吓跪了。

驯龙锁拖着奚悦跑到近前，三步之内，逼着半偶用尽了全身的力气，将那铭文字和火绒盒卷在一起，狠狠地朝奚平后背掷去！

奚悦眼睛都红了，脖子上的驯龙锁却在东西出手的瞬间，将他拉扯到了大树后。

火绒盒撞到奚平坚硬的肩胛骨上，炸了，引燃了布包，着火的铭文字刹那间脱离木材，钻进了奚平后心。

混乱中，奚平甚至没来得及感觉到疼，只觉得有什么东西直接洞穿了他的胸口，像是要将他的五脏六腑从肋骨间隙里推出去。

坏了，奚平立刻知道：他低估铭文字了！

这不是炸断他周身经脉，这是要让他粉身碎骨。

时隔多年，奚平总算明白了，他当年在庄王府里挨的那顿臭揍不冤！

电光石火间，一切都好像变慢了，奚平脑子里刹那过了无数事，神志竟前所未有地清明。五感敏锐到了极致，他仿佛能听见山谷外，甚至更远处的鼓声与人声。人间无数悲喜浩渺成风，卷裹在他身上。

他似乎变成了无穷大，散在万物中；又似乎蜷缩成了一颗尘埃，东西不辨地散在无涯之境。

周榫敲门时，奚平心在驯龙锁中，手在擦转生木雕，出门就顺手揣在了身上。此时透过木雕，他竟不用凝神就看见了太岁那些丑陋卑微的信徒。只一个闪念，他就捕捉到了阿响。

那丫头虽蠢，却也大小是条性命，能救一个是一个吧。

奚平已经来不及说话，最后关头，他将一个念头传给了少女阿响：快跑！别信那帮丑八怪的！别跟着他们练毁容神功！

转生木那一头，阿响激灵一下；转生木这一头，玉石俱碎，烟尘四起——

庞戬一道符咒炸开了总督府的大门，白令刚要落地，就见庞戬从腿骨中取出长弓，一支无形箭矢射向总督府的虚空。箭光过处，花鸟树木分崩离析，一股阴森的凉意将纸片白令吹开了两尺。

庞戬一支破障箭砸碎了总督府的障眼法，院中画皮破碎，露出真容——这里早没了活物，腐草蔫蔫地垂在地上，死气沉沉的，结了层霜。几片花瓣从远处飞过院墙，还没落地，已经干枯打卷。

院子里铺满了层层叠叠的法阵，以房门为终。两大高手竟一时眼花缭乱，找不到头绪。

庞戬还没来得及细看法阵，突觉有异，从怀中摸出一块转生木牌，那牌子上隐隐现出不祥的红光！

他们虽然不知道奚平那边已经露了馅，但"太岁"不是真名，"梁宸"可是刻在灵相上的真名，天机阁和玄隐山同时锁定这个人，梁宸的灵感必已动了。

白令："他察觉到了，事不宜迟，庞都统，借你破障弓！"

庞戬出生入死多少年，临阵反应无比迅捷，白令一句话没说完，他已经会意。抻开符纸将转生木牌裹住，他一把拉开弓："兄弟，让你冒险了。"

白令整个人卷成一张纸，黏附在他的无形箭上，"咻"一声随着那箭直穿法阵群。

法阵遭到挑衅，立刻爆出强光，破障弓射出的无形箭强行突破，临到尽头方才力竭。箭消散，白令被迫落了下来，法阵的尾巴上卷起飓风，风中无数利刃绞肉机似的卷起白令，他好像被碾碎了，碎纸片飘得到处都是！

庞戬瞳孔倏地一缩，然而下一刻，一片被风刮出去的纸屑飘到了房门口，粘到门上后迅速拉长，变成了完整的人身。白令脚没沾地，手中一把纸折的刀已经回手劈了出去，纸刀落地竟成真刃，从里面劈裂了法阵群。

"好手段！"庞戬人影一闪跟了上去。

房门洞开，两人一前一后地闯了进去……愣住了。

白令："这就是……你们总督？"

只见屋里端坐着一个男……骷髅。

他一身干瘪的皮肉紧紧地贴在骨头上，整个人跌坐在一块巨大的转生木台上，须发、皮肤呈现出转生木特有的惨白色调，一眼看过去，分不出哪儿是人哪儿是木头，而胸口竟还在微微起伏着！

转生木台上，无数人脸浮现又消失，都在呼喊着什么，那场景既诡

231

异又震撼。而他们口中的"星君真神"藏在神位之后,看着比风干了几百年的干尸还有嚼劲,浑身散发着一股沤糟了的烂木头味!

庞戬:"这是元神出窍?"

白令提着纸刀:"此人应该是筑基初期。"

"人是筑基初期,出窍的元神是半步蝉蜕?这……元神嫌弃肉身,劳燕分飞了?"庞戬说完,自己也觉得自己是胡言乱语,"可是筑基初期哪儿来的元神?"

白令:"不管了,来不及了!"

话音没落,他直接动了刀,劈向转生木上的人。

纸刀寒光一闪,"哐啷"一声,劈开了一打法阵的利刃竟滑开了,落在了转生木座上。木座上所有的人脸都被激怒了,齐齐冲他发出咆哮,纸刀分崩离析,白令横着就飞了出去,及时化纸才没被砸进墙里,落地吐出口血。

此时木座上密密麻麻的人脸中,飞快地闪过一张少女的面孔。她一脸茫然,与其他人格格不入。

阿响看着周围的同伴中了邪似的嘶声喊着"太岁",捂住胸前的转生木。

她的"神谕"怎么跟别人不一样?

星君刚才好像喊了这些人是丑八怪!

(十九)

潜修寺里,风向突然变了。

山谷中的南风不等撞到山崖就掉头回来,以丘字院为中心,盘成了一个旋涡。打着旋的风途经之处,点着了青涩的花苞,卷来了青鸾鸣叫。白鹿的幼兽报喜似的在门口探头探脑,院中池塘、小溪的水面泛起涟漪,无穷无尽地荡开。

奚平在仙山中被灵气浸润了数月,生死关头,强烈的求生欲望打开了灵窍,仙凡之间那道门槛给他抄了近路,就在眼前了!

两道人影一前一后地落在潜修寺丘字院中。

苏准一拂袖将目瞪口呆的弟子们带开:"端睿师叔!"

只见随他而来的另一位,居然是"早离开了潜修寺"的端睿大长公主,她好像从地底下凭空钻出来的,一道无形符咒打在奚平后心——铭文字渗进去的地方。

奚平就像个行将炸碎的水瓶,瞬间被那道极寒的符咒冻住,堪堪保持了将碎不碎的"完整器型"。

大长公主结出复杂的手印,在奚平周围凝成了一个半透明的茧,喝令道:"退下!"

苏准想也不想,卷起三个年轻人并一只半偶就跑。

整个潜修寺的灵气山洪一般地卷过来,撞在了那裹着奚平的"茧"上,一声巨响震得所有人都以为自己聋了,丘字院里的房舍假山顷刻间被扫成了一堆废墟。唯独大长公主的手印纹丝不动,硬是将整个山谷的意志拒之在外。

支修曾问过她,要是奚平真的被元神附身了怎么办,端睿的回答是"除魔"。

那么如果人和魔不那么好分开呢?

端睿当时想了想,平和地回道:"不知道,那并非我所长,应当避免打草惊蛇,先回内门请教其他高手。"

支修追问:"可是在此期间,一旦弟子开了灵窍,立刻就会被夺舍。这邪祟不知道有什么古怪,之前'穿着'一具尸体已经是半步蝉蜕,任凭他夺舍成功,后果你我恐怕担待不起。"

大长公主理所当然道:"不碍事,真到那时候,我可以暂时将潜修寺灵气挡住,等内门的办法,要是内门实在没办法,再议如何处置不迟。"

"可是师姐,江河入海是自然,瀑布倒挂是逆天,有人跨仙凡之交,天地都会拉他入玄门,你要以一己之力挡住整个山谷的灵气吗?能撑多久?"

"行将八百年,"端睿大长公主不管说什么,语气永远跟点菜一样轻描淡写,"不多这一会儿。"

有这一句话,支修把潜修寺交给了她,自己回了内门请命。

奚平身边方圆一丈,大雨逆行,已经落到地面的水重新化作雨丝,往天上飞去。

群山"隆隆"作响,像是要崩。方才凑过来的祥瑞们一个个有多远跑多远,奚平僵在那里,愤怒的电闪雷鸣下,他的影子一会儿是人形,一会儿是龙影,人形与龙影死死地纠缠在一起,像一场实力悬殊的搏命。

苏准为了护着弟子,被那暴虐的灵气扫了个边,发冠都散了,骇然回头。支将军临走时跟他说过,这姓奚的小子心里有数得很,行事谨慎,往往有出人意料之举,让他帮忙看顾一下,不必过分干涉。所以苏长老见那半偶在烟海楼鬼鬼祟祟,才睁只眼闭只眼地由了他去。

好家伙,这崽子可真是太出人意料了!

支静斋怕不是老糊涂了,他管作死叫"有数"?!

和奚平一起被困茧中的太岁低低地笑了起来:"端睿大长公主,呵,看来我是落在你们手里了。还有谁?支将军呢,去仙山请什么法宝了?殿下……端睿殿下,天地洪流,你敢一个手印挡住,却违不得仙山的意志,以罕见的先天灵骨之身走了'清净道',困于囹圄八百年。周氏真的感激你吗……哈哈哈!"

大长公主好像听了阵犬吠,睫毛都没动。

太岁用奚平的眼睛贪婪地注视着茧外化为实质的灵气——只要泄露进来一丝,只要……

"殿下,你不觉得此情此景很微妙吗?"他毫不吝惜奚平就快分崩离析的身体,强行抬起奚平的手。

这一动,那胳膊上将碎未碎的骨头立刻撑不住了,关节处直接从皮肉里刺了出来。

太岁举起这条软塌塌的手臂,将流了满手的血印在了奚平怀里的转生木上:"我在顺应天命,而你在负隅顽抗,你以为我要的灵气只能从这山中拿吗?"

大长公主目光落在他手上的转生木上,终于皱了一下眉。

那大邪祟喃喃道:"我本不愿牺牲那么多人的性命,是你逼我的,周雪如,是你逼我——"

天机阁诡谲的总督府里,转生木座上张张面孔齐齐扭曲,那些或丑或残的脸上七窍流血，肉眼可见地被什么东西抽干了，就像当时安乐乡外的将离一样！

阿响胆寒发竖地跳了起来，眼睁睁地看着她的"师父"和同伴们一边狂热地大喊着"太岁"，一边七窍流血地捧着转生木，然后皮肉逐渐枯槁、黑发逐渐褪色……

白令蓦地扭头："庞都统，转生木给我！"

庞戬立刻将自己怀里那块用符纸包着的转生木牌扔给他，就见白令又不知从哪儿掏出一把纸刀，用刀尖飞快地在木头上刻了个特殊的字。

庞戬瞳孔骤缩——那是一个他从没见过的铭文字！

可这白令分明只是个开窍修士，修为甚至不见得有自己高，他不可能看错！

开窍期连真元都没有，为什么能刻铭文字？

但情况危急，这会儿不是问问题的时机，庞戬立刻把身上所有的灵石都搜罗出来，连袋一起扔了过去："灵石接着！"

白令单手接住，足十多两的碧章石才一沾到他掌心，灵气立刻被吸干，隔着钱袋碎成了粉，强撑着刻下最后一笔，他指骨已经变了形！

转生木牌上铭文一成，白令就反手甩了出去，打在那木座上："断！"

铭文字爆出刺眼的白光，转生木的主人与疯狂信徒之间的联系被硬生生打断，木座上七窍流血的脸定格在那里。

太岁耳边陡然一静，他随即意识到发生了什么，暴怒："鼠辈！"

庞戬吐出口气："白兄，有这神通你不早用……"

白令："不行。"

"什……"

只见木座上被定住的人脸极缓慢、极艰难地挣动起来，脸上浓重的仇怨愤懑呼之欲出，那铭文字竟开始颤抖。

庞戬怵然一惊。

不过片刻光景，铭文字抖得越来越剧烈，终于，它像一道单薄的堤，在万心所向的洪流下一溃千里。刻着铭文的木牌碎了，白令力竭变成了

235

纸，要不是庞戡捞得快，他险些一头栽在那血色的木头里。

再没有什么能阻挡为一点微末的念想献出一切的绝望信徒。

太岁纵声大笑。

而就在这时，潜修寺上空一声巨响，强光毫无征兆地砸碎了无垠的夜空。

那响动将大长公主覆在奚平身上的"茧"都震出了细小的裂痕，奚平几乎沉到深渊的意识一下被唤醒了。

他被刺眼的光弄得有点迷茫。

天怎么这就亮了？

他居然见到了第二天的太阳？

这么大的太阳……雨怎么没停？

不等他理出个头绪，奚平就听见太岁用自己的声音，轻如叹息似的说道："我何其有幸，竟请动了劫钟。"

苏准一把拦下赶来的同僚们："别过去！"

杨安礼被突然亮起来的天色晃得睁不开眼，大半夜的手搭凉棚，问道："苏长老，到底出什么事了？刚才是什么响？天怎么亮了？"

"是劫钟。"罗青石一脚踩在一个稻童肩膀上，也不怕劈叉，终于成功将脑袋浮在了众人之上，"玄隐山镇山神器，亿万年镇在主峰，想动用，须经星辰海许可，三大长老点头，非大妖邪降世不得出……幸亏这里是潜修寺。"

"啊？"

"哎呀，各大仙山的镇山神器都不可越过仙凡边界。不然它响一声，能让凡间大旱三年，还了得？"罗青石恨不能把脖子抻出二里地，"院里那是奚士庸？有点意思！"

"别'意思'了罗师兄，"苏准的声音从数丈以外传来，"快——走——"

"嚎，也是。"罗青石踩着"高跷"也不耽误他灵活地转身，一对"高跷"替他撒丫子狂奔，他自己还能抻着脖子继续往后看，能多长一分见识是一分。

当——

奚平脑浆都快被那钟声从耳朵里敲出去了，神志又清醒了三分。

"劫钟这种杀器不辨敌我，除非你们能将我和这少爷区分开，那要我刻在灵相上的真名……"奚平听见太岁用一种奇异的语气，喃喃问道，"将军，你想起我是谁了？"

"梁宸，"支将军的声音从云上传来，那向来温和的嗓音被钟声的余波带出了冷意，"天机阁现任总督，仙门正统，行邪祟之事，你可知罪？"

"还有呢？"那引发腥风血雨的大邪祟追问道，他话音里竟带了几分说不出的急切，任是谁都能听出那里面的期待，"还有呢？"

支修皱了皱眉，也觉得古怪，但没工夫让他深究了——就算大长公主扛得动整个山谷，奚平那离崩溃只差一线的凡胎肉体也不一定撑得住。

"你自己出来，我可以做主留你性命候审，否则劫钟响三声，你必形神俱灭。"

太岁听完，沉默片刻，笑了："是了，你早不记得了，贵人多忘事。支将军啊，我灵相上挂着'黵面'，一个字也交代不出来的，你竟看不出来吗？候审，呵……"

说话间，他猛地一挣，似乎打算强行突破大长公主的禁制，奚平脆冰似的身体哪儿禁得住他这么折腾？支修心里一紧，别无选择，只能再次催动劫钟。

当——

潜修寺上空一片肃杀，奚平脑子里被惨叫声灌满了。

下一刻，他意识到那不是自己的惨叫声。

他的身体陡然一松，一道血光从他眉心冲了出去，附在他身上的伪邪神被劫钟锁定，给硬生生从他肉体里拔了出去！

大邪祟癫狂的笑声断断续续地混在惨叫里，洒得漫天都是，将大雨也染成了血色，凄厉得让人毛骨悚然。

当——

无情劫钟响了三声，余波将笑声、惨叫声都压了下去，钟声在拢音

的山谷中久久不息，印证着冰冷的天道。

天机阁总署，转生木上密密麻麻的人脸无端消失得干干净净，刀枪不入的骸骨突然裂开，在庞戬和白令惊骇的注视下滚落在地。

那方才还有轻浅呼吸的身体就像被吸干了灵气的灵石，一砸在地面上就碎了，扬起来的灰让那二人忌惮地退后几步。

温柔的灯光从窗外斜扫进来，目送着那尘灰……或是骨灰寂寞地游荡了一会儿，无依无着地落了地。

劫钟一响为示警，二响唤有悔，三响再无回转余地，神魔也要形神俱灭。

不知过了多久，奚平才从钟声里回过神来，却发现自己仍是一动不能动。

"奚士庸，"略显低沉的女声在他耳边响起，"你被铭文所伤，筋骨本该碎尽，我用符咒将你强行定住了。"

奚平："……"

也就是说，他现在是个碎渣堆的沙子人，喘气都危险。

端睿大长公主又道："但你死生一瞬时灵窍已开，现在邪祟已除，我将放开禁制，让灵气冲过你的经脉，你做好准备。"

奚平：什么？我现在风一吹就散了，还要给灵气冲？

那怎么不干脆拿壶开水把他沏开呢！没准种地里明年还能长个小的。

支修恭送了劫钟，与夜色一起落在废墟上，先是冲大长公主一点头，随即对奚平道："我与你端睿师叔会保你身不溃，但灵气灌入，必比别人痛苦千百倍。你须保住灵台清明。要是熬不过去……"

端睿大长公主打断道："拖越久越凶险，不必想太多，我放了。"

奚平：不！等等，还能不能想点别的办法抢救……

大长公主已经不由分说地松开了手印。

奚平身上裹的"茧"一下被山风卷得没了踪影，端睿整个人虚脱了似的往后倒退了三步。

奚平耳朵里"嗡"一声。

那一刹那，他身上每一寸血肉都被反复撕裂，痛觉比潮水一样的灵气更汹涌，一下就湮没了他的神志。

他只是个脾气不太好的少爷而已，又不是什么刮骨疗毒的壮士，除了在太岁手里吃了点苦头，他这辈子受过的最重的伤就是骑马摔断腿……师叔们太高估他了！要真有那么坚强的意志，他早成材了，还能轻易被几页佶屈聱牙的书放倒？

大长公主一看就知道他不是那块料，错开目光一摇头，低声道："这孩子恐怕不行。"

支修脸色微变："士庸！"

然而外界的声音这时候根本传不到奚平耳朵里，他像是千丈海啸中一只蜷在树叶上的小虫，连朵水花都激不起来。

人力是有尽的。

麻雀再有胆气，还能飞过昆仑山巅吗？

要不……要不就算了吧。

奚平想：他这辈子吃也吃过、玩也玩过，温柔乡里泡了小二十年，金粉都腌入味了，够本了。

他绞尽脑汁也想不出自己有什么遗憾，于是放弃了不值一提的反抗。

任凭灵台寂灭下去，神识消散……

突然，一个微弱的声音穿过了风暴："太岁！太岁星君……"

那转生木仍被血粘在他手上。

南边有无数转生木，长在地上的、做成木料的、供在神龛里的……阿响不间断的呼喊把奚平随波逐流的神识拉进了木头里，他一沉入其中，就好像长出了一副不知几千几万里的身体，方才差点把他拍死的剧痛一下被稀释了不少。

奚平一震，下意识地抓住了那遥远的呼唤。

阿响上气不接下气地跑进弯弯曲曲的小巷，钻进自己家里，一屁股坐在地上，回想方才的情形还是后怕得不行。

她不知怎么就迷糊了，失了神志似的，差一点就跟着师父他们一起发疯。阿响记得她当时心里就一个念头：朝拜下去，只要她诚心诚意，

239

失去的一切都会回来，所有的愿望都会实现。

要不是那道"神谕"叫醒她……

阿响一把攥住她胸前的转生木，惊魂甫定地想：我听见的才是真神的声音吧？

于是她虔诚地感激起又救了她一次的太岁星君。

大运河的灯塔不知疲惫地喷着蒸汽，在滂沱的大雨中，奋力将灯光打向远方。

疾雨下了一宿，洗透了金平的天，竟现了罕见的蓝。

少女的祷告中，"呜"一声，蒸汽大船掀开浪，缓缓地驶进了港口。成群的劳工穿着草鞋跑过去，吆喝着抢起活来。

潜修寺的风停了。

（二十）

"这是潜修寺有史以来，开灵窍动静最大的，没有之一。"苏准焦头烂额地抄着手走进澄净堂，"丘字院现在可以改名'谷字院'了，连旁边湖字院也被波及，刑堂都给我震塌了一角……唉，人怎么样？"

支修放下奚平的手腕："比预想的强。"

苏准："没死没瘫没残也没傻吧？"

"你盼点好。"

"谢天谢地，全须全尾的，"苏准大大地松了口气，"这就好，可以扣下人让他们家拿钱来赎了。"

支修又说："只是恐怕得躺上几个月。"

苏长老"啊"了一声，第一反应是："那他功课怎么办？"

"功课好说，"支修摆摆手，"师姐，你看他这灵骨是怎么回事？"

"灵骨？"苏准听完，白胡子差点卷起来，"什么灵骨？他？身上有灵骨？！"

别人求索百年，才得一副灵骨，这小子眼睛一闭一睁，《经脉详解》刚学两章，怎么就有灵骨了？

苏淮不由得看了大长公主一眼："难道是先天灵……"

"不是先天灵骨，灵感甲等也是因邪祟附身，罗青石误判了。这弟子灵感平平，根骨也只能算中上。"端睿看了一眼，说道，"他身上那具灵骨不是自己的。"

苏淮目瞪口呆："那……那是谁的？"

"那梁姓邪祟留下的。"端睿说道，"天机阁传信，这邪祟不过筑基修为，本不该有元神，若我没猜错，附在这弟子身上的应该不是什么元神，就是一具灵骨。奚士庸身上有了一具多出来的灵骨，才能在灵窍未开的时候，让灵感附在五官上，导致罗青石看走眼。"

这话要不是端睿大长公主说的，苏淮肯定以为自己听了个不高明的鬼故事："骨头？骨头怎么附身？"

被骨头附身，岂不是要长出两个脑袋四条腿？

"确有这样的先例，"支修起身道，"我在内门查到，上古神魔林立时，曾出过一魔神。此人修的道非常诡异，相传是以'粉身碎骨'渡劫的，每跨一个境界，就要身死一次，人称'死道'。"

苏淮感觉这比"骨架附身"还离谱："死人能复活？还能跨境界？"

要知道除非真的飞升上界，不然就算是玄门高人，也终究是人。人死了，那就是尘归尘、土归土。

而所谓"元神"，也绝不像民间想象的鬼魂那样，能自由自在地作祟。一般情况下，再强横的元神最多也只能禁住两次夺舍，否则玄门真成"鬼门"了。而且就算是升灵大能，肉身损毁后，逃逸的元神也非常脆弱，禁不住开窍级的仙器轻轻一敲。一旦身毁，哪怕成功夺舍，也会因为身心不符，在修行上再无法前进一步。

"'死'是个比喻，不是真死。"支修说道，"我找到的那本残卷上写，这位死道大能修出了一具特殊的'隐灵骨'，能藏匿于万事万物中。他本体其实是那具隐骨。每次骨肉分离，都如一次'蛇蜕'，保存完好的隐骨会长出新的血肉……直到那隐骨被南圣抓住斩落，这位'不死'大能才真归了天地。"

"上古的事就算了，好多记载跟'女娲补天'也差不多，比民间传说还邪乎。"苏淮摇摇头，说道，"小师叔，你说的那魔神和这孩子有什么关系？"

支修抬起眼:"巧的是,传说中这位死道大能有'伴生之物',恰好就是转生木,宛语'转生木'本身其实也是因他而得名的。"

苏准一愣。

端睿大长公主点头道:"我将谷中灵气隔绝后,那邪祟曾想通过转生木吸人气血冲灵窍。可见他确实可以通过转生木行'鬼神之事',隐骨传说怕也并非空穴来风。"

"小庞那边说,他们找到的邪祟真身中的骨不是灵骨,才八年,就已经放糟了。"支修道,"一个筑基修士,不可能没有灵骨,那他灵骨去哪儿了?"

苏准起了一身鸡皮疙瘩:"也就是说,梁勉之……很可能是机缘巧合,得到了一部分上古魔神的隐骨,与自己的灵骨相融后,他的骨头像元神一样,可以隐形,可以脱离肉身?怪不得他附身到这孩子身上,我们怎么都看不出来,奚士庸一直是身心一体。"

支修听见苏准叫了"梁勉之",略挑了一下眉:"我猜'身心一体',跟安乐乡里那主祭小姑娘的换命符也有关系。她应该已经将生前死后都献祭给转生木了,再使换命符,虽说是救了他一命,想必也把他当出去了。"

大长公主道:"我听说,那梁姓邪祟很执着于灵相和他相似的人?"

"嗯,他灵相上有黥面。"支修沉吟片刻,"虽然不知道他具体是怎么打算的,但我猜,他应该是想用什么办法除去自己的黥面。"

苏准感觉自己入道两百多年,算是白活了,这会儿脑子里"嗡嗡"的,只觉这二位说的都是鸟语:"小师叔,灵相上的'黥面'又是什么?"

"早年间,我朝天机阁初立,外门制度并不完善,为了降妖除魔,招安过不少民间修士。这些人虽然有本事,但往往不驯,为防其有异心,便有大能设了'黥灵相'之术。"大长公主淡淡地说道,"不过这都是旧例了,六百多年前就已经废除,你们年轻人大概没听过。黥于灵相,须双方自愿,此后携黥面者终身不得叛主,那黥面也和名姓一样,会跟随他一生,哪怕将来元神夺舍也无法摆脱。"

苏准头皮发麻,失声道:"他一个朝廷命官,为什么会有这种东西?谁给他打的?"

"我也想知道。"支修缓缓说道,"我还纳闷,此人一生看起来循规蹈矩，究竟是在哪儿弄到上古魔神遗物的……又是怎么在天机阁藏匿八年之久，让青龙塔乃至于星辰海都毫无反应的。"

他说着，垂下视线，其他两人的目光也随着他一起，落在人事不知的奚平身上。

苏准下意识地压低了声音："这么说，劫钟将梁勉之……那半具'隐骨'就留在了这孩子身上？"

"他开灵窍之前被铭文炸伤，师姐为了让灵气通过经脉，将他经脉骨架强行捏在一起……幸亏这是开窍前伤的，不算'灵窍伤'，不然什么灵气也修不好，怕是得瘫一辈子。之后灵气穿过他受损的筋骨，自发修复，应该是将邪祟遗留的东西与他自己的骨搅和到一起了。"

支修说着，隔空一弹指，奚平的手指被灵气轻柔地扫了一下，发出"铮"一声琴弦似的响动，竟震裂了床头一只粗瓷茶杯："虽还没长好，但确实是灵骨。"

大长公主忽然前不着村后不着店地说道："要是女孩，这孩子我就收了。"

支修明白她的意思，犹豫了一会儿，他终于叹了口气，说道："罢了，我带回飞琼峰吧。"

苏准震惊地转向他，仿佛听见历牌说天要下红雨。

"也好。"大长公主一点头，"那我回师门了。"

苏准忙把嘴闭上，起身恭送，等端睿大长公主人影一闪不见了踪影，他才迫不及待地转向支修："静斋，你真要收徒？"

"我在星辰海崖边报上那邪祟姓名后，星辰海立刻把劫钟给了我，可见这事不是小风波。"支修心事重重地说道，"这小鬼机缘巧合得到了那半具隐骨，一步登天到了开窍圆满，不是什么好事。在我门下不见得有什么出息，但至少遇上心怀不轨的，他不会被欺负得太惨。"

苏准看了看奚平又看了看他，干巴巴地说道："小师叔，凭良心说，我感觉你还是好好管教令徒，别让他把别人欺负得太惨吧。"

支修好脾气地笑了笑，轻轻把奚平的手塞回被子，又问道："我方才听你喊了那梁辰表字，怎么，有交情？"

不知是灵相黯面还是隐骨的缘故，梁宸的来龙去脉上蒙着一层雾，支修也算不清楚。

苏淮听闻，用古怪的眼神看了他半天："静斋，我看你修的才是清净道吧……你一点印象也没有了吗？两百年前？"

支修："两百年前的事谁还能记住？"

苏淮："……"

"你……你……行吧，"苏长老抽了把椅子坐下，叹了口气，"就是南阗打到皇城根底下那回。当年全城十六岁以上的壮丁都上阵了，有一次咱俩经过一个临时卫队，我看见有个小子身体瘦弱，不太对劲。你就把人抓来一盘问，果然，还不到十四岁的一个小豆子。你本来说让小孩子一边玩去别捣乱。那孩子就哭说，他来金平探望重病的族叔，赶来时人就没了，吊完丧正想回去，不想被困在城里。听说宁安老家已经被南阗铁蹄蹂过了，他全家恐怕都凶多吉少，小孩子一个无依无靠，也不知道能干点什么。你看他可怜，就把他留在身边当了亲卫，没事帮着跑个腿传个话什么的，反正也不知是他护卫你还是你护卫他，那孩子就是梁宸，你一点也不记得了？"

支修茫然地"啊"了一声。

澜沧高手围城，金平龙脉都挑了，谁都不知道自己什么时候死，他忙得昏天黑地焦头烂额，哪儿记得住那么多琐事？

"后来呢？他怎么入的道？"

"可以说是打仗打的。那仗太惨烈了，"苏淮顿了顿，说道，"为抵御外敌，咱们动了太多的仙器，第二年金平方圆三十里，没一个娃娃出生，更不用说守在仙器旁边的兵卒了。后来仙山专门拨了一批丹药给幸存者疗伤，大部分人吃完就没事了，但其中就有十几个人以此为契机，意外开了灵窍。他们于家国有功，虽不是正统入道，但也不能算邪祟。只是这种丹药催开的灵窍太损根基，这一批人资质都不行，进不了天机阁，后来都给安置在了驻矿办。梁勉之八年前因公伤病退下来，才回金平闭关。"

支修听完点点头："原来如此，驻矿办常年驻守南疆，看来问题很可能出在'百乱之地'。"

苏淮看着他，欲言又止。

支修："怎么，有什么不对？"

一点问题也没有，支将军思路清晰，永远不跑题。

苏准看着他那张什么都没想起来的脸，终于还是摇了摇头——

后来……听说支将军重病，梁宸在南疆到处求医问药，找到他认为有用的东西，就寄到天机阁请苏准他们掌眼……当然都是不怎么靠谱的，直到知道支修被玄隐山接走才消停。

自此，梁宸励志努力修炼，将来调进天机阁，像他崇拜过的英雄一样，为民立命，保万世太平。他想着，功勋卓著的"人间行走"会在仙门挂号，到时候说不定能再见支将军，当面告诉将军自己不负栽培。

然而丹药灌顶开的灵窍，损伤会伴随终身，他在仙途上恐怕永远难有建树。苏准不忍浇灭少年心气，便在问候老朋友的时候和支修提了。支将军随手鼓励了一句"勉之"，让苏准誊给了那远在南疆的少年。

从此，梁宸有了个表字，叫作"勉之"。

不料真到重逢时，当年的寄语却已同那人轻浅的记忆一样烟消云散，信誓旦旦的少年也如他表字一般，被遗落在了渺茫的岁月深处。

也是，两百年了，故人都面目全非了，也不怪支将军忘性大。

便听支修又嘱咐道："哎，对了，明仪，别忘了让小庞给这孩子家里报声平安。"

"遵命，这就去。"苏准把叹息咽了，"小师叔办事可真是太周到了。"

"多谢尊长专程跑一趟。"庄王客气地把来报平安的庞戬送出去，又将姚家的尺素鱼和一小袋蓝玉递给庞戬，"还有个不情之请，可否劳烦尊长将这青瓷鱼交还姚大人？"

庞戬是根老油条，立刻会意，圆滑地说道："哎呀，明明是天机阁借的东西，还让王爷破费补偿他们……那我就厚颜替姚大人谢谢了。"

两人客套一番，庞戬把蓝玉往尺素鱼的锦盒里一塞，拎着走了，提也没提庄王私自调换铭文、养修士的事——郡王爷有的是钱，肯定不会让手下窃那都是杂质的"天时"，养个筑基升灵都碍不着别人；铭文没逾制，塌房的风险自己担，反正王府庭院深，玩砸了也崩不着邻居——老庞草莽一个，这些贵人私下里怎么钩心斗角，他才不掺和。

庄王送走庞戬，就听身后人说道："庞文昌这老狐狸。"

南书房桌案边放着个锦盒，盒盖自己翻开，盒中竟铺着一层叫人眼晕的白灵，价值连城的白灵石中夹着一张白纸，几乎和灵石顺了色。

"你又出来做什么？"庄王轰走探头探脑的黑猫，回手将盒盖盖好，"卷着去。"

盒里传来白令的声音："主上，那日在总督府，我打断梁宸的铭文是'错金铭'，封魔印上的字。他和他那转生木，果然带着无渡海里的味。"

庄王沉默片刻，不怎么惊诧地喃喃道："那是让我说着了，无渡海还真是'歧路之始'。"

"庞文昌说，梁宸是八年前在押送灵石路上遇袭的，"白令语速快了些，"那时不正好应该是……"

"嘘，"庄王敲了敲盒盖，打断他，"养你的伤，不干你的事。"

说着，他坐在旁边，拎过一把琴架在膝头："我没把天机阁的视线往那边引，已经仁至义尽，剩下的……应该是别人操心的事。"

白令在锦盒里，听他信手拨了一段小调，野趣十足，就是有点聒噪，连猫听了一会儿都嫌烦跑了。

实在不像庄王的风格。

"主上，这是八年前世子弹的那首小曲吗？"

"嗯，"庄王压住琴弦，眼角带了一点淡淡的笑意，"也不知跟什么不三不四的人学来的，唱词更是荒唐，奶声奶气地灌了我一耳朵淫奔不才之事，害我爬回人间第一件事就是写信给他爹告状……"

他说到这儿，话音一顿："小白，这回多谢你了。"

"属下惶恐，是世子吉人自有天相。"

"吉人"奚平躺了整整半年。

他偶尔被疼醒，会听见口哨声，吹的都是他平时改良的小调；有时也能听见少女絮絮叨叨的声音，讲她师父和同伴都被什么蓝衣捉去了，她担惊受怕，幸好星君保佑，也讲她继续买金盘彩，依然中不了……还有其他一些琐事。

直到金平的隆冬盖住南郊，一场冻雨瑟瑟而落，奚平终于粘起了自己七零八落的意识。

他一时想不起自己是死是活，只看见阿响又在一边干活，一边在心里喊太岁星君，便忍不住插嘴道："我真服了，你怎么还在信这玩意儿？"

阿响差点被机器碾了手,她猛地站了起来,震惊地四下张望。

"别找了,木头,就那木头。"

阿响心狂跳起来,魂不守舍地找了个借口溜出厂房,捏住转生木:"太岁?"

"你才太岁,你全家都……"转生木里的声音停顿了片刻,似乎想起阿响全家都没了,又生硬地转了个弯,"喂,我问你,那些丑八怪呢?"

"都被'蓝衣'抓走了,多亏太岁保佑,我才……"

"太岁"打断她:"没事,你也帮了我一把,咱俩就算扯平了。"

阿响:"……"

不是,这位星君怎么还跟信徒算账?

转生木那头传来一声痛哼,阿响吃了一惊:"太岁?"

"说了别叫我太岁,我才不是那老蛔虫。"转生木里的声音骂骂咧咧了几句,"我说你啊,南圣那么大一个庙许愿都不灵,你到处瞎信什么野鸡神?被人卖了还发血誓,上赶着给人家当粮仓,什么毛病?"

阿响终于觉出不对劲了:"什么?你……你是谁?"

"我告诉你是怎么回事,听好了。等我说完,我劝你赶紧把那破木头烧了,不然你一叫'太岁'我就能看见你。你也不是什么小丫头了,不觉得不方便吗?"

接着,不等阿响拒绝,转生木里,那有点虚弱的声音就一股脑地把事从头说了:从少女阿响的血唤醒贪婪的邪祟,到守在暗处的邪神冷眼旁观,诱她献祭身心……

阿响嘴唇哆嗦着,靠着墙根缓缓蹲下。

仙山中,把自己"唯一信徒"的信仰掀翻在地的奚平讲完,突然好像能感觉到自己的身体了。他喜出望外,无暇再管阿响,深吸口气,异常丰沛的灵气一下子涌入肺腑。

奚平倏地睁开了眼。

大道通天，路上没有亲朋好友。

卷三

琼芳瘴

（一）

"砰"一下，奚悦把水盆摔了。

半偶愣愣地盯着奚平看了半晌，张了张嘴，掉头就要往外跑。

"等会儿，回来！"奚平脑子里刚闪过这么一个念头，就见奚悦的脚步生生刹住，被驯龙锁牵了回来。

奚平愣了一下：多久了，驯龙锁里的血还没失效？

他晕头转向的，想撑着床坐起来，手才一使劲，就倒抽了一口凉气。

胳膊抽筋了！

奚平好像一下回到了十三四岁长个子的时候，有那么几个月，他个头蹿得太快，皮肉跟不上骨头，天天半夜抽筋抽醒——只是那时候抽的只有腿，这会儿他全身都抽。

与此同时，疼痛像是也削尖了他的感官，奚平的耳目前所未有地敏锐起来。

他一闭眼，能听见千丈外的山林中，积雪压断树枝的声音。

等等，积雪？

奚平一边龇牙咧嘴地抻筋，一边扭头看向窗外。

窗外白茫茫的一片，北风卷着鹅毛大雪，抱着团往下砸。金平长大的人这辈子见过雪的次数一只手能数过来，奚平看得目瞪口呆，心说：我是谁？我在哪儿？我还活着吗？我怎么活的？

这时，他耳朵捕捉到了一片特别的"雪花"，飞得极快，而且方向跟其他雪花不一样——奚平也不知道为什么他能听出雪花的方向——转瞬到了屋前。

他眉心微痒，心里灵光一闪：有人来了。

果然，下一刻，门"吱呀"一声开了。

支修提着照庭走进来，斗篷上缀满了细碎的冰碴。将兜帽往下一拉，他毫不意外地父道："醒了啊？"

"可算不用我喂灵气了——孩子，你快先别哭了，先去给他弄点吃的。"支修拍了拍半偶的头，回手将寒气关在外面，又嘱咐奚平道，"你要出去玩自己多穿点衣服，飞琼峰别的倒没什么，就是冷。"

奚平梦游似的点头，点了一半，脑袋卡住了。

什么……峰？

您说这是哪儿？！

"飞琼峰啊，一年有大半年都在下雪。"可能是到了自己的地盘，支修比在外面自在得多，解了斗篷，他往铺着雪白毛毯的小榻上一坐，没型没款地跷起二郎腿，还掏出一袋松子，"吃吗？"

奚平："……"

支修难得见他一脸找不着北，觉得挺好玩。

打从他第一次在安乐乡见到奚平这小子，就觉得这货满肚子主意，而且发挥不太稳定——有时候是好主意，有时候是馊主意，是好是馊，脸上一点也看不出来，得等他最后关头自己揭，比赌场揭骰盅还刺激。

"我说，"支修军冲奚平打了个响指，突然说道，"你既然来了，以后就留下给我当徒弟吧？"

奚平好不容易把抽作一团的筋抻开，脑子还没醒，脱口道："我不。"

支修："……"

饶是支将军一代传奇，也险些没维持住表情。

大雪包裹的小屋突然安静，一时非常尴尬。

"不是，我不是那意思……"奚平总算趁这时候倒回了自己的记忆，想起了潜修寺、附身的魔头、炸裂的铭文，他激灵一下，"师叔，那个……那个谁，他不在了吧？"

支修："劫钟下都死不透，天早就翻过来了，你放心吧。"

奚平听了他确认，整个人一下松懈下来，脊梁骨当场短了三寸。

他往被子上一扑，想起自己在潜修寺的步步惊心，只觉郁结难抒，遂拖起了罗青石式的长调，号道："啊！可算走了！我这造了什么孽！"

支修强压住往上翘的嘴角。

奚平一朝重获自由身，恨不能出去跑一圈撒欢，散了半天德行，他才想起自己刚才拒了个什么——飞琼峰主，支将军，要收他做徒弟？

"师叔，您刚逗我玩呢吧？"

支修抓了一把松子，一点也不正经地说："我一把年纪的人了，没事逗你干什么？当然是正经的。"

"那什么……您是不是听信谁的谗言了？"奚平说，"跟您说实话吧，我在潜修寺就没干什么正事，灵感全靠作弊，背书全靠魔头，本想吃胖十斤，结果膳堂一天就管两顿饭，魔头还天天折腾我，连这小目标都没办成……唉，您收我干什么呀？我都跟我爹娘说好了，开不了灵窍就进少爷营……呃。"

他一边说话一边掀被下床，脚刚一踩地，一个没控制住，把雪白的木头地板踩裂了。

奚平一脚踩住了那道裂缝，假装无事发生，冲支将军露出一个乖巧的笑。

支修一拂袖，一道清风卷过来。

奚平迅速把脚缩回床边，坐在了屁股底下。只见方才被他踩裂的地方结出一串冰花，冰花转瞬升华，裂痕也随之消失，地板恢复如初。

"你忘了吧？"支修笑道，"你灵窍已经开了。"

奚平愣住了。

披散的头发随着他的动作滑开，他突然发现，他能分辨出自己每一根头发丝的走势，甚至能预先判断到它们会落到哪儿。全身上下，他能锁定身上任何一个部位……包括五脏。

他低下头，颠过来倒过去地观察自己的手，发现手上细碎的茧子全消失了。手指轻轻动了动，"铮"一下，指尖发出了琴音。

奚平吓了一跳，不知道自己碰响了什么，到处乱踅摸。

"别找了，"支修说道，"就是你的手指在响。"

我成了一把琴？

奚平纳闷地回忆好不容易看进去的入门典籍——书上也没说开灵窍还有这后遗症啊。

"开窍修士身体条件远胜于常人，但那些武艺稀松的，在外行走还是都得靠法阵和仙器这些外物。直到灵骨修成，开窍修士才能有属于自己的第一个神通,"支修道,"比如你庞师兄那腿骨中抽出来的长弓。"

奚平不敢乱动了,刚染了指甲似的,把指缝张得开开的,手小心翼翼地平放在膝盖上:"灵骨?我哪儿来的灵骨?"

"捡的。"支修简单地将"太岁"在他身上遗留的隐骨讲了,又安慰道,"你根基不牢才一碰就乱响,将来学会控制灵气就好了。"

奚平恍然大悟:"怪不得!"

"什么?"

"怪不得大魔头都没了,那丫头一叫'太岁',我还能看见她!"

支修眉心一蹙,正色下来:"什么意思?'那丫头'是谁?"

"哦,魏诚响,一个住金平南郊的小女孩,"奚平说道,"大魔头说是被她的血唤醒的,我当时通过我三……庄王殿下往外传信的时候说过她。"

"这姑娘不是那邪祟告诉你的,是你看见的?"

"她把血滴在转生木上过,大魔头醒过来以后,她一喊'太岁'我就能看见她,不过只能看,要想跟她……他们那些太岁信徒联系,得通过转生木……哎,等等,师叔,我那转生木雕呢?"奚平从潜修寺到飞琼峰,衣服早换过了,血淋淋的转生木雕当然也给奚悦拿去清洗了,不在他身上,奚平找了一圈没找到,嘀咕道,"奇怪了,转生木也没在我身上啊,那我刚才靠什么跟她聊的?"

支修:"你从头细说。"

奚平就从他第一天听见阿响求救开始,一直到刚才他跟阿响怎么"互相帮助,帮完两清",原原本本地交代了一遍。

支修本来神色有些凝重,听到最后一段,他脸色古怪起来:"你对她把实话都说了?"

"也没都说,"奚平道,"没告诉她我是谁,大家都是金平人嘛,万一以后大街上碰见了多尴尬。"

支修打量了他片刻:"有人只剩一具骸骨,尚在装神弄鬼,不肯走下神龛。那小姑娘朝参暮礼,大概是真心实意拿你当真神崇拜……你为什么要戳穿?"

奚平莫名其妙道:"一个傻了吧唧的柴火妞崇拜我,对我有什么好处?再说我又不会保佑她,南圣都不显灵,让我显灵?吃饱了撑的,我

253

不干。"

支修顿了顿，摇头笑道："难怪你端睿师叔说想收你，你这心性，确实适合她的道。"

"啊？端睿师叔？"奚平激灵一下，"就不……不了吧，要拜她为师，那我不得先割点什么……哎哟！"

支修隔空弹了他个脑瓜崩。

"这里是玄隐山，劳驾，管管你那张嘴。"支修说完，又严肃下来，叮嘱道，"此事不要再和别人说。"

"知道，我又不傻。"奚平摆摆手，"师叔您又不是别人，这不是刚救过我狗命嘛，我感觉还是都交代清楚比较好，省得再埋下什么我不知道的隐患。"

支修想了想，大致给奚平讲了"隐骨""上古魔神"和他的猜测。

"'死道'不是梁宸的道，他虽然得了半具隐骨，到底没法像当年那位魔神一样凭骨生身。从安乐乡到潜修寺，我看他打的一直是附身夺舍的主意。"支修说道，"我猜要想向'信徒'传话，还是须得通过灵台，他那时控制不了你的灵台，这才需要转生木……如今邪祟已去，隐骨留在了你身上，你又开了灵窍，灵台与隐骨相连，所以不用转生木也能跟'信徒'沟通。"

奚平听得晕晕忽忽的："呃……所以转生木是……是那个大魔头的神通，他死了以后，把这本事留给了我？还能这样？"

"转生木不是神通。"支修摇摇头，"此事涉及上古魔神，是玄门忌讳，我也不方便请教前辈，都是自己查阅的典籍，不一定对，你听听就好——你知道何为蝉蜕吧？"

"知道，就是神仙。"

支修没有笑话他浅薄，耐心地说道："这么说也没错，筑基是入道，升灵可以聆听天地之音，蝉蜕就是合道——将自己的道并入天地，你便成了天规地则的一部分，确实是人间神了。但在上古时期，天地混沌，神魔乱斗，天地间是没有这些秩序的，直到剑圣奉天承运，在极北之地，以自己的剑道为基，世上第一座灵山昆仑隆起，挡住北原朔风，大道才有了雏形。"

奚平一头雾水："大道是什么？剑？"

"不,剑也好、器也好、丹药也好,都是道之形,大道之门,道通唯一。"支修轻轻地说道,"至于大道是什么,我可能没法告诉你,因为我也不知道,我还只是求道路上的一个小小弟子。"

奚平有些吃惊地看着他——这个大宛近代以来最传奇的男人,坦然地在后辈面前承认自己"不知道"。

"顺此大道者成神,比如我玄隐山的南圣、西楚三岳的玄帝陛下、南蜀凌云的天波老祖……他们各据一地,合道上天,生发灵山;而在五大灵山落成前,天规没有完全形成,还有一些人在这期间不顺大道,也追随着自己的旁门,走到了蝉蜕境,他们的道无法合天,于是落入地下,化为草木,就是伴生木——转生木,就是那位死道魔神的伴生木。"

奚平听得目瞪口呆,小心翼翼地问:"那我……我算什么?我现在是魔头继承人……小魔头?"

支修险些被松子呛住,大笑起来。

"不是,师叔,一个青春大好的后辈在您面前失足了!"奚平号道,"您老怎么还笑?!"

"不用多想,你这一丁点年纪,门都没入,道心都没有,上古魔神早就烟消云散了,梁宸也只盗了半具隐骨而已。"支修抹掉笑出来的眼泪,摆摆手,"留给你的东西,你可以用,若是在外行走,也算半个神通。只是不要对人提起,这些事在玄门中毕竟犯忌讳。还有,你不要再主动看那些邪祟,也不要跟他们搭话。"

奚平道:"那他们以后老来烦我怎么办?"

"你自己的灵台,当然自己学着控制。"支修看着这常识都没捋顺的小弟子,也有点发愁,便说道,"我接手飞琼峰不到百年,资历可能不像别的峰主那么深,未必能教你什么。不过我那些桃李满山的师兄师姐都不收亲传弟子了,去了也只是分个住处,让你们跟着同峰的师兄修行,喊峰主不喊师父。我这飞琼峰上就我自己,山印都没开,你要是拜入我门下,本门就只有你一个,飞琼峰上所有资源都可尽你使用,你不考虑考虑吗?"

这话要是让内门中没有师承的剑修们听见,能哭出来。谁知奚平真就心里很没数地"考虑"了起来!

支修其实不想收徒,多个人添乱。他再随和也是个剑修,一个在冰

天雪地里独自修行了两百年的剑修，性格能有多合群？再说收徒得"传道授业解惑"，尤其"解惑"，哪句话说错了误人子弟，他还得负责，一想起来脑袋都疼。实在是当时端睿殿下都开了口，他不接话不合适，再加上奚平这小子也不讨厌，才勉强愿意"牺牲"一次。

谁知遇上这么一位给脸不要的。

人性本贱，支将军突然发现自己也不能免俗，奚平这么一勉强，他反而不勉强了，还真就有点想收这徒弟了，便又道："你灵骨已经不是问题，等你适应了，把修行补齐，就可以考虑筑基，我的道心可以传你。"

奚平已经从太岁那儿知道了道心可以继承的事，便请教道："您的道心是？"

支修："我是剑修。"

奚平有点打退堂鼓："那是不是得天天练剑啊？"

支修笑道："放心，我自己也稀松得很，待晚辈自然不会太严苛，一天有三四个时辰就够了。"

奚平倒抽了一口凉气，惊恐道："多谢师叔，我学不了！"

支修奇道："你不想成仙得长生吗？"

奚平更惊恐了："还长生？一天练三四个时辰的剑，练他个八百一千年？师叔，我要是犯了什么错，您就揍我一顿吧，我感觉我罪不至此！"

他真情实感的惊恐把支将军逗乐了："我是喜欢剑才练的，你要是不喜欢，倒也不是非得走这一道，你喜欢什么？"

那可多了……

奚平顺着他的话想了半天，一时居然捋不出个头绪。他喜欢美食、美酒、美人、美景，有什么新鲜东西都愿意试试；喜欢跟着商队天南海北到处流窜，走一路玩一路；喜欢北历的雪、西楚的山、南蜀的异兽满街颠；喜欢搜罗好玩的土特产带回家，再在归途给他娘捎一盒新鲜胭脂。

于是他总结了四个字："吃喝玩乐。"

支修再一次被他逗笑。

奚平却没笑，这么一回想，他思路清楚了。

支将军说要收他为徒，不飘是不可能的，奚平没当场上天飞一圈，也就是惊喜太大，震得他有点回不过神来才没失态。但他暗地里欣喜若狂之余，却又总觉得有什么东西隐隐硌在那儿，不让他贸然点头。直到把话聊开，奚平才忽然意识到：原来打心眼里，他还是想回家。

潜修寺的点心再好吃，满山跑的祥瑞再好玩，他也觉得这只是一段有意思的旅程，回去能吹一辈子牛的那种……但总归得回去。

于是他难得正经八百地说道："师叔，其实我好像不太想成仙。"

支修一抬眼："舍不得红尘？"

"那肯定舍不得，不过倒也不全是。"奚平往窗外看了一眼，飞琼峰的大雪一眼望不穿，将山与云连在了一起。小院与仙、仙与人、人与走兽飞鸟……都渺如一片雪花，没什么差别。

假如是凡人，出去转一圈，大概要雪盲了吧。

"苏长老说，筑基成仙得有道心，我不想要道心，一辈子不能变，听着怪轴的。我觉得到什么庙烧什么香就挺好。大家都在拿自己的'道'叩问天地，我要是天地，肯定都被烦死了。"

支修微微一愣，那一瞬间，他道心忽然若有所动。

奚平等了半天不见他吭声，便问："师叔？"

"你课误了大半年，得了灵骨，自己灵气也控制不好，放你回凡间是添乱。"支修回过神来，说道，"这样吧，在我这儿把该补的课业补上，到时候我跟你庞师兄打声招呼，叫你跟着他在天机阁学点东西。"

奚平睁大了眼睛。

"入我门下，筑基之前，可以自由做人间行走。"支修温声道，"道心你自己去找，找到了就回飞琼峰，找不到嘛……到时候寿元尽了，我可不管你，怎么样？"

这还能说什么呢？

就算奚平一贯对自己讨人喜欢一事颇有自信，一时也不由得受宠若惊，他指骨撞得"叮当"作响，差点碰出一首《夕阳箫鼓》，小心翼翼地问道："师叔，您当年在凡间真没留下什么……后来改姓奚的私生子吗？"

支将军涵养绝佳，笑意不减："我看你这张嘴留之无益，不如换给奚悦吧。"

就这么着，春天还在跟金平女鬼选美的永宁侯世子，在隆冬将近时，成了飞琼峰首徒，做梦似的。

不过半个月以后，师徒相得的梦就破碎了。

"师父,"奚平已经习惯这个称呼了,先孝顺地给支修温了一壶酒,又愁眉苦脸地不孝道,"我感觉您还不如罗大明白讲得清楚。"

支修:"……不许在背后对师兄出言不逊。"

支将军也很纳闷,别人的弟子他也不是没见过:有格外懂事乖巧的;有特别善解人意的;有虽然沉默寡言,但师长指东不往西的……哪怕是他自己当人弟子的时候,对师尊也是恭恭敬敬、奉若神明。

哪儿像这人?

"师父真厉害,松子又烤煳了。"

"师父您也太懒了,茅屋里塞个芥子,假装自己有个院……我看您还不如干脆把芥子摆外面,也别搭那茅屋了,房顶快让雪压塌了!"

"师父您这坛酒跟昨天那坛不是一个味啊,酿酒水平太不稳定了。"

"师父啊,内门伙食怎么还不如潜修寺啊!"

"师父……"

这小子也太麻烦了,哪儿来那么多事!

支修:"我哪儿没说明白?"

奚平:"哪儿都不明白。"

师徒二人大眼瞪小眼,中间好像隔了一道楚河汉界,谁也看不出对方脑袋里装了什么玩意儿。那日聊起仙路时,惊鸿般撞到绝代剑修道心的东西好像只是个美丽的错觉。

支将军无奈,把手里的《经脉详解》一扔:"算了——你灵骨适应得怎么样?"

"啊,挺好的,"奚平道,"宫商角徵羽,调我都找着了。"

支修没明白他在说什么,便道:"到外面去,我看看。"

奚平更莫名其妙,不知道弹个琴为什么还得出去,不过师尊既然吩咐了,他就裹了件大氅遵了命。

支修将他领到自己平时练剑的地方,周遭都是披冰被雪的巨石,锋锐无双的剑气在上面留下了一道一道的痕迹,肃杀之意扑面而来。

"不用紧张,师父在,你且试试。"

奚平才不紧张,醉流华鉴花会他都技压全场,何况在师父面前?他一点也不怯场,将袖子一挽,信手弹了一支"余甘公"的得意之作。

本想看看他灵骨属性的支将军听完沉默半晌,问道:"这是什么?"

"一首曲子,"他的高徒回道,"讲大小姐逃婚与马夫私奔的故事。"

支修没说什么,颇为宽和地点点头:"是挺熟练了,再试试别的。"

于是金平著名私奔专业户余甘公又演奏了"仙女私嫁凡人""寡妇怒砸牌坊"等一系列名作。

把支修听得头一回在自己的剑阵里胸闷气短,生出把这小子逐出师门的念头。

(二)

一开始为了保护奚平,"太岁"的事知道的人越少越好。天机阁中,也就直接和支修联系的庞戬知道整件事的来龙去脉,其他蓝衣都只是"奉内门密令",一头雾水地给庞都统跑腿。

结果最后查邪祟查到了总督府,这事就更不能往外说了。

好在另一个目击者白令比转生木座上的干尸强不了多少,也见不得光,庞戬不用担心他泄密,就干脆跟支修请了一道封,将总督府重新封上了。等把"太岁"的事查清了,再看以什么名目上报朝廷。对外,只说那天有要紧事请示总督,破门而入是迫不得已的。

至于什么"要紧事"……众人都以为跟天机阁行"代辖"权,在城中大肆搜捕邪祟余孽有关系。据说光城防军里就揪出了七八个人,丹桂坊的贵人家后院更是"热闹"非凡,一时间满城风雨,人心惶惶,诸多古怪的细枝末节倒也没人追究了。

永宁侯府就像暴风眼,卡在风浪中心,却平静得一点消息也刮不进来。奚平的通信突然断了,要不是后来庄王隐晦地报了个平安,侯爷在老夫人面前几乎要编不下去了。足足过了半年,白玉咫尺才重新亮起来,侯爷一口悬在嗓子眼的气总算落下了。然而紧接着他老人家看清了上面写了什么,眼前又一黑。

奚平那不要脸的混账,先在咫尺上把自己夸开了花,然后宣布:因为他这么好那么好,所以被飞琼峰慧眼识珠挑走了,成了支将军的亲传

弟子。

天寿，史书上也没说支将军有眼疾啊！

侯爷阅毕，一宿没睡，庄王府南书房的灯也亮到了天明。

远在雪山上的奚平一点也不知道家人牵肠挂肚，拿回咫尺之后，他废话连篇的家信更密了。

"因孙儿来了，飞琼峰每日也有仙兽送饭（后来才知道，仙兽不是活物，是仙器，难怪都不偷吃）。内门餐食没油没盐没滋没味。师父说，内门以修行为重，不耽于口腹俗欲，所以餐饮潦草。孙儿问，难道不是因为大能都辟谷了，饭做得再好也没人赏识吗？想必吃喝是俗事，拍马屁倒超凡脱俗了……被师父罚上屋顶扫雪。"

"师尊带孙儿去主峰领内门弟子牌，内门众师兄皆为孙儿倾倒，一路都有人不停看我，还有一位师兄顺了拐（可乐）！到了主峰主殿，师父让孙儿拜见'司礼长老'，孙儿没看见人在哪儿，遂拜见了地板。地板（也可能是司礼长老）出声让孙儿不必多礼，口气同祖母很像，听着十分慈祥（比夏神殿里的神官像可慈祥多啦）。司礼长老还给了孙儿一颗避暑珠当见面礼，持此珠，往后在大宛境内暑气不侵、雷雨不沾身，等孙儿下山探亲带回去给祖母！师尊还说，等过年就带我去星辰海边，给司命长老磕头，孙儿才想起会下雪的'冬神'是师父的师父，那岂不是我师祖？难怪飞琼峰上都是雪！有师祖罩着，日后孙儿隆冬不穿冬衣也必冻不出鼻涕啦！"

"师父带孙儿在天上飞了一圈，玄隐山真有三十六个山头（孙儿数了）！其中最热闹的是金霞峰和镀月峰，一个炼丹一个炼器，整个玄隐山内外门的丹药仙器都是这两地出的，门徒无数、人来人往，比南郊工厂都热闹！师尊说他与金霞峰主闻师叔很要好，等孙儿学会了御剑，可以随时去玩。其他峰不能这样随便，我们做小辈的，须得事先呈上弟子名牌和拜帖，等人回信才能去。"

"还有十一座仙山上云雾缭绕，不见人迹。师父说大多是因峰主闭关封山，还有两座仙山至今无主，上面没人。可见升灵真难，玄隐山开山至今千万年，没凑齐三十六位。"

"师父教孙儿用神识解驯龙锁，原来灵窍一开，神识即可外探，神奇！只是师父说，神识与身一样，碰见厉害修士，探神识跟探头在人家眼里无甚分别，省脖子罢了；身进不得之处，神识也进不得，只因那驯龙锁认了孙儿为主，孙儿才能随意探入。"

"今日孙儿学会了，解了驯龙锁，奚悦那蠢材却如丧考妣。孙儿只好弹了一首小曲哄他……他哭得更厉害了。晚上他趁孙儿不注意，还将驯龙锁偷走扣了回去。孙儿以为，这蠢材心智还是不太全，问师父如何让他聪明些。师父说，须得由修为比他原主高的人改写偶身法阵。他原主倒也不很厉害，只是法阵一道，甚是令人头大，愁。"

"又及：孙儿还用神识探了师父的酒窖，酒窖里有好东西，改天弄来尝尝。"

"祖母尊前，孙儿平安，因偷喝师父一杯'迷津'，醉了五日，不多说了，师父罚我扫屋顶雪。"

"今早，师父《经脉详解》又说得叫人云里雾里，孙儿疑心他自己也早忘了，便直言问之。师父哑口无言，罚我上房扫雪。"

"今日不扫雪，孙儿将茅屋房顶踩塌了。"

"茅屋塌了，师父便开了山印，说要搬到山上去住，原来飞琼峰并非只有荒山野雪！山上无数珍奇草木依灵山而生，灵兽遍地，见峰主毕恭毕敬。有一青面猞猁还会作揖，师父指其赞叹：比劣徒通人性。岂有此理！峰主大殿中琼楼无数，典籍成山，卷帙浩繁，更有前辈大能搜集的仙器异宝无数，看花人眼！师父令孙儿用神识清点大殿中所有宝物，整理造册，以便记账。孙儿不干，记这做甚？师父也不干，以为无条理不像话，不理清楚不能搬家。奚悦字尚未认全，干不了。我等争执半晌无果，只得封印下山，又盖了座茅屋。"

"……初八将至，敬叩姑母颐安。仙鹤所携'金露养心丹'可安神养心、除烦助眠，丹药所用仙草皆侄采集，求金霞峰座下师兄炼成，遥贺姑母寿辰。吉祥如意，福寿安康。

"又：寒冬腊月，三哥此去南山上香，务必保暖珍重。"

腊月初八是奚贵妃芳诞，仙鹤送来了奚平的贺礼，似乎也带来了仙气。永宁侯府里老夫人栽了好多年都没动静的金梅突然开了花，大伙都说是吉兆。

老夫人高兴极了,觑着一双花眼挑了半天,剪了枝开得最好的,叫侯爷和崔夫人带进宫。

广韵宫太大,老人家腿脚走不了了。这些年人渐糊涂,进宫恐失礼,便不去了。她记性越来越差,提起宫里的贵妃,老太太脑子里总是模糊的,在她心里,女儿仍是小囡未嫁的模样,正配开得正盛的金梅。

已到中年的贵妃收了花,叫人插在了玉瓶里,跟兄嫂说了几句不痛不痒的闲话。侯爷没有久留,例行公事似的贺了寿,把老母亲的叮嘱带到了,就将夫人崔氏留下,自己去面圣了。

男人一走,贵妃便命人撤了纱帘,给崔夫人换上庄王新送来的果子露,将侍女们都打发了。

崔夫人道:"殿下来过了吧?"

"一早来的,"贵妃说道,"去南山了。"

崔夫人便说:"还是殿下有孝心。"

贵妃笑了笑,没言语。

细看五官轮廓,贵妃和侯爷好似一个模子刻的,可动起来,兄妹俩却一点也不像了。

虽说金平的闺秀贵妇们没有言行粗鄙的,但也少见端庄到她这种地步的。贵妃几乎没有多余的小动作,连眨眼、眼珠移动都有规矩,她就像个上了发条的假人。

崔夫人好像被她四平八稳的笑容烫了眼,倏地低下头,从地上捡了个话茬,勉强笑道:"平儿昨日给老太太写信,还在问娘娘丹药用了怎样呢。"

"甚好,这孩子有心。"贵妃道,"玄隐山三十六峰,各有势力,唯独司命大长老一脉超脱其外。平入支将军门下,既可得长生,又不必为其他琐事烦心,是大福气,先祖保佑。"

崔夫人张了张嘴:"娘娘……"

贵妃轻轻竖起一根手指,打断崔夫人。静谧的宫室里,陶壶里水声翻滚,自鸣钟发出清越的"咔嗒"声。

"是好事啊。"好一会儿,贵妃用好像飘着云烟的声音说道,"母亲康健,孩子们也都好,还有什么好不知足的。锦锦,你劝劝我哥,叫他别想不开。他这人,脾气又硬人又闷,一把年纪了还不懂事,亏你担待,幸好半不像他……当年要是听他的，咱们这会儿大概厂骨都化没了，哪里还有这等福气？"

崔夫人勉强的笑容也快撑不下去了。

贵妃道："不说这些了，今年城外施粥，还是你娘家帮着操办吗？"

"是……"

"哎，"贵妃假人似的脸上终于浮起了一点不一样的笑意，"多谢你，那很好。"

因为生日赶上腊八，奚贵妃每年都会到城外施粥。

朝圣路的白玉栏杆底下，天没亮就起了一溜熬腊八粥的大锅。操持此事的崔记财大气粗，下锅的都是真材实料，也舍得放糖，雇了几十个壮劳力拿大勺不停地翻搅，卯正起就有人来排队。每年这天，卖杂合面的商贩们出摊都懒洋洋的——反正也没什么生意做。

阿响混在人堆里，跟着别人一起说："贵妃娘娘吉祥如意。"

"吉祥如意，"盛粥的见她年幼瘦弱，在她碗里放了满满一大勺，"小心烫。"

阿响道了谢，双手捧着碗走到一边，浓郁的米香和豆香熨帖了她的五脏，手上的冻疮暖洋洋地发起痒来。

她就着冰碴似的冻雨喝了几口，却不知怎的恍惚起来，端着那粥发起呆来。

去年此时此地，就是这碗粥把她和爷爷留在金平的。

他们刚来时人生地不熟，见厂区人满为患，老弱病残不一定有好活计，正在踟蹰要不要离开，却恰好赶上了贵妃施粥。阿响这辈子没吃过那么好的甜粥，舌头上烫出俩泡。爷爷看她那馋样，就说："咱爷儿俩以后就在这儿过吧。金平贵人满街，手指头缝里撒一点，够咱们吃饱喝足了！"

可不嘛，贵人随便撒一点就管饱。可……贵人脚下一不留神，也会把他们踩死啊。

突然，阿响激灵一下，惊梦似的回过神来，不知道自己方才怎么睁着眼做起梦来。

太岁

这时，有人猛地将她往后一拉，粥都洒了出来。

只听"呜"一声，一辆镀月金的蒸汽车几乎贴着她飞驰而过。

这种金铁打的怪物是刚时兴起来的，一开始是三轮，现在有了四轮的。菱阳河东为它们修了新路——河西暂时还不让跑——只是城里的路比不上运河旁运货的大道平整宽阔，近来，老有败家子驾着这玩意儿出城撒欢，跑起来也没根缰绳，出了好几起事故。

阿响惊魂甫定地站稳，见那蒸汽车后面还拴着只不知是狗还是马的动物，应该是蜀国来的奇兽，也是主人家拿来炫富的。这可怜的畜生被车拖得吐了白沫，撞翻了果子摊。车窗打开，一只手伸出来，在摊主的哀叫里攘沙子似的往外撒了一把钱，喷着烟尘跑远了。

阿响怕糟蹋粮食，忙先把洒了一手的甜粥囫囵舔了，才回头对拽了她一把的人道谢。

来人虽骨架异常高大，但白得有点晃眼，连眼珠颜色都比别人浅几分，再加上脖子上一圈厚绷带……简直像个女扮男装的大姑娘。

"小心点吧，"那人懒洋洋地说道，一开口就不像姑娘了，他声音粗粝低沉，嘴里还有股酒糟味，"满街都是灌饱了'雪酿'的疯子。"

"雪酿"是一种饮品，不是酒，比酒劲大。据说未经开采的灵石上会附着有细小的石晶，远看像覆着一层雪，因此叫"石雪"，"石雪"净化处理后可溶于水，所酿的琼浆就是"雪酿"。饮下，可使人成一日仙，醉而忘忧……常常也忘了德行。

"穷鬼烂醉，朱门饮雪……哎，小兄弟，打听个道，"那面生女相的男人问道，"运河办怎么走？"

阿响告诉他："进了南城门往河边看，最气派的楼就是。"

"哦好，哎，等等，还有个地方。"

阿响抬起头："嗯？"

只见那人猝不及防地凑近了她，压低声音道："太岁神位哪里找？"

阿响心里"咯噔"一下，瞪大了眼，只见男人棕中泛黄的眼睛盯住了她，无声地用口型一字一顿道："大火不走，蝉声无尽。"

这个时候，奚平正在飞琼峰北坡学御剑。

那本《经脉详解》，师徒俩已经放弃了，烤栗子时让支修顺手填火堆里了。

支修说，这东西就像洑水骑马一样，抠那么多书本没用，不如直接上天飞一圈。反正想御剑，就得会随风调整灵气，要是能把御剑学会了，如何调用灵气自然了如指掌。

奚平往坡下看了一眼，白茫茫的一片，一眼望不到头："师父，山坡下有什么？"

"什么也没有，"支修道，"北崖容易雪崩，活物都避着这边，你在这里玩也尽量别大喊大叫。注意了，我带你飞一圈。"

说完，他轻轻一拍奚平后心，奚平只觉得一股柔和的灵气顺着掌风钻入自己经脉，脚下冰雪凝成一把冰剑，摇摇晃晃地将自己托高了两尺。

"凝神，记住刚才灵气是如何行走于经脉的。"支修教婴儿走路似的，带着他贴地转了一圈，见他保持住了平衡，才说道，"我将灵气一点一点撤出来，你自己试着来，行吗？"

奚平说："没问题！"

"好，大胆一点，"支修道，"飞不稳为师也能拉住你，摔不着。"

然而很快，支将军就后悔自己多嘴了，就不能对他这高徒说"大胆一点"！

"你给我下来。"支修第三次把奚平从高处拽下来——只要他稍微撒手，这小子就跟炮仗似的往上蹿，根本控制不住，"循序渐进不知道吗？"

"师父，"奚平大言不惭，"我感觉学会了……嗷！"

支修倏地把灵气一撤，"感觉学会了"的奚平脚下冰剑裂开，他一脚踩空栽了下来，在离地几尺高处才被照庭接住。

支修居高临下地看着趴在剑上的奚平："你感觉什么？"

"嘿嘿，"奚平四肢抱着照庭，在半空打了个滚，讪讪道，"错觉。"

片刻后，支将军坐在山石上入定，在自己灵台里练剑去了，让奚平自己玩。照庭就悬在离地大约一丈高处，照庭是支修的本命神器，与主人心意相通，正适合当奶妈。只要奚平的脑袋超过一丈高，照庭就飞过去把他拍下来。

奚平贴着地玩起了花样，摔了七八次，也不疼，渐渐找到了御剑的

感觉,他感觉自己又行了,开始沿着雪坡往下飞。一开始还算谨慎,他保持着离雪地两尺的高度上来下去。照庭一直尽忠职守地跟着,以防他再飘。

第三圈回到坡顶,奚平抬头看了照庭一眼,突然一个坏笑。然后他一脚踩上冰剑,从大雪坡上一跃而下,抛物似的直接落到了坡底。

冰剑一个急刹车,旋风似的带着他打了个旋,倏地定住。不让往上飞,他还不能往下跳吗?

照庭未防这熊玩意儿又淘出了新花样,一时没能跟过来。

奚平想放声大笑,想起支修说北崖容易雪崩才忍住了。

不等照庭追上来,他又踩着冰剑继续往前蹿去。疾风似的掠过大雪覆盖的松林,他连冰封的树冠都给刮歪了,中途还俯身捞了颗挂着雪的松果,"呼"地冲过松林——修仙可真好玩。

松林下竟是个悬崖,奚平自我感觉好得不行,悬崖也不在话下,毫不减速地就冲了出去。

就在这一人一剑散德行散到了悬崖上时,猝不及防地,奚平耳边响起一个熟悉的声音:"太岁!"

奚平顿时分心,脚下冰剑倏地裂开。

"娘的!"他一下失了重心,无依无凭地横着飞了出去。

好在奚平对玩砸闯祸经验丰富,人在半空,一点也不慌。他灵光一闪,在半空中以指为弦,飞快地拨了一段危且急的琴音。

曲声第一次合了主人心声,登时有如实质,打在雪山岩壁上。一整块冰被他"切"下来卷到了脚下,载着他在空中一滚,堪堪停稳。

奚平一屁股坐在冰上,打了个响指,感觉自己绝了!

就在他打算飞回去弄明白刚才那嗓子"太岁"是怎么回事时,忽然听见了不祥的轰鸣。

雷声吗?

奚平疑惑地抬起头,见大雪坡上起了烟尘,像有成千上万匹白马奔腾而下。紧接着,雪山哆嗦了起来,发出一声惊天动地的巨响。

轰——

要死,雪崩了!

倾倒的雪飞流而下,碎冰乱石飞溅,都如飞刀。

奚平眼前一黑，下一刻，照庭流星似的从崖边掠过，支将军甩出一截前一阵搭茅屋剩下的草绳，卷起倒霉徒弟往外一甩，堪堪擦着白雪洪流冲了出去。

等奚平回过神来的时候，他四仰八叉地躺在悬崖边，整个飞琼峰北崖已经变了形状，松林没了一半。

万丈深渊下回响绵延不绝，龙吟似的。

奚平呆呆的："师父……"

支修深吸一口气，感觉明天"飞琼峰主放风筝把北崖放雪崩"的新闻就得传遍整个玄隐山！

奚平："我好像掉了只鞋。"

支修："……"

逐出师门！这孽障必须逐出师门！

"还有啊师父，您不是给我灵台下了清心诀吗？"奚平没顾上看他师父铁青的脸色，按着眉心疑惑道，"我怎么又听见有人喊太岁了？"

（三）

支修在奚平灵台上点了一道"清心诀"，省得他在学会控制神识之前被太岁余孽们叫魂烦得走火入魔。

但当年那位修死道的隐骨主人修为太高，转生木和隐骨的联系别说支修，就是南圣来了也切不断。"清心诀"只是给心性不定的小弟子用的，能帮他们忽略外物，专注修行——除了阿响和金平那几个已经被逮走的邪祟，奚平没接触过其他"太岁门徒"，那些人呼唤的"太岁"在他看来也是指梁宸，因此都算"不相干的声音"，会被他灵台上的清心诀滤掉。

能越过清心诀的，目前只有魏诚响。

奚平一边凝神眉心，一边想：烦死了，她怎么还没把转生木牌烧了？

阿响确实没听劝，转生木牌还带在身上。

远离了那些邪祟和暗潮，她的生活已经趋于正常，神龛碎了，可她依然无法将木牌一把火烧了。

十五六岁的小姑娘，扮成男装，孤独地在轰鸣声和烟尘下讨生活，她本能地想抓住一些恒常的东西。比如永远中不了的金盘彩，嘴里永远不干不净的春姨，以及能偶尔联系另一个人的木牌。

她知道转生木那一头没有神。是人也行，她不怕人看，能"看见"她的人太少了。

上了年纪的人都说，邪物就是疫病，是劫难，不能沾染，染上就甩不掉。阿响本来不以为然——厂区的大夫都说了，疫病是不干净的风水带来的。

此时她才知道，老人的经验之谈不像听起来那么无稽。

她一边在心里叫太岁，一边对着眼前人装傻："什么？"

那来历不明的男子笑不笑地看着她。

"你说的是南圣神位吧？好找，顺着朝圣路——就是山腰上闪绿光的那条，一直走就到了。"阿响伸手一指，借着低头喝粥避开对方的视线，转身往人多的地方走，含含糊糊地说道，"今天就别去了，宫里三皇子要给贵妃祈福，朝圣路那边封……"

她话音哽住，那缠着绷带的白脸男人不知怎的，一晃眼又挡在了她面前。

阿响汗毛竖了起来：此人有神通，是个邪祟！

她在心里连连喊"太岁"，转生木牌却死了似的，一直不吭声。

"别紧张啊，这位小'兄弟'？还是小姑娘？我是令师的朋友。"男人说道，"这回咱们损失了不少兄弟姊妹，唉，他那时大概知道自己命不久矣，临走时特意传信我来照顾你。"

阿响往后退了一步，警惕道："你是谁，想干什么？我没师父，我也不认识你，再要纠缠我可喊人了！"

"喊谁？你爷爷吗？"男人笑道，他嘴咧成瓢，眼却睁到了最大，浅棕色的眼中好像有涟漪散开，一下将紧绷的阿响吸了进去。

恍惚间，她好像又回到了那个长夜里，爷爷浑身上下没一块好肉，在她眼前断了气，眼还没闭上。随后时光倒流起来——她看见爷爷突然出现在门口，工友把他搬进来，他不知是不是认出了阿响，直勾勾地盯着他的小孙女，努力地倒气，想活下去。

往前，是阿响眼看着城防官兵把爷爷带走，她和春英求告无门。

往前，爷爷生了病，这老糊涂好不容易领了工钱却不买药，又去买金盘彩，一无所获后讪讪地对气急败坏的孙女说什么"老天爷不能总可着一个人欺负啊""有志者事竟成，总有一天能中"之类的鬼话。少女转身出门，决定自己去找门路弄钱，接过了那张"狗官还地"的状纸。

往前，更年幼一些的阿响和爷爷埋了她娘，爷爷摸着她的小脑袋说："阿响不哭，爷爷带着你闯天下去。燕雀上天，蛟龙下海啦，哪里不能给我乖孙再赚一份家业呢。"

再往前……

阿响像被洪流冲垮了巢穴的蚂蚁，一路往无底的深渊滑落。她忍不住抓着那根不怀好意的蛛丝，贪婪又徒劳地逆着时光往上爬。

直到一个声音在她脑子里炸开："醒醒！魏诚响！"

阿响瞳孔几乎收缩成了针尖那么大，虚伪的蛛丝断裂，她滚回了深潭之下。有那么一瞬间，她几乎恨上了那个再度砸烂了她虚假安慰的声音。

下一刻，她理智回笼，看见一辆镀月金车朝她飞驰而来！

奚平本来没想出声——只要他装死装得够瓷实，阿响就是个毫无特异的凡人，身上没什么值得别人图谋的。就算那刷了漆的大白脸看上她年轻的身体，想把她拐走卖了或是自己图谋不轨，那也得先把她弄到隐蔽的地方，奚平可以暗中盯着她的位置，让天机阁帮忙捞。

谁知那大白脸贱出了花样，用摄魂术把阿响领到了厂区后面的运河大道上。一伙明显喝多了的败家子正在那儿跑镀月金车，眼看铁怪物风驰电掣而来，阿响在摄魂术的控制下突然跑到了大道中间！

这回奚平不出声也得出声了。

电光石火间，阿响猛地往前扑了出去，感觉厉风刮擦着她的后背而过。车里大声的笑骂飘出来，阿响腿一软跪在了地上。

沾满了风尘的靴子停在她面前，一只白得发惨的手抬起她的头。

"果然，"白脸男人盯住阿响，直接将手伸进她衣服里，搜出了那块转生木牌，"我就知道您在，太岁星君。老朋友来了，怎么能避而不见呢？"

奚平："……"

这语气听着可不像老朋友。

接着，那白脸男人一把将转生木从阿响脖子上拽了下来，扣进了一个写满铭文的小盒里，奚平眼前一黑，看不见阿响那边什么情况了，他倏地睁眼，将外放的神识拉回飞琼峰。

支修手指一捻，一张字条在他指尖碎成一束光，飞往金平方向："通知你庞师兄了——是那邪祟太岁的余孽不是？"

"不像，来者不善，我看像太岁的债主。"奚平烦躁地抓了抓头发，头发里都是冰碴，"师父啊，您快给我算算，我是天生'还债命'吗？一个个人走了，都把债留给我，大姑娘的债要我还，糟老头子的债也要我还，凭什么！"

"确实，"支将军深以为然地叹了口气，拍拍奚平的狗头，"谁让你是讨债鬼托生的呢。"

奚平："……"

支修龙飞凤舞地在雪地上写下"魏诚响"三个字，用照庭点了点，旁边浮起小字：东南……

后面的字没出来，雪地上突然浮起一个铭文字，将雪地上的字炸没了！

支修缓缓地皱起眉："不得窥探……二等铭文。"

各大仙门往凡间下放的最高规制铭文是"三等"，保护重地要人足够了，再往上没必要。

二等铭文太危险，成文难不说，一旦成文，一小段就几乎能将一个普通的筑基高手抽干，得升灵亲自出手。因此相应地，二等铭文也能影响升灵。剑修不擅符法铭，如果支修此时人在金平，还能仗着修为强行突破，眼下却有些鞭长莫及了。

与此同时，接到支修传信的庞戮带人赶到了南郊，只看见一辆撞在树上四脚朝天的镀月金车，放出去的因果兽到处闻了一圈，困惑地追起了自己的尾巴。

阿响再睁开眼的时候，眼前漆黑一片，她眼睛没来得及适应黑暗，先闻到了一股浓烈的香气。

"老泥，"白脸男人的声音在她身边响起，"人带回来了。"

阿响一激灵，紧接着，一样东西砸到她身上，她手忙脚乱地接住，摸出是转生木牌。

转生木牌一落到她手里，飞琼峰上的奚平立刻有感应，喊了一声"师父"，他倏地坐正了。

白脸男人从怀里摸出一颗夜明珠，阿响循着微弱的光看过去，见他正对着角落里的一个人影说话。

还没等她找到影子的主人，那影子突然自己动了！

它泥水似的落到了地上，一直流到阿响脚边。阿响毛骨悚然地僵立着，让那黑影围着她转了一圈，随后，一个干涩的声音从她身后响起："凡人。"

阿响攥着转生木猛一回身，连累奚平也跟着一起看清了她身后的人，脱口道："夭寿！"

只见那是个驼子，个头跟阿响差不多，脸上的皮像件不合身的衣服，紧巴巴地绷着，盖不住牙，鼻孔也给拽得撅了起来，一双闭不上的眼凸着，瞳孔与眼白好似打散的蛋，让人看不出来他目光落在哪儿。

怪不得此人藏在影子里，以这位仁兄的风姿，要是在金平大街上走一圈，够吓死一打娇弱侯爷！

"太……呃……"阿响的破棉衣都给冷汗浸透了，指甲几乎掐进转生木里，心里问奚平，"他们是谁？"

"反正不是好东西，救你的人在路上了，警醒点，注意到什么都告诉我——别叫我太岁。"

"那叫什么？"

"什么都行，"奚平这缺德玩意儿，这时候还顺口占人便宜，"叔伯随你便。"

阿响虽然觉得他声音有点年轻，但人的声音衰老得慢，三四十岁声如少年的也不少见，便没起疑："叔，这地方有点潮，很香。"

潮而且香？

方才师父卜出来的方向是东南，金平东南方向是大运河，莫非她被带到了货船上？香料船？

不等他细想，阿响身边那叫"老泥"的邪祟就龇了个牙……大概是

笑了一下："太岁阁下，你可算知道谨慎了。我早劝过你，不要操之过急，你看我说什么来着？前一阵被蓝狗们追得挺狼狈吧？连'乌鸦二'都下了镇狱，唉。"

奚平问阿响："乌鸦二是你那便宜师父不是？"

阿响努力不让自己哆嗦："应该是，我听别人叫他'二兄'。"

是了，将离他们都用数字当花名。这个"二兄"除了二以外，花名前还比别人多了个"乌鸦"，在邪祟们中间地位应该不低。

对方显然不知道"太岁"死了，消息还滞留在将离他们四月份盗龙脉那次。他们很可能是来找那个叫"乌鸦二"的邪祟的，不料"二"被捕，现在生死不明，这才顺藤摸瓜，盯上了最后和他联系过的阿响。

阿响："叔，我……我怎么说？"

奚平："就说关他屁事，让他有事说事，少废话，不用太客气——你给我描述一下香味，花香？还是什么香？"

阿响一边沉住气转述了他的话，一边仔细分辨着周围浓烈的香气："不是花，甜的……"

她下意识地咽了口口水，这才发现自己唇齿生津："像好吃的果子。"

奚平一头雾水，金平冬天确实有南方运来的鲜果，但鲜果得冰镇。什么果放冷库里还有这么大味？

"老泥"听了阿响不客气的回话，也没生气，依旧慢吞吞地说道："'白豚老五'突然失联，我们也不知道他是出了意外，还是故意躲着我们。没有他，咱们联系不到太岁你啊，实在是担心太岁的安危，才一时冲动找来，还望太岁见谅。"

奚平心里迅速转念——听这意思，这"老泥"知道太岁密谋盗金平龙脉的事，应该也通过某些迹象知道他失败了，以为太岁还躲在金平附近避风头。那所谓"白豚老五"，应该是太岁与这些人长期联系的门徒，很可能是之前太岁抽信徒精气时被波及了，要么死了，要么被天机阁拿下了。

那么……姓梁的老邪祟为什么会让这些歪瓜裂枣，又明显不是信徒的人知道自己盗龙脉的计划呢？

奚平抬头问支修："师父，'压床小鬼'难得吗？有多难得？"

支修道："产自南疆，以前还好，现已绝迹多年，据我所知，玄隐山都没有活的。"

奚平一拍大腿:"我知道了。"

"你又知道什么了?"

"恐怕是卖虫子给老魔头的黑市卖主来了,老魔头是赊了货没给钱!哎呀,不要脸。"

支修将一张写了"运河货船,疑似南疆人"的字条传出去,就见奚平摩拳擦掌道:"他们交易的肯定不是钱,等我套个话。"

说着,他便叽叽咕咕地教起阿响来。

支修:"……"

难怪庞戳老早就想把这小子弄到天机阁,这等搅屎棍人才,放在鸟飞绝人踪灭的飞琼峰真是委屈了,闲得他整天拆房子炸山头。

阿响可能是由于雏鸟情结,对转生木那头告诉她真相的"大叔"有种无来由的信任,一听见他的声音,就觉得自己不是孤立无援的一个人,胆子也大了。她依言对那"老泥"说道:"我家太岁说,上次的事,承蒙诸位朋友帮忙,但真没料到玄隐内门竟动了那位峰主。连我师父也陷了进去。五先生现在恐怕凶多吉少。风声太紧了,诸位能不能再给我们一些耐心?"

"老泥"又龇了一下牙:"小妹子,你不当家不知柴米贵啊,兄弟们耐心等大半年了,从春天等到寒冬腊月,这批灵石再不到,难道真让我们去窃天时吗?苍生何辜啊。"

差点被镀月金车撞死的阿响被他这"苍生何辜"哽了一下。

"小丫头,"这时,旁边白脸男人开口道,"告诉你家太岁,我们也知道你们的难处,'无常一'跟在那姓赵的身边这么久都没敢下手,怕是人手不够吧?"

"姓赵的"?

"赵"是玄隐大姓之一,奚平心想:这说的又是谁?

"这样,兄弟们再免费帮你们个大忙,"白脸男人说道,"叫'无常一'配合,咱们趁货船没出百乱之地,把货船劫下来,灵石我们九你们一,如何?"

奚平一边教阿响讨价还价:"告诉他不行,五五分,否则免谈。"

一边迅速把这话跟支修学了一遍："师父，这说的是什么意思？"

支修听完，脸色微微一沉："南矿押运灵石的货船每年年初会从南矿北上，算日子，近期就该装船点数了，他们难道是想劫灵石？"

（四）

"好家伙，"奚平目瞪口呆，"这两位骨骼清奇的朋友，千里迢迢从南疆跑到金平来，就是为了给仙山通风报信啊！师父，这是咱家细作吗？"

支修看了他一眼，意味深长："我看可以是。"

奚士庸这搅屎棍，闲着也是闲着，人家都送上门了，没准真能让他掏出点什么。

奚悦默默地在旁边烧雪水泡茶，看这师徒俩刚迫害完北坡，又凑在一起迫害邪祟，感觉飞琼峰的确是冷。

支修蘸着水，在桌上写了"驻矿办""灵石押运""南矿灵石失窃"，随后食指轻轻叩了叩，桌上的水珠就自行滚动起来，飞快地聚散出一串串小字。

群仙在玄隐深山，根基却都在人间，唯有支将军孑然一身，是三十六峰中少见的真清净人，不问世事已久。要不是星辰海异动，还不见得能把他从冰窟窿里挖出去。他还真不知道驻矿办现在的情况，得临时抱佛脚地占一占。

这一占，他可看出了猫腻：南矿一年往北运四次灵石，每次都有一支堪比海军的护卫队随行。押运船上布满铭文，满载仙器。船队过处，提前一个时辰会放"除秽水龙"清道，警告路人退避，民间修士别说劫灵石，靠近都有被铭文误伤的风险。因此，虽然百乱之地的土特产就是亡命徒，这些年也不是没人打过劫灵石的主意，但实力相差悬殊。押送人员偶尔会有伤亡，灵石可一块没丢过。

直到最近几年……也就是梁宸卸任后。

新一代驻矿办的管事们押送灵石的路上开始频繁出事故——总有贼人趁守备松懈下手，偷一小船就跑，损失都不大。一般出了这种事，为免中调虎离山之计，船队会加强防备，不会一味死追，所以失窃的灵石大多找不回来。

奚平在旁边看着，一心二用，一边指挥着阿响跟邪祟周旋，一边对支修说："这要不是新管事们特别废物，就是老邪祟走之前，把自己的人安插进了驻矿办。他一走，就开始遥控手下人偷鸡摸狗，弄南矿的灵石养信徒……师父，庞师兄他们到哪儿了？"

庞戡已经依着支将军指的路，追到了运河边。

年节将至，正是金平城里走货最快的时候，码头上停的大小货船下饺子似的，一大早就排出了好几里地。庞戡将神识往外放了一圈，果不其然，一无所获——支将军的字条上语焉不详，就说明连他都算不清具体位置，对方手里一定有能屏蔽升灵高手灵感的东西。

"都统，这么多船，怎么搜得过来？"一个蓝衣问道，"内门密令让我们找一个被邪祟绑走的小姑娘，这小姑娘到底有什么特殊之处？绑走她的邪祟有几人？"

庞戡其实也纳闷。

魏诚响他有印象，曾经因为灵相被梁宸盯上，诓骗进了邪祟堆里。但这女孩命挺大，及时抽了身，没成邪祟，也没成邪祟养料。如今始作俑者既然都死成了渣，金平周围的大小邪祟也已伏法，庞戡也没打算为难一个凡人，只留了一只因果兽在她身边盯着。

他透过因果兽冷眼旁观，见那魏诚响每天除了做苦工，就是穿上邋邋遢遢的男装去老鼠巷帮工，给那些懒洋洋的女人清扫帮厨、做点木匠活之类——每次一个叫春英的老妓女看见她，都会凶神恶煞地轰她出来，她也不在乎，第二天还去。总而言之，这是个能吃苦、品行还不错的小女孩。庞戡就让因果兽撤了，没再去打扰她。

这都大半年了，支将军怎么还在她身上留了眼线？莫非将军早料到了会有邪祟余孽找上这小姑娘？

九霄云上的升灵峰主果然高深莫测！

"内门密令，不要多嘴，"庞戡摆摆手，"等着，我来打草惊个蛇。"

他说着，从怀中摸出一块龙鳞，弹入了运河中。

只听"哗"一声，平静的运河码头无端起了惊涛，鳞片入水变成水龙，从众货船下面游过。大运河水面暴涨，所有货船都给水波温柔地举起，又倏地放下。

一声龙吟从水下传出，"嗡"地敲过每一个藏在水下的船舱与货厢。

"除秽水龙，"透过转生木，奚平听见魏诚响那边的邪祟"老泥"沉声说道，"天机阁的蓝皮狗在搜这片水域！"

"不可能，他们怎么知道的？"白脸愕然道，"'禁窥'铭文下，别说庞戬，就算筑基……升灵来了也断然扫不到我们的踪迹！"

"天机阁背后有玄隐山，玄隐山什么底蕴，你又知道什么！我都告诉你们最近风声紧了。"阿响结合奚平教她的话术与多年菜场讨价还价的本领，一口气说道，"你们连天机阁的追踪都防不住，还想去劫灵石？好笑，我就问你们，这些年谁成功过？你们要是有本事就自己干去，什么五五一九二八的，成功了都是你们的，咱一分也不要！这位老伯伯，灵石能不能拿到，关键在我们，不在你。我们就算缺人手，也有的是人愿意来合作。是你非我们不可，不是我们非你不可，要我说，五五分还要少了呢！"

"老泥"瞪着她，一字一顿地说道："我们确实不比别人高明，也没有筑基升灵当靠山，但我们是有道心的人。你抬头看看不染尘埃的朝圣路、酒肉发臭的大宅门！我们求取灵石、苦熬修为，为的是砸碎这些压在百姓头顶的神仙石像、贵人金身，给泥里爬的人们争一片天！那些鼠辈算什么？你们不是口口声声'宁死霜头不违心'吗？"

奚平立刻抓住重点：百乱之地名不虚传，够乱的。梁某人果真勾三搭四，跟不止一拨邪祟暗通款曲……而且什么叫作"没有筑基升灵当靠山"，那意思就是说别人有了？指的是谁？难道眼下邪修里升灵筑基满街跑，天机阁还不知道？

阿响却忽然词穷，"给泥里爬的人们争一片天"这话不轻不重地砸在了她心上，将她年幼却风霜遍布的心砸出了一片尘埃。

就在这时，龙吟声再次响起，水龙更近了！

奚平心里一动，他刚问过支修什么叫"除秽水龙"，师父说是兽灵——因果兽也是兽灵，只是因果兽曾是南圣坐骑，在南圣飞升后殉主，留下的兽灵世代被人供奉，有灵智、能自主。水龙是上古凶兽，因作祟被南圣打死才炼成的兽灵，早没神魂了，平时养在法阵里，傻乎乎地被人们用符咒驱使。

水龙兽灵过处，能在海里掀起惊涛。那此时兽灵在狭窄的运河里，动静应该更大才对，阿响他们这里怎么看着晃动这么轻？

难道他们不在水里？

也不对，不在水里的话，他们应该根本不会晃。

还有，那白脸拿来照明的东西是颗夜明珠……奚平一开始还没留意，这会儿才觉得奇怪，这些邪祟不是要省吃俭用攒灵石吗，有必要这么摆阔吗？

他突然有了个猜测，飞快地问阿响："你说的那股香味，是不是有股熟烂了的荔枝味，还有点覆盆子的药味？"

阿响："荔枝什么味？"

奚平哑口无言片刻，搜肠刮肚地描述道："就是……甜得发腻，但仔细闻，里面有股微酸微苦的药气。"

阿响不动声色地吸了口气："好像是有点药气。"

奚平立刻抬头对支修道："师父，我觉得他们应该在一艘运雪酿的船上，他们船上好像有'不动舱'。"

雪酿贵得离谱，堪比金液，也异常娇贵。火气、烟气、强光、剧烈颠簸……都会让上好的雪酿变质。大宛境内只允许销售南矿出的雪酿，水路漫长，为防路上损坏，拉雪酿的货船里有一种特殊的降格仙器，叫作"不动舱"——有点像芥子，但不像真芥子那样可以折叠时空，只是一个可以悬在船体里的货舱，不管船身怎么折跟头打滚，里面的不动舱都几乎不受影响。

支修皱眉，难得板起了脸："你喝过雪酿？"

"喝过一次，也没味，跟泡了三四水的茶叶末子似的，就是个贵，后来他们再叫我就懒得去了……"奚平觑着支修脸色不对，便问道，"师父，怎么了？"

"既然不好喝，以后就别再碰了，"支修没细说，只道，"不是什么好东西，雪酿是灵石瘴，损道心，对修行有害。"

说着，他连字条都省了，直接打了个响指。

远在金平城郊的庞戬眼前一花，见空中冻雨迅速凝结出"雪酿"两个字，在他眼前一闪，又崩成冰碴落地。

庞戬立刻会意，身形如电，一息之间，他从无数船体中穿过，精准地锁定了那金贵的降格仙器。

与此同时，阿响听奚平说："天机阁的人到了，你装害怕一点，不要弄得好像他们是你叫来的！"

说时迟那时快，庞戬锁定不动舱的刹那，两个邪祟的灵感同时被触动。老泥好像一盆污水，当场"泼"在地上，渗进地板里不见了。白脸则回手朝虚空中一抓——原来"不动舱"的舱门就在他身后！

阿响眼明手快，将转生木揣好，她就地抱头蹲下，口中叫道："救命！有妖怪！"

那白脸男人就要顺着船体和降格仙器之间的缝隙钻出去，下一刻，他却正好跟穿墙进来的庞戬撞了个满怀！

白脸倏地一僵——他下巴上顶上了一把符咒火铳。

"哟，什么好日子，"庞戬笑道，"一大早有人投怀送抱？"

白脸那双诡异的眼睛里立刻泛起惑人心智的波纹，庞戬的目光已经来不及躲闪。

阿响立刻知道这位蓝衣大人也被摄了魂，正犹豫着要不要跳起来叫喊一声，就听庞戬疑惑地问道："就这？没有别的花样了吗？"

白脸："……"

阿响又默默蹲了回去。

"哪儿来的没见过世面的邪祟，"庞戬面无表情地扣动了火铳扳机，"毛还没齐，也敢来金平闹事。"

符文直接镀在了那张白脸上，进而向全身蔓延，那白脸男人好像成了一只被蛛网裹住的大白蛾。与此同时，几个蓝衣联手从水中拉起一张布满符咒的大网，捞鱼似的，将化得不成人形的老泥兜了出来。

庞戬反手将符文枪插进后腰，伸手扯过"大白蛾"："带回镇狱，搜船！"

他话音没落，一张来自支将军的字条又拍到他面前："小心铭文。"

庞戬一惊，就见那白脸男人脸上露出了一个诡异的笑容，胸口有什么雪亮的东西一闪。庞戬来不及细想,蓦地将人一抡,喝道:"闪开!"

那白脸人高马大,竟被他扔一颗小石头似的单手抡上了天。与此同时,庞戬摸出一把伞,伞面在他掌中无限扩大,几乎将人运河中所有船和人都罩在了其中。

大伞笼罩下的人们只觉头顶一黑,还不等看清什么飞上去了,便听一声巨响。凌厉的二等铭文将白脸炸成了碎末!

巨伞的伞骨齐刷刷折断,撕破的伞面软绵绵地落下来,运河水掀起了比方才水龙经过时还剧烈的浪,天上下了场血雨。

网中的"老泥"已经找不着嘴在哪儿,竟还能上气不接下气地大笑道:"古凿岩居人,一廛称有产……虽沾巾……覆形,不及……不及……贵门……"[1]

笑声戛然而止,他变成了一摊僵硬的石灰。一双凸起的眼正对着阿响的方向,脸上模糊的五官像小孩子信手捏出来的,阿响心像给什么揪住了,下意识地攥住了怀里的转生木牌。

然后"噗"一下,成了真泥的"老泥"裂开了,化作一把石粉,落进了涛声依旧的运河水中。

奚平猛地从眉心的画面中挣脱出来,睁大了眼睛:"师父……"

支修不用看,也能猜出那边是什么情景:"死了吧?"

奚平一开始只是觉得好玩,跟邪祟斗,像在赌场里跟不认识的人打牌,对面两个歪瓜裂枣被他当成了游戏对家。牌局终了,他正准备抖一抖嚣张气焰,说几句得意话,对方却突然给他表演了个粉身碎骨。

他孤独地被撇在了胜利的牌桌上,血肉糊了一眼,蒙了。

支修缓缓说道:"我朝对邪祟用重典,一旦抓住就是入狱搜魂。搜魂刮骨三分,不死也得傻,因此他们有机会就会自尽。这些年天机阁的仙器更迭了一茬又一茬,依旧赶不上他们花样百出的求死手段,没办法。"

奚平一时有点茫然。

话本里的坏人总是形容猥琐,五毒俱全,凡是上法场前狂呼大笑的必是英雄。他年幼时与祖母听戏,吵着嫌千篇一律,老祖母就说:"不是

---

[1] 引自唐·于濆《山村叟》。

话本先生不出新意,你想,那作恶的既是为了私利,干什么自然要先掂量得失,账算得多了,可不就成了小人吗?为忠义赴死,骨头里有股英雄气在,哪怕人成了泥,精气神也是要散出来的。肉身自有男女老幼高矮美丑,气性却都长一个样,你可不见了就觉眼熟。"

"师父,"奚平有些讪讪的,"他们慷慨赴死,我倒觉得我像坏人了。"

飞琼峰主用望穿了两百春秋的眼睛看了看他,忽然觉得将这孩子留在飞琼峰不见得是什么好事,温柔乡里的人长得迟缓,悲喜都没长全,求个什么道?那不是闹着玩嘛。

支修温声说道:"世上少有作恶的人,为义赴死者,也不见得会干好事。"

奚平:"……"

怎么一会儿"少有作恶人",一会儿又"不干好事"了?师父好端端的,又跟讲《经脉详解》似的,不说人话了。

支修没再多说,只嘱咐道:"一会儿你跟那小姑娘对好口供,把驻矿办有邪祟同党的事透给天机阁,但别让她把你说出去。"

"哦。"奚平应了一声,想了想,又说道,"师父,能不能求庞师兄给那丫头弄个别的身份,要不然以后来找她的人还少不了,那丫头麻烦死了,再让她把北坡弄雪崩就不好了。"

支修:"……"

这不要脸的东西说谁把北坡弄雪崩的?

"哦对了,刚才那邪祟说,太岁余孽跟在'姓赵的'身边。"奚平又想起什么,"驻矿办姓赵的是谁?这是不是算线索啊?"

支修顺手掐指一算:"驻矿办,姓赵……说的应该是赵振威。"

奚平:"京城赵誉尊……赵誉师兄的亲戚?"

"不能算,玄隐姓赵的太多了,他应该是赵家在宁安的旁支,你上一届的师兄。此人……"

支修不知算到了什么,一皱眉,他住了手,也不往下说了。支将军君子做派,背后不议论人短长,突然打住,后面准不是好话。

奚平一愣。

上一届师兄,也就是十年前,宁安赵氏……

那个邪祟太岁的话倏地在他耳边响起:"赵家在宁安的一个旁支想将

自家后人塞进去，要打点仙使，便想着送什么才能脱颖而出，他们看上了陈家那块青矿田。"

哦，又一个意外收获。

"师父，"奚平舔了舔自己一边的虎牙，贼心烂肺转起来，说道，"驻矿办有太岁余孽，没准还不止一个，这帮余孽看着还是香饽饽，一帮邪祟排着队，想通过他们偷灵石，听着都觉得忧心……"

支修："有话直说，关你什么事？"

"关啊，"奚平指了指自己，"我就是太岁啊！"

（五）

支修实在好涵养，听了他这脸大如缸的发言，竟能忍住了没出言嘲讽，只是心平气和地摇摇头："不行。"

奚平继续觍着脸大言不惭："师父，我这是为国为民——您说我哪儿不行？您不是说开窍期的行走江湖主要靠外物吗……"

支修好脾气地纠正道："靠经验和见识。"

"那跟着师父您也长不了什么见识啊，"逆徒三天没挨打，又开始上房揭瓦，"我看您早忘得差不多了，问您点什么您都得临时观天象。"

支修："……"

按着照庭的手有点痒。

奚平："再说我还有灵骨呢……"

"还有脸提你那半吊子灵骨，你就说它'灵'过几次？"支修叹了口气，一抬手。

奚平眼前一花，被他师尊扔进了一颗芥子里。

奚平顿时觉得脚下坠了千钧的分量，他试着抬了一下脚，使了吃奶的劲，抬起的高度钻不过一只耗子："师父，我又没偷人，您这是要把我沉塘吗？"

支修的声音从"天外"传来."抬头。"

奚平一抬头，看见自己头顶上由近到远悬着七根蜡烛，最近的一根离他一丈来远："连灵堂都布置好了……"

"你怎恁多废话？听好了，此芥子中不得登高、不得御剑、不得抛物,符法铭一概禁用……这个没事,反正不禁你也不会。你在此间只能用骨琴灭烛,什么时候你能控制好骨琴,一弦灭掉七根蜡烛,什么时候我放你下山。"支修悠然道,"放心,奚悦给你送饭,饿不着你——当然,你要是答应不再跟我胡搅蛮缠,在飞琼峰上好好修炼,为师也能随时放你出来。"

玄隐山上不知天高地厚的小弟子被关了禁闭,金平南郊,庞戬收回了破损的仙器。虽然已经习惯了,他还是郁闷地出了口长气。

"收拾了,检查一下有没有伤亡——那个小丫头,你跟我走。"庞戬把阿响喊过来,又对蓝衣们说道,"查查船上这批雪酿……不,以防万一,把最近市面上的雪酿都给我留神一下,不行就都追回来。"

庞戬自然不会跟个半大孩子为难,对阿响蛮客气,先把她领回去给了顿饭吃,又好声好气地问了几个问题,阿响都照奚平教她的话说了。

庞戬多精的一个人,一听就知道她有隐瞒,但支将军都没说什么,只让他帮忙安置一下这女孩,料想她隐瞒的事飞琼峰应该有数。明察秋毫有的是机会,该糊涂的时候倒是也不必急着聪明,于是庞戬轻飘飘地把提心吊胆的阿响放过了,只说道:"有邪祟找上你了,以后这种事少不了,你别在那乌烟瘴气的厂区里瞎混了。这么着,一会儿你回去收拾东西,明天一早我就把你送到乡下去,给你安排个身份。"

阿响没资格有意见,小心翼翼地问道:"尊长,让我干什么?"

"你能干什么?"庞戬一笑,"我找人收你做养女,你就给人当闺女吧,以后改个名,好好过日子,过几年长大了找个好人家。只是你自己警醒一点,过去的事别提了。"

阿响愣了好半天,不敢相信还有这种好事。

她……连工人都不用当了?

阿响不是怕卖力气,她会写会算,新机器一学就上手,能做一点粗木工,几十人的大锅饭也可以操持。出力吃饭,这挺好,可在大宛,"女工"是什么名声啊?说出去别人都觉得那是跟一群男人朝夕厮混、人尽可夫之辈,与暗娼也差不多,所以爷爷才一直让她扮男装。

阿响张了张嘴,差点喜极而泣。

忽然，她又想起什么，忐忑地嗫嚅道："尊长，我能不能带我'娘'走。"

庞戭："你娘？你什么娘？"

阿响紧张了起来，尊长说要找人收养她，那她要不是孤儿，准是就不行了。可自从爷爷去后，她和春英一老一小两个女人几乎有了点互为寄托的意思，她清清白白地走了，把春姨自己留在那种地方吗？她办不到。

于是她咬了咬牙，依然"不识好歹"道："不是亲娘，她其实是一直照顾我的姨，她在……"

"随便，"庞大人甚至没听完，不怎么在意地一摆手，"你自己看着办，嘴严实就行。"

这时，一个蓝衣快步走过来，对庞戭耳语了句什么。

阿响年轻耳朵尖，依稀听见那尊长说什么"雪酿……不妙……不少人……"，想起那白脸男人跟她说过最近小心喝雪酿的人，心说：莫非雪酿被他们掺了东西？

不过她没多想，反正也没她什么事，把她按斤卖了也买不起一杯雪酿。贵人们就算喝坏了肚子，还能像她爷一样没钱吃药怎的？

庞都统听完就步履匆匆地走了，只安排了一个蓝衣送阿响。

车上，阿响慢半拍地回忆起这一天的惊心动魄，暗自唏嘘了一会儿，便不想了：人啊，能把自己的日子过好就不错，想那么多干什么？且顾当下吧。

蓝衣敷衍了事地把她扔在南城门就不管了："今日运河上刚闹出那么大动静，邪祟们一时半会儿应该也不敢来了，没什么危险，你自己回去吧。"

阿响懂事地道谢下车，往厂区跑去。踩着人家快打烊的钟点，她用省下来的饭钱买了一张金盘彩。中不中无所谓，反正她也等不到开奖了，可以留个念想。

她打算先去老鼠巷里找春姨，要是遇到嫖客，就要痛快地破口大骂一回，反正她们就要离开这鬼地方了！市井粗话阿响偷偷学过，但不常说——将她带大的爷爷毕竟是读书人。怕临场骂街一激动忘词，她在路上就开始一蹦一跳地准备着。

283

不知谁家又在赶什么工,南郊的烟尘比往日还大,阿响不由得咳嗽了几声,心说:这都快过年了,怎么还没日没夜的……

忽然,她意识到了不对,因为听见了风中传来的狂呼与怒骂。

一阵北风卷来,焦臭气息劈头盖脸地扑了阿响一脸,南边的天变了颜色。

有人撕心裂肺地喊着:"厂房着火了!"

"快跑!快去……"

"轰——"

一声巨响,地面震得人腿软。

阿响有点蒙,老远看见一朵巨大的黑云平地而起,往天上冲去。

有一身是血的人踉踉跄跄地跑过来:"别看热闹!那边炸了!"

阿响被四散奔逃的人们推搡着,揪着脖子问:"哪儿着火了?哪儿炸了?出什么事了?"

有人回道:"不知道,从棉纱厂那边起的……"

又一声巨响,将对方的回话盖住,热风卷来砂石,狠狠地扇在阿响脸上。她一把捂住火辣辣的脸颊,耳畔嗡嗡的,摸到了血。

"熔金炉也炸了!镀月金的熔金炉炸了!"

棉纱厂……岂不是离老鼠巷很近?

阿响抬腿就要往火光里冲。

玄隐飞琼峰,被关在芥子里的奚平正百无聊赖地抠手,奚悦在旁边陪着。

半偶就像个忠诚的小尾巴,玩的时候陪他玩,总让他赢;挨罚的时候陪他挨罚,大部分活都替他干。送完饭,半偶也没走,奚平练骨琴,半偶就捡了根树枝,在芥子里一笔一画地在地上写起大字来。

"缺德啊,也就剑修跟杂耍艺人能想出这等损招。"奚平屁股底下长了钉子似的,一会儿鼓着腮帮子往天上吹气,一会儿探头给奚悦捣乱,"我说悦宝,你这字……咥……"

他还没来得及点评,耳畔突然炸开一声撕心裂肺的惨叫,眼前火光冲天。

奚平一激灵。

南圣庙鸣了警钟。

天机阁的蓝衣们御剑从城里冲了出来，运河水被半仙们直接调用，朝大火砸去。

而那仿佛是末路的业火，顶着狂风疾雨，仍狂舞不休。你死我活的水火交锋处涌起浓烟，飘去了金平城里，在晦暗的金平上空蒙了一层厚厚的华盖。

菱阳河西，隐藏在各处的铭文渐次亮了起来，本来睡眠就轻的庄王被微光惊动。

一片纸从窗口飘进来，连白令身上都蹭了灰。

"怎么了？"

白令咳嗽几声，飞快地说道："南郊棉纱厂，老板小舅子还是谁的，喝多了雪酿，带着一帮人在厂区放烟火，点了民工住的窝棚。火势一下没止住，蹿到隔壁的仓库，那仓库管理不善，一堆粉尘积在那儿没人管，遇明火就炸了。正赶上附近镀月金熔金炉加班加点，一路连锁过去，整个南郊的地皮都给炸掀了。"

"替我更衣。"庄王知道今夜睡不了了——满朝文武怕都睡不了了——慢吞吞地推衾而起，他问道，"雪酿？那玩意儿不是两杯下去就只会傻笑了吗，怎么还致疯？"

白令一边替他整理外袍，一边说道："今日一早有邪祟通过雪酿货船混进金平，天机阁及时将人拿下了，但之前已经有一批货流进了市面。这些雪酿用了双倍石雪，更浓郁，异香会诱人饮用过量。雪酿庄老板们那验毒手段堪比天机阁，心里其实都有数，只是见生意好也乐得顺水推舟，还以'不醉人'为噱头抬价……这种特浓的雪酿喝多了，人的言行确实与清醒时无异，只是损伤神志，常有放诞惊人之举。这一阵南郊车祸比平时多了一倍，恐怕都是因为这祸根。"

庄王动作慢，心念转得却快，瞬间想到了：南郊厂区逃不过一个管理不善之罪。京兆尹满头包不提，那一片厂了可都跟漕运司有千丝万缕的联系。但京城最大的雪酿供货商背后是兵部……这倒有的好撕扯了。

这时，庄王放在床头小案上的白玉咫尺亮了。

庄王回头瞥了一眼，见上面浮起了没开头没落款的一行字：家里如何?烟气太重了,三哥和祖母千万别出门!

"哪儿都有他,还不够他操心的……"庄王心里正装着一千个人一千件事,没细看,只百忙之中笑了一下。然而嘴角还没放下,庄王忽然又一顿:奚士庸不是在仙山吗?怎么知道得这么快?

天机阁的人间行走高来高去,镇龙脉打妖邪,万万想不到,一群半仙竟会被败家子们的炮仗弄得这样狼狈。南郊厂区里易燃易爆的东西太多了,风向也是天不作美,一个火星下去,直接来了个火烧连营七百里!

大运河中所有蒸汽船紧急避让,半条河的水都被盖在厂区了,整整一个时辰,大火才止住。

而人间行走们搬来的大雨还没停。

奚平的视角只能跟着阿响走,看不见南城全貌。他一会儿借阿响看金平,一会儿看他的白玉咫尺上有没有回信,眼睛要忙不过来。

劫后余生的人们顶着花脸,也看不出谁是谁。阿响踉跄着,看见形貌与她熟人相似的就拉住。没人嫌她唐突,灰烬上游荡的都是丢了人的魂,同她一般神色凄凉。

不知哪里飘来号哭声,推着她,一路游荡到了老鼠巷。

站在老鼠巷口,阿响几乎愣了一会儿,怀疑自己找错了地方。

那条记忆里阴暗潮湿的小巷子不见了,周遭视野一下敞亮起来,一眼能看见大运河。

几个收拾残局的城防官兵不客气地推开她,捏着鼻子在废墟上乱犁。

"这儿有一个……五十四,"他们找到尸体,就会大喊报数,"过来搭把手。"

"五十五,五十六,五十七——这都粘一块了,就算五十七吧……噫,这暗门子,玩得还挺开。"

"五十八……五十九!"

官兵们一开始还抬着尸体,后来忙不过来了,都偷懒将烧焦的尸体在地上拖来拖去。不知哪位大人让他们统计伤亡人数,那些蜷缩的尸体于是各自有了个数。

一具名叫"六十"的女尸被扔在阿响脚边,面孔已经烧煳了,张着嘴仰面朝天,接着雨水,生前想必很渴。

她可能是春英,也可能不是。

运河水是臭的,天上落下来的雨也是臭的,到处都是臭烘烘的。

阿响没到跟前去,就在大雨中,她顺着女尸的视线,也朝天上望去,手里捏着转生木牌。

奚平叫了几声,她不应。

奚平焦躁地扭过头,正看见奚悦忧心忡忡的脸和他那一地烂字。奚悦本来在写自己的名字,"奚"笔画太多,他怎么都写不好,一堆身首分离的字满地爬,就像老鼠巷口的焦尸。

而白玉咫尺还没有回信。

女人们在暗巷里挣扎求生,奚平冷眼旁观;末路之人叩拜邪神,他怒其不争;自称大义的邪祟大声疾呼,他茫然不解。

然而亲眼看见满地的残骸与焦尸,到底让少爷知道了物伤其类。

阿响抬起头,奚平于是也和她一起,抬头看见了压在众生头顶上,那不可捉摸也不可违逆的天。

一个一身尘埃的乞讨老人敲着板子走过来,嘴里含含糊糊地唱道:"菱阳卫,菱阳卫,祥云高飞,银月下坠。朱门饮雪,穷鬼烂醉……列位,赏两个铜板,小老儿给您供长生牌位了……赏两个铜板……"

"走开,"焦头烂额的官爷上前驱赶,一脚踹了他个趔趄,"哪儿来的老叫花,什么地方都钻,昨儿后响怎么没连你一起火化了呢,晦气!"

老乞丐唯唯诺诺的,那官爷啐了口,又脚不沾地地走了。

"赏两个铜板……"老乞丐面朝泥、背朝天,跪在地上一边作揖,一边喃喃道,"朱门饮雪……穷鬼烂醉……朱门饮雪……"

阿响听了这两句耳熟的话,缓缓扭过头,隔着雨幕,她对上了老乞丐精光外露的目光。

"阿响,"转生木里传来"大叔"的声音,那人第一次好声好气地跟她说话,"此人不对劲,跟那些邪祟是一伙的,天机阁就在附近善后,你

喊人来，马上！"

可是这次，阿响没听他的，少女眼睛一眨不眨地看着那老乞丐，静静地说："叔，那个庞大人说，要送我去乡下改头换面，过好日子。"

"我知道……"

"可我不想去了。改什么、换什么，头顶不还是同一片天吗……没用。"

"魏诚响，你要干什么？上过一次当你怎么还不长记性！那些邪祟什么样你没看见吗？跟他们混在一起，你小心跟那个'老泥'一样毁容弄一脸花！你想跟个阴沟里的耗子一样，被天机阁追杀到死吗？你们家没准就是这些鸟人炸的！"

"我长记性了，真长了。"阿响喃喃地对他说，"叔，就算是他们炸的，我也得跟他们一样才能报仇，是吧。"

行人走在泥水边，总得担心被泥水溅一身……除非自己也跳下去。

反正她走不得仙门正统、当不成蓝衣大人，魏诚响心想：不如我也跳下去吧。

都跳下去吧。

"魏诚响，你冷静……"

"叔，你说得对，南圣都不显灵，世上哪儿来的神仙。"阿响说完，果断把转生木牌塞进了怀里，不再念诵她臆想中的神仙名姓，奚平一时什么也看不见了。

他心里郁愤难抒，猛一砸地面，手指骨发出裂帛般短促的尖鸣。

铮！

崖上打坐的支修倏地睁开眼，下一刻，他落到了茅屋门口的芥子旁。

芥子上有一道充满戾气的划痕，竟破了。

奚平骤然落在雪地里，差点没站稳："师父！我……"

支修收回芥子，冲他摆摆手，在那芥子的伤口上摸了摸，他突然有所觉，皱眉看向飞琼峰上澄净而寒冷的天。

破晓前的夜空将此时金平南郊的人间地狱告知了他，支修脸上掠过阴影。好一会儿，他才转过头来对奚平说道："你家人安好，不必担心，菱阳河西地下埋着避火铭，火烧不过去。"

奚平听完没觉得好受。

有避火铭，那避水吗？避震吗？

当年澜沧北犯，还不是满城猪狗，什么铭都不管用？

那些焦尸在他眼前挥之不去，假如他跟阿响易地而处……奚平没敢往下想。

"我可能知道你的骨琴为何时灵时不灵了，"支修若有所思道，"你以骨为琴，弹的是心音，心不动，弦也不动。"

所以支将军这剑修拨"弦"，弹出来的就是剑意，而奚平本人大多数时候没心，乱拨骨琴只能扰民。

别人的灵骨是修的，灵骨一成，就有本命法器出世；奚平也算有灵骨，只不过是捡的，虽长在他身上，却无法为他所用……也许是因为"死道"已经消散，那骨在等他本人的道心。

飞琼峰上千里冰封，凭空长不出心来。

"北大陆有历国，国教昆仑，号称天下第一宗。他们那边主修剑道，弟子都是几岁大就上山锻体苦修了。可见剑道不用等心智成熟，哪怕你灵感低下、悟性不佳、无意无心也能走。"支修背负双手而立，有那么一瞬间，这很少高声说话的男人与周遭石壁上的剑痕一般锋锐孤绝，"剑如明灯，入剑道，能让你隔绝外物。你可以不用旁顾、不用回头，毕生只追求更利、更深的剑意，直到破苍穹、碎虚空——士庸，你真的不随为师入剑道吗？"

奚平没把长辈的话中深意听进去，很功利地问："我把剑练厉害了，能庇护亲朋好友吗？"

"亲朋好友，"支修笑了，回头看了年轻的弟子一眼，他眼神晦涩难懂，话音里带了一点怜爱的轻柔，"士庸啊，大道通天，路上没有亲朋好友。"

"那我干吗去？"奚平断然道，"师父，您还是教我点用得着的吧，画符什么的，最好是能炸的，我要下山弄死这帮邪祟！"

支修看着他，很奇异地，感觉就像看到了很多年前的自己。

"罢了，"他叹了口气，"你跟我来。"

照庭携着主人往飞琼峰上去了，奚平一愣，连忙使起他刚学的御剑，跌跌撞撞地跟了上去，便听一声轻响，他师父开了山印。

289

"开窍期修士只能用开窍级的仙器，高等的你使唤不动，这你知道。你拿颗芥子，拣与你有缘的开窍级仙器，挑几样带走。只是仙器之间也有对脾气的和相冲的，你挑的时候留神些，别让它们将来在你口袋里打架，也不要超过五件。"

"才五件……"

一颗松果滚下来弹了奚平的头。

支修的声音从山顶上传来："你以为谁都能和你那庞师兄一样，一身鸡零狗碎不乱套？他那是百年出生入死的积淀。就你这半吊子，四五件仙器摆弄得过来就不错。东西带多了，真遇上事，还不够你挑仙器的。"

奚平"哦"了一声，撇撇嘴。

"飞琼峰上除了你没别的弟子，这些东西反正也都是给你用的，等你长了本事再来讨……刻铭文需要筑基修为，你刻不了，但常见的铭文字你要认得，拿本书路上看。

"法阵这东西很复杂，不过跟你没关系。你才入门，也没别的捷径，死记硬背就是了，先把七大类四十九部经典烂熟于心了再说。炼器道最长于法阵，若是将来你走这一道，回来我给你写张条子，让你去隔壁镀月峰蹭课。

"至于符，剑修平时不大画符，符咒一道为师也稀松，《符咒典》你带走，用得着哪个就照着画，忘了再查。失败了就是笔画有误或者灵气没控制好，熟能生巧的事。初学的时候用灵墨提前画在符纸上，揣在身上备用，等你符咒一道到了融会贯通的时候，就可以以手掐诀凭空打出……不过那至少得是能筑基的修为了。"

"还有这个，接住了。"

支修话音没落，奚平汗毛突然竖了起来。

下一刻，一道剑气直逼他眉心，半个飞琼峰都跟着战栗起来。然而那睥睨无双的剑气却没伤他分毫，只是钻进他眉心，化入了他百骸中。

奚平惊讶地看着自己的手。

"为师这道剑气存在你的骨琴中，你带走，危急时可以弹出去唬人。只是半仙没有真元，升灵剑气也不是凡间那点灵气撑得起来的，弹一次得抽干两颗白灵。省着点，别把你家那几座矿山弹破产了。"

奚平："……"

崔记的表少爷也听得膝盖一软。

"下山令我尚未交还，你带去，只说我派你去追查邪祟余孽。"支修说道，"士庸……"

他像是还有什么想嘱咐，然而终于什么都没说，话音化在一声叹息里。

金平城依旧不见天日，飞琼峰的旭日已经染红了莽莽雪原。

（六）

太明二十八年以喜气洋洋的玄隐大选年开局，不料那一点仙山飘来的吉祥气这么快就见了底，竟没能撑到年尾。

腊月初八夜里，南郊一场大火震惊朝野，浓烟连日不散。第二天后晌，大火起源的棉纱厂，大东家吊死在自家梁上，脚下铺着"血债血偿"四个大字。两天后，漕运司孙禹庆郊外祭祖途中遭人刺杀，虽有侍卫拼死保护，受惊过度的孙大人仍一病不起。运河办大厦外面被人画了爆破法阵，未遂——法阵被青龙塔察觉，天机阁赶到时，邪祟已自爆身亡。

民怨声起，妖邪猖獗，人间行走疲于奔命，各地天机阁分部频繁上报损伤。太明皇帝震怒，不分青红皂白地将漕运司数位重臣下狱，惊动玄隐山四位峰主联合发函询问。

腊月十五大朝会上，太明皇帝下旨，令太子周桓主审雪酿之祸，庄王周楹彻查运河沿岸厂房盘剥劳工一事，不等过年，即刻便出京。

谕令一落下，连太子和庄王都愣了。两人罕见地面面相觑了片刻，心里同时犯起嘀咕：老爷子这什么意思？

散了朝会，太明皇帝跟太子说了几句勉励的话，就令其回去琢磨章程，将庄王单独留了下来。

庄王不意外——雪酿的事不会太难查，不用太子示下，底下人必定早准备好了替罪羊，烹羊宰牛好过年。但漕运的水可就太深了，更不用说陛下不只剑指南郊，仿佛还有要在全境大动干戈的意思。

"今日熬了银耳雪梨汤不是？去给老三端一碗，"太明皇帝吩咐内侍，

"银耳挑出去，这小子毛病忒多，他不吃那个。"

"不用麻烦，"庄王笑道，"儿子都什么年纪了，早不挑嘴了。"

"在你老父面前说年纪！"皇帝点了点他，"岂有此理。"

皇帝没真生气，庄王就半真半假地告了个罪，等他说南巡的事。

可是老皇帝朝堂上风雷似的暴怒好似一张面具，下了朝会一摘，他又成慈和的"老父"了。正事不谈，也不知吃错了什么药，他拉着庄王说起家常，琐事没完没了地数了一堆，末了还提起了奚平。

"正德家那个小子，我听说不知怎的投了支将军的眼缘，在潜修寺没待满一年，就提前进了内门？"

"正德"就是永宁侯爷的表字，庄王便道了声"是"："舅家受宠若惊，只是怕他到内门还那么不知轻重，惹峰主烦。"

"支将军出了名的好性情，不会跟小辈计较。"老皇帝想起什么，又笑道，"那个小浑蛋我可记得，小时候路还走不稳，第一次抱来给我看，就敢动手揪我胡子，胆大包天……三岁看老，我就说，他将来没准有大造化。"

内侍奉上梨汤，悄无声息地退了出去，铭文保护下一尘不染的暖阁里只剩下父子两人。

庄王打心眼里不愿意跟他聊奚平，赔了个笑，就要将话岔开，却听太明皇帝忽然又说道："当初你还要把他从备选名单上拿下去，幸亏又给仙使阴错阳差地填上去了。我看，那会儿支将军就跟他有缘。"

他怎么知道的？赵家走漏了风声？

庄王摩挲着瓷碗的手指尖一顿，神色却纹丝不动，若无其事道："外祖母年纪大了，不愿与儿孙分离。舅舅也觉得他不成器得很，人又懒散，恐怕送到仙山反而招祸，这才托儿子设法把他拿下来。"

老皇帝注视着他，眼角的笑纹深了些，不往下说了，只催着庄王趁热喝了梨汤。

庄王敷衍地啜了两口就放下："父皇，南巡一事……"

"不忙，那个等会儿说，你先过来品鉴品鉴我新换的画。"太明皇帝顽童上身似的，兴致勃勃地喊庄王跟他去赏画。

庄王只得耐着性子从命。

暖阁为了过年应景，换了一幅《迎春图》。那是幅古画，笔法却有点稚嫩，不像什么名家手笔，用色非常活泼大胆，即使经年口久有些褪色，上面扑蝶的小童与灿烂的春意还是活泼泼地透纸而来。

"怎样，你猜这是谁的真迹？"

大宛以素雅含蓄为美，对过于花花绿绿的东西颇不以为意。庄王见那落款写的是"陶然翁"，感觉这画者不超过十五岁，心说这什么小孩子涂鸦也配称"真迹"，难道还能有谁仿它不成？

"这倒看不出来，画风独具一格，看着有点南地风情。"

像古阆或者南蜀的乡下人画的，吵得人眼疼。

"猜错啦，此人可是土生土长的金平人士。"老皇帝笑道，"想不到吧，这是端睿大长公主少年时留在宫里的画作。"

庄王一愣。

端睿大长公主？

周氏在玄隐山的老祖宗……修清净道的那位？

"相传这位老祖宗少时活泼顽皮，很受宠爱，常常穿上男装与父兄出游，能书擅画。十来岁的时候，仁安皇太后寿宴上，她贴上胡子扮作伶人，学那市井艺人说书，逗得满座捧腹，太后叫人来赏，才认出是她。"

庄王一时疑心他是老眼昏花，看什么野史看串了行，把人名看错了。他懒得陪老头子扯这些闲篇，便又要将话拉回正轨："确实没想到——父皇，南……"

太明皇帝却转过身来，说道："她跟你一样，是先天灵骨。"

庄王瞳孔倏地一缩。

"玄隐山许周氏坐稳皇位，就绝不许姓周的蝉蜕，她只能入无情清净道。想进一步，她就得变成无意无私的草木，彻底忘了'周雪如'这名字；要不然，她就只能任凭诸多杂念纠缠撕扯，修清净道不得清净，终身止步于升灵……不过她还是比你幸运一点，"皇帝抬头看向那稚拙的画作，几不可闻地轻声说道，"她只有先天灵骨，没有旷世罕见的顶级灵感，对身边人的诸多杂念不像你一样敏感，所以少时倒是过过无忧无虑的好日子，不像你心那么重。"

暖阁里刹那间鸦雀无声，画作背后，隐而不见的秘密铭文流光一闪，穿透纸背，扑蝶小童的脸随之扭曲了一下——隔绝玄门高手灵感，此地禁止窥视。

庄王假装没看见，轻轻将袖中露出的一角白纸推了回去，摆出一副"虽然不知道父皇陛下在说些什么胡话，但圣人放个屁都正确"的姿态，他以不变应万变，没吭声。

"行啦，别再装啦，这么多年，你不嫌累吗？只有你母亲会以为你'情深体弱'，什么都不知道。"太明皇帝嘴角牵起古怪的笑意，一摆手，他露出些老态，"楹，朕膝下六子五女，都不像朕……除了你。"

庄王坦然自若地回道："臣有幸。"

太明皇帝又问道："奚平是你母舅家独子，进仙门于你大有助益，你为何要拦？"

庄王鸦羽似的眼睫毛往下一压，沉默片刻，他略带讥刺地说道："陛下坐拥天下，天下都是陛下的棋。臣生来一无所有，二十余年，身边就这么几只猫猫狗狗，舍不得拿出来摆。上不了台面，陛下见笑了。"

"那可由不得你，也由不得我，天命半点不由人。"老皇帝有点混浊的眼睛亮得吓人，大马金刀地一坐，他说道，"朕命你南巡，你可知是什么意思？"

"臣愚钝。"庄王公事公办地回道，"请陛下示下。"

"朕要你不遗余力。"老皇帝将方才那黏黏糊糊的"老父"皮囊一把掀开，森然道，"查那些个脑满肠肥、把人往铁熔炉里填的妖魔，把那群贪得无厌、欲壑难填的畜生都开膛破肚，不管他们背后主子是谁，你办不办得到？"

庄王面无异色，回道："谨遵陛下圣命，臣必将此事彻查到底，等陛下裁定。"

您老就算把我舍出去，自己还能择干净怎么的？

二十多年前，老皇帝大作特作，是仗着玄隐三十六峰内斗浑水摸鱼……可是眼下，玄隐山可没给他默许。

太明皇帝沉默片刻，一字一顿地说道："伤口已经烂了，要截一肢保命。楹，朕要把这把刀交到你手里。"

庄王一皱眉，倒有点摸不准太明皇帝的意思了。

怎么，陛下这是打算造反？

"天就要崩了，太子过于仁厚优柔，他担不住，只有你心够狠。"

不知是不是庄王心有所想，他总觉得自己在皇父的笑容里看见了几分癫狂意味。

太明皇帝道："奚家的小子进仙门，拜在司命一脉下，这里面必有端睿大长公主的手笔。楹，仙门已经选了你。"

庄王心说：所以呢？

姑且算玄隐真的偏向于他，那一点偏向能让仙山容忍这种挑衅？老头子不会也喝过那些加了料的雪酿吧？

太明皇帝却不再说了，只叮嘱道："你去吧，别让朕失望……临走记得去看看你的母亲。"

直到华灯初上，庄王才从广韵宫里出来，钻进马车，铭文立刻将烟尘隔绝在外，纸片白令从他朝服袖子里钻出来："王爷，陛下刚才……"

"别吵。"庄王摆摆手，用力压住太阳穴，"我静一静。"

白令就从怀中取出一瓶春晖丹放在庄王手边，无声无息地陪在一边。

马车缓缓朝庄王府走去，铭文外下起不成片的小雪，像撒了漫天的骨灰。

庄王一直闭目养神到庄王府，车还没停稳，忽然听见琴声。他蹙了一路的眉目倏地展开，问道："哪儿来的声音？"

白令侧耳听了听："好像是府……"

不等他说完，庄王已经一把推开车门，几乎是跳下了车。

白令飞身化成纸片，粘在他袖子上。家仆吓了一跳，手忙脚乱地撑开伞追上去："王爷，下着雪呢，小心着凉！王爷！"

庄王三步并作两步地进了院，一抬头，就见南书房屋顶上一人一猫，一对冤家。

大黑猫疑惑地在来人身边转，凑在他袍角闻来闻去，大约是觉得熟悉，又好像哪儿不太对。而那阔别了几乎四季的人一抬头，冲庄王一笑："三哥，我又来蹭饭啦！"

好像他从没离开过一样。

庄王轻轻吐出口气，肩背一松，将从广韵宫里带出来的一身阴霾脱在了门口。他先是想笑,嘴角提起一半,又强行板起脸:"你在仙门大半年就学会上房揭瓦了?成何体统,还不下来!"

"好嘞!"奚平猝不及防地把黑猫夹起来,在猫的惨叫声里,挟持着它从房顶一跃而下。

黑猫当时就想起这妖孽了,新仇旧恨交加,毛奓起老高,横过一爪就要挠花奚平的脸。

然而"旧恨"今非昔比,脚下踩着风似的,奚平人影一闪,已经轻飘飘地落在庄王身后,踮起脚探出头,冲黑猫做了个大鬼脸。

庄王:"……"

好了,潜修寺里惊心动魄一场,原来惊的都是别人,这位自己一点心也没长。

"师父让我下山办点事。"奚平像进自己家一样钻进了庄王府的书房,轻车熟路地自己泡茶——他常用的青玉杯还在原来的小茶盘里放着,"我刚回了趟家,本来不想大晚上过来,结果听我爹说,陛下马上让你出远门……我说哥,陛下是不是你亲爹啊,有这么使唤人的吗?年都不让过!"

庄王只好挥手让家仆退下,感觉支将军的好脾气确实名不虚传——把这东西惯得越发不像话了!

家仆一走,奚平就眼珠一转,朝庄王的袖子打招呼道:"你好,暗卫大哥!"

庄王一顿。

被他点明了藏身之地的白令只好飘下来,化作人身,寒暄道:"世子爷——飞琼峰果然底蕴深厚,世子才开灵窍半年,已经强过大半天机阁修士了。"

奚平道:"那是。"

白令:"……"

这话他不会接了。

幸好庄王救了他,庄王问道:"你何时知道白令不是凡人的?"

"早就知道,"奚平说道,"小时候暗卫大哥还教过我一个铭文字。我感觉他大部分时间都在附近,但是以前一点动静也听不见。"

纸人自觉隐匿技术绝佳,居然被个凡人感觉到,心态差点没绷住:

"世子如何感觉到属下在附近的？可是属下露了什么马脚？"

"没有啊，"奚平笑嘻嘻的，"看我三哥脸色就知道。"

白令怔了怔。

庄王却捏着茶盏，静静地问道："你不奇怪我身边为何会有修士做暗卫吗？"

奚平莫名其妙地看了他一眼，直白地把"关我什么事"挂在了五官上："哎，对了，三哥，我给你看个好东西。"

庄王就看见他拿出来一颗指腹大的白玉坠，借着玉上天然一点绿意，镂空雕了一朵含苞待放的雪莲。奚平没用手碰，还不太熟练地隔着一层灵气，从芥子里抓出白玉坠，险象环生地放在了庄王手里。

玉坠碰到人，那豆大的雪莲竟缓缓地绽开了，庄王顿时觉得一股清风从他身上扫过，连日来胸口的闷痛消减了不少。

白令像怕惊了那花瓣似的，放轻了声音："这是传说中……林炽大师亲手雕的护心莲？"

"对，师父命我下山前在飞琼峰拣几样仙器带走，我看见有这个，就讨来了。这玉在飞琼峰吸了一百多年灵气，都腌入味了，哪怕没有修士催动，也够它开一百年了。带在身上能祛病除秽，百毒不侵……反正喝上三斤加料的雪酿什么事也没有。"

庄王听见"雪酿"两个字："南郊厂区的事，是支将军告诉你的？"

"嗯，对。"奚平一点头，好像并不太关心这些事，他飞快地把话题揭过去了，又低头从身上翻出一沓厚厚的符纸，"还有这个……哎，不对。"

他翻了翻，见不小心把画废的也掺进去了，又往外扒拉出一多半："你可着上面的用，上面这几张是好的，下面的多少都有点问题，不过反正也有点效果，保质期三个月。"

白令看了看："都是避尘符咒啊。"

"我现在就练会了这一个。"奚平抱怨说，"我师父除了剑，其他都不靠谱，扔给我一本《符咒典》让我自己查，说得就跟查《说文解字》似的，一翻就会。天爷，他老人家上嘴唇一碰下嘴唇，哪儿那么简单啊！"

庄王将那护心莲握进手里，一时间，他竟仿佛隐隐有些局促，有些生硬地说道："我身边有白令，不缺符咒使。"

奚平想也不想地说道:"那不一样,这是我画的。"

好像"他画的就是比别人画的有意义"是什么不言自明的真理。

庄王哑然片刻,抚额笑道:"还长了什么本事,挨个拿出来显摆吧。"

"还有琴。"奚平说着,勾了勾手指,好像有根隐形的琴弦,发出了清越的响声。

白令说道:"飞琼峰果然底蕴深厚,这是什么法宝?我倒孤陋寡闻了。"

"这叫'骨琴'。"奚平没多说,"三哥,你这几天都没睡好吧,我弹首曲子给你听啊。"

庄王怕了他的曲子,忙道:"不忙,先用膳,吃饱了再弹。"

本以为他吃饱喝足能忘了这码事,谁知奚平今天打定了主意要登台献艺。庄王也不知道支将军给这货一把琴是安的什么心,只好将耳朵豁出去了,调整了一下状态,洗耳恭听余甘公的大作。

然而奚平却没弹他那些不知所谓的浪曲,坐下来手指轻叩,他拨出了一首《空明安神咒》。

庄王听着,他那"骨琴"应该是一把有疗愈作用的仙器,琴声平和沉静,越过王府院墙,传出好远。寒鸦与麻雀在南书房外落了一墙,看见奚平就哈气的黑猫也不知什么时候溜进来了,在书房找了个角落,竖着耳朵卧下。

中间琴声停顿片刻,几乎要入定的白令回过神来,见奚平冲他竖起一根手指。

庄王不知什么时候,已经撑着头睡着了,毫无心事似的。

白令轻手轻脚地上前,把人放在小榻上,盖好被子。

《空明安神咒》又响了下去。

阿响——魏诚响在天将破晓时,来到了南郊大火烧过的废墟里。沿老鼠巷口原址,往南走了五十步,掀开一块焦烂的木板,果然找到了一个荷包,包里是满满一袋蓝玉——这是转生木里的叔叔见劝不住她,送给她用的。

她咬破手指滴了滴血上去,荷包上蓝光一闪,认了主,隐没在了她手心。魏诚响背上行囊——里面装了两块牌位、一块转生木牌、一打杂合面饼、一把零钱……还有一张没开奖的金盘彩。

然后她往渡口走去,一艘小船在那儿等着她。

船上已经挤了五六个衣衫褴褛的人,都是青壮年,都是在南郊大火后无处可去的,脸上挂着如出一辙的茫然麻木。撑船的正是那日在火场废墟上击板而歌的老乞丐,长篙一摆,小船划开水波,像是要载着这一船人过那人鬼交界的忘川去。

驶过渡口换蒸汽船,蒸汽船上下来一个接引他们的人。魏诚响目光一扫,就见好几条差不多的小船停在旁边,就知道像她一样被这群邪祟招揽的不止一船人。

蒸汽船上下来的接引人跟每个上船的静默施礼,轮到魏诚响的时候,那接引人对上她的目光,不由得愣了一下——好像有个生魂混进了死鬼堆里。

魏诚响不躲不闪地冲他一笑,上前一步,压低声音道:"大火不走,蝉声无尽。"

接引人愕然道:"你是……"

"老泥殉道前,正在与我家太岁谈灵石的事,不料突遭蓝衣搜捕。"魏诚响隔着包裹,紧紧地抱着怀中两块牌位,一块爷爷的,一块春姨的,也是她的血和魂。

血沸魂冷的少女轻声说:"我代号六十,太岁命我与诸位同往百乱南疆。"

(七)

腊月十七,三皇子庄王南巡。

这位三殿下身体不好,平时不大离开京城。体弱多病的人大体有两种:要么是因病柔弱多愁,要么是因病乖戾无常。众人不知道这位是哪一路。不过很快,他们就发现庄王出发挺急,走得并不快,人还没离开金平城门,行程路线就已经公之于众,给众人留足了准备时间。

各地官与商都松了口大气——这说明庄王是体面人。

是体面人就好,王爷体面,底下人才有余地妥帖,"两好合一好",

不就皆大欢喜了嘛。

"太子那边果然和起稀泥了。"船里太晃，庄王看不了字，便让白令将各路传上来的密报念给他，"陛下没有表示。"

"嗯，"庄王有些心不在焉地一点头，"不意外。"

不知为什么，他心里罕见地有些没底。太明皇帝和玄隐之间既暗潮汹涌，又有种微妙的默契，他没能完全把握。庄王周椲是习惯藏在迷雾后面，事事洞若观火的人，此时猝不及防地被推到前台，他隐约有种要失控的感觉。

白令觑着他的脸色，又道："青龙塔暂交赵誉统管，天机阁庞都统带着世子离了京，做什么去了没说。"

闭目养神的庄王睁开眼，想了想，说道："应该是去南疆百乱之地了。"

"查梁宸的事？"白令立刻反应过来，"世子跟着庞都统，又有飞琼峰注视，这一路应该没什么危险。只是那百乱之地可不比大宛，年轻人有的历练了。"

庄王揉了揉眉心："小鬼一个，一个符咒还没画利索，支将军能指望他干什么？再说庞文昌手上有'问天'，真有事又不是联系不到飞琼峰主。"

白令不明所以。

庄王："准是他自己吵着要下山玩。"

白令刚想说"怎么可能，那成何体统"，随即想起永宁侯世子那奇人，又把话咽了——那货也不是办不出来。

"支将军在星辰海边练成个剑修，百年便升灵，剑心之坚尤胜铁石，我看士庸一时半会儿也未必接得住他的道心，支将军大约也是没什么好教他的。"庄王有意无意地扣住他颈间绽放的雪莲，叹了口气，"那小子当修心求道是好玩，每天净是弄些旁门左道，叫他去百乱之地，亲眼瞧瞧无力之人是什么下场也好。"

悠悠凡尘、亿万蝼蚁。都是出身罢了。

番外

路遥可有知己,
世间谁人识君

（一）天上

"认得那位吗？姓奚，飞琼峰的——"
"小师叔的徒弟，有幸有过一面之缘。"

太明二十八年，玄隐三十六峰议论的焦点无疑是飞琼峰——传说中不收徒的南剑支修收了个亲传弟子！

赵景是赵氏嫡系子弟，入内门后被自家老祖宗看中，挑到了主峰，任"殿内行走"。三十六峰人事变迁、一应琐事，全由八十一位殿内行走统筹，呈报司礼长老，主殿每天人来人往，比凡间的衙门还忙，压根没时间修行。

赵景来的时候是筑基初期，现在还是，他在主殿待了三百年，比那"小师叔"支修的年纪都大，如今得客客气气地称支修的徒弟为"师兄"，脸上还看不出一点芥蒂……当然，要没有这份城府，他也来不了主峰。

"领弟子名牌的时候，小师叔亲自带过来的，长老还见了呢。"赵景一边跟同僚闲聊，一边慢条斯理地翻过一页核对完的账本，"毕竟飞琼峰首徒嘛，前途不可限量。"

"可惜那天我没在班，"旁边人扼腕，好奇地追问，"人怎样？听说是个奇才。"

赵景笔尖一顿，没等他答话，便又有人插嘴道："是奇才，我家峰主亲口说的。"

插嘴的是个丹修，锦霞峰记名弟子，姓林，常替他们峰主闻斐跑腿核对灵药库存，与主峰一干行走都熟。

"对啊，林师兄，你们闻峰主同小师叔最要好，闻峰主怎么说的？"

林丹修压低了声音："大伙都知道，小师叔以前几乎常年闭关，飞琼峰始终没开山，虽不闭山路，寻常也没人敢去打扰，跟封山差不多。往常都是我们峰主没事去那边溜达，十次有九次他老人家都在冰川北坡剑林里面壁，峰主见不着人，就自己去酒窖里摸坛酒回来。可是自打那位奚师兄来了，你们猜怎么着，小师叔都往我们那儿跑了三趟了。"

"做什么？拿丹药吗？"

"不可能吧，一个刚开灵窍的小孩，吃那么多丹药干什么？剑修不是最反对用丹药吗？"

"许是疗伤的，想不到小师叔脾气那么好的人，教导弟子也这么严厉，想当南剑传人果然没那么容易。"

"都不是，"林丹修神神秘秘地摆摆手，"小师叔每次来都带本册子，不知道是拿了什么高深道法要和峰主论，反正每次都把峰主论得……"

林丹修犹豫了一下，似乎觉得背地里编排自家峰主不好，又实在忍不住八卦，于是磨蹭片刻，再次把声音压了八度："……一脸菜色。"

众殿内行走齐刷刷地回以惊呼和抽气。

林丹修："有一次送茶的时候，峰主扇子上的字还没消，让我瞥见了，我看见我们峰主说'你从哪儿捡的奇才？实在教不了就拉倒吧'。"

众殿内行走回以双倍的惊呼和抽气。

半响，才有人虚弱地说："教不了……好家伙，果然百年难得一遇。"

"应该是开天辟地以来难得一遇吧……"

"怪不得能打动小师叔，我就说……那帮摸不着飞琼峰门槛的剑修非得酸，非不信别人是天才，硬要说小师叔这徒弟是司命长老夜观天象算的。"

"听说过娶媳妇合八字，没听说过收徒弟还算命的，剑修自古好造谣，先人诚不我欺。"

赵景听到这儿，忍不住摇头笑了。

"赵师兄，你又知道什么内幕？"

"你们啊，别瞎猜了。"赵景收起账册，笑道，"这事没那么玄乎。"

他想起支修领着那个人来的时候，所有人都在偷偷打量，那位凡间新来的小师兄一点也不怯场，谁看他他就看回去，还龇着白牙冲别人乐。

主峰劫钟高悬，巍巍仙殿，这祖宗自在得跟在自己家后院似的。支

番外 路遥可有知己，世间谁人识君

修进去跟赵长老叙话,他就自来熟地到处找人搭话,很不拿自己当外人。

剑修要能耐住寂寞,性格里或多或少有些孤、独、冷、执的部分,主峰弟子们从来没在这一道上见识过这么能上蹿下跳的品种,纷纷前来围观这只脱俗的蚱蜢。

自然,也有人问出了那个所有人都想知道的问题——南剑到底看上你什么了?

"到底是什么啊,赵师兄?"

"没什么,"赵景轻描淡写地说,"奚师兄祖上与小师叔关系匪浅而已。"

"啊……"

众人听完,面面相觑。因为这"真相"是如此真、如此寻常,仿佛"果然如此",又有些索然无味,听得人心头微妙地有点不是滋味,众人便忽然都失了谈兴,散了。

不知谁嘀咕了一句:"都是出身啊。"

姓林的、姓赵的,想走丹道却只能当挂名弟子,终身挂着光鲜的名头、困在筑基初期的……以及悠悠凡尘、亿万蝼蚁。

都是出身罢了。

(二)人间

太明二十九年,夏至。

这年,凡间世道是真乱,南郊城外焦土的味还没散尽,逃荒来的百姓就搭起了密密麻麻的新窝。九州都不太平,地震、洪水、贼寇、暴乱……一茬接一茬,没完没了,八百里加急的信使在驿站和皇城间奔走,城门口隔三岔五能看见御剑的蓝衣飞出去,或者一身风尘一身伤地飞回来。

民生多艰,肉食者求诸鬼神。唯有菱阳河西,歌吹依旧,纵使寥落,落的也是闲愁。

一曲终了,伶人收起水袖鱼贯而出,丝竹暂歇,突显了座中的闲谈。添酒的侍女是个身量未足的小女孩,听见几个半醉的寻欢客提起了一个人，忽然忍不住壮着胆子驻足——

"你说的是奚士庸吧，奚侯爷家的？那怎不认得，熟得很，以前常跟我们一起玩。嗯……为人？为人还不错，好结交，出手大方，就是有点少爷脾气，不过人家本来也是少爷。生得是真好，漂亮，这点大伙都服气，不瞒你说，哪怕是我巅峰时期也得避其锋芒……哈哈，怎想起问他来了？"

"突然想起去年的鉴花会。"

"啊哈哈，那档子事……那位老兄绝了，鉴花会亲自登台，男扮女装，愣是没人认出来！好家伙，真豁得出去啊，金平城前无古人后无来者……嗯？话说有日子没见了，他干什么去了？"

"哎？你不知道吗？早走啦，去年就走了贵妃的门路，入了仙门大选了。"

"啊哟！这可真是前途无量了！"

"可不，算来一年也过去了，没见回金平，想是去了外地做蓝衣大人吧，要么就是留在潜修寺了。"

"这叫什么？士别三日，当刮目相看。"

"啧，要不说就显得咱们缺心眼，只知道傻玩傻乐，还当人家跟自己一样呢。到头来别人成了半仙人上人，咱算个什么呢？嘿！"

"说起他我又想起来了，可惜当年那醉流华了。"

小侍女在一片"可惜"的附和声中悄无声息地退下——她本是醉流华里的使唤丫头，因年纪小，侥幸没卷入那场风波，后来又被辗转卖到了另一座楼子里，接着干伺候人的活，等长出点女人样子，就卷进风尘里，变成一朵浮花。

她对自己的前途没什么不满，本来就是这样的，只是偶尔遇到一些很喜欢的人，她也会像别的孩子捡到漂亮石子一样高兴几天。

奚公子就是她的"石子"，虽然她只见过他一次。

奚公子就是"余甘公"，写一手好曲。坊间传言，得他一首曲子，必定平步青云，能成花行状元。所以只要他一露面，姑娘们就都蜂拥而至，不少人甚至得花钱找皮条客拉关系，就为能跟他说句话……小侍女一直认为,余甘公才是菱阳河畔的真头牌。

有几年,余甘公同将离姑娘最要好,小侍女正好被分给将离姑娘当丫鬟。刚到将离姑娘身边,还人生地不熟,就赶上余甘公来访,她亲眼见到平日里矜持的"名花"们差点把雅间门槛踩破。

小侍女哪儿见识过这阵仗?本来就紧张,倒酒时情客姑娘在屋外展示歌喉,猝不及防的一嗓子,惊得小侍女把半壶酒都泼到了余甘公身上。她吓坏了,以为自己要死,见余甘公一跃而起,便下意识地闭上眼,等着劈头盖脸的巴掌和拳头……没等到。

她听见"啪"一声,睁眼就看见妈妈伸过来打她的手被余甘公不耐烦地拍开,他说:"走开,别碍事!少当着我的面耍威风……什么毛病?牙都没换完的小崽就拿出来使,穷疯了吗你们?"

他冷冷地看了她一眼,骂骂咧咧的,脾气却发得风声大、没有雨。与她相熟的姐姐忙拉着她躲到了一边,小侍女战战兢兢地从姐姐的罗裙后面探出头,见余甘公从荷包里摸出个银锭子扔给妈妈,指着她说:"赎她的籍,回头找个没孩子的家领走,别让她在我这儿乱晃,熊孩子碍手碍脚的。"

妈妈唯唯诺诺地应承,笑成了一朵花,于是那天小侍女没挨打,还得了一包八珍糕,一句"好孩子"。

收了银子,妈妈便将她调到了后厨,不叫她靠近贵客了……至于赎籍,那是公子的醉话,当着他的面哄过去就是了,没人再提。

好在她也不在意,这是她的命。

"原来他前途这样好啊,真是神仙保佑。"小侍女听完了那位公子的消息,不动声色地贴边走开,去给下一桌客人倒酒,又想吃八珍糕了。

八珍糕真甜。

(三)

至于玄隐三十六峰中,关于奚平的谣言都是哪儿来的——

"奇才说"谣起锦霞峰,闻斐被支修纠缠了好几天,看见《经脉详解》

就想吐，终于崩溃了："什么为什么？哪儿来那么多为什么？我哪儿知道为什么！人他娘的就长这样，他怎么不问问我们为什么要长两只眼睛一张嘴？"

支修好脾气地微笑。

闻斐咆哮："为的是让他多看书，少问那么多屁话！让他背！死记硬背！背不下来打他！"

支修："不能那么糊弄孩子……"

闻斐悲愤："慈母多败儿啊支静斋！"

"去你的。"

"你从哪儿捡的奇才？实在教不了就拉倒吧！"

"宿命论"谣起潜修寺，是一个不甘心的剑修趁下山办事，归途特意绕道至潜修寺拜访苏长老，非打听出"南剑弟子"是何方神圣不可，到底比别人强在哪儿了。

苏长老想起梁勉之，想起两百年前的孽缘，想起隐骨，感觉这事一言难尽，只好说："命中注定吧。"

梁宸追随着照庭走上仙途，路失剑光，误入歧途，最后又兜兜转转，身败于照庭下。他魂飞魄散，只留半具骨在后辈身上，机缘巧合地与支静斋续上了传道受业的缘分。

苏长老高深莫测地捋了捋胡子："要不怎么今年偏偏是他下山做仙使，主持大选呢？"

剑修恍然大悟：小师叔下山是领的章长老之命，带回个"命中注定"的徒弟——这徒弟果然是司命长老算命算来的！

至于"祖上与小师叔关系匪浅"这个谣，后来演化成了更离谱的版本——比如奚平……他那不知道是曾祖父还是高祖父的祖宗，真实身份是支将军流落在外的亲生骨肉。

这事后来连支修都听说了，一脑门子官司地把倒霉徒弟喊来，问他都跟同门胡说八道什么了。

奚平很冤："我说……我没说什么。他们问我师尊为什么收我，我就实话实说呗。"

"怎么说的？"

"告诉他们是'祖荫'。"

支修三尸神乱跳，从牙缝里挤出一句话："'祖荫'又是什么意思？"

奚平："祖坟上冒青烟啊，还能有什么意思……不是，我又说错什么了，照庭别打……嗷！"

这就不为人知了。

© 中南博集天卷文化传媒有限公司。本书版权受法律保护。未经权利人许可，任何人不得以任何方式使用本书包括正文、插图、封面、版式等任何部分内容，违者将受到法律制裁。

图书在版编目（CIP）数据

太岁 / Priest 著. -- 长沙：湖南文艺出版社，2024.7
ISBN 978-7-5726-1710-2

Ⅰ.①太… Ⅱ.① P… Ⅲ.①幻想小说—中国—当代 Ⅳ.①I247.5

中国国家版本馆 CIP 数据核字（2024）第 069777 号

上架建议：畅销·小说

TAISUI
太岁

著　　者：Priest
出 版 人：陈新文
责任编辑：匡杨乐
监　　制：毛闽峰
策划编辑：张园园　史振媛
特约编辑：赵志华
营销编辑：霍　静　刘　珣　焦亚楠
封面设计：@Recns
版式设计：梁秋晨
插图绘制：秃颓颓　倾予九川　赵悦琪　Nameishierl　十夜ShiY
书名题字：郁　琛
出　　版：湖南文艺出版社
　　　　　（长沙市雨花区东二环一段 508 号　邮编：410014）
网　　址：www.hnwy.net
印　　刷：三河市百盛印装有限公司
经　　销：新华书店
开　　本：640 mm × 915 mm　1/16
字　　数：328 千字
印　　张：20
版　　次：2024 年 7 月第 1 版
印　　次：2024 年 7 月第 1 次印刷
书　　号：ISBN 978-7-5726-1710-2
定　　价：55.00 元

若有质量问题，请致电质量监督电话：010-59096394
团购电话：010-59320018